ICI ET *maintenant*

NISHA ET CAETERA
Les Éditions de l'Opportun

sont éditées par les Éditions de l'**Opportun**
16, rue Dupetit-Thouars
75003 Paris

www.editionsopportun.com

Direction éditoriale : Stéphane Chabenat
Éditrice : Marine Foufelle
Mise en page et conception graphique : Nord Compo
Conception graphique de la couverture : 2Li

MARION DÉLIAS

ICI ET *maintenant*

À celles et ceux qui ont connu l'orage et la nuit.
À vous, les électrons libres
perdus dans cet univers trop grand.
Ce roman est le vôtre.

Le soleil finit toujours par se lever, c'est promis.

Avez-vous remarqué le petit symbole sur la quatrième de couverture de ce livre, juste au-dessus du code barre ?
En voici la signification :

Sans contenu
explicite détaillé

Peu de scènes
explicites détaillées

Présence de plusieurs scènes
explicites très détaillées

Note de l'autrice

Ici et maintenant raconte l'histoire de Léon et Alba, deux personnages qui ont déjà fait leur apparition dans *Harmonie*, mon précédent roman, au sein d'un groupe d'amis. Cela étant, il n'est absolument pas nécessaire d'avoir lu *Harmonie* pour découvrir *Ici et maintenant* et inversement. Cela n'entachera en rien la compréhension de l'intrigue.

Ici et maintenant est un roman *feel good* et optimiste. Il aborde toutefois des sujets qui pourraient heurter la sensibilité de certaines personnes. Si vous préférez poursuivre sans connaître ces thématiques, je vous invite à passer à la page suivante dès maintenant.

Dans le cas contraire, sachez que cette histoire traite notamment d'anxiété généralisée, de crises de panique et de dépression. Elle mentionne aussi une agression sexuelle – sans toutefois la décrire. Rassurez-vous, j'ai tenu à ce que la légèreté et l'espoir priment sur les moments plus sombres ; le positif doit toujours l'emporter.

Puisse ce roman mettre un peu de soleil dans vos cœurs.

Avec tout mon amour et toute ma bienveillance,

Marion

Prologue

Il n'est point de bonheur sans liberté,
ni de liberté sans courage.
Périclès

— Alba ?

— Oh, euh… Bonjour. Est-ce que Léon est ici ?

Marie-Ange fronce les sourcils, tracassée par l'angoisse d'Alba Moretti, la cadette de cette famille italienne qui habite au bout de la rue. Si les habitants du quartier ont eu vent des éclats de colère provenant de la maison, Marie-Ange Marchal, elle, a été le témoin directe de l'orage.

Cette adolescente, elle l'a prise sous son aile lorsque ses parents ont signé les papiers d'un divorce soudain, conduisant Bianca, l'épouse et la mère aimante que rien ne pouvait anéantir, jusqu'à la dépression. Submergée par une certaine mélancolie, Marie-Ange revoit ce jour où elle a recueilli chez elle les enfants Moretti, Alba et Gabriel, pour leur éviter le foyer. Six années durant lesquelles elle a mis un point d'honneur à les élever comme sa propre progéniture. La douleur qu'a causé leur départ de la famille d'accueil est encore vive, exacerbée par les souvenirs qu'elle ne peut s'empêcher de se remémorer.

— Chérie, est-ce que tout va bien ?

— Oui.

Un mensonge à peine dissimulé, de ceux qu'on prononce dans l'espoir que l'interlocuteur cerne la détresse qui s'y cache.

— Tu sais que tu peux tout me dire, trésor.

— Je voudrais… voir Léon. S'il te plaît.

Contrainte de répondre aux attentes de celle qu'elle considère comme sa fille, Marie-Ange fait un pas en arrière et attrape la rambarde des escaliers.

— Léon, il y a quelqu'un pour toi !

Après avoir dévalé les marches, son plus jeune fils apparaît dans le couloir de l'entrée, immédiatement alerté par l'allure de son amie d'enfance.

— Alba ? Qu'est-ce qu'il se passe ?

Une hésitation. Un sanglot étouffé au fond de la gorge, un cri du cœur mis en sourdine. Se sachant de trop, Marie-Ange presse l'épaule de son cadet et rejoint la cuisine pour reprendre le flambage au cognac de son tournedos.

— Je… j'en sais rien.

— Viens.

Léon capture la main de la jeune femme et l'entraîne jusqu'au fond du jardin, là où aucune oreille ne pourra surprendre ses confessions. Haut perché, le soleil filtre à travers les épais nuages qui s'étendent au-dessus de leur tête. Le vent souffle ses caprices dans les boucles brunes d'Alba, mais elle ne s'en soucie guère, elle qui, habituellement, tient à dompter sa chevelure. Lasse, elle s'assied sur le hamac, en étant pourtant peu certaine de sa solidité.

— Ma mère… C'est une catastrophe, avoue-t-elle enfin. On arrive plus à gérer et depuis que papa a trouvé une copine, il s'inquiète moins pour elle… et pour nous.

— Gabriel sait que t'es là ?

— Non. Il est resté avec elle. Moi, je peux plus. C'est trop dur.

Prise de sanglots, Alba cache son visage dans ses paumes, trop pudique pour dévoiler sa fragilité à son ami, mais trop faible pour la museler. Léon s'installe à ses côtés et passe un bras autour de ses épaules.

— Je sais, répond-il en la serrant contre lui. Je sais, Alba.

Elle relève la tête et s'autorise à s'égarer dans les yeux bleus du meilleur ami de Gabriel, son frère aîné. Celui qui a embelli ses journées lorsqu'elle n'était qu'une petite fille abattue. Celui qui n'a jamais prononcé le mot « divorce », qui n'a jamais évoqué son placement, ni toutes les misères qui s'accumulaient dans sa vie d'enfant. Celui qui, d'une certaine façon, lui a permis d'y croire encore.

— Je peux revenir un peu chez toi, quelque temps ? demande-t-elle.

— Ce soir, j'en parlerai à mes parents, d'accord ?

— Merci.

— C'est absolument hors de question !

— Papa…

— Joseph…

La réaction de son père était prévisible, Léon aurait pu parier sur un refus catégorique de sa part. Déçu, il lâche ses couverts dans son assiette.

— Juste quelques jours, le temps que ça s'arrange !

— Ne discute pas. Cette fille est mineure, elle est sous la responsabilité de sa mère, plus de la nôtre. Je ne veux pas que les Moretti continuent à nous causer des soucis. Maintenant, finis ton assiette.

En bout de table, le chef de famille – comme il aime se proclamer – reporte son attention sur son journal.

— Papa, s'il te plaît…

— Non ! Son frère est majeur. Il n'a qu'à la mettre sous sa tutelle.

— Mais ça changerait quoi ? Gabriel vit chez sa mère !

— Ce n'est plus notre problème. Fin de la conversation ! tranche Joseph.

L'injustice. Léon la ressent comme une vive morsure sur le cœur. Frustré de ne pas obtenir gain de cause, il serre le poing, s'efforçant de reprendre son calme pour ne pas exploser.

— Et toi, maman ? Tu dis rien ?

Désabusée, Marie-Ange trace des cercles imaginaires sur la nappe. Prendre la défense de son mari ou celle de son fils ? Depuis des années, ce dilemme la fait vaciller d'un côté puis de l'autre. Son intervention pourrait lancer les hostilités, alors, à court d'arguments, elle soulève les épaules.

— Je partage ton tracas, mais ton père…

— Ouais, j'ai pigé. Quand il dit bleu, c'est bleu, hein ? Même quand tout le monde sait pertinemment que c'est vert. Allez, je me tire.

Sans plus attendre, Léon se lève, suivi des yeux par ses deux frères, Élias et Pierre.

— Où vas-tu ? Tu restes ici ! s'emporte son père en se mettant debout. Ce n'est quand même pas un petit morveux de dix-huit ans qui va faire la loi chez moi ! Reviens là si tu ne veux pas…

— Cette fois, c'est moi qui te dis « non ». Délicieuse fin de soirée à vous.

Léon veut partir tant qu'il en est encore temps. Tout est propice au conflit dans cette maison, chacun le sait. En quelques enjambées, Joseph se dresse devant la porte d'entrée.

— Qu'est-ce que tu comprends pas dans « non » ? nargue son fils. Tu veux que je te l'épelle ? Y a trois lettres, ça va aller vite.

Une gifle pour réponse, encore plus terrassante que n'importe quelle insulte. Léon aurait d'ailleurs préféré cela. Humilié, il porte la main sur sa joue brûlante. Jamais auparavant son père n'avait fait preuve de violence, mais cet écart de conduite suffit à accroître sa colère.

Immédiatement, Marie-Ange repousse son assiette encore fumante et bondit, prête à intervenir.

— Dieu tout-puissant ! Joseph, qu'est-ce qu'il te prend ?

— Ne t'en mêle pas, Marie-Ange. Ton enfant prodige a décidé de faire sa crise d'adolescence avec un peu de retard, visiblement.

La mâchoire crispée, le jeune homme enclenche la poignée, malgré le regard meurtrier de son père.

— Si tu quittes cette maison, ne pense pas une seule seconde à y reposer un pied.

— Joseph, je t'en prie !

— À la bonne heure, raille Léon. Cela dit, je passerai récupérer mes affaires demain, si tu n'y vois pas d'inconvénient.

— Elles t'attendront sur le trottoir.

Il sait qu'il tiendra parole, raison pour laquelle il ne remet pas sa promesse en doute.

— Calmez-vous ! réclame la mère de famille. Que chacun retourne à sa place. Nous allons arranger ça en discutant sereinement. Élias, Pierre, faites quelque chose !

Trop consternés pour agir, les deux frères Marchal restent attablés.

— Oh, par pitié, épargne-nous ton numéro de psy, Marie-Ange. Des mois que je ne le supporte plus ! Ça devait bien arriver. Ton fils a besoin d'apprendre la vie et ça commence par l'indépendance, lance Joseph avant de pivoter vers son cadet. Tu veux aider cette fille ? Soit. Fais-le chez toi, pas ici.

— Merci pour cette belle leçon. Compte sur moi pour m'en souvenir.

Léon comprend ce qu'il se passe. Finalement, le sujet d'Alba Moretti n'était qu'un prétexte. Depuis une longue période, qu'il ne saurait pas dater précisément, la relation déjà bancale qu'il entretenait avec son père s'effrite. Aujourd'hui, elle vole en éclats, anéantie par les non-dits et les secrets que la famille Marchal a tenté vainement d'étouffer.

Sans prendre la peine de se retourner, Léon s'enfuit, en dépit des sanglots de sa mère. Il n'a pas de destination. Pas de but. Il progresse dans la campagne tranquille de Calfort, revisionnant la scène qu'il vient de subir et la gifle chaudement reçue, dont l'impact lui enflamme encore la peau. Après dix minutes de marche, il s'assied sur un banc solitaire dans le parc du centre-ville.

— Édouard ? C'est moi, Léon. T'es chez toi ?

— Qu'est-ce que tu as encore fait ?

Téléphone à l'oreille, il secoue les jambes, assailli par le stress et la fraîcheur de l'air. Même la voix rassurante de son frère aîné ne réchauffe pas son cœur glacé.

— Je me suis engueulé avec papa. Je peux venir ?

— Encore… Pierre et Élias ont fermé leur gueule, je suppose ?

— Tu supposes bien.

— Je viens te chercher, dis-moi où tu es.

Une fois dans la voiture, Léon se mure dans le silence. Bien que surpris par son mutisme, Édouard le respecte, et ce, même s'il s'était préparé à entendre le récit pitoyable des dernières frasques de leur père. Pas ce soir. Parce qu'il n'y a rien à dire, rien à ajouter. Rebondir est la priorité.

À quoi bon ressasser les évènements ? Léon n'a pas la force de raconter les douloureuses scènes qu'il a subies ces jours-ci. Il refuse d'y penser, même si, au fond de lui, il sait que la nuit se chargera de les lui remémorer.

Chapitre 1
Respire

Toute angoisse est imaginaire ; le réel est son antidote.
Impromptus, André Comte-Sponville

ALBA ☾

Six ans plus tard

1, 2, 3.

Respire.

C'est fou. Respirer est un concept élémentaire, si évident dans son fonctionnement qu'il s'active sans effort. Et pourtant, j'ai la sensation de ne plus savoir le faire. Je suffoque. Chaque minute, chaque seconde, je suis en apnée, incapable de reprendre mon souffle à cause de la main imaginaire qui s'étend sur mes lèvres. Elle bloque l'accès à l'air dont j'ai besoin. Celui dont je rêve depuis… Depuis quoi ?

4, 5, 6.

Respire.

Après avoir constaté mon retard, je presse le pas. Mes talons claquent contre le pavé détérioré des rues que j'emprunte. Trottiner me permet de ne plus vraiment m'alarmer sur mes membres qui tremblent, mais je me sens ankylosée. Lourde. Prête à tomber. Le soleil de plomb qui me brûle le crâne n'arrange rien. Les passants regroupés sur le trottoir non plus. J'ignore si mes mains sont moites à cause de la chaleur qui m'assomme ou parce que la crise est proche.

Non, elle est là. Elle fait son œuvre, comme tous les jours.

Respire.

Alors, je prends une grande inspiration, dans l'espoir qu'elle endorme un peu mon halètement. J'ai beau y mettre ma meilleure volonté, rien ne change. L'eau se répand doucement dans la barque, mais elle ne sombre pas. Jamais. C'est la crise dans tout son sadisme. Elle est surprenante, imprévisible et pourtant toujours fidèle à elle-même.

Le vent qui me caresse les joues parvient à attiédir l'ébullition de mes pensées. J'ai l'impression que tout le monde me regarde et que, en même temps, personne ne me voit.

Ces derniers temps, ma vie s'est voilée d'un épais rideau noir corbeau. Un noir mat, tranchant, qui annonce la couleur, bien qu'elle n'en soit pas vraiment une.

D'ailleurs, pourquoi les gens s'acharnent-ils à dire que ce n'est pas une couleur ? Doit-on s'arrêter aux définitions pour comprendre les choses ? C'est une absence de lumière en somme, et sûrement une question d'interprétation. En tant qu'artiste, je tiens à son statut original. Et si, dans l'esprit collectif, le noir est à l'écart des autres teintes, alors je m'y sens d'autant plus liée.

Et le blanc ? Serai-je un jour aussi éclatante ?

Essoufflée, j'atteins l'entrée du cinéma et pousse la porte. Je fais abstraction de mon patron qui s'égosille sur l'une des salariées et m'empresse de gagner mon poste.

— Panne de réveil ?

Toujours aussi solaire, Romy trottine jusqu'à moi. Ses longs cheveux bruns, réunis dans une queue-de-cheval haute, se balancent au rythme de ses mouvements de tête enjoués. Dès qu'elle entre dans une pièce, la chaleur de son sourire se répand autour d'elle comme une traînée de poudre.

Les sourcils froncés, elle semble étudier mon visage et l'air soucieux qu'elle affiche me porte à croire que j'ai une sale tête. Ça m'apprendra à veiller jusqu'à pas d'heure. J'aurais peut-être dû me maquiller pour limiter les dégâts et me donner un soupçon de bonne mine.

— Ouais je…

— Alba, tu es toute pâle, s'alarme-t-elle en déposant sa paume contre mon front.

Aussitôt, mes yeux s'écarquillent.

— Oh, mais quelle idiote ! se blâme-t-elle. C'est le dernier truc à dire à quelqu'un. Je sais que ça angoisse les gens quand on dit ça. Désolée. Oublie ce que je t'ai dit. Tu es… ravissante.

Je souffle un léger rire. Du Romy dans toute sa splendeur. Depuis qu'elle a emménagé dans l'immeuble, je me sens un peu mieux. Elle est la présence féminine et rassurante qui me manquait. Non pas que mes trois colocataires masculins soient désagréables, mais… Si, ils le sont. Parfois. Léon est peut-être le plus facile à vivre, si on omet sa loufoquerie. Mon frère, Gabriel, est sans arrêt sur mon dos et Oscar, le jumeau de Romy, est si psychorigide qu'il me fait souvent regretter de squatter chez eux.

— Tu sais quoi ? J'ai réussi à rater des crêpes, ce matin. D'habitude, je les loupe jamais, mais va savoir pourquoi, elles avaient un goût de cramé. C'est terrible, parce que j'avais vraiment envie d'en manger. Alors, je me suis rabattue sur les céréales. Et attends, le pire est à venir ! Avant d'arriver ici…

J'ai beau me concentrer sur les anecdotes presque passionnantes de ma collègue, je perds le fil. Le sol vacille. Mon champ de vision se ponctue d'étoiles colorées. J'ai chaud. Les tremblements refont surface et plus je lutte contre eux, plus ils redoublent d'intensité.

Respire.

Pour ne rien laisser paraître, je fais mine d'attraper mon sac à main et de fouiller à l'intérieur.

— Alors ?

— Hein ?

— Bah toi tu aurais fait quoi à ma place ? s'impatiente Romy, excitée par son histoire.

— Oh, euh… comme toi.

Elle frappe dans ses mains.

— Ah, merci, ça me rassure ! Parce que je me suis dit : « Romy, ne sois pas aussi excessive, ça arrive de doubler sans faire exprès dans une file d'attente », mais j'ai pas pu me retenir de lui dire le fond de ma pensée.

— Ouais… tu as eu raison.

Je profite du léger silence pour faire volte-face, les bras chargés de mes affaires.

— Eh, tu vas où ?

— Ranger ça. Je reviens.

Sans tarder, je cours jusqu'au piteux local censé nous servir de vestiaire. À peine ai-je fermé la porte derrière moi que je m'empresse d'y caler mon dos. Pour nc rien arranger à ma crise déjà grondante, il fait une chaleur épouvantable entre ces murs. J'abandonne mon sac à main au sol et me débarrasse de mon chemisier. J'ai la folle envie d'étaler mon corps contre le carrelage frais. À la place, j'enfile le polo à l'effigie du cinéma et m'extirpe de la pièce au moment où des pas résonnent dans le couloir.

— Moretti, à ton poste. Si tu crois que j'ai pas vu que tu avais dix minutes de retard, tu me prends pour un con. Et s'il y a bien un truc que je supporte pas, c'est justement qu'on me prenne pour un con. Alors, active-toi si tu veux pas passer le reste de ton contrat à récurer les chiottes.

Alba. Je m'appelle Alba, connard.

— Oui.

Malgré toute la haine qu'il m'inspire, j'envoie un sourire crispé à Arnaud. Ce dernier reste de marbre, grommelle une phrase que lui seul doit comprendre et s'enferme dans les toilettes avec le journal hebdomadaire sous le coude. Moi qui n'avais pas encore envie de vomir, c'est désormais le cas.

— Un vrai tyran, ce mec, soufflé-je en revenant vers Romy. Je le supporte plus. Je viens ici en dehors des cours pour me faire un peu d'argent et il trouve le moyen de me traiter comme une moins que rien.

— Si ça peut te rassurer, il est comme ça avec tout le monde.

Ma pelle en main, je m'accroupis pour ramasser le tas de poussière que ma collègue vient de récolter avec son balai.

— Ça me rassure pas, ça me désole. Et encore, je suis pas la plus à plaindre… Toi, tu es là presque tous les jours.

— Oh, tu sais… Je me dis qu'il doit être malheureux, cet homme, songe-t-elle en rangeant les produits ménagers. C'est pas possible de se défouler autant sur les autres sans être la première victime de toute cette colère.

J'esquisse un sourire face à tant de bienveillance.

— Hm, ouais. Moi j'aurais plutôt dit que c'est un gros con, mais ton analyse est pas mal aussi.

Nous rions doucement, tandis que je contourne le comptoir pour rejoindre la caisse.

— Bon, voyons voir ce qu'on projette…

Penchée sur l'organisation des films à l'affiche qui vont être diffusés dans la journée, je m'évente le visage avec un prospectus. La chaleur ne me quitte plus. Elle s'accroche, s'éparpille le long de ma nuque, mon dos, mon corps tout entier.

— Tu es sûre que ça va ? s'inquiète Romy.

— Ouais. J'ai juste super chaud.

— Pourtant, il fait frais ici.

— Ah. Bah ça doit être les hormones. C'est mon premier jour de règles, ça me fait souvent ça.

Je ne sais pas laquelle de nous deux j'essaye de convaincre. Mes menstruations, aussi douloureuses et pénibles soient-elles, n'ont jamais été handicapantes à ce point-là. Le problème est ailleurs, plus gros encore que cette excuse bidon sortie de nulle part.

— Tu veux que je t'accompagne prendre l'air ? Arnaud est parti aux toilettes avec son journal, on a une bonne dizaine de minutes devant nous et y a personne pour le moment.

Suspicieuse, je scrute les alentours.

— Ouais, c'est pas une mauvaise idée.

— Inès ! s'écrie Romy à l'intention de la projectionniste. On revient, tu peux rester à la caisse au cas où des clients arriveraient ?

Durant notre progression jusqu'à la porte principale, je m'évertue à nouer mes cheveux en un chignon, histoire d'aérer ma nuque transpirante. Une fois dehors, je m'assieds immédiatement sur le bitume et ferme les paupières pour accueillir le léger vent qui souffle sur mon visage.

Mais rien n'y fait. Rien ne change. Pire encore, ça s'envenime.

Respire.

— Si ça va pas, tu devrais rentrer, s'alarme Romy en s'abaissant à ma hauteur.

— Non. Je… ça va. J'aurais dû prendre un petit-déjeuner. Je suis partie sans rien avaler.

— Ah oui, c'est important de manger le matin. Même un jus d'orange, ça réveille l'organisme.

Mon rythme cardiaque s'accélère, bien malgré moi. Je tente de contrôler le flux effréné de ma respiration, mais mes efforts restent vains. Pourquoi je n'arrive jamais à prendre le dessus sur mes émotions ? Comment font-elles pour me maîtriser ? Ma poitrine s'affole, mon âme aussi.

— J'ai envie de pleurer ! craché-je soudain, paniquée.

— Quoi ? Pourquoi ?

— J'en sais rien !

— C'est Arnaud qui te met dans cet état ?

Incapable de rester immobile, je me lève dans un bond.

— Non. Enfin… aucune idée. Je sais pas. Je comprends rien.

Tourner en rond. C'est la seule solution que j'ai trouvée pour faire redescendre la crise. Ça ou me recroqueviller.

— Alors, pleure si tu en as besoin ! m'encourage-t-elle. Ça te soulagera peut-être. Faut pas en avoir peur.

— Je suis pas sûre.

— Je peux savoir ce que vous foutez, toutes les deux ?

La voix de mon patron m'oblige à cesser ma marche nerveuse. L'épaule contre le chambranle de la porte, il nous dévisage tour à tour, la chemise semi-ouverte sur son torse poilu.

— Euh… Alba a vomi, je crois qu'elle est malade. Elle devrait rentrer chez elle, non ? explique Romy en me caressant le bras.

— Oh. T'es pas enceinte, Moretti ?

— Non, j'ai juste mal au ventre.

— Bah, rentre chez toi, alors, concède Arnaud. On verra pour te faire rattraper tes heures. T'façon, ça risque d'être calme aujourd'hui. Romy, va chercher ses affaires.

La concernée acquiesce et s'exécute. Une fois seule avec mon chef, je m'adosse contre le mur et tâche de reprendre mon souffle.

— Je me disais bien que t'avais pas la même tête que d'habitude.

— Hm.

— Bon, par contre, hors de question que tu rentres toute seule. Je vais demander à ma femme de te ramener, poursuit-il. Bouge pas, je vais la chercher.

Je sourcille, croyant avoir mal entendu. Cette scène est surréaliste. Jamais Arnaud n'a fait preuve d'autant de gentillesse – surtout envers moi. Ce n'est pas impossible qu'il m'ait dans le collimateur depuis le début de mon contrat. Mais bon… Je suis bien placée pour savoir que les gens ne sont jamais vraiment ce qu'ils prétendent être.

Exténuée, je pénètre dans l'appartement et balance mon sac à main sur le canapé qui me fait office de lit. Les notes du piano de mon frère me parviennent et se taisent à l'instant où je claque la porte derrière moi. Sans surprise, Gabriel sort de sa chambre et me rejoint, l'air inquiet.

— Alba, ça va ?

Je retire mes chaussures et savoure la douceur du parquet sous mes pieds nus.

— Ouais.

— Romy m'a appelé pour me prévenir, avoue-t-il.

Évidemment. Au vu de leur relation, j'aurais dû me douter qu'elle s'empresserait de le tenir au courant. Pour ne pas affronter son regard scrutateur, je fais un détour dans la cuisine. J'ai besoin de faire redescendre cette maudite chaleur qui s'accroche à moi comme une sangsue assoiffée. Alors, je me sers de l'eau fraîche et cale le verre contre ma joue.

— Je crois savoir ce qu'il se passe.

— N'hésite pas à me le dire parce que moi, j'en sais rien, soupiré-je.

— Bien sûr que si…

À petits pas, il se rapproche et dégage les boucles qui me tombent sur le front.

— Depuis que je t'ai dit que papa voulait nous voir, je te sens bizarre. Si ces retrouvailles t'inquiètent, on annule tout. On peut reporter ça à plus tard, c'est pas un problème. Parce que, visiblement, t'es pas encore prête à le revoir.

Mon père. Comment n'ai-je pas fait le rapprochement ? Au fond, j'ignore si mon angoisse de ces derniers jours vient de tout ça. Peut-être que oui. Depuis le divorce de mes parents, notre placement en famille d'accueil et toutes les misères qui nous sont tombées dessus, papa a disparu de ma vie. Il a refait la sienne et je serais de mauvaise foi si je niais la jalousie que je ressens envers sa nouvelle famille.

Ma mère, elle, est restée bloquée au point de départ. Et c'est aussi parce que je suis confrontée à sa peine que j'en veux autant à mon père d'en être à l'origine.

Baladés dans leurs problèmes, mon frère et moi nous sommes toujours engagés à ne pas prendre parti. Mais que se passe-t-il quand les principaux intéressés en décident autrement ?

— Je suis prête, Gab. Oui, j'ai peur, mais tu as raison. Il le faut. C'est mieux pour tout le monde.

— Viens là, m'invite-t-il en écartant les bras.

Sans me faire prier, je me blottis contre lui. Il susurre une phrase en italien, comme lorsque nous étions enfants, celle que nous nous répétions avant d'aller dormir.

Domani è un altro giorno.

« Demain est un autre jour. »

— D'habitude, tu me dis ça avant que j'aille me coucher.

— Justement. Je pense que tu devrais aller te reposer, dit-il en s'éloignant. Je t'ai entendue tourner et virer dans le salon toute la nuit.

À la simple idée d'un sommeil réparateur, un bâillement m'échappe. Mon frère se penche doucement vers moi et me souffle un baiser sur le front. Je profite de cette accalmie pour enfouir ma main dans sa masse de cheveux bouclés. Les mêmes boucles que maman. C'est bien l'unique détail physique qu'ils ont en commun. Gabriel est grand comme papa, a hérité de son regard rieur, son large sourire, sa force d'esprit…

— Je travaille pas aujourd'hui, je vais à la gare pour jouer un peu de piano. Tu peux aller dans mon lit, si tu veux.

Ne pas dormir dans le canapé inconfortable du salon est l'occasion rêvée pour rattraper toutes ces insomnies accumulées. Je remercie Gabriel, le regarde s'échapper de l'appartement et ni une, ni deux, j'accours dans sa chambre.

Quel bonheur de pouvoir s'allonger sur un matelas, un vrai. Je m'étire sous la couette, un sourire apaisé sur les lèvres. Je me sens bien, du moins, un peu mieux. Ici, je suis en sécurité, chez moi, à l'abri de toute cette effervescence du monde que je ne supporte plus. Pourtant, l'angoisse continue de tambouriner dans mes tempes dès que je ferme les paupières.

La foudre.

Elle bombarde mon cœur, s'étend jusqu'au creux de mon ventre. Et, quelques coups de tonnerre plus tard, je m'envole dans les songes, épuisée.

Doucement.

Tout… doucement.

Chapitre 2
À l'ombre du soleil

Atteindre le doute du doute,
c'est le commencement de la certitude.

Léon Daudet

LÉON ☼

Je m'emmerde sévère.

Et s'il y a bien une chose que je ne supporte pas – en plus des cons qui ne connaissent pas le principe de la priorité à droite – c'est de ne rien faire.

Je suis trop hyperactif pour rester le cul sur une chaise à compter les mouches. Pourtant, j'ai choisi d'être là et cette décision est la plus judicieuse de ma vie. Disons que tous les bons choix apportent aussi leur lot d'inconvénients.

Avide de sucre et d'un coup de fouet qui ne serait pas de refus, j'ouvre ma canette de boisson énergisante. Le bruit résonne dans l'amphithéâtre et alerte aussitôt mes voisins de devant. J'avale trois longues gorgées et soupire, satisfait.

— Quoi ? Vous en voulez ?

Mes camarades se contentent de lever les yeux au ciel et de pivoter face à l'enseignante en plein *speech*. Bientôt deux heures que je suis assis ici, à écouter le discours barbant de madame Leblanc. Elle est chiante à mourir, et c'est peu de le dire. Si encore elle y mettait du cœur… Là, c'est à se demander si elle croit en ce qu'elle baragouine.

— Tu prends pas de notes ? me chuchote ma voisine de gauche.

— Si, dans ma tête.

Dubitative, Cassandra lève un sourcil.

— C'est passionnant l'histoire grecque, intervient Oscar, sans arrêter de pianoter sur son ordinateur. Surtout ce chapitre-là.

— Ah ouais ? Perso, j'hésite entre me défenestrer et me frapper le crâne sur le coin de la table pour abréger mes souffrances.

Mon colocataire balaye l'air d'un revers de main, tandis que Cassandra, ma première fan, étouffe son rire dans son foulard.

— Ce qui est bien avec toi, c'est que t'es jamais dans l'excès, raille Oscar.

Je ne relève pas son reproche déguisé et m'allonge sur la table pour piquer un somme. Bien sûr, c'était compter sans la voix nasillarde de madame Leblanc qui résonne dans les enceintes. Elle parle si près de son micro que c'est à se demander si elle ne va pas le gober entre deux anecdotes sur la Grèce antique. Remarque, ça ferait de l'animation.

— Ça me gonfle, je comprends rien à la chronologie et cette affaire de guerre du Péloponnèse. Alexandre le Grand, il arrive quand ? râle Cassandra en balançant son stylo dans sa trousse en cuir.

— Elle vient de le dire, soufflé-je. Sparte gagne la guerre contre Athènes. Ensuite, le roi Philippe II construit une armée de ouf, il part en conquête, il contrôle la Grèce et va créer la Ligue de Corinthe, des Hellènes, ou je ne sais plus quelle connerie, pour rassembler les cités. Il se fait assassiner et son fils, Alexandre, prend le pouvoir.

— Ah ouais, c'est bien ce qui me semblait. Merci.

— À ton service.

Nous frappons nos poings l'un contre l'autre. En cessant tout mouvement, Oscar me dévisage par-dessus ses lunettes rondes.

— C'est quand même rageant. T'écoutes rien, tu dors en cours, mais t'arrives toujours à décrocher les meilleures notes.

— Le talent, Scar. C'est rien de plus que ça.

— Tu parles. Allez, avoue. Tu passes sous le bureau, hein ?

— Celui de madame Leblanc ? Nan, mais tu m'as vu ? Par contre, le bureau de madame Silva je peux rouler dessous carrément. Quand elle veut, où elle veut.

J'esquisse un sourire pervers rien que d'imaginer la scène. Louise Silva est la professeure la plus attirante de l'université. Son cours est le seul durant lequel je suis attentif et sage comme une image. Je ramasse volontiers son stylo lorsqu'elle le fait tomber, je hoche la tête à chacune de ses fins de phrases, sans oublier de lui souhaiter une charmante journée avant de la quitter. Un jour viendra où elle verra en moi plus qu'un simple élève.

Après dix minutes durant lesquelles madame Leblanc nous a conseillé une liste de livres, elle clôture sa leçon et nous libère. Oscar s'est échappé si vite de l'amphithéâtre que je n'ai pas eu le temps de le suivre. Sans perdre une minute, je range mon bloc-notes dans le fond de mon sac à dos et le rejoins à l'extérieur – là où tous les fumeurs en manque se réunissent pour prendre leur dose.

— Mec, ça va ? me demande-t-il en enclenchant son briquet. T'as réussi à dormir cette nuit ?

— Pourquoi j'aurais mal dormi ?

J'ai à peine le temps de trier mes souvenirs qu'il éclate d'un rire franc.

— Bah, c'était la soirée des révélations hier ! Entre tes confessions sur ton orientation sexuelle et le moment où Gabriel a appris que t'avais couché avec sa petite sœur… Bordel, c'était incroyable.

Je souffle du nez. J'avais presque oublié ce gigantesque moment de malaise.

— Ouais, alors, *primo* : j'ai juste parlé de curiosité. J'ai pas changé d'orientation. Et…

Oscar me coupe, le bras tendu.

— Arrête, commence pas à te justifier sur ça. On en a déjà parlé. Te prends pas la tête, c'est peut-être pas encore le moment. D'ailleurs, peut-être même qu'il y aura jamais de bon moment pour toi. On s'en fout.

Pour être honnête, je ne me suis jamais trop questionné quant à mon orientation sexuelle. Du moins, je n'ai jamais cherché à savoir qui j'étais, quel mot poser sur mes désirs et la définition exacte. Sûrement parce que je n'ai pas besoin de comprendre les choses pour les vivre, malgré la frustration de ne pas pouvoir les expliquer. Oscar a raison. Peut-être qu'un jour, je souhaiterai creuser cette réflexion. Ou peut-être que non.

Perdu dans mes pensées, je louche sur les cendres de sa cigarette qui volent entre nous.

— T'es ouvert d'esprit, continue-t-il. Tout le monde le sait. Personne t'obligera jamais à tenter des expériences ou même à te catégoriser si pour toi c'est pas utile. C'est juste… cool de voir un gars comme toi avoir ce genre de réflexions. Tu crains pas pour ta pseudo-virilité de mec hétéro, glousse-t-il. Ça fait du bien.

Mon sourire répond au sien.

— T'as raison. Merci de m'avoir écouté, d'ailleurs.

— Et concernant Alba ? Tu crois que Gab a réussi à accepter que tu te sois tapé sa frangine ?

Je balaye l'air d'un revers de main.

— Mais c'était y a une éternité ! S'il était pas aussi excessif, ce serait bien plus simple.

J'ai le sentiment d'être le seul à ne pas voir le problème. Alba et moi, c'est une vieille histoire. Adolescents, nous avons expérimenté la sexualité ensemble, ni plus ni moins. Parce qu'elle était l'unique personne avec qui j'avais envie de partager un moment aussi intime. Le fait que ça se soit reproduit ne regarde personne, n'en déplaise à Gab et sa manie de surprotéger sa sœur.

— Peut-être, mais vous lui avez caché et c'est ton meilleur ami…

— Oh, changez de disque, vous m'usez avec c't'affaire. Et toi, alors ? T'en es où de ce côté-là ? Y a pas quelqu'un qui fait chavirer ton petit cœur tout mou ?

Tandis que nous longeons l'université pour rejoindre le centre-ville de Calfort, Oscar m'explique qu'un jeune homme, dont il préfère taire le nom pour le moment, lui a tapé dans l'œil depuis deux semaines. Je suis prêt à parier ma collection de figurines que c'est le mécheux que j'ai trouvé dans la salle de bain, jeudi dernier. Je revois encore son visage décomposé quand il m'a sorti, la voix tremblante : « Euh, bonsoir, je suis un ami d'Oscar, je viens juste me laver les dents. » Mon hilarité a disparu au moment où je me suis aperçu qu'il tenait *ma* brosse à dents dans la main. Je lui ai d'ailleurs gentiment offert, ça va sans dire.

Après une dizaine de minutes de marche, nous arrivons aux abords de *Disk & Drink*, le bar-disquaire dans lequel Gabriel travaille depuis plusieurs jours. Pour le surprendre, nous pénétrons silencieusement dans l'établissement presque désert.

— Grrrr, ce tablier moule si bien ton corps, Moretti. Je sais pas ce qui me retient de te l'arracher avec les dents.

— Ouais, bah, retiens-toi bien, rit Gabriel derrière le comptoir. Je vous sers quoi, les gars ?

— Je vais faire comme si t'avais pas posé cette question, parce que tu me connais assez pour savoir que c'est bière ou rien.

— Moi aussi, du coup, ajoute Oscar.

Gabriel humidifie deux verres et descend franchement le robinet de la tireuse pour faire couler cette bière que j'imagine délicieuse. Il nous donne nos commandes ainsi qu'une coupelle de biscuits apéritifs. Comme à son habitude, il refuse les pièces que nous lui tendons en précisant que « c'est pour lui ».

— T'as pas vu qui était installé en terrasse ? grimace mon meilleur ami, occupé à faire tremper des tasses dans l'évier.

— Euh, non. Qui ça ? Mon ex ? Marine ? La russe que j'ai ramenée l'autre soir ?

— Ton frère.

Je manque de m'étrangler avec ma cacahuète.

— Lequel ?

— Élias.

Alors, ça, c'est le litchi sur le flan. Si seulement c'était Édouard, l'aîné, mais non, il a fallu que ce soit le deuxième de la fratrie – soit le plus lourd de tous. Je soupire et avale une gorgée de bière.

— Mais t'as combien de frères, au juste ? s'étonne Oscar.

— Trois. Dans l'ordre : Édouard, Élias, Pierre et moi, je suis le dernier.

— Tu vas pas lui dire bonjour ? reprend Gabriel.

— Pour quoi faire ? Qu'est-ce qu'il branle là, déjà ?

En soulevant les épaules, Gabriel se sert un grand verre d'eau fraîche.

— Bah, il habite à Calfort, il a le droit de venir traîner dans les bars. Tu le fais bien, toi.

— Mouais, j'crois surtout qu'il me cherche. Élias est pas du genre à venir siroter des limonades en terrasse. Il a dû savoir que tu bossais ici et il veut mettre la main sur moi.

— Peut-être. Il avait pas l'air étonné de me trouver là. Il m'a commandé un Perrier, m'a demandé où tu…

— Ah, tu vois ! le coupé-je. Même sa commande est chiante à crever. Ceux qui prennent de l'eau gazeuse de leur plein gré sont pas normaux.

Oui, je suis de mauvaise foi, mais peu importe. Je ne supporte pas qu'il puisse me suivre à la trace dans l'espoir de me retrouver. Par-dessus mon épaule, je jette un coup d'œil en direction de la terrasse. Dos à la baie vitrée, Élias gesticule sur sa chaise, penché au-dessus de son téléphone. Je reporte aussitôt mon attention sur mes amis.

— Il s'est passé quoi entre vous ? s'enquiert Oscar.

— Des conneries de famille. Pour la faire courte, y a toujours eux deux clans. Celui de mon père, Élias et Pierre, face à celui de ma mère, Édouard et moi.

— Ouais, mais ça a surtout dégénéré quand t'as été foutu à la porte, réplique mon meilleur ami.

— J'en ai rien à carrer. À mes yeux, j'ai que deux vrais frères : Édouard et toi, Gab. Point.

J'écourte la conversation, n'ayant pas la moindre envie de me replonger dans toutes ces emmerdes. Ressasser le passé, se torturer les méninges ? Très peu pour moi. La vie continue, sans ceux qui l'ont rendue impossible.

— Je viens régler mon Perrier.

La voix d'Élias m'oblige à m'immobiliser. Par-dessus le marché, la foutue caisse est juste à côté de moi. Je détourne mon corps vers la droite et fais mine de touiller dans la coupelle de cacahuètes.

— Ça fait trois euros vingt, annonce Gabriel.

Je sens la présence de mon frère à ma gauche. Les pièces s'entrechoquent dans le fond de son porte-monnaie pendant de longues secondes, à croire qu'il fait exprès d'instaurer cette ambiance pour faire durer le suspense.

— Salut, Léon, dit-il d'une voix blanche.

— 'Lu.

Au ralenti, je pivote sur le tabouret pour lui faire face en léchant le sel sur mes doigts. Finalement, ce n'est pas à moi de fuir. Je suis prêt à l'affronter, parce que je n'ai rien à me reprocher, moi. Il a toujours cette allure de jeune premier avec son col de chemise qui dépasse de son pull de marque et ses pompes que j'imagine aussi cirées grâce au dévouement de mon père.

— Comment se passent tes études… euh, en histoire, c'est ça ? Papa m'a appris que tu étais en troisième année. Dis donc, ça file !

— Comme sur des roulettes. Et toi, comment se passe ton entreprise… euh, d'import-export, c'est ça ?

S'il savait à quel point je m'en frotte le genou contre du gravier de sa société.

— Très bien, j'ai pas à me plaindre.

— À la bonne heure.

L'air est glacial. Pour adoucir cette scène quelque peu gênante, Oscar et Gabriel ont manifestement jugé utile d'évoquer la météo.

— Et Édouard, comment se porte-t-il ? Toujours au chômage ? C'est pas de bol, ça.

Il est sérieux, ce con ?

Sa fausse inquiétude et sa grimace hypocrite me donnent envie de renverser ma bière sur ses chaussures. Non, hors de question de gaspiller ma Leffe pour ses mocassins merdiques aussi ridicules que la sacoche en cuir qu'il trimballe autour de sa taille. Pour une raison que j'ignore, Élias s'est toujours senti en compétition avec Édouard. Ce rapace a sans doute jubilé d'apprendre le licenciement injustifié de notre aîné.

— Dis-moi, Élias… Vous vendez pas des échantillons de couilles dans ta boîte ? Si tu veux des nouvelles des gens, t'en prends par toi-même, si tant est que les concernés aient envie de t'en donner.

— Toujours aussi fin dans tes argumentations à ce que je vois, raille-t-il en rangeant son porte-monnaie dans son espèce de sac banane de luxe.

— J'argumente pas, je te dis les choses. T'as pas l'habitude, c'est tout.

Sans mon père dans les parages pour prendre sa défense, Élias a beaucoup moins de voix que par le passé. Dans un soupir, il s'accoude à côté de moi.

— On va tout de même pas régler nos comptes ici… On est pas des chiffonniers.

— Bah nan. T'façon t'as réglé ton Perrier, les comptes sont bons.

Nouveau soupir. Sans s'attarder davantage dans une discussion qui ne mènera à rien, mon frère nous souhaite une belle fin d'après-midi et quitte le bar, la queue entre les jambes, si j'ose dire.

— Quoi ? lancé-je à l'égard de mes colocataires qui me dévisagent. Ça aurait pu être pire, j'ai été cool, j'trouve.

— Ah, mais on a rien dit, se défend Oscar, avant de minauder. Il est pas mal, ton frère. Chef d'entreprise, alors ?

— Ouais, et fils à papa surtout. Putain, j'vous jure que j'étais à deux doigts de balancer les cacahuètes dans sa vieille tête de moule à gaufres, là.

Gabriel se garde bien de me donner son opinion, mais je sais ce qu'il pense. D'après lui, je devrais poser cartes sur table avec les membres de ma famille pour tenter de remédier à toute cette pagaille. L'art de la communication, paraît-il. Pourtant, il a vécu avec nous, il les connaît et sait à quel point parler sereinement avec eux est aussi compliqué que de faire aboyer un béluga.

— Bon, on sort ce soir ? J'ai bien envie de me dandiner sur la piste pour oublier cette belle journée de merde.

— Te changer les idées avec une nouvelle conquête, tu veux dire ? Moi ça me va, mais pas trop tard, je commence tôt demain matin, accepte Gabriel. Tu viens, Oscar ?

— Oh, bah moi, tant qu'il y a de la bonne musique et de la vodka, je vous suis.

— Voilà, ça, c'est mon Scar ! m'écrié-je en lui massant les épaules. Pas regardant sur les conditions, *lui.*

En faisant le tour du comptoir pour débarrasser une table, Gabriel me tend son majeur.

— Vous êtes étudiants, vous. Si demain vous êtes trop morts, vous pouvez sécher ou dormir en cours. Moi, faut que j'assure.

— Eh, mais ça n'a rien à voir ! s'insurge Oscar.

— Laisse-le. M'sieur le pianiste a une carrière à tenir, raillé-je. En attendant, Beethoven, t'as intérêt à me raconter les derniers détails graveleux de ce que tu sais.

— Quels détails ?

Je lui réponds d'un rire trop caricatural pour être vrai, alors qu'Oscar nous regarde avec des yeux ronds comme des bouchons.

— Attends, de quoi il parle ? Y a un truc dont je suis pas au courant ? Comment est-ce possible ? Balance, Moretti !

— Mais y a rien ! s'offusque Gabriel. C'est Léon, tu le connais, non ? Il raconte de la merde, comme toujours.

— Ouais, ça t'arrangerait que ce soit ça, hein, nargué-je. Bon, je vous laisse, les *boys*. N'allez pas croire que j'ai mieux à faire que de rester là avec vous, mais c'est le cas. On se retrouve ce soir !

La perspective de sortir en boîte m'a rendu mon sourire. Comme quoi, il m'en faut peu. Je lance une dernière pique obscène à l'égard de mon meilleur ami et m'échappe du bar, assailli par ses insultes.

Au loin, le genou replié et les bras croisés, Élias est adossé contre le mur d'un immeuble et en pleine conversation téléphonique. Ma paranoïa me porte à croire qu'il raconte nos retrouvailles houleuses à notre père ou à Pierre, mais je n'ai ni de temps ni d'énergie à gaspiller pour réfléchir à ça. Alors, sans un regard lancé dans sa direction, j'emprunte le trottoir face au sien pour rejoindre mon appartement.

Chapitre 3
Les bons choix

Appuyons-nous sur les principes,
ils finiront toujours par céder.
Édouard Herriot

LÉON ☼

Le *Lovely Club*. Alors j'ignore qui est l'imbécile qui a eu l'idée de donner un nom aussi merdique à une boîte de nuit, mais ça n'enlève rien au fait que c'est mon endroit préféré de la ville. La musique pulse dans mes tympans à l'instant où nous passons les vestiaires. Ce soir, l'ambiance est à son apogée. Il faut être paré d'une certaine motivation pour braver les ivrognes qui s'agglutinent, mais ça tombe bien, j'en ai à revendre. Les jeux de lumières multicolores bombardent les danseurs, donnant l'impression qu'ils se meuvent au ralenti, accablés par les stroboscopes.

— Je sais pas si on va se recroiser, mais bonne soirée à vous, les potes. Puisse le sort vous être favorable.

— Eh, tu vas où comme ça, sans lumière ? m'interrompt Gabriel.

— Je vais à la pêche, minaudé-je en jouant des sourcils.

Sur ces mots, je m'écarte de mes colocataires dans une chorégraphie approximative. Je m'engouffre dans la foule aussi facilement que dans du beurre. Après une journée barbante à rester le cul sur une chaise, j'avais besoin de ça. Rien de mieux que cette boîte miteuse où tout le monde se connaît et semble se satisfaire des playlists ringardes diffusées par le DJ.

Au loin, des mecs de ma promo me font des signes de la main que je leur rends – uniquement parce qu'ils sont accompagnés de trois demoiselles à mon goût. Mes pieds glissent sur la piste de danse, encouragés par la chanson pop remixée. Après cinq minutes, Gabriel me rejoint.

— Tiens, don Juan.

J'attrape le verre qu'il me tend et le porte à mes lèvres, sans me soucier du contenu.

— C'est dégueulasse, avoué-je.

— Ouais, je sais.

— Pas grave, ça fera l'affaire.

Dépité, je constate que derrière mon meilleur ami, le reste de la bande a fait le déplacement.

— Allez danser ailleurs. C'est notre terrain de jeu, ici.

— Pourquoi ? déplore Alba.

— Parce que ton frère et moi, on serait heureux de pas vous avoir dans les pattes pour faire ce qu'on a à faire.

— Vous êtes vraiment lourds. Viens, Romy, on va plus loin, soupire-t-elle en attrapant la main de son amie.

J'observe les filles partir en direction des banquettes, satisfait de leur coopération.

— C'est vrai que vous êtes chiants, ajoute Oscar. On peut jamais faire de soirée entre nous sans que vous fassiez des plans comme ça.

— Oh, tu vas pas t'y mettre, Oscarito. On en a pas pour longtemps, donc va rejoindre Alba et ta copie conforme. On revient plus tard.

— Ma jumelle, me corrige-t-il.

— Ouais, si tu veux.

Après avoir levé les yeux au ciel, il s'exécute. Une fois seul avec Gabriel, j'en profite pour scanner la piste de danse à la recherche d'une proie pour la nuit. Il y a bien cette jolie brune dans le coin que j'ai repérée en entrant, mais vu la façon dont elle gesticule avec un type aux allures de rugbyman, je pense m'abstenir.

— À quoi je te sers, moi, au juste ? s'enquiert Gabriel.

— Comment ça ?

— Bah, aux dernières nouvelles, je passe déjà du temps avec Emma.

J'avais presque oublié ce détail.

— Ah ouais, m'en parle pas. Qu'est-ce qui t'a pris, d'ailleurs ? Tout ça pour fricoter avec Romy dans son dos, en plus. Chapeau l'artiste, c'est du propre.

— Je fricote pas avec Romy… C'est compliqué et tu le sais.

YMCA des Village People retentit dans la boîte de nuit. Plus beauf, tu meurs, qu'on se le dise. Mais comme je ne rechigne jamais à extérioriser mon côté ringard, je lève le bras en l'air et me déhanche.

— Ça va, je dis ça pour dédramatiser ! m'écrié-je sans interrompre ma chorégraphie. C'est ta vie, je m'en mêle pas. Et tu sais que je suis là, si t'as besoin.

— Je vois pas ce que tu pourrais faire pour arranger la situation, mais merci.

— Bah, en fonction de celle que tu choisiras, je récupérerai l'autre. T'inquiète.

— Ouais, j'imagine, répond-il en levant les yeux au ciel. Je te connais.

Sa remarque m'arrête net dans mes mouvements de danse. Pour me donner un peu d'aplomb, j'avale quelques gorgées de mon cocktail.

— Mais bordel, qu'est-ce que vous avez ce soir ? On dirait que vous me découvrez. Eh oh, c'est moi, Léon Marchal, tu me remets ? T'as perdu ton sens de l'humour ou quoi ?

— Ouais, désolé, je suis blasé… C'est pas contre toi.

Démotivé, je quitte la piste et retrouve les autres sur les banquettes.

— Alors, la pêche a été bonne ? raille Alba dès que je m'affale à côté d'elle.

— Vous m'avez coupé l'envie.

Et c'est peu de le dire. À bien y réfléchir, il se passe toujours quelque chose à chacune de nos sorties. Soit je me fais virer de la boîte parce que je ne tiens plus debout, soit ça part en disputes. La dernière en date concernait Alba et son frère. Gabriel a du mal à supporter que sa sœur se trémousse avec des types qu'il ne connaît pas. Je n'ai pas de sœur – loin de moi l'envie de le juger –, mais sur ce point-là, il en fait des caisses.

Soudain, alors que j'étais prêt à me tirer fissa du *Lovely Club*, une charmante blonde attire mon attention sur la banquette voisine. Je dépose mon coude contre l'appuie-tête et m'étends vers elle, mine de rien.

— Salut…

— On se connaît ? lance-t-elle, un sourcil arqué.

Mon sixième sens me souffle de lâcher l'affaire, mais je fonce dans le tas, en dépit de son air contrarié. Sur un malentendu, ça peut marcher.

— Bah, les gens m'appellent Léon, mais toi, tu peux m'appeler ce soir.

— Je suis fiancée avec le videur.

— Bonne soirée à toi aussi.

Et merde.

Le nez dans mon cocktail immonde, je retourne sagement à ma place, moqué par le regard rieur d'Alba.

— Tu le savais ?

— Que Bérénice était en couple avec Titi ? Ouais.

— Pourquoi tu m'en as pas empêché ?

— Eh, mais c'est à toi de savoir te tenir, mon gars, rit-elle. Et si c'était pour louper cette scène, j'aurais été bête de te prévenir.

Pas faux. Sur cette provocation, Alba se lève et file sur la piste, main dans la main avec Romy. Cernant ma solitude et ma contrariété, Gabriel fait glisser ses fesses jusqu'à moi et passe son bras autour de mes épaules.

— C'est terrible la frustration, hein ?

— À qui le dis-tu…

— Oh, tiens ! s'écrie-t-il en haussant le ton pour mieux se faire entendre – même s'il me hurlait déjà dans l'oreille. Alice, ta pote bizarre, est au bar, tu l'avais vue ?

Aussitôt, je dirige mes yeux vers l'endroit désigné par son index. Attablée au comptoir, aussi belle qu'à l'accoutumée, Alice s'esclaffe et se dandine au rythme de la musique. C'est l'occasion rêvée pour clôturer cette soirée comme il se doit.

— Je reviens, annoncé-je après m'être levé.

Si je devais résumer notre relation, je dirais qu'Alice est une partenaire de jeu régulière. Non pas que j'en aie des centaines, mais elle est celle avec qui j'ai le plus souvent remis le couvert. Jamais elle n'a envisagé autre chose que du sexe avec moi et c'est pour cette raison que tout s'est toujours déroulé sans accroc. Ce n'est rien de plus qu'une amitié avec quelques bonus.

— Léon ! lâche-t-elle quand j'arrive à sa hauteur. Je te cherchais, justement.

Avec cet air tentateur que je ne connais que trop bien, elle joue avec la bretelle de son top en le faisant chuter de son épaule.

— Ah ouais ?

— Ouais.

Un regard suffit à clarifier ce que nous attendons l'un de l'autre. En dégageant ses cheveux bruns de son visage, elle descend du tabouret et m'entraîne avec elle, sans préambule. Évidemment, je ne me fais pas prier pour la suivre. Notre course nous emmène dans le couloir qui longe les toilettes, là où nous nous sommes souvent retrouvés dans diverses soirées. À l'abri des yeux curieux, cet endroit est idéal pour que chacun fasse tranquillement ses petites affaires.

J'ai à peine le temps de souffler que la voilà qui me pousse contre le mur, les iris gorgés de désir.

— Ah, donc on s'éternise pas dans des banalités du genre : « Comment ça va ? Et les cours, ça se passe bien ? » Tu perds pas de temps, je te connaissais pas aussi pressée.

— Ça te dérange ? s'étonne-t-elle faussement.

— Y a rien qui me dérange, tu sais bien.

Rassurée, elle plaque ses lèvres contre les miennes en mêlant nos respirations déjà endiablées. Je souris et agrippe sa nuque pour intensifier notre baiser. Les choses débutent souvent de cette façon, entre nous. C'est l'avantage de connaître les intentions de l'autre, sans qu'il y ait besoin de règles ou de conditions. Pas de bavardages inutiles, pas de conversations qui pourraient tout gâcher, pas d'emmerdes.

Dans mon dos, la cloison pulse sous l'éclat de la musique assourdissante. Alice se presse davantage contre moi, tandis que mes mains se font un peu plus baladeuses.

— Faut qu'on fasse vite, précise-t-elle, prête à m'entraîner dans les toilettes. Mon copain est dans la boîte, j'ai un truc comme dix minutes devant moi.

— Attends, quoi ?

Je l'interromps alors qu'elle s'apprêtait à me débarrasser de ma ceinture.

— T'es en couple ? Depuis quand ?

— Deux semaines, mais bref, aucune importance, me presse-t-elle.

— Wow, wow, wow ! Tout doux, le biniou. Y a personne qui a un minimum de morale dans cette boîte ?

Alice s'immobilise et me dévisage, sans comprendre.

— De quoi tu parles ?

— Je vais rien faire du tout si t'es avec quelqu'un. Je veux bien admettre que j'ai la dalle, mais j'ai mes limites.

— Oh, pitié, Léon, tu vas pas réagir comme ça, si ? Allez, fais comme si je t'avais rien dit.

Nouvelle déception. Manifestement, nous n'étions pas sur la même longueur d'onde. Je me suis encore trompé. En douceur, j'attrape ses hanches et l'oblige à s'écarter de moi.

— Alors, j'en suis le premier navré, hein, mais c'est mort. Et même si j'en avais envie, je vais pas prendre ce risque pour que ton mec nous surprenne et qu'il me refasse le portrait.

— Il surprendra rien du tout si tu sautes sur l'occasion tout de suite, insiste-t-elle.

— Quand tu seras célibataire, et y a de grandes chances pour que tu le sois bientôt si tu te comportes comme ça en étant en couple, reviens vers moi. Là, tu m'en demandes trop.

Et pour une fois, elle ne pourra pas m'amadouer avec des battements de cils ou son délicieux décolleté échancré. La bouche entrouverte, Alice cale son corps contre le mur et croise les bras sur sa poitrine.

— Tu me juges, alors ?

Ses mots me stoppent dans ma fuite. Je pivote lentement vers elle et hausse les épaules, contraint de reconnaître que :

— Un peu.

Pour couronner cette journée pourrie, la soirée aura, elle aussi, été un gigantesque fiasco. Bon, je ne parle qu'en mon nom, puisque depuis plus d'une demi-heure Gabriel et Romy sont enfermés dans la chambre pour « jouer de la musique ». Je cherche encore à entendre ne serait-ce qu'une petite note, mais rien. S'ils pensent me faire croire qu'ils se contentent de titiller les touches du piano, ils me prennent pour un rigolo de kermesse. J'espère au moins qu'ils s'amusent plus que moi.

Je sais que je ne devrais pas, mais je n'arrête pas de penser à Élias et la façon dont je l'ai envoyé sur les roses. J'ai peut-être un peu abusé… Il a sûrement une autre vision des choses. Après tout, il y a toujours plusieurs versions à une histoire, mais je ne reviendrai pas vers lui. La rancune m'oblige à ignorer les gens qui m'ont blessé, même si ces derniers font partie de ma famille. Dans certains cas, ça n'excuse rien. Ce n'est pas une circonstance atténuante et je ne supporte pas qu'on sorte cet argument pour passer l'éponge sur les évènements.

Pour vaincre l'ennui, j'ai lancé un épisode de *Tragiques destinées*. Je suis fidèlement cette série B minable, sans trop savoir pourquoi. Au départ, c'était pour faire plaisir à Oscar et, au fil du temps, toute la coloc y a pris goût. Au moins, je n'ai pas besoin de réfléchir et il arrive même que je ressente certaines émotions durant les scènes dramatiques. Ce n'est pas si mal, si on omet les dialogues niaiseux et les jeux d'acteurs ridicules.

Alors que je commençais à piquer du nez, un claquement de porte me réveille en sursaut. En furie, Romy apparaît dans le salon, larmoyante – comme bien souvent, d'ailleurs.

— Eh oh, du bateau ! l'interpellé-je. Qu'est-ce qui t'arrive ? Gabriel a confondu un *la* mineur avec un *sol* majeur ?

— Rien. Bonne nuit.

Prête à quitter notre appartement pour rejoindre le sien, elle poursuit sa route. Je bondis hors du canapé et accours dans l'entrée.

— Faudra me passer sur le corps, dis-je en me dressant devant la porte.

En essuyant ses yeux humides, elle me fusille du regard.

— C'est pas une proposition, hein. C'est juste une expression pour dire que… Enfin, bref. Dis-moi ce qu'il se passe, je peux peut-être t'aider.

— Non, Léon. Tu peux pas et c'est pas grave. Tu commences à me connaître… je suis trop émotive.

En effet, j'avais cru le comprendre. Touché par sa forte sensibilité, je lui pince la joue et chasse quelques-unes de ses larmes. Romy pleure beaucoup, tout le monde le sait et en aucun cas je ne vois ça comme un problème ou une faiblesse. Au contraire. Elle n'a pas peur d'évacuer ce que, moi, je m'obstine à ensevelir dans un coin de ma tête.

— Je sais pas pour qui ni pourquoi tu pleures, mais tout rentrera dans l'ordre. Y a pas de raison…

Bien sûr, je mens. Elle l'ignore, mais je suis au courant de ce qui semble la tracasser. Comment la rassurer sans trahir la confiance que Gabriel m'a accordée en me racontant les détails de leur relation ? Je ne peux pas, alors je m'abstiens d'en rajouter, d'autant plus que je ne sais rien de plus que ce que mon ami a bien voulu me dire.

Sans un mot de plus, je dépose un baiser innocent sur le sommet de son crâne, elle me sourit et s'échappe.

— Je te jure que c'est pas moi qui l'ai mise dans cet état.

Je fais volte-face vers la voix qui vient de me surprendre. Debout au milieu du salon, Gabriel soupire et s'affale dans le canapé.

— Toi, tu t'es fourré dans une sacrée merde, affirmé-je en revenant vers lui.

— Ouais, je sais.

— Nan, mais là je suis archi-sérieux. T'es conscient que tu vas en faire souffrir une ? Peu importe ce qu'il se passera, Romy ou Emma payera pour ça. Peut-être même les deux.

— Tu penses ? Wow, c'est cool que tu m'éclaires de ta lanterne, parce que j'avais pas capté, tu vois.

Autant de susceptibilité me fait lever les yeux au ciel. Impossible d'avoir un avis contraire au sien sans que monsieur prenne la mouche. Je veux bien croire que la vérité est parfois difficile à entendre, mais le déni n'a jamais fait avancer personne.

— Je me tais, je vais pas en rajouter une couche, mais arrange ça vite, dis-je avant de changer de sujet. Tu veux boire un truc ? Faut qu'on trinque.

— Qu'on trinque à quoi ?

En trémoussant mon postérieur jusque devant le frigo, j'attrape deux bières, les décapsule et retourne dans le salon.

— Je sais pas, c'était une excuse pour me servir à boire. T'as une idée ?

Je lui tends sa boisson et claque ma bière contre le goulot de la sienne en provoquant l'éruption de la mousse. Soucieux de ne pas en renverser sur le tapis, Gabriel porte aussitôt la bouteille à ses lèvres pour en recevoir le contenu.

— Ouais, soupire-t-il en s'essuyant la bouche. On peut trinquer à ta connerie.

Chapitre 4
L'espoir ça va, ça vient

Toutes les douleurs de la séparation
disparaissent à l'instant des retrouvailles.

Lamaslim

ALBA ☾

Assise à même le parquet du salon, je trempe mon doigt dans la peinture orange et pose l'index sur la toile. Deux jours que je suis sur ce semblant de coucher de soleil. Je n'ai jamais mis autant de temps pour réaliser un paysage, mais je tiens à en venir à bout. Il faut que ça sorte. D'une manière ou d'une autre.

Le dégradé rosé du ciel me plaît, mais je voudrais l'agrémenter de touches cuivrées, mélancoliques, pensives. Penchée au-dessus de mon travail, je plisse les yeux et me concentre sur les nuances que j'apporte. Et, à force de patience, le résultat final se dessine petit à petit.

La forêt borde la toile d'un rideau de sapins, comme ceux d'un théâtre. Au centre, la route s'éternise jusqu'au ciel, nappée de flaques d'eau de pluie qui reflètent les éclats du soleil qui décline. J'aime le rendu, cette impression que la nature nous intime un secret et nous invite à la découvrir, si nous l'osons.

Non, il manque quelque chose.

Bien sûr. J'ai failli oublier.

Après avoir rincé mes doigts dans le bol d'eau, je les essuie contre le papier journal et attrape mon pinceau pour plus de précision. Le blanc apporte un soupçon de lumière, tout en restant timide. Juste ce qu'il faut. Je me charge du remplissage avec un peu de jaune, j'estompe, j'ajoute des cratères, du réalisme. Et la lune reprend ses droits, là où elle doit être. Partout dans ma vie. Dans tout ce que je touche.

Non, toujours pas.

Pour prendre un peu de recul, je pose mes fesses sur le sol et dégage la masse de cheveux qui me tombent sur les yeux avec mes poignets. Je ne supporte pas cette sensation d'inachevé, la frustration de ne pas aller au bout de mon inspiration. Elle a encore des choses à me dire, je le ressens.

Je sais.

Du noir.

Oui, voilà. Du noir, encore plus de noir. Toujours plus de noir.

Je me repositionne sur les genoux, prends un autre pinceau et me remets à la tâche.

Une silhouette. Floue, abstraite, sombre. Au milieu de la route, on ne saurait dire si elle avance, recule ou s'échappe. Mais elle est là, perdue dans l'univers, dans cette nuit qui menace de tomber et de l'engloutir. Et maintenant, je sais qu'il ne manque plus rien. Parce que je ne connais pas encore la suite de son histoire.

Un jour, je la peindrai. En espérant qu'elle soit plus… optimiste.

Et qui sait ? Peut-être que cette silhouette solitaire finira par saisir la main tendue qu'elle désire tant.

Après une durée indéterminée pendant laquelle j'ai louché sur cette toile, la porte d'entrée s'ouvre. Aussitôt, je me mets sur mes pieds et éponge mes doigts contre le tee-shirt XXL à l'effigie de *Game of Thrones* que j'adore porter quand je joue les Frida Kahlo.

— Hello, ma Baboche ! s'enjoue Oscar en filant directement dans la cuisine ouverte. T'es pas censée être en cours ?

— Et toi ?

Malicieuse, je rejoins l'îlot central pour m'y attabler.

— Ah… Tu m'as eu. J'étais chez… un mec.

Je lui tends mon gobelet pour qu'il y verse le soda qu'il commençait à se servir.

— Et il a un nom ce « mec » ? Que tu veuilles pas en parler à Gab et Léon, passe encore, mais à moi, tu peux bien me le dire !

Son sourire espiègle me laisse penser qu'il est prêt à cracher le morceau. Pour effacer ses dernières traces d'hésitation, je lui fais les yeux doux et ma petite moue.

— Il s'appelle David, lâche-t-il. Mais je te dirai rien de plus tant que ce sera pas concret ! Je veux pas mettre la charrue avant les bœufs. On verra bien.

Les joues plus colorées que lorsqu'il est arrivé ici, Oscar s'empare d'un paquet de biscuits fourrés, l'ouvre et verse le contenu dans une assiette creuse.

— Tiens, en parlant de ça, j'ai un truc qui me trotte dans la tête que je veux absolument partager avec toi, m'explique-t-il en s'asseyant sur un tabouret de bar. Mais pas un mot aux autres, hein !

Pour lui prouver ma bonne foi, je mime une fermeture scellant mes lèvres.

— Tu penses pas qu'il y a clairement plus que de l'amitié entre Romy et Gab ? J'sais pas. Je trouve ça bizarre qu'ils soient autant collés ensemble, aussi proches et secrets.

Alors, celle-là, je ne l'ai pas vue venir. Interloquée, je repose mon verre de soda sur le comptoir.

— Hm… Je connais mon frère. Il batifole déjà avec Emma, je le vois mal jouer sur deux tableaux, rétorqué-je, la bouche pleine de gâteau au chocolat. Ils aiment juste faire de la musique ensemble, je pense.

Ou suis-je trop naïve ? Maintenant que j'y réfléchis, il est vrai que leur complicité m'a déjà rendue perplexe. Le seul qui pourrait être au parfum d'un potentiel rapprochement, c'est Léon. Il sait tout sur tout, sans même qu'on ait besoin de lui dire quoi que ce soit. Il faut impérativement que je tente de lui soutirer des informations.

— Ah, mais je dis pas qu'ils ont fait quelque chose. C'est… leur relation. Enfin, même, tu m'enlèveras pas de la tête que c'est louche. Ils ne font pas que lire des partitions jusqu'au bout de la nuit, j'en mettrais ma main à couper.

Je soulève une épaule devant la conviction d'Oscar.

— Ouais, mais Gabriel et Romy sont pas comme ça.

— Alors ça, désolé, mais t'en sais rien, conteste-t-il en se dirigeant vers l'évier. Tu crois que tu le connais parce que c'est ton frère, mais c'est faux. Romy a beau être ma jumelle, je peux rien certifier non plus. On a aucune idée de ce qu'il se passe dans la tête des autres ou derrière les portes fermées. On sait ce que les gens veulent bien nous dire, c'est tout.

Oscar se penche sous le robinet pour boire un filet d'eau et je ne réponds pas. Ses mots font écho à mes derniers tourments mis en sourdine. Ils résonnent en moi, me pointent du doigt, quémandent leur besoin de se manifester.

— Bon, t'façon, ils se parlent plus trop en ce moment. Il doit y avoir de l'eau dans le gaz. J'essayerai d'en toucher deux mots à Romy, poursuit-il en me ramenant à la réalité.

Tout à coup, cette histoire me semble être d'une futilité affligeante. Qu'ils fassent ce qu'ils veulent, après tout. Ça ne regarde qu'eux et il nous manque sûrement des éléments pour comprendre ce qui les lie autant l'un à l'autre.

Mon colocataire lève ses lunettes vers la lumière du jour, nettoie les verres avec son polo et avance vers le couloir.

— Je vais faire une sieste, je suis crevé, annonce-t-il en bâillant. Si les gars arrivent, dis-leur de pas faire de bruit, surtout Léon.

— Compte sur moi.

Et le silence refait surface, juste animé par le grésillement du moteur du frigo et le tic-tac de l'horloge. Je descends de mon tabouret, sans savoir où aller. Même ici, je ne suis pas chez moi. En théorie, je suis chez les garçons, dans leur monde. Et puisque j'ignore encore où se trouve le mien, le leur me paraît être un peu plus rassurant, finalement.

Chapitre 4

La pluie s'abat sur Calfort par vives trombes d'eau qui me mouillent jusqu'aux os. Le maigre parapluie que j'ai déployé n'arrange rien et se retourne à chaque rafale de vent. À vrai dire, je me fiche de tout ça. Mon esprit est ailleurs, encore immobilisé par l'angoisse. Les lampadaires municipaux guident ma trajectoire, tout comme la main de Gabriel que je tiens fermement, comme si elle était la dernière liane qui me sauverait du vide.

Respire.

Nous ne disons rien et c'est mieux ainsi. Le moindre mot pourrait me faire craquer, je le sais. Nous marchons dans la nuit, inquiets d'être de plus en plus proches du lieu de rendez-vous. J'ai envie de faire machine arrière et d'annuler mes promesses trop ambitieuses.

Il est là. Debout au milieu du trottoir, encore plus ému que nous.

Un halètement de surprise m'échappe. C'est fou, même après six longues années sans le voir, c'est comme si je l'avais quitté hier. J'ai l'impression d'être face à une version de Gabriel en plus âgée. Soudain, guidée par une force que je ne soupçonnais plus, je lâche la main de mon frère.

Et je cours.

Mes pieds frappent les flaques d'eau qui gisent au sol et face à moi, mon père écarte les bras pour me réceptionner. Je m'écroule contre lui, littéralement. Les larmes se mêlent aux gouttes de pluie, les mots d'excuse fusent et Gabriel s'introduit dans cette étreinte. Comme toujours, papa nous souffle ses éternels mots d'amour en italien et mes sanglots redoublent d'intensité. J'aurais préféré ne jamais en arriver là ; devoir me réjouir de retrouvailles ponctuelles plutôt que de savourer des moments de vie ordinaires, comme de nombreuses familles lambda.

Depuis ma naissance, rien n'a jamais été banal. Je n'irai pas jusqu'à croire que mes parents en sont responsables, disons qu'ils ont fait de leur mieux, mais parfois, les plus grands efforts ne suffisent pas. Les enfants règlent souvent les impayés des adultes. C'est comme ça…

Après plusieurs minutes, Gabriel nous entraîne à l'intérieur du bar dans lequel il travaille. Je reste silencieuse et fais semblant de m'attarder sur le jukebox qui trône dans l'entrée, tandis que papa se balade entre les allées de vinyles. Je les entends parler du job de mon frère, de musique et de banalités, mais je n'interviens pas. Les mots me manquent pour exprimer l'ampleur de mes blessures, ce que je ressens au fond de moi, réellement. Comment l'avouer aux autres puisque je me mens à moi-même ? Au moins, j'en ai conscience. En espérant que ce soit le premier pas vers le bonheur que je mérite.

Ouais, espérons.

— C'est chouette, *figlio mio*[1] ! Tu dois être heureux comme un prince, ici.

---

1. « Mon fils ».

— Je le suis, confirme Gabriel.

Nous nous installons dans un coin tranquille, à l'écart des autres clients qui consomment dans un chahut monstre. Gênée, je tapote le bois de la table, sans trop savoir quoi dire pour combler mon malaise.

— *Mio Dio*[1], plus le temps passe et plus tu ressembles à ta mère ! s'enchante papa en me prenant les doigts. D'ailleurs, comment va-t-elle ? Ça fait longtemps que je n'ai pas eu de ses nouvelles.

— Toujours pareil. Des hauts et des bas, mais ça va, elle va bien.

Papa me répond d'un sourire rassuré que je préfère ignorer. Le patron de Gabriel dépose nos commandes au centre de la table et j'attrape mon soda pour m'occuper les mains.

— Et comment vont Livia et les enfants ? s'enquiert mon frère.

— Très bien ! Vous devriez voir ça… Giulia a déjà fait sa rentrée au collège ! C'est fou ce que le temps passe vite.

Le menton dans le creux de ma paume, je détourne le visage vers le déluge qui dégringole derrière la vitre. L'entendre parler de sa nouvelle famille me serre le cœur. Pourtant, je suis ravie pour lui. Refaire sa vie est une étape importante pour se remettre d'un divorce et je

1. « Mon Dieu ».

lui souhaite d'être heureux. Mais au fond de moi, je ne peux pas m'empêcher de jalouser ses filles qui ressentent l'affection paternelle qui me manque cruellement.

Peut-être qu'il les aime plus que moi. Comment pourrait-il en être autrement ? Ouais… Je dois être une enfant ingrate. La preuve en est dans mes réflexions. Je pense comme une petite fille pourrie gâtée.

— Alba, chérie, regarde-moi, insiste papa. Je sais que c'est encore difficile pour toi et je le comprends très bien. Mais je te…

— Non, tu n'as aucune idée de ce que je peux ressentir et de tout le reste, répliqué-je plus sèchement que je ne l'aurais voulu.

— Je t'assure que si, j'ai…

— Quel âge j'ai, papa ? Je fais quoi comme études ? Quel est mon signe astrologique ? Quelles sont mes passions ? C'est quoi mon plus grand rêve ? Tu ne sais rien de nous. Rien du tout.

Je reprends mon souffle, les larmes au bord des paupières.

— Oublie, chuchoté-je. C'était puéril.

Touchée par le mutisme de mon père, je cache mes yeux brillants derrière mes cheveux bouclés.

— Tu as vingt-deux ans, tu fais des études d'art et tu es Scorpion, intervient-il dans un rire, après un court silence. Tu es passionnée de peinture, des astres et d'architecture. Et ton plus grand rêve, c'est de visiter le musée Frida Kahlo à Mexico. Non, mais tu crois vraiment que je ne connais pas ma propre fille ?

En esquissant un sourire ému, je lâche un sanglot.

— Et toi, mon fils, tu es mélomane comme ton grand-père, poursuit-il en attrapant le poignet de Gabriel. Tu rêves de devenir musicien et tu le seras.

Lui aussi avait besoin d'entendre ces mots, je le ressens. Alors, attentive au discours des deux hommes de ma vie, je me blottis contre le bras de mon frère et les écoute parler de ce rêve que Gabriel nourrit depuis toujours. Une vague de douceur me remplit la poitrine, éloignant momentanément les éclairs d'angoisse qui me foudroyaient ces derniers jours. J'ai la sensation de reprendre mon souffle, petit à petit.

Le reste de la soirée se déroule dans la joie et la bonne humeur. Naturellement, comme si nous ne nous étions jamais séparés. Parce que, malgré tous les coups de vent, il y a des éléments qui demeurent intacts, même après la tempête. Et ce qu'elles sont précieuses, ces choses-là !

Après avoir terminé nos commandes, nous nous levons pour quitter le bar. Sur le trottoir, papa nous prend tour à tour dans ses bras, sans oublier de me charrier concernant notre grande différence de taille. Il nous promet que nous nous reverrons avant qu'il ne retourne en Italie pour rejoindre sa famille, et j'y crois. Dur comme fer.

— Tu avais raison, dis-je à l'intention de mon frère.

Immobile, Gabriel suit des yeux le départ de notre père, sans cacher son émotion.

— Comment tu te sens ?

— Bien. Merci d'avoir autant insisté.

En m'envoyant un sourire, il m'attrape le bras pour que je m'abrite sous le parapluie. Nous reprenons notre marche en silence, comme à l'aller. Cette fois, c'est un silence serein.

— Dis… ça va toi ? Pourquoi on te voit plus avec Romy depuis quelques jours ?

Ma question l'embarrasse, je le ressens à son sourire qui s'efface instantanément. Le rythme de nos pas est lent, mais je sens Gabriel presser un peu plus la cadence. Moi non. Je veux prendre le temps de savourer tout ça ; l'odeur de l'humidité de l'air, la sensation du vent qui s'infiltre sous ma veste, l'effervescence de la circulation. La vie.

— C'est compliqué, mais tout va bien. Elle a préféré prendre ses distances, mais bref. Et toi, t'es sûre que ça va ?

Je fronce les sourcils. Oscar a peut-être raison. Leur amitié n'est pas si innocente qu'ils veulent nous le faire croire.

— Ouais. Ces derniers jours, je me sens juste un peu angoissée, mais ça va passer, je pense.

— Change-toi les idées alors, propose-t-il comme s'il évoquait l'évidence. Lâche prise, Alba. Trouve-toi des passe-temps qui t'occuperont les pensées, amuse-toi. Vis ta vie.

Pour le coup, c'est le roquefort qui dit au camembert « tu pues », mais j'apprécie la démarche de mon frère, même si elle est utopiste.

— Peut-être…

— Ah, mais c'est sûr. Moins tu te rongeras les sangs, mieux tu iras. Et ça commence bien, non ? Tu as revu papa, tout s'est bien passé.

Je n'ose pas lui préciser que ce n'était pas l'unique ombre au tableau et que ma vie ne se résume pas qu'à nos histoires familiales. Alors je me tais, comme à chaque fois que les sujets de conversation sont pointés sur moi.

Une fois arrivés devant notre immeuble, nous grimpons les marches de la cage d'escalier, le cœur plus léger que lorsque nous sommes descendus, quelques heures plus tôt. Pour combien de temps ? Je n'en ai pas la moindre idée, mais j'ai besoin de me satisfaire de cette quiétude, aussi éphémère soit-elle.

Chapitre 5
Donner de la voix

L'extrême injustice consiste à paraître juste,
tout en ne l'étant pas.
Platon

LÉON ☼

Des notes de musique m'arrachent de mon rêve érotique et me font émerger. Gabriel passe sa vie sur son foutu piano, c'est aberrant. Il mérite que je lui fasse avaler les touches et son clavier. La lumière du jour filtre à travers les mailles du rideau et éclaire partiellement ma chambre. En grognant, je m'étire pour basculer sur le flanc. Là, une silhouette dénudée m'accueille.

Hm, c'était pas un rêve. Dieu merci.

Je ne connais pas une meilleure façon de commencer la journée. Satisfait de la vue qui s'offre à moi, je souris et dessine des cercles sur le dos d'Alice.

— Qui est-ce qui joue comme ça ? demande-t-elle après avoir bâillé.

— Gabriel. Il nous refait son numéro de zicos incompris. Désolé pour ça.

— Tu rigoles ? En venant dormir dans une coloc de mecs, je m'attendais à autre chose que d'être réveillée par du piano. Moi, ça me va.

Alice se retourne et dépose sa tête contre mon torse.

— Par contre, j'aurais dû me lever plus tôt pour filer en douce et ne pas croiser tes potes, regrette-t-elle.

— Bah tu peux toujours partir par la fenêtre, mais si t'atterris dans les rosiers de la concierge, tu vas te faire appeler Léon.

Avec une moue perplexe, elle relève la tête vers moi.

— Pourquoi je me ferais appeler Léon ?

— C'est une expression, tu connais pas ? Ça veut dire « se faire enguirlander », expliqué-je avant de marquer une pause. D'ailleurs, je comprends mieux pourquoi mes parents m'ont choisi ce prénom…

Finalement, ça aurait pu être pire. J'aurais pu m'appeler Élias, être le dernier des enfoirés et me sentir surpuissant avec mon entreprise d'import-export à la mords-moi-le-nœud. En faisant abstraction de mon air pensif, Alice me grimpe dessus et s'assied à califourchon sur mes cuisses.

— Quoi, tu veux remettre ça ?

— Pas toi ? minaude-t-elle.

Sans rougir de sa nudité qu'elle me dévoile ouvertement, elle se penche vers mon cou pour le dévorer.

— Je travaille, aujourd'hui, expliqué-je, dépité de devoir mettre un terme à ses ardeurs. Et j'ai faim. Je peux rien faire tant que j'ai pas avalé mes Chocapic.

— Terriblement sexy, ça, raille-t-elle en retournant à sa place initiale.

Rien que d'imaginer mon bol de céréales réchauffé au micro-ondes, je sens mon ventre se tordre d'appétit. À mes côtés, Alice entortille ses cheveux bruns autour de ses doigts, les yeux rivés vers le plafond.

— En tout cas, brillante idée d'être redevenue célibataire. Comment il s'appelait déjà ?

Du revers de l'index, je caresse son bras.

— Benjamin, et je suis encore avec.

Sacré nom de Dieu.

Les yeux exorbités, je me redresse d'emblée sur mes coudes.

— T'es sérieuse ? Tu m'as menti ? Wow… Je me sens… sali.

— Oh, Seigneur, rit-elle. Fais pas ta vierge effarouchée. Je rigolais, je l'ai quitté hier matin.

Le moins qu'on puisse dire, c'est qu'elle ne perd pas de temps pour se remettre de sa rupture. J'ose espérer que ce bon vieux Benjamin ne s'apitoie pas trop sur son sort. Le pauvre.

— T'es une marrante, toi, soufflé-je en m'écroulant sur le matelas.

— Alors… Je suis peut-être pas une experte de l'humour, mais je pense qu'il y a d'autres choses que je maîtrise. Tu veux que je te montre ? murmure-t-elle en déposant une lignée de baisers le long de mon torse.

Et la revoilà qui me cherche. Je sais qu'elle n'est pas venue ici pour poser du lino, mais tout de même. Si je n'étais pas aussi pressé, il est clair que j'aurais déjà sauté sur l'occasion pour savourer sa démonstration. Alors, pourquoi je ne la repousse pas ?

Ah, oui. Je suis faible.

— Debout là-dedans !

C'est quoi, ça ?

Aussitôt, j'agrippe la couverture pour camoufler nos deux corps. J'ai à peine le temps d'articuler un juron que les rideaux s'ouvrent.

— Putain, qu'est-ce que tu fous, Alba ? m'écrié-je, les sourcils froncés par la lumière soudaine.

— Je viens juste récupérer mes pinceaux et lève-toi, tu vas être en retard. Oh… T'es pas tout seul.

Après s'être penchée sous mon bureau pour prendre son bazar, ma colocataire se redresse, sans toutefois foutre le camp. À croire que cette piaule est devenue la sienne.

— C'est qui, elle ? s'insurge Alice, cachée sous la couette. Ta copine ?

— La petite sœur de Gab, elle squatte chez nous.

— Depuis quand il a une sœur, Gab ?

Pas gênée pour un sou, la concernée s'approche du lit et tend sa paume en direction de ma partenaire de jeux.

— Depuis vingt-deux ans. Je suis Alba, se présente-t-elle, souriante. Désolée du dérangement. Tu veux quoi pour le petit-déjeuner ? Un jus détox ?

À voir son expression outrée et hésitante, j'imagine qu'Alice oscille entre lui demander un café ou si elle est sérieuse. En se rendant compte qu'elle ne recevra pas le geste qu'elle attendait, Alba fait un pas en arrière.

— Ouais… C'est un peu désuet de se serrer la main, glousse-t-elle en tirant sur le pan de sa chemise de nuit pour couvrir ses cuisses. Enfin, tout ça pour dire que je suis enchantée.

— Tu veux pas être enchantée dans la cuisine ? lancé-je.

— Ça va, je vous laisse. Mais active-toi et ouvre-moi cette fenêtre.

Une fois seule avec moi, Alice bondit du lit pour enfiler ses vêtements éparpillés sur le parquet.

— Pour la discrétion, on repassera, râle-t-elle en se tortillant pour remonter la fermeture de sa robe dans son dos. Bon, on se tient au courant si jamais… on a besoin de compagnie.

— Tu connais mon numéro.

Sans s'attarder à une quelconque marque de tendresse, elle disparaît de ma chambre. De l'autre côté de la cloison, j'entends mes colocataires tenter de lui faire la conversation le temps qu'elle atteigne la sortie. La porte claque et je m'extirpe de la couverture pour sauter dans un jogging.

— Bonjour, marmonné-je à l'égard de mes amis dès que j'arrive près du frigo.

Comme si ma présence était aussi espérée que celle du Messie, Gabriel relève la tête de son téléphone pour m'affronter.

— Toi, me pointe-t-il avec la cuillère de son café. T'attends le déluge pour ranger ton bordel ?

— Quel bordel ?

J'ignore pourquoi je lui pose la question alors que je sais très bien de quoi il retourne. Peut-être pour gagner du temps. En descendant du tabouret de bar, mon meilleur ami désigne le tas de fringues qui jonche le fauteuil du salon.

— Ça, là ! Pourquoi c'est pas dans le panier à linge sale ? Pourtant, je suis pas maniaque, moi, tu sais bien. Mais ça me gonfle de voir ça tous les jours.

— Moi aussi, ajoute Oscar qui, lui, est bel et bien un obsédé du rangement.

Et c'est reparti pour un tour. L'alarme du micro-ondes m'indique que mon bol est réchauffé. Je m'en empare, lâche un soupir et m'installe à l'îlot central.

— Gab, je t'adore hein, mais me prends pas le chou de bon matin pour des conneries. Oh, par contre, j'adore ton pull. C'est nouveau ? Il cintre si bien ces délicieux biceps en béton, murmuré-je en lui massant le bras. Ouh, tu pousses à la salle, toi, non ? J'en connais une qui doit bien en profiter…

Offusqué, Gabriel se dégage de ma poigne, ouvre le frigo, le tiroir des couverts, puis jauge sa droite et sa gauche.

— Qu'est-ce que tu cherches ?

— Je cherche à qui tu crois parler, ducon, grogne-t-il en faisant rire Oscar.

Je souffle du nez et focalise mon attention sur les céréales que je déverse dans le lait tiède.

— Toi, ça te dérange pas de nous faire la conversation quand on vient de se lever pour nous raconter tes anecdotes moisies, accuse-t-il.

— Attends, tu m'as fait une scène pour trois tee-shirts. Mes anecdotes moisies, tu dis ? Elles sont géniales !

— Dimanche, tu m'as apporté le café au lit pour me raconter que, dans la Rome antique, ils exhibaient des pendentifs en forme de pénis pour se souhaiter bonne chance. J'ai vu mieux comme réveil, raille-t-il en levant les yeux au ciel.

— Ose me dire que c'est pas passionnant ! Tu devrais en porter un à l'effigie du mien, ce serait pas du luxe avec la poisse que tu trimballes.

De tous mes amis, Gabriel est le seul qui ne prend jamais la mouche face à mes comportements parfois… extrêmes. Avec lui, je peux tout me permettre. Disons qu'il me connaît assez pour ne pas s'offenser de quelques blagues douteuses. Même s'il lui est déjà arrivé de me faire taire en me maîtrisant avec une clé de bras.

Un petit-déjeuner copieux, une douche et une canette de Redbull plus tard, je prends la route du lycée. Il y a plusieurs mois, j'ai signé un contrat étudiant en tant que surveillant pour mettre de l'argent de côté. Ça m'assure une sécurité financière et la possibilité de régler ma part du loyer en temps et en heure. Sans compter l'expérience avec les jeunes qui confirme chaque jour mon envie de travailler auprès d'eux.

Je me gare sur le parking du personnel, prends mon sac à dos et me rends illico vers le grand portail en fer forgé, là où les élèves s'attroupent avant la sonnerie.

— Eh, Mathis ! Tu me dois un pack de bières, oublie pas. Je les préfère brunes, fraîches et chères.

— Salut, Léon. Ouais… Mais la victoire est pas méritée, on a mené toute la première mi-temps. L'arbitre est corrompu, c'est tout, répond-il, la tête baissée vers ses baskets qu'il fait glisser contre le gravier.

— Tutututu. Ça, c'est pas mon problème.

En vérité, je me fous du football comme de ma première dent de lait, mais comme Mathis Cochard, le pseudo *bad boy* du lycée, fait une fixette sur l'Olympique de Marseille, ça m'amuse de le charrier à ce sujet. Quand je dis *bad boy*, tout est relatif. « Voyou des bacs à sable » serait plus adapté, même si ce n'est pas un mauvais bougre.

— Par contre, ça, c'est non, dis-je en attrapant sa cigarette pour l'écraser sur le bitume.

— Oh, je suis pas dans le lycée ! Abuse pas.

— Me prends pas pour l'idiot du village. T'es dans l'enceinte du lycée, même si t'es sur le trottoir. C'est le règlement, tu le sais. Si tu veux cloper, tu vas plus loin. Et passe-m'en une, tu seras mignon.

Mathis ronchonne, plonge la main dans la poche de son jogging à l'effigie de son club de football favori et me tend son paquet de cigarettes.

— Bon, allez, dégagez de là, ça vient de sonner, annoncé-je. Ah, t'as pas un briquet ?

— Tu veux pas des poumons, non plus ? râle-t-il en répondant à ma demande.

— Étant donné que tu fumes comme un pompier, pas les tiens en tout cas.

La masse de lycéens pénètre dans la cour et se disperse pour rejoindre les salles de classe. Je profite du soleil et de mes derniers instants de calme pour terminer ma cigarette, avant de rejoindre la salle d'étude pour assurer ma surveillance.

Dans le couloir, les hurlements des élèves me parviennent. Ces boutonneux n'ont même pas eu l'amabilité d'attendre que j'arrive pour s'installer. En fin de semaine, ils sont aussi excités que des puces au salon du chien, c'est insupportable. J'envoie un signe de la main à Rudy, un autre surveillant, et entre dans la pièce.

— Eh, calmez-vous ! C'est pas la fête du bourg, ici, on entend que vous. Alexis, descends de cette table ou je fais en sorte que ce soit la table qui te monte dessus.

— Mais c'est pas moi, c'est Romain !

En se frappant avec des manuels scolaires, les intéressés éclatent de rire et retournent à leur place. Après avoir consulté le livret indiquant les absences et les retards, je me poste devant la première rangée de tables.

— Je vous préviens, le premier que je vois bavarder au lieu de travailler aura la grande joie d'aller aider les cantinières ce midi.

— Léon ! s'écrie un élève dont le nom m'échappe. Je peux aller faire mon travail de groupe avec Amina et Laure ?

Sans tarder, je grimpe sur l'estrade en provoquant le grincement du bois sous mes chaussures.

— Ouais. Installez-vous au fond. Les autres, faites-moi le plaisir de baisser d'une octave, j'ai mal au crâne.

Mes discours sont assez cocasses quand on sait que, à leur âge, j'étais plutôt turbulent. En silence, les terminales se mettent au travail. Je profite du calme pour ouvrir mon ordinateur portable et organiser mes cours. Je trie les documents, non sans me perdre dans toute la masse de dossiers que j'ai laissés s'accumuler. Malgré moi, je m'attarde sur l'un d'eux. Le seul qui n'a rien à voir avec mes études.

« Les Moretti »

Mes doigts martèlent nerveusement le bureau. Je sais d'avance qu'ouvrir ce fichier pourrait me tuer. J'ai beaucoup trop de mal à gérer la nostalgie. Pourtant, j'ai déjà cliqué dessus.

Les photos défilent sur mon écran. Une avalanche de souvenirs qui rafle tout sur son passage. Je vois Alba et Gabriel pendant leur placement en famille d'accueil à la maison, nos spectacles à l'école primaire, puis nos premières beuveries adolescentes. Mon cœur se gonfle de mélancolie rien que de me dire que ces deux-là ont partagé une grande partie de ma vie.

Plus les images s'enchaînent et plus mon attention se focalise sur Alba. Elle est partout. Sur chaque cliché. Souvent, elle apparaît seule, pensive, avec son éternel air nonchalant et ses longs cheveux bouclés. Et les fois où elle est entourée d'autres personnes, je ne vois qu'elle. Je prends conscience que c'est moi qui prenais toutes ces photos, à l'époque. Dans l'unique but de l'immortaliser. Graver son image dans l'appareil pour le plaisir de l'admirer en secret. Un gloussement amer m'échappe.

J'attrape mon téléphone, jette un œil vers mes élèves trop concentrés pour s'attarder sur moi, et ouvre une conversation.

Moi
Je viens de regarder
les photos du placement
et de nos premières soirées.
T'as toujours été fraîche, en fait.

Étonnamment, sa réponse ne se fait pas attendre.

Alba
T'en avais douté ?

Moi
Non, mais c'était une excuse
pour t'envoyer un message et te
bazarder ça gratos.

Alba
Cool. Excuse-moi, mais je suis super occupée à essayer de t'ignorer et tu viens de me faire échouer.

Je lâche un soupir, c'est fou ce qu'elle est prévisible.

Moi
J'ai fait quoi encore ? Tu boudes toujours parce que je t'ai pas calculée quand on est allés en boîte ?

Alba
OUAIS. Tu me gonfles à jouer les chasseurs de meufs alors que tu pourrais passer une bonne soirée à danser avec nous.

Moi
Renseigne-toi sur les ravages de l'addiction. J'ai du mal à me sevrer, tu devrais m'encourager au lieu de me mépriser bêtement.

Alba
Tu viens de me provoquer un haut-le-cœur.

Je camoufle mon rire dans mon poing.

Moi
Promis, à la prochaine soirée je n'aurai d'yeux que pour toi.

Alba
T'inquiète, m'inflige pas ça.

Moi
J'ai déjà des papillons dans le ventre.

Alba
Et moi, des frissons d'angoisse.

Moi
Je te laisse, je dois bosser et essayer de me remettre de cette conversation qui vient de me mettre dans tous mes états.

Alba
Ouais, je dois aller bosser aussi et vomir un coup.

Je range mon téléphone dans ma poche, bien incapable d'effacer mon sourire idiot. Cette plongée dans mes souvenirs m'a donné envie de voir Alba. Et de l'emmerder un peu aussi, évidemment. Il faut dire qu'elle part toujours au quart de tour, c'est un jeu d'enfant.

C'est décidé. Je vais passer ma soirée avec elle.

Chapitre 6
Lâcher prise

Ça se vit, l'anxiété. Ça vous rentre de partout, ça vous pénètre, et plus on se démène, plus ça fait mal.

Encore faim, Jean-François Somcynsky

ALBA ☾

Voilà plusieurs jours que je ne suis pas allée en cours et si jusqu'à ce matin je ne ressentais pas une once de culpabilité, c'est maintenant le cas. L'horloge de mon portable indique vingt-deux heures. Je lâche un soupir et m'acharne à effacer le mascara qui s'accroche à mes cils.

— Albaraque à frites ? T'es où ?

— Dans la salle de bains !

Des pas précipités retentissent dans le couloir et font trembler les murs. Le visage penaud de Léon apparaît dans l'entrebâillement de la porte.

— Ils sont où, les autres ? demande-t-il.

— Gab est chez Romy et Oscar est parti voir un ami.

— OK. Si tu me cherches, je suis devant la télé.

— Je te cherche pas.

Une fois mon visage débarrassé du fond de teint, je rejoins le salon. En passant outre le son de la télévision excessivement fort, je me rends près de la commode et m'empare de ma précieuse boîte en bois. Avec précaution, je pose le coffret sur la table de séjour pour en sortir mon oracle ainsi que tout le matériel censé me guider dans ma quête de réconfort. C'est fou, mais je me sens déjà un peu mieux, déchargée de toute cette pression qui pesait lourd sur mes épaules toute la sainte journée. Je m'installe, mets mes écouteurs et lance la playlist zen. Une lumière plus tamisée serait la bienvenue, mais j'ai peur que Léon vienne gâcher mon moment en protestant.

Après les retrouvailles avec mon père, j'ai besoin d'y voir un peu plus clair dans ma vie, même à une heure aussi tardive. Mon pouce roule contre la pierre du briquet et je colle la flamme sur l'encens. Dans une fine fumée, l'odeur de sauge blanche danse autour de moi et me permet d'aiguiser mes sens. Les conditions sont presque toutes réunies et propices à la spiritualité qui me soulage tant. Je pose le bâton de fumigation sur son support et étale les cartes à l'envers sur la table, en demi-cercle.

Les yeux clos, je laisse mes mains en suspens au-dessus du jeu, me concentrant sur mon instinct qui m'oblige à jeter mon dévolu sur telle ou telle carte.

À l'aveugle, guidée uniquement par mon intuition, j'organise mon tirage et mets de l'ordre dans mes choix. Les notes de harpe qui se diffusent dans mes tympans m'aident à lâcher prise, à nager dans une spirale de bonnes ondes.

Là, tout de suite, j'ai la sensation d'être ailleurs. Je suis dans un univers féerique où rien ne peut m'arriver. Un peu comme un paradis qui serait destiné aux âmes égarées, celles qui sont trop impressionnées par le soleil pour quitter l'ombre.

Lorsque je rouvre les paupières, je constate que, devant moi, les coudes en appui sur le dossier de la chaise d'en face, Léon m'observe.

— Tu te tires les cartes, alors ? s'enquiert-il.

— Bien vu, l'aveugle.

D'un air malicieux que je connais très bien, il se penche un peu plus vers moi.

— Hm. Et… est-ce qu'elles te disent que cette nuit, toi et moi, on va s'envoyer en l'air ?

Quel con.

Mutin, il m'envoie un sourire lubrique, la langue coincée entre les dents et sa lèvre inférieure.

— Non.

— Bah, les cartes mentent.

Dans un rire gras, il s'écarte pour ouvrir le frigo et en sortir une bouteille de limonade. Je suis trop déconcentrée pour poursuivre. J'aurais dû m'y attendre. Avec Léon dans les parages, impossible de faire quelque chose d'aussi sérieux.

Une minute. Ce n'est pas une mauvaise idée, ça.

Avec sa blague vaseuse, il vient de me tendre une sacrée opportunité. Et si l'occasion de lâcher prise était là, juste sous mon nez ?

— C'est marrant, je t'ai toujours vu manipuler les cartes.

— C'est ma grand-mère qui m'a appris… J'aime bien, expliqué-je. Ça m'apaise.

Je range mon oracle dans son étui. Le tirage divinatoire attendra demain.

— Ouais, par contre le truc qui fume, là, c'est irrespirable, dit-il en toussant dans son poing. T'as besoin de ça pour faire tes… incantations ?

— C'est pas nécessaire, mais j'aime bien.

— Ah ouais, je vois, s'émerveille-t-il soudain. Ça fait très… Attends, comment elles s'appelaient les trois frangines sorcières, là… Arf, tu sais dans cette série à la con ?

Dans des gestes précipités, Léon mime une baguette magique et des sorts lancés dans le vide. Je le dévisage avec un sourcil arqué, dépitée par son imitation déplorable.

— Les sœurs Halliwell dans *Charmed* ?

Il claque des doigts sous mon nez.

— Exactement ! Phoebe était ma préférée.

Sans arrêter sa parodie, il retourne dans le canapé avec son verre de limonade.

À mon tour, je fouille dans le frigo et verse ma boisson détox dans un grand gobelet. La couleur est loin de rendre justice à ce jus pourtant succulent. Au moins, les garçons évitent de s'en approcher de trop près. Je sais ce qu'ils pensent de mes petites préparations. Par ailleurs, je sais ce que tout le monde pense de moi. D'après les discours qui me décrivent, je suis une originale. Une jeune femme farfelue qui s'extasie devant les cycles lunaires ou les branches de sauge. Les gens se sont sûrement mis des stéréotypes en tête, comme celui de m'imaginer nue dans la forêt, sacrifiant des grenouilles les soirs d'éclipse.

Soudain, mon attention se fige sur l'horloge murale.

— L'heure paire ! m'écrié-je.

— Oh, c'est vrai… Dépêche-toi.

Le bras pendu par-dessus l'appuie-tête du canapé, Léon me tend son index et je me précipite vers lui pour agripper son doigt à l'aide du mien. Aussi ridicule soit-elle, je tiens à cette routine. C'est lui qui l'a fait naître. Cette idée lui est apparue quand nous étions enfants. C'est la seule astuce qu'il ait trouvée pour mettre un terme à mes pleurs incessants, durant les premières nuits de mon placement dans sa famille. Il m'avait promis que si nous joignions nos index chaque soir à une heure paire et que nous priions pour que les choses rentrent dans l'ordre, alors tout irait bien. J'ignore où il est allé chercher un truc pareil, mais ça a fonctionné. En partie.

Aujourd'hui, cette coutume est restée en place. Je dirais même qu'elle a refait son apparition dès que j'ai emménagé ici. Quand nous ne sommes pas réunis, j'ai toujours le droit à une photo de son doigt ou un message rassurant. Oui, je sais, c'est bizarre. D'autant plus si on prend en considération les fois où j'ai réclamé son index alors qu'il était en charmante compagnie.

— Au fait, tu comptes me reparler de ce qu'il s'est passé, l'autre soir ? demandé-je en m'échouant dans le canapé. Non pas que ça m'étonne, mais je pensais pas que…

— Que quoi ? Y a rien à ajouter.

Je revois encore les visages décomposés de mes amis lorsque certains secrets ont éclaté. Notamment celui qui me lie à Léon.

— T'es sûr ? Elle était hyperintéressante, ton analyse sur les orientations sexuelles.

Il soupire et baisse le volume de la télévision. Je discerne qu'il a besoin de vider son sac, ce qui est assez étonnant quand on sait qu'il ne supporte pas de livrer ses états d'âme. Le bras collé au sien, je lui donne un coup de coude et insiste du regard pour qu'il se lance.

— J'en ai juste parlé à Oscar, parce que c'est le plus susceptible de comprendre. Et, au final, on s'est rendu compte que je me posais beaucoup trop de questions pour pas grand-chose.

Nerveux, il passe une main dans ses épais cheveux blonds et allonge ses jambes sur la table basse.

— On a tous vécu ces phases où on s'est posé la question, nan ? Moi, j'ai juste creusé cette réflexion, parce que c'est con de passer à côté de certaines choses. Ça sous-entend pas que je me range dans une case ni que j'essayerai quoi que ce soit. Je suis moi, avec mes désirs parfois contradictoires et mes fantasmes. J'aime les femmes, c'est sûr, mais je nie pas ce : « Et pourquoi pas ? » qui sera sûrement à jamais une question en suspens. Et c'est comme ça.

J'écoute son monologue d'une oreille attentive. C'est du Léon tout craché, avec son ouverture d'esprit et ses pensées profondes. Quand on le connaît, sa démarche n'est pas du tout étonnante. Elle est à son image.

En pleine réflexion, il fixe le vide et triture le cordon de mon pantalon de pyjama qui traînait là. Je réalise que je suis à l'origine de tout le bazar qui s'accumule dans le salon. Mes vêtements sont parsemés un peu partout, entassés dans des sacs cabas et des valises débordantes. Pour le moment, je sème mes affaires où je peux, faute de place et d'avoir une chambre attitrée. Heureusement, mes colocataires ne s'en soucient pas, excepté Oscar qui m'a priée plus d'une fois de mettre tout mon barda dans la salle de bains.

— Bref, j'ai pas envie de te prendre la tête avec ça.

— Tu me prends pas la tête et c'est une bonne chose. Ça veut dire que tu te connais beaucoup. Peu de gens sont aussi matures dans leur façon d'aborder leur sexualité.

Léon s'avachit un peu plus dans le fond du canapé et opine du chef.

— Ouais, je te l'accorde, je me connais. Et je me censure pas surtout, même si je sais pas vraiment quoi en penser.

Les yeux rivés sur la télévision silencieuse – qui diffuse un documentaire glauque sur les tueurs en série – je me faufile sous le plaid. Aussitôt, Léon tire l'extrémité de la couverture et l'étend sur son corps.

— Je me reconnais un peu dans ce que tu dis, lancé-je en détournant mon attention de l'écran. J'ai eu ces doutes-là. Je sais pas ce que j'en ferai, mais c'est bien d'en être conscient.

— Bah, je trouve ça important de se remettre en question pour imaginer d'autres perspectives que celles qu'on croyait établies. Même sans savoir si elles auront vraiment lieu. Juste les envisager, c'est déjà beaucoup.

Interrompu par une notification, il saisit son téléphone, éclate de rire et pianote à toute vitesse sur l'écran tactile.

— C'est ta nouvelle conquête qui te fait autant sourire ?

— Non, ton frère. Il m'a envoyé une photo d'un chien avec des tongs.

— Ah.

Il n'y en a donc pas un pour rattraper l'autre. Quoique. Léon est sûrement le plus doué à ce jeu-là. Prise de chaleur, je repousse le plaid sur mes cuisses et me masse le front.

— Au fait, avec ton père, ça va mieux ? demande-t-il.

Automatiquement, ma tête fait face à la sienne. Il me sonde avec ses grands yeux clairs, ceux qui me rassurent autant qu'ils m'hypnotisent. Il y a quelque chose dans son regard, c'est assez inexplicable. Il est d'un bleu translucide qui vire parfois sur le gris, comme l'eau d'une mer paisible, de celles qui bordent les pays chauds.

— Ouais, on a pu parler, c'était bien, réponds-je en me grattant l'arrière du crâne.

— Cool. Et t'arrives à passer au-dessus de tout ça, maintenant ?

Sans vraiment avoir besoin d'étancher ma soif, je me penche vers la table basse pour attraper mon jus.

— Le divorce ? Oh, rappelle-toi… J'étais toute petite quand ils se sont séparés, je me souviens même pas de les avoir vus ensemble, c'est pour te dire. Donc, c'est pas vraiment ça qui me chagrinait.

— C'était quoi, alors ?

Je tapote mes ongles contre la paroi de mon verre. Jamais je n'ai eu l'occasion de confier les réelles raisons de ma colère à l'égard de mon père. La séparation de mes parents n'a pas été dramatique. C'est ce qui est arrivé ensuite qui a tout chamboulé.

— Je lui en voulais d'être retourné en Italie, loin de nous. Parce qu'il me manque. Il était plus en France quand maman a pété un câble ou quand on a été placés chez toi. Il est passé à côté de tellement de choses.

— L'essentiel, c'est qu'il en prenne conscience pour se rattraper, tu crois pas ?

Et si tout était irrattrapable ? Si mon père était trop obnubilé par sa nouvelle vie pour capter la part d'ombre qui doit crépiter dans mon regard ? J'ai envie de hurler que je me fiche de mes parents, de mes études ou du monde qui m'entoure. Mon monde à moi a cessé de tourner rond depuis longtemps déjà.

— Oui.

Léon se satisfait de mon léger sourire et m'arrache mon gobelet des mains pour boire quelques gorgées.

— Ça, grimace-t-il, le doigt pointé vers ma mixture. C'est infâme.

— Mon jus ? Y a que des bonnes choses dedans. Pomme, épinard, concombre, gingembre et citron. Ça détoxifie l'organisme et ça draine le foie.

Il me regarde comme si je venais de gober un œuf de cent ans. En secouant la tête, il récupère son verre de limonade, possiblement pour se rincer du goût de ma préparation.

— Ahhhhh, on est pas bien, là ? s'extasie-t-il, les bras écartés contre le dossier du canapé. Dans un appartement calme, sans pianiste déprimant pour plomber l'ambiance. Pas de Gabriel, pas de musique poussiéreuse, pas de Michel Berger ou ses copains. Un BON-HEUR.

— T'abuses un peu. C'est toujours mieux que tes playlists ringardes.

Toujours aussi caricatural, il sourcille et tire l'élastique à cheveux qui serre mon poignet en le faisant doucement claquer contre ma peau.

— Parle de Plastic Bertrand sur un autre ton, Sabrina l'apprentie sorcière.

— Dans le genre démodé, qu'est-ce que tu penses de Richard Cocciante ?

Ses yeux s'arrondissent. Léon se dégage de la couverture et se met debout. Je le suis du regard, un peu inquiète de ce qui va suivre. La main sur le cœur, il grimpe sur la table basse qui tangue un peu sous son poids.

— *J'ai attrapé un coup d'soleil, un coup d'amour, un coup d'je t'aime. J'sais pas comment, faut qu'j'me rappelle, si c'est un rêve, t'es super belle !* s'égosille-t-il, la télécommande en guise de micro.

Et dire qu'il ose critiquer les goûts musicaux de mon frère.

— Ah, tu vois que tu aimes les vieilles chansons ! Mon père la chantait tout le temps, celle-là.

— *J'dors plus la nuit !* beugle-t-il en me faisant sursauter. *J'fais des voyages sur des bateaux qui font naufrage.*

— OK, je crois que j'ai compris. Et baisse d'un ton, tu vas alerter les voisins.

Toutes les occasions sont bonnes pour qu'il fasse son *show*. Le pire, c'est qu'il se fout d'embarrasser son public ou d'avoir l'air ridicule. Tout à coup, il me fait face d'un air trop sérieux, avant de s'écrouler sur le tapis, faussement abattu.

— *Mais tu n'es pas làààà !* s'époumone-t-il en m'attrapant les mains. *Et tu sais, j'ai envie d'aller là-bas, la fenêtre en face. Et d'visiter ton paradis.*

Son piètre spectacle a le mérite de me faire rire. J'ai beau le connaître par cœur, Léon a toujours le don de rehausser l'ambiance livide de mes ternes journées. Il a la faculté impressionnante de tout dédramatiser.

J'ai besoin de ça, de quelqu'un qui balaye le tas de cendres encore chaud qui m'obstrue le cœur.

Après avoir repris ses esprits, il s'assied à côté de moi, essoufflé.

— Visiter ton paradis… C'est une phrase à double sens, non ? gloussé-je. Bon, tu me diras, c'est pas pire que le fameux « je l'ai rêvée si fort que les draps s'en souviennent » d'Il était une fois.

En pivotant lentement le visage vers celui de mon colocataire, je comprends que je viens de réveiller la bête.

— Non, Léon…

— *Si je pouvaaaaais me réveiller à ses côtés !* hurle-t-il. *Si je savaaaaaais où la trouver. Donnez-moooooi l'espoir.*

Le plus affligeant, c'est qu'il met du cœur à l'ouvrage en fronçant les sourcils et en adoptant les attitudes d'un chanteur *has been*. Je l'oblige à se taire en capturant sa bouche entre mon pouce et mon index.

— Si tu te calmes pas, c'est moi qui te calme.

Interpellé par ma menace, il plisse les yeux et retire mes doigts de ses lèvres.

— Comment ?

— Oh, je sais pas. Je peux faire preuve de créativité.

— Fais preuve de ce que tu veux ! s'enjoue-t-il. Calme-moi, Alba Moretti, je suis ton homme.

Les bras en croix, il relâche son corps en arrière et s'effondre sur l'assise du canapé. Hésitante, je fixe son tee-shirt blanc relevé sur le bas de son ventre. Le tissu caresse sa rangée d'abdominaux à mesure qu'il s'étire. La lisière de son boxer, blanc lui aussi, dépasse de son jean et je me surprends à avoir envie d'en voir plus que ce que Léon me montre malgré lui.

— Bon ! s'écrie-t-il en se redressant. On regarde *Tragiques destinées* ? Je veux absolument savoir ce que John va faire pour récupérer ses enfants.

— Ah. Euh, ouais.

Alors qu'il s'acharne à trouver l'épisode adéquat sur la plateforme de vidéos à la demande, je me débarrasse de mes pensées obscènes et retourne sagement sous mon plaid.

Chapitre 7
Comme avant

La passion est la distraction du cœur.

Vladimir Jankélévitch

LÉON ☼

— Attends… T'es en train de pleurer ?

La voix moqueuse d'Alba m'oblige à détourner la tête. Et voilà que je passe pour un abruti. Encore et encore.

— J'adorais John ! Pourquoi, dans toutes les séries actuelles, les meilleurs personnages crèvent avant les connards ?

— Pour provoquer le spectateur et le mettre dans cet état, me désigne-t-elle du bout de l'index.

Pas faux. Dans un léger rire, Alba me tend un mouchoir et, lorsque je croise son regard, je constate qu'elle est aussi émue que moi. Je vais finir par croire que, chez les Moretti, laisser parler ses émotions est gage de faiblesse. Elle est encore plus introvertie que son frère. Gabriel est du genre à feindre la solidité, toujours prêt à porter le poids du monde sur ses épaules. Sauf qu'à force, les épaules, elles flanchent. Et, bon sang, je ne veux pas être dans les parages quand il baissera les armes.

— Série de merde, craché-je en me levant du canapé.

— Pendant que t'es debout, fais-moi un bol de céréales, mais réchauffe un tout petit peu le lait avant, genre deux minutes. Ah, et un verre de jus d'orange aussi.

— T'as cru que j'étais ton clébard ?

— Oh, allez, insiste-t-elle avec ses yeux de merlan frit.

Elle me dégaine sa petite moue. Je ne peux pas résister aux petites moues. Elle le sait, elle en abuse toujours. En soupirant, je m'exécute.

— Dis, pourquoi tu fêtes plus Noël avec tes parents ? demande-t-elle en me rejoignant dans la cuisine ouverte.

— T'es zinzine, toi. Hors de question que je mette un pied dans leur baraque à la con. Pour quoi faire ? Manger du caviar, aller à l'église et débattre sur des sujets problématiques ? Très peu pour moi. Y a des chances pour que je dise à mon père d'aller se faire foutre avant même l'arrivée du foie gras. Et pourquoi tu me parles de ça maintenant ?

— OK… C'était juste une question, tu pouvais simplement dire « Parce que », rit-elle, crispée.

Je prends conscience que je viens littéralement de vomir ma haine, alors qu'elle n'en demandait pas tant. Il serait peut-être judicieux que je prenne les choses en main et que je me confronte à ma famille.

— Excuse-moi... Dès que j'évoque mes parents, je pète un boulon.

— J'ai vu ça, ouais.

— Tu les connais...

— Justement, je te comprends, assure-t-elle dans un sourire compatissant.

Alba me cache un truc, je le vois comme le nez au milieu de la figure. Depuis quand elle me dégaine ce genre de sourire ? En temps normal, elle m'aurait répondu avec son éternel sarcasme. Après avoir appliqué ses recommandations à la lettre, je lui tends son bol et me rends dans ma chambre. Elle me suit.

— Dis, Léon, je peux te...

— Alors ça, j'aurais pu le parier ! J'étais certain que t'avais un truc à me demander. Allez, balance, j'ai pas toute la nuit.

Elle me dévisage, interdite. En levant les yeux au ciel – comme à son habitude – elle dépose son bol sur mon bureau et ferme la porte de ma chambre derrière elle.

— Ah ouais, donc c'est du sérieux pour que tu fermes la porte...

Je me sens nerveux, plus encore que le jour où je me suis fait arracher les dents de sagesse (à savoir le mois dernier). J'ignore à quelle sauce je vais être dégusté, mais vu l'air dépité de ma colocataire, je crois que je vais prendre tarif.

— Y a personne t'façon, lance-t-elle.

— Bah, pourquoi tu fermes la porte, alors ?

— J'en sais rien, par mesure de sécurité.

— Quelle mesure de sécurité ? Puisque y a personne.

— Tu m'emmerdes, Léon Marchal.

Un gloussement m'échappe.

— Tu te souviens quand on était ados ? reprend-elle.

— Ouais, réponds-je en m'asseyant sur mon bureau.

— Et… Tu te souviens quand…

Le silence et la grimace tendancieuse qu'elle affiche m'aident à comprendre ce qu'elle est trop pudique pour nommer.

— Quand on s'est dépucelés ensemble ? Bien sûr que je me souviens. Enfin, je me rappelle surtout des fois qui ont suivi. C'était le feu. Pourquoi on a arrêté déjà ? Ah oui. Tu t'es mise en couple. Belle connerie, ça, d'ailleurs.

Peu outrée par mon franc-parler, Alba hoche la tête, avant de s'asseoir sur le bord du matelas. J'attends qu'elle précise le fond de sa pensée, mais elle semble trop occupée à admirer la poussière qui s'accumule sur ma console de jeux vidéo.

— Bon, et après ? enchaîné-je. Tu vas m'annoncer que pendant tout ce temps t'as élevé un marmot et qu'il veut me rencontrer ? Ou non, pire ! Que Gab réfléchit à l'endroit où il va abandonner mon corps sans vie ? Quelle merde…

— Mais ferme-la. Je suis super sérieuse.

Justement, je préfère dédramatiser la situation. Elle me connaît assez pour savoir que j'utilise toujours l'humour pour sauver mon cul. Un humour douteux, certes, mais cette carte est assez pratique à brandir dans des cas comme celui-là. Paraît-il qu'on me donnerait le bon Dieu sans confession. Alors, je ne sais pas sur quoi se fondent les gens pour sortir un truc pareil, mais cette idée me plaît.

— Je me demandais si ça t'intéresserait de reprendre nos petites activités, annonce-t-elle.

— Par « nos petites activités », tu sous-entends « nos parties de jambes en l'air » ou j'ai l'esprit trop pervers pour piger ?

— Tu piges très bien.

Nom d'un petit bonhomme.

En temps normal, je suis plutôt flatté qu'on quémande mes services. Alors, pourquoi je reste muet ?

Coucher avec Alba, c'était le nirvana, les feux d'artifice du 14 juillet, mieux que n'importe quel film pour adultes. Mais c'était surtout extrêmement risqué. Mon meilleur ami ne me pardonnerait jamais, au grand jamais, de m'amuser avec sa petite sœur chérie qu'il surprotège. Nous avons préféré faire les aveugles par le passé. Lorsqu'elle a rencontré son abruti de Thomas, tout s'est terminé. Un mal pour un bien. Au moins, la culpabilité m'a foutu la paix.

— T'es vraiment sérieuse ou c'est un piège et Gab va sortir du placard pour m'étrangler ?

— Je suis célibataire, toi aussi, et on vit dans le même appart. La tentation est grande, tu trouves pas ?

Vu sous cet angle, elle n'a pas tort. Je songe aux risques encourus en louchant sur le tapis et descends de mon bureau.

— J'en sais rien. Ça va nous retomber dessus. Je tiens à avoir la vie sauve, j'ai un diplôme à décrocher.

— Oh, arrête de penser à Gab. Il est au courant de nos fois passées, en plus. T'en as envie, oui ou non ?

Elle ose me poser cette question en connaissant la réponse. Le fonctionnement féminin est une notion que j'ai encore du mal à saisir. Et ce n'est pas faute d'avoir pratiqué.

— Bon, ça fait combien de temps qu'on a pas couché ensemble, toi et moi ? s'enquiert-elle en avançant vers moi.

— J'sais plus.

En vérité, je m'en souviens très bien puisque je conserve quelques-uns de mes souvenirs sexuels dans un carnet planqué sous ma pile de jeans. Une habitude un poil perverse et bizarre, certes, mais très utile. Le comble, c'est que ce cahier m'a été offert par Gabriel. S'il savait que son cadeau renferme les secrets de mes soirées charnelles avec sa sœur, il m'en ferait bouffer les pages.

— J'espère que tu n'as rien perdu de ton endurance d'antan, minaude-t-elle.

— Tu rigoles ? Mon endurance est encore plus opérationnelle que…

Putain, mais à quoi elle joue ?

Les yeux plissés, Alba déboutonne son chemisier jusqu'à me dévoiler son divin soutien-gorge à dentelle. Elle veut que je perde les pédales. J'aurais dû m'en douter.

— Wow, wow, on se calme ! m'écrié-je en l'obligeant à se revêtir. Je t'ai pas donné ma réponse.

— Ton regard suffit. Allez, enlève tes fringues !

— Mais t'es complètement allumée, ma grande. Laisse-moi le temps d'y réfléchir, nan ?

Déçue, Alba pousse une vive expiration. J'ai rarement décliné ses propositions tendancieuses, bien au contraire. Pourtant, je refuse de me jeter dans la gueule du loup sans prendre la peine de peser le pour et le contre. Je ne peux pas tout gâcher. Pas avec elle.

— Très bien, je te laisse le temps.

— Merci.

— C'est bon ?

Son impatience a le mérite de me faire rire. Soudain, elle se rapproche jusqu'à coller nos deux corps. Captif de la tension qu'elle instaure, je recule et me heurte au rebord de mon bureau. Ses bouclettes brunes me chatouillent le nez, son parfum aussi. Ses yeux bondissent sur mon visage, avant de fixer ma bouche.

— Me fais pas ça, Alba…

Elle me répond d'un sourire en coin. Sa peau hâlée retrouve la mienne, alors qu'elle fait glisser ses doigts tatoués le long de mes bras nus. Tentatrice, elle frôle ses lèvres pulpeuses aux miennes. Je perds la tête à mesure que nos souffles se rencontrent. Comme avant.

Pour couronner le tout, la voilà qui n'hésite pas à aventurer ses mains sous mon tee-shirt. Ma peau frissonnante me trahit. Ma respiration bruyante n'arrange pas mes affaires non plus. En un claquement de doigts, elle obtient de moi ce qui lui chante. Parce que je suis incapable de lui résister, incapable de nier les sensations qu'elle provoque chez moi. Peut-être que, depuis tout ce temps, j'attendais qu'elle agisse de cette façon.

Désormais devant le fait accompli, je fonds sous les délicieux supplices qu'elle m'inflige.

— Alba…

— Oui, Léon ?

Elle me dégaine sa petite voix suave. A-t-elle conscience qu'elle est en bonne voie, que d'une seconde à l'autre, je vais lui donner ce qu'elle désire aussi ardemment que moi ? Il est fort possible que oui. Elle sait ce qu'elle fait. Elle me connaît. Sans un mot de plus, elle me retire mon haut. Je me laisse faire.

— Regarde-moi, insiste-t-elle.

Je ne fais que ça. Non, mieux, je la dévore des yeux. Je crève d'envie de prendre la situation en main, lui faire perdre le nord comme elle le fait si bien. Au fond de ma conscience, j'imagine Gabriel me pointer du doigt, mais je me débarrasse de son image d'un froncement de sourcils.

— Ah, putain, grogné-je. Ce qu'il faut pas faire…

J'écrase mes lèvres sur les siennes. Contre ma bouche, elle étouffe un gémissement à la fois surpris et comblé. Nos langues se mélangent d'une manière encore plus exquise que je ne l'aurais pensé. C'est sauvage, comme s'il était urgent de répondre à nos pulsions.

Il ne m'a pas fallu bien longtemps pour craquer, c'était prévisible. En maintenant son visage en coupe, je l'oblige à reculer vers le lit sur lequel elle ne tarde pas à tomber. Je la rejoins et, sans perdre de temps, elle m'allonge pour parsemer mon cou de baisers brûlants. Ses ongles griffent mon torse. Et dire que j'étais prêt à renoncer à ça. Alba suçote et mordille ma lèvre inférieure, les yeux crépitant de désir.

Nous nous débarrassons de nos vêtements. Tout s'enchaîne. Je ne contrôle plus rien et je dois admettre que ce lâcher-prise tombe à pic. Je balance mon pantalon je ne sais où, engendrant la chute d'objets que je ne saurais pas identifier, mais qui valdinguent dans un bruit sourd. Entièrement dénudée, Alba s'installe à califourchon sur moi.

Merde alors, j'avais presque oublié à quel point elle était radieuse. En tout cas, elle a l'air plutôt fière d'avoir obtenu gain de cause, puisqu'un sourire satisfait étire ses lèvres. Échauffé par son attitude provocatrice, j'attrape l'arrière de ses cuisses et enfonce mes doigts dans sa chair. Elle pousse un rire couplé d'un soupir ; rien de tel pour m'exciter davantage.

Elle embrasse mes abdominaux, pendant que je me concentre sur autre chose pour ne pas disjoncter. Sa langue trace un chemin dangereux sur mon ventre. Mon cœur se déchaîne, mon souffle aussi. J'empoigne la couette, trop fiévreux pour rester immobile. Sa lenteur d'exécution m'oblige à me contracter. Elle va me rendre dingue à ce rythme – *c'est sûrement ce qu'elle souhaite, d'ailleurs.*

— Putain, tu vas me tuer.

Elle rit à nouveau, avant de me prendre en bouche. La mâchoire serrée, je roule les yeux vers le plafond. Je crache un râle, tout en l'observant à l'œuvre. Ses lèvres sont un véritable appel à la luxure, c'est dingue. Aguicheuse, elle me jette des coups d'œil qui en disent long. Le bras sous la tête pour la soutenir, je m'efforce de canaliser les jurons qui me démangent. J'accentue ses mouvements en lui caressant les cheveux, puis, après plusieurs secondes, je l'oblige à remonter vers moi.

Pris dans le feu de l'action, j'inverse les rôles et la plaque contre le matelas. Je dévore son cou, et la sens se raidir sous mon corps, possiblement aussi submergée que moi par l'adrénaline. Ma main droite descend sur son ventre qui se crispe à son passage.

— Attends, soufflé-je. Je… Est-ce que… Enfin, tu es sûre que c'est ce que tu veux ?

— Oui.

Ses cuisses se resserrent lorsque mes doigts atteignent son entrejambe. Elle a voulu me pousser à bout, voyons voir ce qu'il se passe si j'utilise son stratagème.

Mon index la nargue et, à ce simple contact, elle se cambre contre ma main. Je souris, ravi de constater son excitation. Ses lèvres tentent de rejoindre les miennes, mais je réfute l'invitation, dans l'unique but de la faire languir encore un peu. Partagée entre le désir et la frustration, elle fronce les sourcils. Je veux l'emmener au bord du précipice, qu'elle soit si enivrée qu'elle me réclame de la posséder enfin. Elle chevrote, agrippe mon poignet, ondule des hanches.

Finalement, c'est moi qui risque de l'implorer.

Ma langue suit le galbe de ses seins, court sur son ventre, avant d'atterrir entre ses cuisses. Alba trémule et plonge ses doigts dans mes cheveux. Je relève les yeux vers elle, sans cesser les provocations de ma bouche. Ses réactions alléchées sont sur le point de me faire vriller. La voilà, ma faiblesse. Être témoin et responsable du plaisir de l'autre, c'est le coup de grâce.

— Est-ce que tu as… ? susurre-t-elle dès que je reviens à sa hauteur.

— Quoi ?

— Un balai.

— Hein ? C'est quoi le rapport ?

— Mais nan, un préservatif, idiot.

Ah, ça.

Nous rions doucement, tandis que je me penche en direction de la table de chevet pour ouvrir le tiroir. En effet, j'ai de quoi protéger un département entier.

Une fois paré, je me positionne au-dessus d'Alba. Elle écarte les cuisses, signe que je peux m'y insérer, mais je n'agis pas. Taquin, j'esquisse un sourire, alors qu'elle écarquille les yeux. J'avoue, c'est assez bas. Tendrement, je dépose un baiser sur son front et caresse ses lèvres du bout des doigts. Pour participer à mon jeu sadique, elle mordille et lèche mon index d'une manière tellement équivoque que je sens mon érection se tendre encore plus.

OK, fin de la première partie. Je ne tiens plus.

Je m'apprête à mettre un terme à l'attente interminable, mais elle s'écarte de moi. En me tournant le dos, elle s'accroche aux barreaux de mon lit. Je me pince l'intérieur de la bouche. Comment rester de marbre face à une telle posture ? Impossible. J'empoigne ses fesses et l'oblige à se cambrer davantage contre moi. Et, dans un lent coup de reins, je la pénètre.

La satisfaction. Il n'y a rien de plus jouissif que d'assouvir ses pulsions grondantes. Aussi excitée que moi, Alba accompagne mes mouvements dans une ondulation lascive. Je me retiens d'être plus bruyant. Loin de moi l'envie d'alerter les voisins. En rejetant ses cheveux en arrière, elle colle son dos contre mon torse. Le son de nos corps qui s'entrechoquent résonne dans ma chambre. J'espère que Gabriel n'a pas dans l'idée de débarquer maintenant et être témoin de ces bruits équivoques. *Putain, mais pourquoi je pense encore à lui ?* À nouveau, je supprime cette pensée de mon esprit et enfonce mes dents dans la nuque d'Alba, ce qui lui arrache un soupir rauque.

Mes mains retrouvent le contact de ses courbes. Toute cette passion m'a tellement manqué. À vrai dire, j'ai du mal à réaliser qu'elle a repris vie depuis plusieurs minutes. Nous varions les plaisirs et les positions. Je n'ai aucune idée de l'heure qu'il est. Je m'en fous. Les yeux noisette d'Alba s'animent d'un éclat particulier à chaque fois que je les croise. Du moins, j'aimerais croire qu'elle ressent les mêmes vibrations que moi.

Je bouillonne de l'intérieur. J'aurais aimé faire durer le plaisir, mais j'en suis incapable. D'après ses dires, elle non plus. Tandis que la jouissance me gagne, Alba est secouée de petits spasmes. Nos corps se tordent l'un contre l'autre et, après un long râle, je m'écroule sur le matelas.

Incroyable, magnifique. J'en perds mon latin. Pas peu fière, Alba m'embrasse et dépose sa tête sur mon torse haletant.

— Ah, merci ! J'avais besoin de ça. Tu vois… je savais que c'était une bonne idée.

— Ouais, m'essoufflé-je. Excellente même.

— On remet ça ?

— Quoi, maintenant ? Tu veux ma mort, sorcière ?

Son rire provoque le mien.

— Nan, mais… dans les jours à venir. Ou si tu te sens à la hauteur pour un deuxième round, je suis partante aussi. Enfin… encore faut-il que tu aies les ressources nécessaires.

Elle me cherche. Force est de constater qu'elle va bientôt me trouver.

— Eh, j'ai des ressources inépuisables.

— Je demande à voir.

Pour ajouter un peu de douceur dans cet instant charnel, je la resserre contre moi et lui souffle un baiser sur le bout du nez. Elle sourit. Bon Dieu, ce qu'elle est rayonnante quand elle sourit comme ça.

— Au fait…

— Hm ?

— J'avais raison, dis-je en esquissant un rictus. Les cartes ont menti.

Nos retrouvailles sont encore plus explosives que dans mes fantasmes. En un battement de cils, Alba a piétiné mes réticences. Son charme est ensorcelant, foudroyant. J'y ai cédé comme un amateur. Moi qui prends toujours soin de ne jamais me laisser dominer par l'affectif, je dois avouer que, avec elle, c'est différent.

Comment pourrais-je l'envisager autrement ? Alba est à l'origine de mes premiers émois. Ce soir, j'ai le sentiment d'avoir de nouveau dix-sept ans.

Chapitre 8
Avancer à reculons

Le carrosse du passé ne nous conduit nulle part.
Maxime Gorki

ALBA ☾

Abritée sous le préau de l'immeuble, je regarde la rue. La pluie dégringole depuis le petit matin, doublée d'un vent violent qui m'oblige à m'emmitoufler dans ma veste. Le ciel lâche ses milliers de filets d'eau, peu soucieux d'importuner ceux qui ne supportent pas les temps maussades. Me concernant, j'adore cette météo capricieuse. Elle apporte du volume à mes boucles et semble laver l'air de ses péchés, comme pour lui donner une nouvelle chance avant le beau temps.

Repartir de zéro pour que, après les larmes, revienne la chaleur d'un sourire.

Vêtue d'un imperméable jaune qui rappelle ceux des Bretons, Solange, notre concierge et propriétaire, fait son entrée dans la cour. Elle dégage la capuche de sa tête et s'empresse de recoiffer ses courts cheveux rouges.

— Eh beh ! Quel temps de chiotte, soupire-t-elle en secouant son parapluie pour le débarrasser de ses gouttes.

J'acquiesce, sans pour autant valider son mécontentement.

— T'as prévu de sortir, trésor ? s'enquiert-elle, grimaçante. Je t'aurais bien déposée, mais cette satanée bagnole est encore chez le mécano. Elle m'a lâchée hier. J'avais dit à mon frère qu'elle couinait dans les virages, il a pas voulu me croire, bah, r'garde le tableau !

Elle continue de baragouiner tout en chassant les feuilles mortes qui jonchent les dalles avec son balai. Solange est la mascotte de notre immeuble, en plus d'être connue comme le loup blanc dans Calfort. Meneuse de revue à la retraite, elle ne rechigne jamais à nous raconter l'époque glorieuse durant laquelle elle était la tête d'affiche de nombreux cabarets. Gaston, son mari, a longtemps fait partie des patients de ma mère quand cette dernière était encore aide-soignante.

— Tu reviens d'où ?

— De la maison de retraite, déclare-t-elle comme une évidence. Mais j'y retourne en fin d'après-midi. On est mercredi, ton frère vient jouer pour les petits vieux, ça va swinguer ! Mon Gaston ne louperait ça pour rien au monde.

J'esquisse un sourire attendri rien que d'imaginer la scène.

— Et toi, tu vas où, bichette ?

— Voir maman.

Solange repose son balai contre la porte du cagibi et s'avance vers moi.

— Oh… Je suis allée lui rendre visite hier, dit-elle. Elle est plus aussi causante qu'avant, mais je pense que ça lui a fait plaisir de papoter un peu avec moi. Bon, tu me connais, j'ai fait la conversation pour deux !

Elle rit et enclenche son briquet pour allumer la cigarette qu'elle tient entre ses fines lèvres maquillées. Aussitôt, elle balaye la fumée avec sa main, comme pour m'épargner les dommages de son vice.

— Ouais. Ça dépend des jours. Parfois, elle débite comme un moulin à paroles et parfois, c'est le silence radio, réponds-je dans un haussement d'épaules.

J'ignore comment je vais trouver ma mère, si elle va daigner m'écouter, prendre soin d'elle ou parler d'autre chose que de ses histoires tragiques. C'est sûrement pour cette raison que je suis encore là, au milieu de la cour, à défaut d'être en chemin.

— Au fait, pendant que je te tiens, s'écrie ma concierge en m'agrippant le poignet. Vous fumez dans l'appartement ? Les nouveaux se sont plaints d'une odeur de cannabis dans le couloir.

— Hein ? Ah non, impossible… Sauf si… Je fais souvent brûler de l'encens ou des branches de sauge, mais…

— Ah, bah, cherche pas ! rit-elle. Ces idiots sont même pas foutus de faire la différence entre de la sauge et de la Marie-Jeanne. Je savais bien qu'ils étaient pas futés. Continue donc de brûler tes plantes, va. Mais fais gaffe au détecteur de fumée.

J'aurais voulu surenchérir, mais Solange s'est déjà éclipsée vers la porte menant à son appartement. Une fois arrivée à bon port, elle ouvre la petite fenêtre qui donne sur la cour.

— Passe le bonjour à ta mère et dis-lui que je suis en train de lui faire une bouture de papyrus ! lance-t-elle, penchée sur l'embrasure. Ah, et je lui mets un pot de confiture de coings de côté.

Je lui promets de transmettre le message et disparais du préau.

La senteur du café chaud et des crêpes a embaumé la cuisine. À ma gauche, maman glisse sa paume sur la nappe fleurie – une manie qui consiste à récupérer les miettes, même s'il n'y en a aucune sur la table. Je crois qu'elle fait ça pour s'occuper les mains. Après avoir touillé dans sa tasse pour faire fondre le sucre, elle la porte à ses lèvres, les yeux dans le vide.

Le silence m'oblige à analyser. Je glisse mon regard sur ses cheveux noirs noués autour d'un crayon. Ses boucles, autrefois disciplinées, ont perdu de leur éclat, sûrement à force d'avoir été lissées et peu entretenues.

— J'ai une bonne nouvelle à t'annoncer, m'apprend-elle en se levant.

— Ah oui ?

Je l'observe se rendre vers le frigo, là où des photos de famille sont exposées, tenues par des magnets.

— Je reprends le travail lundi.

En m'envoyant le vent de son parfum à la rose, elle pose sa main sur mon épaule et verse du lait végétal dans mon verre.

— Oh, mais c'est super, maman !

— Eh oui. Je suis très contente. Je n'en pouvais plus de rester ici toute seule, toute la journée.

À vrai dire, je suis incapable de me souvenir de son dernier jour de travail. Depuis sa dépression et ses nombreuses rechutes, la vie de ma mère s'est floutée. En espérant que ce soit le début de sa guérison, cette fois-ci.

— Solange m'a dit que vous aviez revu votre père, m'informe-t-elle en retournant sur sa chaise. Comment ça s'est passé ?

Aïe.

— Bien.

Les mains superposées sur la table, maman ouvre grand les yeux.

— Qu'est-ce qu'il a dit ? Est-ce qu'il a parlé de moi ?

Voilà pourquoi Gabriel et moi nous sommes mis d'accord pour ne pas évoquer ces retrouvailles avec elle. Tendue, je me redresse et avale une gorgée de lait.

— Non… Non. On a parlé de nous, ça m'a fait du bien.

— Il n'a pas dit un seul mot sur moi, alors ? insiste-t-elle.

— Il a juste dit que je te ressemblais de plus en plus.

Dans un rire désabusé, elle frappe sa paume sur la nappe en faisant vaciller sa tasse.

— *Che stronzo*[1] ! Il ne peut pas s'en empêcher, c'est incroyable.

— C'était pas méchant, au contraire…

— Oh, je le connais, dément-elle, avant de marmonner en italien. Et sa femme, cette Livia, il en a parlé ?

— Pas plus que ça.

Je vois à son air agacé qu'elle n'en démordra pas. Sans cesser de jurer dans sa langue natale, elle attrape la cafetière pour remplir sa tasse, bien qu'elle soit presque pleine.

1. « Quel con ».

— Je suis sûre qu'il s'est passé autre chose. Comme par hasard, Gabriel ne vient plus me voir depuis quelques jours.

— Il travaille, c'est pour ça. Je te promets qu'il s'est rien passé. On avait besoin de discuter tous les trois, c'est tout.

— Bon, tant mieux, mais c'est quand même étonnant. Dina m'a téléphoné pour me dire qu'au village, il colportait des horreurs sur moi. « Bianca ceci, Bianca cela. » Il ne s'arrête jamais.

Un soupir m'échappe, vite intercepté par ma mère et son regard noir.

— Dina, c'est pas celle qui a raconté que tu avais trompé papa alors que c'était faux ?

Les lèvres pincées, maman ne prend pas la peine de me répondre et s'empresse de cacher sa moue songeuse dans sa tasse. Il va être grand temps de changer de sujet. Je ne supporte pas d'être coincée au milieu de leurs querelles. D'autant plus qu'elles ne sont entretenues que par ma mère. C'est à se demander si elle n'a pas la mémoire courte. Mon père a pourtant fait tout son possible pour l'aider à distance, même après leur séparation. L'aigreur doit prendre le dessus… Malheureusement.

— T'as vu le temps qu'il fait, trouvé-je à dire.

— Oui, depuis sept heures, il… Ah… Comment vous dites déjà en français pour *piovere a catinelle* ?

— Il pleut des cordes.

Maman éclate de rire et étale de la pâte à tartiner sur sa crêpe.

— Ah oui, « des cordes » ! Nous on dit « des lavabos ». Les expressions, c'est vraiment rigolo.

— Ouais… Je sais. Au fait, Solange m'a dit de te dire qu'elle t'avait fait une bouture et de la confiture de coings.

La main sur le cœur, elle affiche un air touché.

— Quel amour, cette Solange. J'ai hâte de retrouver son Gaston à l'EHPAD. Ils sont tellement adorables tous les deux. Tu vois… c'est ça, un couple. Ils s'aiment, même dans leurs vieux jours et la maladie.

Les yeux dans le vague, ma mère essuie le chocolat à la commissure de ses lèvres. Malgré l'amertume qu'elle ressent à l'égard de mon père, je sais qu'elle tient encore à lui. Sinon, pourquoi conserverait-elle la photo de leur mariage à Venise sur le mur ? Je suis d'ailleurs étonnée qu'elle n'ait pas raturé ou mis une gommette sur le visage de papa. Si je partageais avec elle cette réflexion, je suis certaine qu'elle me dirait qu'elle tient à ce cliché uniquement parce qu'elle était encore jeune et fraîche dans sa robe.

— Dis-moi, Alba… Pourquoi tu ne reviendrais pas à la maison ? Ta chambre n'a pas bougé. Tu serais bien mieux ici avec moi qu'avec les garçons, non ? Entre filles, rien que nous deux !

L'émerveillement dans son regard me fait de la peine. Parce que je n'ai pas la moindre envie de vivre avec elle au quotidien. Elle finirait par me rendre encore plus négative que je ne le suis déjà. J'ai besoin de mon indépendance, de côtoyer des gens de mon âge qui sont à mille lieues de se douter de mes tourments. Et par-dessus tout, j'ai besoin de mon frère.

— Oh, tu sais, je suis contente d'être avec les gars. Bon, ils sont pas toujours faciles à vivre, mais on s'amuse bien. Et je suis pas loin de la fac.

— Comme tu voudras, concède-t-elle dans un haussement d'épaules. En parlant de ça, tu ne devrais être à l'université à cette heure ?

Prête à utiliser cette excuse pour filer, je jette un coup d'œil vers l'heure qu'indique le micro-ondes.

— Si, justement, je vais te laisser.

Je ne m'attarde pas sur son expression déçue et me lève. Finalement, ce n'est pas une mauvaise idée. Il faut que je retourne en cours. Le manque de mes camarades commence à se faire ressentir et ne parlons pas du retard que j'ai accumulé depuis une semaine. Talonnée par ma mère, je brave le rideau de perles en bois et rejoins le couloir.

— Tu reviens me voir bientôt, pas vrai ? Oh, ça me ferait plaisir que Gabriel t'accompagne. Je pourrais faire mon osso buco, je sais que ton frère adore ça.

— Euh, ouais. Je lui demanderai. Bon, alors à la prochaine. Et appelle-moi pour me raconter ton premier jour de reprise à la maison de retraite !

Sans plus de formalités, maman me dépose un baiser sur la joue et m'ouvre la porte. La pluie m'accueille avec sa fidèle odeur de fraîcheur et de terre mouillée. J'espère que mes baskets blanches tiendront le coup.

À ma grande surprise, la crise ne m'a pas dévorée lorsque je suis retournée à la fac. Les symptômes précurseurs sont venus me saluer durant le chemin, mais ont vite décampé au moment où j'ai franchi les portes coulissantes de l'entrée. Mes camarades étaient étonnés et ravis de me revoir. J'ai eu le droit aux derniers potins en date, ainsi qu'à un récapitulatif détaillé des cours manqués. Puis, ma sérénité s'est installée.

Aucun professeur n'avait remarqué mon absence. Les bancs des amphithéâtres sont tellement remplis qu'un élève en plus ou en moins n'alerte jamais personne. Pour reprendre un rythme en douceur, j'ai eu la chance de n'assister qu'à deux cours ; de la théorie avec le module d'histoire de l'art et un peu de pratique avec le dessin et les notions de perspectives.

Plus fatiguée qu'à l'aller, je prends le chemin du retour à pied, faute d'avoir pu prendre le bus. Analyser constamment l'arrivée d'éventuelles crises me demande beaucoup trop d'énergie. Tout ça pour ne pas être certaine de pouvoir les contrer, en plus. C'est dingue comme des pensées peuvent à ce point avoir le dessus.

Elles sont devenues maîtresses de ma vie, sans scrupule ni pitié.

Pour me débarrasser des traces de la pluie, je file sous la douche. L'eau chaude dégouline sur mon corps endormi et brûle mes pieds gelés. La tête en arrière et les yeux fermés, j'ouvre la bouche sous le pommeau. Je pourrais presque m'assoupir ici. Alors que je rince mon shampooing au lait d'amande, la porte de la salle de bains claque contre le mur.

— Eh, t'as pas vu mon déo ? Bordel, je l'avais posé ici…

— Putain, Léon, casse-toi !

— Oh, ça va. Je regarde pas.

Ce n'est pas comme s'il n'avait pas déjà vu…

À travers la vitre embuée, je distingue la silhouette de mon colocataire s'agiter en direction des tiroirs de la commode. Pressée, je me débarrasse de la mousse qui glisse sur mon corps et essore mes cheveux. Après avoir noué une serviette autour de moi, je m'extirpe de la douche.

— Alors, remise de cette nuit ? s'enquiert Léon.

Penché sur le miroir, en pleine séance d'épilation des sourcils, il me jette un regard par le biais de la glace.

— Ouais, et maintenant qu'on en parle, sache que je suis dispo, surtout la nuit. Je dors très peu. Demain soir, c'est bon pour moi. Si on peut éviter de faire ça quand les autres sont réveillés, ce serait mieux. Ah, ou entre deux cours aussi, pourquoi pas ?

Immédiatement, il repose sa pince à épiler sur le rebord du lavabo et pivote pour me faire face, les yeux écarquillés.

— Donc t'étais sérieuse quand tu disais de remettre ça ?

— Bien sûr ! m'écrié-je, surprise qu'il ait pu en douter. Je te demande rien, tu me dois rien. On fait ce qu'on a à faire, c'est tout. Qu'est-ce que t'en penses ?

Il ouvre la bouche et lève les mains en l'air.

— Wow… OK, je reviens, je vais réfléchir à comment je m'appelle.

J'interromps sa tentative de fuite en lui agrippant le poignet.

— Oh, allez. Tu vas pas me faire croire que ça te branche pas, soufflé-je. Je te propose un plan aux petits oignons, là.

— Ah, mais ça me branche complètement. Tu me siffles, je rapplique, c'est aussi simple que ça.

Le contraire m'aurait étonnée. Satisfaite, je vaporise un tonique sur mes boucles et froisse mes cheveux pour leur donner le pli.

— Alors, t'es prêt à devenir mon passe-temps ?

Son rire narquois me chatouille les oreilles. En posant une main sur la commode et l'autre sur la hanche, Léon tente d'inverser la tendance.

— Et pourquoi ce serait pas *toi* qui deviendrais *mon* passe-temps ?

— Parce que c'est moi qui décide.

Pas contrarié le moins du monde, il hausse les épaules.

— Ça me va, confirme-t-il.

Je me doutais qu'il ne serait pas trop regardant sur les conditions, même s'il n'y en a pas vraiment. Ce n'est pas un jeu, ni un pari ridicule. J'ai juste besoin de pouvoir compter sur la chaleur et le réconfort de ses bras dès que je me sens prête à faiblir. Sans le savoir, Léon est un excellent remède à mes maux. Il les balaye d'un sourire, de son humour, de ses grands yeux clairs.

— Bon, on se commande des pizzas ? demande-t-il. J'ai une putain d'envie de gras, de fromage, de viande et de…

— Nan. Je vous fais mes cannellonis à la sicilienne, ce soir.

Les mains jointes pour me bénir, Léon promène sa langue sur ses lèvres.

— Wow. Le retour de nos parties de jambes en l'air, tes cannellonis… Ouais, cette journée est sûrement la plus belle de ma vie. Manquerait plus qu'on se mate l'intégral de *Kaamelott* pour que ce soit l'apothéose.

— N'y compte même pas.

En chassant l'air avec sa main, il fait volte-face vers la porte.

— T'aimes trop casser l'ambiance, toi, m'accuse-t-il. T'as besoin d'aide en cuisine ?

— Venant de qui ? De toi ? Euh…

— Bah ouais, je peux t'encourager, déclare-t-il, avant de mimer un micro-casque et de poser son index sur son oreille. La joueuse française s'est munie de son fouet, le stade est chaud. Allez, Alba ! Mélange-nous bien cette préparation. Bon sang, mais quel coup de poignet. Elle dompte les grumeaux, sans se laisser amadouer par son adversaire, le robot ménager. T'arrête pas, c'est dans la tête, lâche rien !

Léon poursuit sa parodie de commentateur sportif en simulant un but. Le tee-shirt relevé sur la tête, il trottine dans la salle de bains et hurle le refrain de *I Will Survive* de Gloria Gaynor à gorge déployée.

— Merci, ça ira. Je préfère que tu t'abstiennes, dans ce cas.

— Dommage, soupire-t-il en recouvrant son torse. Je vais devoir aller geeker dans ma chambre en attendant. Pff, quelle plaie !

Sur cette ironie, Léon disparaît.

Après m'être habillée, je me rends derrière les fourneaux. Cuisiner me permet d'être concentrée sur autre chose que mes pensées. J'émince les oignons – quitte à pleurer, autant que ce soit pour quelque chose d'utile – et récupère la pâte qui a reposé dans le frigo toute la nuit. Léon se glisse derrière moi, tandis que je farine le comptoir pour m'attaquer au pétrissage.

— Quelle dextérité…

Je n'ai pas le temps de l'envoyer promener qu'il colle son torse contre mon dos et joint ses doigts aux miens.

— Tu m'fais un *remake* de *Ghost*, avec la scène de la poterie, là ? raillé-je.

Le visage niché dans le creux de mon cou, il rit contre ma peau, sans cesser de malaxer la pâte au même rythme que mes mains. Son souffle réveille mes frissons aussitôt.

— Nan. Laisse-moi t'aider.

— Très bien, cédé-je en m'écartant. T'as qu'à la passer au laminoir.

Pour une fois qu'il propose ses services, je ne vais pas cracher dessus. Sûrement déçu que je brise notre proximité, il se débarrasse de la farine en frappant ses mains contre son jean. Je lui tends la machine censée aplatir la pâte et il s'exécute, attentif à mes conseils.

Oscar et mon frère font leur entrée, accompagnés de Romy. Dans une ambiance conviviale qui tombe à point nommé, chacun se met à son poste pour m'aider à réaliser ces fameux cannelloni. Gabriel se chamaille avec Léon, les jumeaux dansent tout en dressant la table. Et à cet instant précis, je réalise que j'ai eu raison de refuser la proposition de ma mère. Ma place est ici. Avec eux.

Chapitre 9
La fuite en avant

Un chagrin partagé diminue de moitié.
Une joie partagée augmente du double.
Proverbe suédois

LÉON ☼

Merde.

Dans un sursaut, je me redresse sur le canapé. Ma sieste, supposée durer trente minutes, a dégénéré, comme à chaque fois que j'entreprends de me reposer un peu. Je me frotte les yeux et regarde mon téléphone.

Merde, merde, merde !

Ça fait donc deux heures que je roupille. En grognant, je file dans la cuisine pour me servir un rafraîchissement. Il faut vraiment que j'arrête les siestes, je ne sais pas en faire, j'abuse toujours. Par-dessus le marché, je me sens nauséeux et encore plus fatigué qu'avant. Ça m'apprendra à geeker jusqu'à pas d'heure avec Gabriel.

— Putain, t'es où ?

Le téléphone calé entre l'oreille et l'épaule, je remplis mon verre de soda.

— À l'appart, réponds-je, la voix encore rauque. Je me suis endormi.

— J'en étais sûr. Bah, active ton boule et viens, s'impatiente Oscar. T'as loupé deux cours, enfoiré. Comme d'hab, je vais devoir te passer mes docs, j'imagine ?

— Ouais, merci, Scar. J'te rejoins dès que je peux.

Je raccroche et m'écroule sur une chaise. Les coudes sur la table et la tête dans mes mains, je ferme les yeux pour essayer de reprendre mes esprits. Je suis à deux doigts de retourner m'affaler sur le canapé. Un frisson me parcourt au moment où je jette un coup d'œil par la fenêtre. Il fait un temps de chien depuis plusieurs semaines. L'automne rend les gens et l'atmosphère complètement moroses.

Je déteste l'automne.

D'un pas lourd, j'avance vers ma chambre pour récupérer mon sac à dos et ma veste. Une fois arrivé sur le seuil de la porte, je m'immobilise.

C'est quoi cette connerie, encore ?

Des fleurs séchées et des croquis sont accrochés sur une cordelette tendue devant ma fenêtre. Encore un coup d'Alba Moretti. En plus de cette exposition, elle a laissé traîner ses pots de peinture par terre. Ce n'est pas comme s'il n'y avait pas assez de place ailleurs pour qu'elle entrepose ses gribouillages et ses expériences. Il a fallu qu'elle mette ça ici, dans mon cocon. Je lève les yeux au ciel et récupère mes affaires, décidé à partir.

Alors que je retourne dans la pièce à vivre, la porte d'entrée s'ouvre.

— Ah, Dieu merci, t'es là ! s'écrie Alba.

Je m'apprête à lui expliquer que ma chambre n'est pas une roulotte pour diseuse de bonne aventure, mais elle se précipite vers moi. Le visage parsemé de gouttes de pluie encore fraîches, elle pose ses mains sur mes épaules.

— J'ai appris un truc de malade hier. Mais promets-moi d'en parler à personne !

Vu son agitation, je me doute que je vais avoir le droit au potin de l'année. Je croise les bras contre mon torse et hausse le menton pour qu'elle poursuive.

— Figure-toi que mon frère couche bel et bien avec Romy ! m'annonce-t-elle en me bousculant, comme pour ajouter de l'effet à son pseudo-scoop. Je les ai surpris quand ils étaient en train d'en discuter. Oscar avait grave raison, en fait. Et Gabriel a joué les escort, aussi ! Nan mais tu le crois, ça ?

Ah.

Je lâche un soufflement de nez et m'écarte. Intriguée par ma non-réaction, Alba balbutie.

— Parce que tu crois que tu m'apprends un truc, là ? lancé-je. Ça fait des semaines que je suis au courant, Sabrina.

Pour être franc, les histoires de cœur de Gabriel m'intéressent assez peu. D'une part, parce qu'elles sont chiantes comme la mort, mais aussi parce que j'ai trop de mal à le suivre. Emma ne lui plaît plus et Romy l'intéresse. Pour moi, la solution est vite trouvée. Je ne sais pas pourquoi il s'emmerde à s'infliger des problèmes qui n'ont pas lieu d'être.

— Attends, quoi ? Tu le savais et tu me l'as pas dit ? Wow, donc tu sais tenir ta langue. Qui l'eut cru ?

— J'aime pas trop que tu parles de ma langue sur ce ton dédaigneux. Dans mes souvenirs, t'étais pas aussi médisante quand tu l'avais entre les cuisses.

Contrairement à ce que je présageais, elle ne s'offusque pas. Dans une grimace convaincue, elle valide ma provocation en silence. Mon sac de cours posé sur la table, je vérifie son contenu pour être certain d'y avoir glissé les bons documents et mon ordinateur.

— Au fait, l'apprentie sorcière, t'as prévu d'ouvrir une galerie d'art ésotérique dans ma piaule ?

— Ça te dérange ? Tu m'as dit que je pouvais faire comme chez moi.

— Ouais, alors c'est pas vraiment ce que je sous-entendais quand je t'ai invitée à te sentir à ton aise dans ma chambre, mais soit.

En vérité, je trouve que son bazar apporte un certain charme à la pièce. Elle paraît moins vide depuis qu'elle y a ajouté ses petites touches et des bribes de son univers.

— Et la collection de cailloux que t'as mise sur le balcon, c'est pour faire quoi ?

Outrée que je parle de sa passion pour la lithothérapie en ces termes, elle ouvre la bouche.

— C'était la pleine lune, je recharge mes pierres pour éliminer les mauvaises énergies et après je les purifie.

J'esquisse un sourire, non pas par moquerie, mais parce que son dévouement envers les cristaux a quelque chose d'attendrissant.

— Tu fais ça souvent ? demandé-je, réellement intéressé.

— Une fois par mois. Certaines se rechargent à la lune, d'autres au soleil. Ça dépend de leur couleur.

Comme si évoquer ce sujet l'avait inspirée, Alba ouvre le tiroir de la commode et sort la boîte en bois qu'elle nous a toujours interdit de toucher. Assise à la table, elle feuillette un manuel – qui ressemble plutôt à un vieux grimoire – tout en manipulant ses cartes de tarot. Mes yeux s'attardent sur ses doigts tatoués qui s'agitent. Je regarde le croissant de lune sur son index, l'œil protecteur sur son majeur, les traits abstraits sur son annulaire et la manchette en mandala qui enlace son poignet.

— Ça te dit de m'accompagner au centre commercial en fin d'après-midi ? proposé-je. Je voudrais commencer les cadeaux de Noël, mais comme j'ai aucune idée de ce qui ferait plaisir à ton frangin, ce serait cool si tu pouvais m'aider.

J'aurais très bien pu me débrouiller tout seul, d'autant plus que des CD de chanteurs morts pourraient largement faire l'affaire pour Gabriel, mais j'ai envie qu'Alba soit de la partie.

— Si tu veux. Je te rejoins là-bas ?

— Ouais. Il me reste deux cours. Vers dix-sept heures, c'est bon pour toi ?

Elle hoche la tête et focalise à nouveau son attention sur les cartes qu'elle mélange aussi habilement qu'une magicienne.

Depuis une dizaine de minutes, nous foulons le sol de la galerie marchande. Je scrute les vitrines alléchantes, tandis qu'Alba a le nez sur son téléphone. Nous zigzaguons entre les gens qui s'agglutinent. À croire que tout Calfort s'est donné le mot pour faire ses achats de Noël. Les mioches s'égosillent, couvrant le fameux *All I Want For Christmas Is You* diffusé dans les haut-parleurs – qui doit sans doute être passé en boucle depuis fin novembre.

Malgré l'ambiance festive, je trouve cette effervescence d'une hypocrisie sans nom. De base, j'adore Noël, mais cette fête est devenue un prétexte pour regrouper les individus d'une « même famille » autour d'une table dégueulant de fausses bonnes intentions. Même l'ouverture des cadeaux a perdu de son charme. À quoi bon faire semblant de s'extasier devant des chaussettes personnalisées ou des bouquins que je ne lirai jamais ? C'est le geste qui compte, certes, mais tout dépend de qui il vient. Bon, je ne suis pas du tout objectif. Mon père pourrait m'offrir un tour du monde en tapis volant que je ne lui décrocherais pas un sourire.

Le dernier repas avec mes frères et mes parents a tourné au vinaigre. Élias avait pourtant eu la présence d'esprit de la boucler… Jusqu'à ce qu'il mette ses deux burnes friquées dans le plat en évoquant des sujets problématiques sur lesquels je suis incapable de me taire. Mon père a pris sa défense, ma mère a éclaté en sanglots et mes autres frères en sont presque venus aux mains. Si tout le monde s'était contenté de manger la bûche pâtissière en silence, je n'aurais jamais eu à claquer la porte en leur souhaitant d'aller se faire tartiner l'omoplate.

— Qu'est-ce que tu penses d'une carte-cadeau ?

Peu convaincue, Alba secoue la tête.

— Mouais, médite-t-elle. Une carte-cadeau ça veut dire : « Hey, joyeux Noël ! Je savais pas quoi t'offrir, alors je me suis pas du tout creusé les méninges et j'ai opté pour la facilité. »

— Bah, c'est un peu le cas, hein…

Gabriel mérite tout de même que je fasse un petit effort, j'en conviens.

— Ah, là ! Il doit y avoir des trucs pour la musique, annoncé-je en désignant une devanture.

Alba me suit jusqu'à l'entrée, sans pour autant pénétrer dans la boutique de produits culturels.

— Tu viens pas ? m'étonné-je.

— Euh… si.

Je passe mon bras autour de ses épaules et l'entraîne avec moi. Il fait une chaleur de bœuf là-dedans. Ils ont dû avoir la main lourde sur le chauffage. Tant bien que mal, nous nous frayons un chemin dans la foule.

— Alors, alors… Yves Montand ? proposé-je en prenant le disque en question. Bof, il doit l'avoir celui-là, non ?

— Il a pas la version vinyle.

— Vendu. Et Michel Berger ?

— Il a déjà tout ce qu'il faut avoir sur lui, répond-elle, le regard fuyant.

Pour mettre la main sur une pépite, je scanne le rayon des yeux et me balade dans l'allée des artistes internationaux. Pas sûr que Gabriel soit très friand des nouveautés, mais ça me plairait de lui faire découvrir un peu de musique actuelle.

— Ah, je sais ! J'avais prévu de lui offrir *Le Piano pour les nuls*. Viens, les livres sont au fond.

— Euh… Tu veux prendre ça maintenant ? hésite-t-elle.

— Bah on est là pour ça, nan ?

Après avoir bravé les clients et bousculé les abrutis qui ne se poussent pas, nous atteignons l'autre bout de la boutique. Je laisse Alba consulter les ouvrages sur le développement personnel et m'éloigne pour trouver ce que je suis venu chercher.

J'ai la nette impression qu'elle a autre chose en tête. Peut-être qu'elle a un rendez-vous de prévu… Depuis que nous avons mis les pieds dans cette galerie marchande, elle s'efforce d'écourter nos emplettes et évite de croiser mon regard.

Au bout d'un petit instant, elle revient vers moi.

— Je l'ai, dis-je, le livre en main.

— Tu as tout ce qu'il te faut, du coup ?

— Hm, nan. J'aurais bien aimé prendre autre chose… Genre un truc avec des partitions. Tu crois que si je demande au vendeur il va essayer de me pigeonner ?

— C-Comme tu veux. J'sais pas.

Je repère un jeune homme habillé du polo de l'enseigne et fais un pas dans sa direction.

— Monsieur…

— Je vais prendre l'air, intervient Alba.

— Quoi ?

— Il… Il faut que je sorte d'ici.

Sans me laisser le temps de comprendre, Alba s'éloigne de moi. Je reste con à la regarder se faufiler entre les gens et leur prier de libérer le passage.

OK, j'ai dû louper un épisode.

Perdu, je m'excuse auprès du vendeur, abandonne mes articles sur le rebord d'un rayon et trottine pour rattraper ma colocataire. Encore faudrait-il qu'elle ralentisse son allure.

Semblant fuir quelque chose, elle progresse dans l'allée centrale de la galerie marchande au pas de course. J'ai beau l'interpeller, elle ne se retourne pas. Elle m'ignore royalement. Sa masse de cheveux bouclés remue au rythme de sa marche rapide, alors j'accélère, au cas où elle s'écroulerait, on ne sait jamais.

Arrivée près de la sortie, elle pousse la porte principale et rejoint l'air extérieur, ce que je ne tarde pas à imiter.

— Alba, qu'est-ce qu'il y a ?

Toujours pas de réponse.

Le souffle court, elle s'engouffre dans un renfoncement, à l'abri des regards. Le préau nous protège partiellement de la pluie, mais il ne nous préserve pas des rafales de vent. Adossée au mur, Alba pose les mains sur ses genoux et se penche vers le sol.

— Tu te sens pas bien ?

— Si… C'est juste tout ce monde… toute cette foule. Je pouvais plus respirer.

Pâle comme un mort, elle se redresse. J'ai beau avoir souvent été témoin de sa vulnérabilité, je n'ai pas le souvenir de l'avoir vue aussi nerveuse. J'aimerais lancer une blague vaseuse pour détendre l'atmosphère, mais je crains que ça ne suffise pas. Devant mon air inquiet, elle soulève une épaule.

— Je fais des crises parfois, m'informe-t-elle d'un ton léger, sûrement pour dédramatiser. Ça doit venir du stress ou de la fatigue. Après une bonne séance de méditation, ça devrait aller mieux.

Je n'y crois qu'à moitié.

Non, en fait, je n'y crois même pas une demi-seconde.

Ce n'est pas impossible qu'à l'approche des fêtes de fin d'année son moral soit descendu en flèche. Rien d'étonnant quand on connaît son parcours de vie et ses histoires de famille. J'ai l'impression que d'être enfin dehors lui a permis de retrouver une respiration convenable. Du moins, plus maîtrisée que lorsqu'elle a quitté la boutique en furie. En s'éventant le visage avec sa main, elle prend le temps d'inspirer et d'expirer.

— Je peux faire quelque chose pour t'aider ?

— Non, ça va se calmer tout seul… T'as pas une bouteille d'eau ? J'ai la gorge sèche.

Je fais glisser mon sac à dos le long de mon bras, ouvre la fermeture Éclair et tends à Alba de quoi s'hydrater.

— Désolée de m'être tirée comme ça, s'excuse-t-elle en essuyant les gouttes sur sa bouche du dos de la main. J'ai essayé de lutter, mais il fallait vraiment que je prenne l'air. J'ai cru que j'allais m'effondrer.

— C'est inquiétant quand même, Al…

— Non, tranche-t-elle, avant de me rendre ma bouteille. Ça l'est pas. C'est rien. Regarde, ça va déjà mieux. Il suffit que je m'isole un peu et c'est reparti.

Pourtant, ses yeux remplis de larmes sont sur le point de la contredire. Elle tente de contrôler ses émotions en pressant ses lèvres entre elles. Je suis prêt à accueillir la tempête qui gronde, mais Alba se reprend.

— Bon, on y retourne ? renchérit-elle.

Hors de question de la confronter à toute cette foule si la crise est à peine endormie. Je n'y connais rien, mais j'imagine qu'elle devrait se reposer après un truc pareil. Alors, je m'empare de sa main et dépose mes clés dans sa paume.

— Va m'attendre dans la voiture. Je vais payer les articles et on rentre.

— Léon…

— Je serai pas long.

Je l'incite à m'écouter en poussant doucement ses hanches vers le parking. Manifestement rassurée à l'idée de devoir patienter loin de l'agitation, elle coopère. Je profite qu'elle soit en chemin vers ma Renault Clio pour me griller une cigarette. Je commence à me sentir un peu nerveux, moi aussi.

D'un regard soucieux, je m'assure qu'elle soit arrivée à bon port. C'est le cas. À travers la vitre côté passager, je la vois, la tête entre ses bras étendus sur le tableau de bord. La pluie dégringole sur le toit de la voiture et, finalement, je trouve cette image d'une vérité assez troublante.

Chapitre 10
Un sourire sur une photo

L'angoisse. Réaction inévitable de l'être
face à l'inconnu qui l'enserre.

Tu regardais intensément Geneviève,
Fernand Ouellette

ALBA ☾

L'eau chaude se répand sur mon corps et je ferme les paupières dans l'espoir qu'elle me débarrasse de mes angoisses. J'ai besoin qu'elle me remette à jour, qu'elle lave mon âme souillée. La buée s'étale sur les portes vitrées de la douche et devient étouffante. J'ai l'impression qu'elle pourrait m'étrangler. À nouveau, je suffoque. J'ai envie de hurler, de pleurer, d'enfoncer mes ongles dans mes joues. Bon sang, c'est tellement glauque d'imaginer des trucs pareils. Tremblante, je rince mon gel douche, tourne les robinets et sors de ces murs étroits.

Le changement de température me saisit. Je crève de chaud et, à la fois, je suis morte de froid. Les larmes s'accumulent dans ma gorge, je les sens. C'est aussi douloureux qu'une goulée de café brûlant. Je m'efforce d'éviter mon reflet dans le miroir, je ne peux pas affronter celle que je suis devenue. Elle me fait de la peine…

Non, elle me fait peur.

En vitesse, j'enfile mon débardeur et mon short de pyjama. L'appartement est vide, immensément vide, comme mon cœur. Jusqu'à maintenant, la solitude m'a toujours été bénéfique, mais ce soir, elle me terrifie. Alors, dans le but d'anesthésier la crise approchante, je m'allonge par terre.

La sensation du carrelage frais sur mon corps me fait tressaillir. Je grelotte tellement que mes membres claquent contre le sol. Je suis ridicule, pathétique, à court d'idées pour contrer mes propres démons. Les mains jointes sur ma gorge, je tente de fermer les paupières, mais elles se rouvrent d'elles-mêmes. Ma poitrine convulse. Des petits cris apeurés passent la barrière de mes lèvres.

Plus de contrôle. Je subis.

Je me redresse sur-le-champ. Il faut que je marche. Il faut que je la fasse redescendre. La crise ne doit pas gagner, jamais. En vacillant, je parviens à me remettre debout et sors de la salle de bains. Mes gestes sont incertains, précipités. Le couloir semble se rétrécir autour de moi. J'aimerais qu'il me dévore et qu'il me fasse disparaître.

Je rejoins le salon. Pour mimer de la compagnie, j'allume la télévision et zappe sur une chaîne diffusant un *talk-show*. Sans écouter le débat en cours, je m'écarte du poste…

Et je marche.

Je tourne et vire autour du canapé, les jambes ramollies comme des spaghetti.

Respire.

Ça va se calmer. Ça se calme toujours. C'est l'histoire de quelques minutes, après, ça ira mieux.

Au risque de passer pour quelqu'un d'excessif, les crises me donnent toujours cette horrible sensation de mort imminente. C'est indescriptible. Pourtant, je sais qu'elles ne m'emporteront pas, mais elles aiment semer le doute. Au bout de quelques instants, je branche mes écouteurs à mon téléphone et les visse dans mes oreilles. En appui sur le dossier du canapé, je cherche des vidéos spécialisées, des conseils, des solutions. N'importe quoi qui puisse faire taire tout ce fracas intérieur. Toujours aussi tremblante, je pianote dans la barre de recherche.

Comment calmer une crise d'angoisse.

Musique apaisante pour les crises d'angoisse.

Crise d'angoisse.

Une vidéo se lance, mais je la coupe aussitôt.

Cette fille parle beaucoup trop vite, elle me rend nerveuse. Je tombe sur de l'ASMR, des témoignages et des reportages d'immersion auprès de personnes anxieuses. Tout me fait culpabiliser. Car je suis incapable de m'en sortir toute seule, incapable de mettre un terme moi-même à ce qui résulte uniquement de ma conscience.

Assise par terre, j'étale mes jambes sur le tapis à poils longs et m'adosse contre le canapé. Je suis prête à toutes les stratégies possibles pour venir à bout de cette attaque de panique. Donc, sans trop y croire, je compte jusqu'à trente en touchant une partie différente de mon corps à chaque nombre. Puis, je réitère l'opération dans le sens inverse. Mon rythme cardiaque se calme, mais la douleur persiste.

D'ailleurs, elle est indéfinissable, cette douleur. Elle explose dans mon crâne et s'éparpille jusque dans mes tripes. Elle m'apporte des vagues de chaleur intense et, d'un coup, des courants d'air gelé.

Les yeux clos, j'écoute des musiques de relaxation jouées au handpan, avec des carillons ou encore de la harpe et, petit à petit, j'arrive à me détendre. Ma pseudo-méditation aura porté ses fruits, c'est déjà ça. Au fur et à mesure, mes muscles se décrispent, mon souffle devient plus régulier, mais ma tête, elle, est aussi lourde que si elle était passée à la machine à laver pendant le cycle de l'essorage.

Quand la crise s'estompe, j'ai toujours la crainte que le calme soit éphémère. Qui sait ? Peut-être qu'elle me laisse reprendre mes esprits juste le temps d'une pause, pour mieux revenir m'attaquer en traître sans prévenir…

J'ai passé ma matinée à éplucher des sites spécialisés dans les attaques de panique et à lire des témoignages. Apparemment, les crises sont parfois le fruit d'un surmenage, d'un bagage héréditaire ou surviennent après un traumatisme.

Un traumatisme.

Lire ces articles m'a permis de me sentir moins seule, comprise, mais à force de m'y attarder, j'ai commencé à étouffer. Être autant confrontée à l'anxiété lui donne trop d'importance. Il faut que je me détache d'elle. Je ne peux pas me résumer à son existence. Je suis plus que ça, plus forte qu'elle.

Installée dans le canapé, cette fois-ci entourée de mes amis, je perds mon regard dans le vide.

— Bon, alors, on fait quoi en entrée ? s'agace Oscar en jouant avec son stylo.

En tailleur devant la table basse, il gribouille sur le bord de sa feuille blanche, impatient.

— Je peux m'en charger si vous voulez.

En chœur, nous tournons tous nos visages vers Léon.

— Bah, quoi ? Je peux commander un plateau de fruits de mer et l'installer au centre de la table, se défend-il. Ça fera l'affaire, j'aurai mis la main à la pâte et basta.

Ce mec est vraiment partisan du moindre effort.

Je réprime un haut-le-cœur rien que d'imaginer les odeurs iodées qui inonderont l'appartement.

— Emballé, c'est pesé, lance Oscar en s'empressant d'écrire. Je note Léon pour l'entrée, du coup. Et pour le plat, on fait quoi ?

— *Coniglio in potacchio* avec une purée de châtaignes ? proposé-je.

Les yeux émerveillés, Romy m'adresse un sourire radieux.

— C'est quoi du *coniglio in potacchio* ? s'enquiert-elle avec un accent adorable.

— Du lapin rôti.

Soudain, son sourire s'efface et elle adopte une moue peinée.

— Oh… Du lapin… C'est triste.

— T'auras qu'à emmener ton Tupperware de pâtes carbo. Moi, ça me branche, ajoute Léon.

— Je me contenterai surtout de la purée, répond-elle. Et critique pas mes pâtes carbo.

Romy reporte son attention sur mes cheveux qu'elle entortille dans une tresse collée. Quel bonheur d'être choyée. Ses ongles me chatouillent le crâne quand elle récupère des mèches. Je me demande si elle n'a pas repéré à mes cernes les courtes nuits agitées que je subis pour être autant à mes petits soins. Apaisée, j'observe la mine du crayon qu'Oscar fait glisser sur le papier tandis qu'il organise le menu et note le nom de chaque convive à côté de sa fonction.

— Je m'occupe des antipasti, intervient Gabriel, avachi dans le fauteuil qui trône près de la télévision.

— T'es anti-Pastis ? s'offense faussement Léon.

— Mais t'es con ou quoi ?

Mon frère fait taire les ricanements de son meilleur ami en lui balançant la télécommande sur le torse avant qu'Oscar ne perde patience.

— Bon, est-ce qu'au moins on est sûr que tout le monde sera là ? Personne va faire de faux plan pour Noël, hein ? s'inquiète-t-il, le stylo pointé sur nous.

— On sera tous là, assure Gabriel.

Jusqu'à ce matin, j'avais la crainte qu'il rejoigne papa en Italie pour célébrer Noël avec lui, mais il a pris la décision de rester ici, avec nous. Romy et son jumeau, en conflit avec leurs parents, seront de la partie, tout comme Léon qui refuse d'être attablé avec ses frères et son père. Cette année, le vingt-quatre décembre aura enfin une douce saveur, celle de l'insouciance qui nous manque à tous. Je me réjouis déjà de cette soirée.

En se levant du canapé, Romy précise à Oscar qu'elle s'occupera du dessert et attrape son sac, qu'elle avait abandonné sur la table basse.

— Je vous laisse, je dois aller bosser. Tu commences ton service à quelle heure, Baba ? me demande-t-elle en lissant sa jupe en suédine sur ses cuisses.

— Dix-huit heures.

— Alors, à plus tard.

La main sur mon genou, elle se penche pour me claquer un baiser sur le front. Derrière elle, mon frère ne la lâche pas des yeux, sans doute déçu de ne pas avoir le droit à la même démonstration de tendresse. Maintenant qu'Emma ne fait plus partie de l'équation, je ne sais pas ce qu'ils attendent pour se mettre ensemble, ces deux-là.

Au bout de plusieurs minutes de bavardage, Léon et Gabriel quittent le salon pour rejoindre leurs chambres respectives. Je reste allongée sur la méridienne, en pleine séance de manucure, alors qu'Oscar prend place à mes côtés.

— T'as vu ce que j'ai trouvé sous la table basse ?

D'un regard en biais, je louche sur la boîte qu'il me désigne.

— Ton frère a dû la laisser là. Y a plein de photos de vous, précise-t-il.

Après avoir retiré le couvercle, il fouille à l'intérieur du carton et étale les souvenirs de mon enfance sur l'assise du canapé. Pour être honnête, je me replonge assez peu dans tout ça, sûrement par peur du poids de la nostalgie. Je pose ma lime à ongles sur l'accoudoir et m'empare de quelques clichés. Sur l'un d'eux, mon père me tient sur ses épaules, tandis qu'à ses côtés, Gabriel et maman font leur plus belle grimace. Le parfum du bonheur émane du polaroïd, preuve ultime qu'il a quand même existé avant le néant, même si je ne m'en souviens plus. Cernant ma mélancolie, Oscar s'approche pour jeter un coup d'œil.

— Wow, c'est dingue ce que tu ressembles à ta mère ! Vous étiez pas à Calfort, là, si ?

— On était en Italie.

Pour mieux voir, il se penche un peu plus sur le paysage viticole qui s'étend derrière nous.

— Où ça ?

— À Alba.

Oscar relève ses yeux rieurs vers les miens.

— Oh… Ils t'ont donné ce prénom pour… Je croyais que vous étiez Siciliens.

— Ma mère est de Sicile. Moi, je suis née à Alba et c'est la ville où mon père a grandi. Voilà pourquoi il a insisté pour m'appeler comme ça.

Je devine à son air de plus en plus hilare qu'il s'apprête à me sortir la vanne qu'on me fait systématiquement lorsque je raconte cette histoire.

— Je sais ce que tu vas dire, le coupé-je. Heureusement que je suis pas née à Tourcoing ou à Montcuq.

Nous rions et Oscar me fait un listing des pires noms de villes françaises. Soudain, il s'interrompt dans ses anecdotes et attrape une photo qu'il me tend.

— Bah, ça alors ! Vous êtes adorables, s'émerveille-t-il. Oh, regarde ta petite bouille, on a envie de te croquer. Et Léon n'a pas changé, toujours la même tête de clown.

Sur le cliché, Gabriel, Léon et moi sommes installés sur le hamac du jardin de la famille Marchal. Je dois avoir quelque chose comme sept ans. Les garçons m'encerclent dans leurs bras marqués de tatouages effaçables et j'affiche un sourire tellement large qu'on peut y voir toutes mes dents de lait manquantes. Attendrie, je glisse mon index sur la photo pour la débarrasser de sa fine pellicule de poussière.

— C'était pendant le placement, expliqué-je.

— Ah, oui, Gabriel m'a dit que les parents de Léon avaient été votre famille d'accueil.

— Ouais, ça a duré de mes cinq à onze ans.

La grimace désolée d'Oscar m'oblige à dédramatiser son inquiétude.

— Oh, mais je l'ai bien vécu. On a eu de la chance d'être placés ensemble avec Gab. Et… j'ai passé de super bons moments, là-bas.

— Avec Léon, tu m'étonnes, glousse-t-il. Il a dû vous changer les idées, j'imagine.

Il ne croit pas si bien dire. Si mes souvenirs de cette période sont aussi doux, c'est en grande partie grâce à la lumière de Léon et l'hospitalité de sa mère. À eux deux, ils sont parvenus à enjoliver un épisode de ma vie qui aurait pu être destructeur.

Prise d'une certaine émotion, je m'attarde sur la photo et les grands yeux bleus de mon ami.

— Je comprends mieux pourquoi vous le considérez autant comme un frère, poursuit Oscar. Vous avez passé beaucoup de temps dans cette famille, mine de rien.

— Gabriel, c'est sûr, mais moi, j'ai jamais considéré Léon comme un frère, avoué-je. Je sais pas… Je l'admirais trop pour ça.

J'aurais aimé approfondir ma pensée, mais l'enclenchement d'une porte me fait taire. Le principal intéressé s'avance vers nous, avant de poser ses avant-bras sur l'appuie-tête du canapé.

— Vous faites quoi ? Oh, c'est moi, ça ! s'écrie Léon en m'arrachant le polaroïd des mains. Wow, incroyable de voir à quel point je puais déjà le charisme à cet âge-là.

Dépités, nous le laissons s'extasier devant son image.

— Alba était en train de me raconter son placement chez toi, ajoute Oscar en faisant du rangement dans la boîte de souvenirs.

— Ah ouais ? Et est-ce qu'elle a pensé à te dire que, à cette époque, j'étais complètement mordu d'elle ?

— Oh, arrête, râlé-je. À chaque fois que tu dis ça, j'ai l'impression que c'est vrai.

— Bah, ça l'est.

Après avoir haussé les épaules, Léon sifflote et s'échappe de l'appartement sans prendre la peine de nous dire où il va. Je reste coite quelques secondes, les yeux figés sur la porte qu'il vient de claquer.

— Tiens, tiens, tiens. Vous étiez amoureux étant petits, alors ?

Ça, j'aurais dû m'en douter.

Merci, Léon, de balancer des conneries avant de t'enfuir.

Mon colocataire m'adresse un rictus taquin en plissant les paupières.

— Il dit toujours ça, mais je suis sûre qu'il le fait exprès pour me mettre mal à l'aise, soupiré-je. Tu le connais…

— Ouais, ça paraît évident, minaude Oscar d'un ton ironique. Puis quand on sait que vous avez expérimenté la sexualité ensemble, on se dit pas que vous avez eu un passif, c'est clair ! Savoure donc ta chance, Alba. J'aurais adoré être à ta place.

Songeur, il fixe le vide durant un léger instant, les dents enfoncées dans sa lèvre inférieure.

— Nan, mais ça n'a rien à voir.

— Qui est le premier garçon que tu as embrassé ? demande-t-il en se levant du canapé.

— Quoi ?

— Bah, ton premier bisou, c'était quand et avec qui ? Moi, c'était à la maternelle, pendant un concours de bisous à la chaîne sur le toboggan de l'école. J'ai gagné, tu t'en doutes.

Je ris légèrement devant son sourire victorieux et, à mon tour, me mets debout.

— Léon. J'avais cinq ans et c'était dans la voiture de ses parents, lâché-je. Pas ouf.

Très peu surpris, Oscar pousse un énième gloussement. Nul doute qu'il a déjà tiré des plans sur la comète. Muni d'une éponge qu'il a, au préalable, humidifiée, il balaye les miettes et la saleté sur le comptoir de la cuisine.

— Premier bisou, première fois, médite-t-il. Et toi, t'arrives à te convaincre qu'il te parle de sentiments amoureux juste pour t'emmerder ? Eh, mais dans cet appart, vous aimez trop être dans le déni.

Sa réaction était prévisible. Oscar a toujours le don de mettre le doigt sur le noyau des situations. Pour lui apporter mon aide et éviter qu'il ne me reproche de ne jamais participer aux tâches ménagères, je passe un coup de torchon derrière lui.

— Et toi, t'oublies que la distraction préférée de Léon, c'est justement de m'emmerder.

— Je pense surtout que ça l'arrange de faire passer ça pour de la taquinerie. Et, au pire, qu'est-ce que ça peut bien faire ? Il était amoureux de toi quand il était petit, wow, la belle affaire. C'est juste mignon.

Certes et, au fond, je sais que c'est plausible. L'admettre à haute voix, c'est différent. Parce qu'il n'est pas impossible qu'à cette période j'aie pu partager les mêmes sentiments que Léon. Mais, aujourd'hui, qu'est-ce que ça change ? Notre enfance est un temps révolu. Il s'est passé des milliers de choses depuis tout ce temps.

Le reste de l'après-midi se déroule sans accroc, sans l'ombre de ma bonne vieille copine l'angoisse. Même lorsque j'ai rejoint le cinéma pour aller travailler, elle ne m'a pas fait l'honneur de sa présence. C'est fou de voir à quel point elle peut presque se faire désirer. Je la scénarise, je la prévois, j'organise des stratégies pour la contrer, mais elle reste terrée je ne sais où.

Le comble, c'est que ma sérénité me surprend. Je suis tellement habituée à être assaillie par les attaques de panique que le calme qui m'habite parfois me semble presque anormal.

Alors, je me concentre sur la bonne humeur de Romy qui me réchauffe l'âme, sur les clients empressés à l'idée de découvrir ce nouveau film qui fait grand bruit. Mais, par-dessus tout, je me concentre sur les souvenirs que j'ai revécus le temps d'un après-midi.

Pour ne jamais oublier que ma vie a été belle, que mon sourire a été sincère et spontané. Que des gens m'ont aimée.

Chapitre 11
Au clair de lune

Le courage n'est pas l'absence de peur,
mais la capacité de la vaincre.
Un long chemin vers la liberté, Nelson Mandela

LÉON ☼

Des hurlements et des ricanements résonnent dans les dortoirs de l'internat. Usé de devoir jouer au petit flic, je me dirige vers le bruit. Pour rester discret, je n'allume pas la lumière du couloir et avance à pas feutrés. Ces morveux pensent sûrement pouvoir faire la loi pendant ma surveillance. Il faut que j'arrête d'être aussi cool avec eux, ils ne me le rendent pas. Arrivé devant la porte, je patiente quelques minutes, histoire de surprendre les fauteurs de troubles la main dans le sac, et enclenche la poignée d'un coup sec.

— Bien le bonsoir, annoncé-je avec un sourire sans sincérité. Alors… Je sais pas si vous êtes au courant, mais, ici, c'est pas le bistrot du coin. Retournez dans vos plumards si vous voulez pas que je m'énerve.

Les trois garçons me regardent avec de grands yeux, outrés d'avoir été interrompus. Je n'ai aucune idée de ce qu'ils faisaient avant mon arrivée, mais la chambre est encore plus en bordel que la mienne. Les draps sont défaits, des vêtements pendent des armoires et des paquets de gâteaux sont dispersés sur les bureaux. Je ne ferai aucun commentaire sur l'odeur qui stagne dans cette piaule, mais elle est sur le point de me faire rendre mon sandwich thon-mayonnaise. Mathis, le plus turbulent, ose un soupir et s'exécute en bougonnant.

— Vingt-deux heures trente, extinction des feux. Vous le savez, nan ? m'agacé-je, avant de ciller. Eh, mais je peux savoir ce que vous fabriquiez ?

Sur la moquette, des paquets de tabac éventrés sont éparpillés avec d'autres sachets douteux. Je scrute les réactions des adolescents, mais aucun d'eux n'a l'air assez courageux pour me répondre. Il ne manquait plus que ça.

Première et dernière fois que j'accepte de remplacer mon collègue à l'internat.

— C'est rien.

— Ah, pardonnez-moi. J'ai eu la folie de penser que c'était de la bonne grosse beuh, raillé-je. Vous vous foutez de qui ?

— Tranquille, mec, intervient Mathis en sortant de son lit pour ranger le bazar. On a pas fumé ici. J'étais juste en train de préparer.

Ses deux camarades tentent de sauver les meubles en prétextant une consommation thérapeutique. Ils me prennent vraiment pour un jambon de parme, ces petits cons. Je crois que s'ils le pouvaient ils n'hésiteraient pas à me glisser un billet pour acheter mon silence.

— Oh là là là, nargué-je, la main sur le front. Comment il va faire mal le tête-à-tête avec le directeur demain matin ! Dormez bien les gars, parce que ça va chauffer dans les bermudas.

À l'unisson, ils me hurlent un « Non ! » qui me ferait presque un peu de peine.

— Pitié, Léon, me supplie Nathan en se mettant à genoux sur son lit.

— Fais pas ça, continue Mathis. Si le lycée l'apprend, on peut faire une croix sur le bac.

Désabusé, je crache un rire narquois.

— Mais vous avez du fromage blanc dans le crâne ou quoi ? Vous vous attendiez à quoi ? Que je me joigne à vous ? Faut vraiment être zinzin pour prendre le risque de fumer ici… Nan, je rectifie : faut être con pour toucher à cette merde.

Je profite du fait qu'ils soient en train de se regarder en chiens de faïence pour jeter un œil à mon téléphone qui vient de sonner.

Gabriel la mortadelle
Tu rentres à quelle heure ? J'ai bien envie de faire une partie de Play pour t'humilier salement.

Moi
M'attends pas. T'as qu'à titiller le joystick de Romy.

Je range mon portable dans la poche de mon jean et me dirige vers la fenêtre.

— Alors quoi ? Vous vous sentez puissants à faire vos parties de fumette ? Ça vous rend plus intéressants auprès de qui, au juste ? Nan parce que l'odeur, merci bien. Ça fait pas de vous des mecs stylés, au contraire. Après, si vous tenez à ce que ça vous grille deux ou trois neurones au passage, continuez à jouer les caïds, hein. C'est pas ma santé, moi je m'en tape.

Je fais descendre le volet roulant jusqu'à le fermer complètement et m'empare des sachets.

— On est pas accros, dédramatise Mathis. Perso, j'peux m'arrêter quand je veux.

— Bah qu'est-ce que t'attends ?

Il soulève ses épaules et échange un regard avec ses amis.

— Ça me détend. Avec le bac, je me sens stressé et…

— Ouais, le coupé-je. On en reparlera dans dix piges, quand tu seras dépendant à cette connerie au point de te ronger les ongles jusqu'au sang sans ta dose et que ta femme t'aura quitté parce que tu foutras toute votre thune là-dedans.

Volontairement, je pousse la caricature un peu loin, même si j'imagine qu'elle n'est pas à l'opposé de la vérité dans certains cas. En se cachant sous la capuche de son sweat, Mathis secoue la tête.

— T'abuses, soupire-t-il.

— Prouve-moi que je me plante. Prouve-moi que t'es plus qu'un abruti qui se sent pousser des ailes après avoir fumé. Tu veux pas devenir le stéréotype du jeune qui vient d'un milieu défavorisé et qui tombe dans la drogue, si ? Je pensais que tu valais un peu plus que ça pourtant…

Son silence me porte à croire que mes mots le remuent. Parfait, c'est le but. Derrière lui, ses deux compagnons n'en mènent pas large. J'ignore si mon intervention aboutira à un peu de réflexion de leur part, mais au moins, j'aurais tenté.

— Bonne nuit, les gars.

J'éteins la lumière et ferme la porte derrière moi.

Durant ma progression dans les couloirs, je réclame le calme devant les quelques chambres encore bruyantes et m'assure que les sanitaires soient vides. Paraît-il que les couples de lycéens aiment s'y retrouver pour batifoler. Même si cette situation est plutôt cocasse et drôle, je n'ai pas du tout envie de gérer les hormones en feu des pubères. J'ai assez des miennes.

Au loin, adossé à la machine à café, Rudy m'attend.

— Je viens te délivrer ! s'écrie-t-il.

— Amen.

En maintenant ses cheveux dans sa main, il attrape l'élastique autour de son poignet avec ses dents et se fait un chignon sur le dessus de la tête. Il m'amuse, Rudy, avec son look de punk sorti tout droit d'un festival de hardtek.

— Pas trop infernaux ? s'enquiert-il. J'sais pas ce qu'ils ont en ce moment, mais ils sont intenables.

— J'te le fais pas dire. J'ai voulu en balancer deux ou trois par la fenêtre, mais je me suis souvenu qu'ils avaient des familles.

— Tu m'étonnes, rit-il. C'est quoi, ça ?

Surpris, il désigne le sachet que je tiens.

— Ah, ça ? Euh, c'est à moi.

— T'as pas peur de prendre ça avec toi ? Fais gaffe, *man*. Si j'étais toi, je le rangerais.

— T'inquiète, je voulais juste décompresser un peu.

— C'est dingue, mais j'ai l'impression qu'elle me comprend, qu'elle est la seule à pouvoir m'apaiser, explique-t-elle. Ça fait peut-être une heure ou deux que je suis là et je me sens sereine.

— Tu te les gèles pas trop ?

Je me frictionne les mains, tandis qu'Alba tire sur la couverture pour l'étendre davantage sur mes épaules.

— Non. Je suis bien.

Son sourire déclenche le mien. Je préfère mille fois la voir aussi détendue. Sa crise de l'autre jour ne semble être qu'un mauvais souvenir. À la bonne heure. Pourtant, je discerne l'ombre qui obscurcit son regard et ses attitudes. Depuis quelque temps, elle est… différente.

— Pourquoi tu t'identifies autant à la lune ? Enfin… qu'est-ce que tu vois en elle exactement ?

Les lèvres d'Alba s'étirent un peu plus. En calant sa tête contre le bois écaillé de la porte, elle prend une grande inspiration.

— Elle est haute… Très haute dans le ciel, déclare-t-elle, rêveuse. Elle est visible, mais peu de gens prennent la peine de relever les yeux vers elle pour découvrir ses mystères. Et… malgré l'obscurité qui l'entoure, elle s'illumine toujours.

Émerveillée, elle fixe le vide. Ses boucles virevoltent au gré du vent frais et son parfum se disperse, entraîné par les courants d'air. Je réprime des frissons, sans trop savoir si la température y est pour quelque chose.

— Et les étoiles, alors ? Ce que tu dis, ça marche aussi pour elles.

En pleine réflexion, Alba pivote son visage vers le mien.

— Non, parce que les étoiles, à mes yeux, sont symboles d'espoir, poursuit-elle. Elles annoncent le beau temps, la féerie d'une nuit douce et calme. Alors que la lune, elle, fait acte de présence. Elle est là, elle veille, elle n'a rien à prouver. En plus… on dirait qu'elle renferme des tas de secrets.

À nouveau, elle relève la tête vers le ciel, la bouche entrouverte.

— T'as le droit de sortir une blague vaseuse, si tu veux, rit-elle, crispée.

— Pour quoi faire ? C'est intéressant ce que tu dis. J'ai pas du tout envie de me moquer.

J'ai conscience que mon sérieux peut être troublant. Parfois, les gens oublient que je suis autre chose qu'un pitre ambulant. J'aime autant plaisanter sur des futilités qu'avoir des discussions profondes et réfléchies. Alba me connaît, elle sait comment je fonctionne, même si elle doit souvent craindre qu'un gag pourri vienne la tourner en dérision.

— En fait, je pense juste qu'il y a deux types de personnes, annonce-t-elle. Les solaires et les lunaires.

Moi, je suis lunaire. Pas forcément lunatique, hein. Juste lunaire… Et ça me plaît.

Je prends le temps de songer à son idée, peu convaincu que seulement deux catégories puissent exister.

— Toi, t'es solaire, indique-t-elle. Romy et Oscar sont comme ça aussi. Mon frère par contre, il est complètement lunaire.

Je fais mine d'être étonné, alors qu'elle m'a toujours répété ça. Alba analyse son monde, elle trouve des significations spirituelles dans tout ce qu'elle touche, possiblement grâce à sa passion pour l'ésotérisme. Petite déjà, elle passait des heures à squatter le télescope d'Édouard pour admirer la lune.

— Et c'est un problème ? J'veux dire… Entre nous ?

Elle secoue la tête de gauche à droite.

— Non, mais on est différents. Moi, j'adore la nuit, quand le monde s'endort, l'obscurité, les étoiles, la lune. Toi, t'es plein de chaleur et de bonnes ondes.

— L'un n'empêche pas l'autre, répliqué-je. Moi aussi j'aime la nuit et tout ce qu'elle apporte.

— C'est pas pareil. Si je le pouvais, je vivrais que la nuit.

Du bout de l'index, elle suit les motifs fleuris de sa housse de couette.

— Pourquoi ?

— Pour qu'on ne me voie plus.

Elle a prononcé ses mots dans un souffle. Je déglutis, touché par l'émotion qu'elle dégage à cet instant précis. Focalisée sur la couverture, elle ne relève pas la tête. J'imagine qu'elle me tient à distance pour que je ne distingue pas ce que ses yeux pourraient confier à sa place.

— Donc, en résumé… Tu penses que je suis le soleil, et toi la lune ?

— Ouais.

— Bah, viens, on fait une éclipse.

Enfin, nos visages se font face. Alba rit avec moi et j'aimerais lui dire que cette blague n'en est pas vraiment une.

Le vent se réveille crescendo et, de sa fougue, il balaye les feuilles mortes. Elles tournoient sur les dalles, comme prises dans une tornade. Un nouveau frisson me fait sursauter, alors qu'Alba dépose sa tête sur mon épaule.

— Tu veux que je te dise ce que j'en pense ? proposé-je.

— Hm.

— Je crois que t'es devenue lunaire. Tu l'étais pas, il y a quelques années. Au contraire, t'étais même encore plus solaire que moi.

Un court silence plane.

— Peut-être bien.

— Qu'est-ce qui s'est passé, Alba ?

Aussitôt, elle brise notre proximité. L'obliger à parler risque sans doute de la brusquer, j'en ai conscience, mais ça me tentait de lui tendre cette perche. Je suis persuadé qu'elle ne la saisira pas. Elle est comme son frère. Elle attendra d'être au bout du rouleau pour cracher le morceau. Sans trop y croire, je me penche vers elle pour capter son regard. Nos yeux s'accrochent.

— Rien. J'ai juste mûri.

Même son sourire sonne faux.

— Et ta crise d'angoisse quand on était dans le magasin, là ? Est-ce que ça a un lien avec…

— Non, m'interrompt-elle. Plein de gens font des crises d'angoisse. Peut-être que c'est héréditaire, ma mère en a beaucoup fait. Elle est très anxieuse, aussi.

— Ouais et la mienne est psy, je sais plus ou moins comment ça fonctionne. C'est pour ça que j'insiste autant.

Soudain, Alba est prise de tremblements. Le froid sûrement… Ou évoquer les attaques de panique. Ou les deux additionnés.

— Est-ce qu'il y a quelque chose qui te fait peur ?

Je viens de mettre le doigt sur le problème, je le sens à la façon dont elle se pince les lèvres. Elle fuit bel et bien une situation en particulier, je m'en doutais.

Maintenant, il faut que je sache ce qu'elle craint. Qu'est-ce qui peut bien l'avoir autant métamorphosée ? Pourquoi a-t-elle troqué son éternel sourire contre un regard perdu ?

— J'ai peur, oui, comme tout un chacun. J'te dis, y a rien de particulier, assure-t-elle avant de consulter son téléphone. Oh, c'est l'heure paire.

Belle tentative de diversion.

L'index tendu vers moi, elle attend que je réponde à son geste. Après avoir lâché un soupir contraint, j'agrippe son doigt à l'aide du mien.

— T'es pas seule, Alba.

Ses cils s'agitent. Perplexe, elle pousse un gloussement peu crédible.

— Je sais, oui.

— Nan, mais vraiment, insisté-je. C'est important que tu le saches. Si y a quoi que ce soit, hésite pas à venir m'en parler. J'sais pas si je pourrai t'aider, mais j'y tiens. Ou, si tu préfères, confie-toi à ton frère. Reste pas dans ton coin avec un truc qui pourrait te bouffer.

Son hochement de tête officialise la présence d'un secret qu'elle garde enfoui au fond d'elle. Je la connais assez pour interpréter ses réactions. Elle cache quelque chose et ça n'a rien à voir avec ses histoires de famille. Ou peut-être que si… Ce n'est pas impossible que son passé lui revienne en pleine figure avec les fêtes qui approchent. Je n'en sais rien. Bon sang, si seulement elle me disait ce qui la tourmente. Est-ce qu'elle a peur de moi ? Est-ce que, d'une certaine façon, j'ai pu participer à ses maux ?

Le froid commence à me paralyser. Je me lève et tends ma main en direction d'Alba. J'espère qu'elle lira la métaphore cachée dans cette invitation. Sans trop hésiter, elle s'agrippe à mes doigts et se mets debout.

— J'avais prévu de mater un documentaire sur la guerre froide, tu te joins à moi ?

— Ça me va, accepte-t-elle. Si tu me promets que, la prochaine fois, on regardera *Da Vinci Code*.

Dans une courbette, je lui ouvre la porte et l'encourage à pénétrer dans le hall.

— Je t'ai dit mille fois que j'avais déjà lu le bouquin, soufflé-je.

— Ouais, mais t'as pas vu le film. C'est pas pareil.

Dès que nous arrivons sur le palier, je déverrouille la porte et nous entrons chez nous. Dans le salon, confortablement installés dans le canapé, Romy et Gabriel s'écartent illico l'un de l'autre, mal à l'aise. Ils ont même mis en place une petite ambiance cosy et romantique avec des bougies et de la lumière tamisée. Bon Dieu, ce que c'est niais… ou mignon. J'hésite.

— Coucou, les loups ! lancé-je, témoin de leur gêne. Vous vous bécotez devant quel film ?

Je me débarrasse de ma veste et m'approche du meuble de télévision.

— *Grease* ? Oh, Gab, je te pensais pas aussi cliché.

— Va te promener sur l'autoroute, Léon, grogne mon meilleur ami.

En me tirant par le bras, Alba serre les dents et me chuchote à l'oreille :

— Viens, laisse-les tranquilles.

— Tu rigoles ? J'ai jamais vu *Grease*, moi.

Je m'affale au milieu des tourtereaux pour les emmerder.

— Super, une bière ! m'écrié-je en attrapant celle que Gabriel tenait dans ses mains. Bon alors, Travolta, il se déhanche à quelle heure ? Et pourquoi elle chiale, elle ?

— C'est Sandy, réplique Romy. Elle pleure pas, elle chante.

— Ah, bah, elle a pas l'air bien votre pote.

Toujours avec sa couverture, Alba finit par se faire une place sur le canapé. Après tout, c'est quand même sa chambre, ici. Gabriel n'a qu'à organiser des rancards dans sa piaule s'il n'est pas content. En parlant de lui, vu la façon dont il me fusille du regard, je crois que je vais avoir le droit à une clé de bras avant la fin du film.

Chapitre 12
Douce nuit

L'amitié ne se fabrique pas avec des mots doux,
elle se construit avec des sentiments nobles.

Ali Tagorti

ALBA ☾

Penchée au-dessus du lavabo, je tire sur ma paupière et trace un trait d'eye-liner. Un court instant, je ne bouge plus, focalisée sur mon reflet. Même le maquillage ne parvient pas à camoufler mon amertume. Est-ce qu'elle se lit dans mon regard dénué d'émotions ? Dans les cernes qui longent mes yeux ? Dans les faibles sourires que j'envoie à qui veut bien les décrypter ?

Je dépose mes mains de part et d'autre de la vasque et prends une grande inspiration. Pas question de craquer aujourd'hui, et encore moins dans la salle de bains de Romy.

— Bon, la bleue ou la noire ?

Derrière moi, encore vêtue d'un pyjama, Romy dépose deux robes à tour de rôle sur son buste, indécise.

— Hm…

Je la rejoins face au miroir sur pied.

— La bleue, aucun doute. Elle fait ressortir tes yeux et… c'est triste, le noir.

Son sourire décline au moment où son regard se pose sur ma tenue.

— Bah… elle est noire ta robe, remarque-t-elle.

— Oui, mais c'est la seule un peu habillée que j'ai, c'est pour ça.

— Je te prête celle-là alors ! propose-t-elle en me tendant la robe bleue.

Je dispose ses cheveux correctement sur ses épaules.

— Nan, garde-la pour toi. Et avec un décolleté pareil, mon frère risque de tomber comme une mouche. Je veux absolument voir ça.

Les joues de Romy se colorent sans que le blush y soit pour quelque chose. Je suis prête à parier qu'elle va me contredire. Elle balaye l'air avec sa main en provoquant le cliquetis de ses bracelets et s'enfuit dans sa chambre.

— J'sais pas ce que vous avez tous avec ça ! marmonne-t-elle en haussant la voix pour se faire entendre. Y a rien entre nous.

Alors ça, c'est la meilleure. Décidée à lui faire entendre raison, je me précipite à ses trousses.

— Donc, tu vas me faire croire que vous avez couché ensemble pendant qu'il en côtoyait une autre pour expérimenter un fantasme ? Ah, et le fait qu'il bazarde Emma ensuite, c'était sans arrière-pensées ?

— J'en sais rien, faudra lui demander.

— Ça marche. Je lancerai le sujet quand on mangera la bûche.

Dans un rire désabusé, Romy me désigne la fermeture Éclair de sa robe, m'invitant silencieusement à l'aider.

— J'espère que t'as glissé des porte-jarretelles là-dessous.

— Pourquoi j'aurais fait ça ? s'offusque-t-elle.

Elle rentre le ventre au moment où je remonte le zip le long de son dos et se tortille pour s'habituer au vêtement qui moule son corps.

— Bah, pour le faire disjoncter pendant le repas. Tu passes doucement ta jambe par-dessus l'autre, mine de rien. Oh, ça aurait été marrant, ça ! J'aurais payé cher pour le voir s'étouffer avec ses antipasti.

— T'es dingue ! conteste-t-elle, avant de marquer une pause. Quoique… J'avoue que ça aurait été drôle. Ouais, non, finalement. Parce que, pour faire ça, il aurait fallu que je ressente quelque chose pour lui et comme je ressens ri… Bon, je ressens grave des trucs, en fait.

J'éclate de rire devant son affolement. Je n'aurai pas eu besoin d'insister bien longtemps pour lui soutirer des informations. Les regards ne trompent pas et à chaque fois que j'ai surpris le sien se poser sur Gabriel, il scintillait toujours d'une jolie émotion. Il faut impérativement que je les pousse l'un vers l'autre, ce soir. Leur amitié ambiguë mérite de dériver sur une relation de couple. De plus, je me suis trop habituée à Romy pour accepter une nouvelle belle-sœur.

— Tu dis rien aux autres, hein ! Surtout à Léon, insiste-t-elle. Jeudi, on rentrait d'un rendez-vous avec Gab et il a diffusé *I Want Your Sex* de George Michael dans la cage d'escalier quand on grimpait les marches. Je tiens pas à ce qu'il remette son grain de sel.

Le con. Il aurait quand même pu me prévenir pour que je me joigne à lui.

Je promets à Romy de tenir ma langue et écarquille les yeux en la voyant se jeter sur son lit pour ouvrir le tiroir de sa table de chevet.

— Si ta robe craque pas avant la fin de la soirée, je m'appelle pas Moretti.

— Tiens, regarde.

Avec un sourire attendri, Romy revient à ma hauteur et enfile une bague montée d'un camée autour de son annulaire. Elle me tend son doigt pour que je voie le bijou de plus près. La gravure représente le portrait d'une femme de profil sur une pierre de couleur rouge brun. De la sardoine, je suppose.

— Magnifique.

— C'est le cadeau que Théo m'a fait pour mes quinze ans, m'explique-t-elle, émue. J'y tiens comme à la prunelle de mes yeux. Il adorait Noël, tu sais. Alors…

Sa phrase reste en suspens. Je n'ose pas imaginer la douleur qu'elle doit ressentir. Perdre son meilleur ami dans des circonstances aussi terribles a dû lui laisser un trou béant dans le cœur. Gabriel m'a expliqué qu'il s'était suicidé et que, depuis ce tragique évènement, Romy refusait d'évoquer ce sujet trop souvent. Touchée, je presse doucement son épaule.

— On fera quelque chose en sa mémoire, qu'est-ce que tu en dis ? Une chanson, peut-être ?

— Oui. J'espère qu'elle montera jusqu'à lui, accepte-t-elle, le menton tremblant.

Le visage de Romy se crispe dans un sourire tendu. Et dire que j'ose me morfondre alors que je n'ai pas vécu le quart de ses souffrances…

— Il est partout autour de toi, tout le temps, dis-je en capturant ses doigts dans les miens.

— Je le crois aussi.

Semblant contrôler ses émotions, elle secoue nos mains scellées et se racle la gorge.

— Bon, allez ! lâche-t-elle, avant de s'éventer les yeux. Si je commence à pleurer maintenant, je vais pas m'arrêter. On descend ?

Agitée, elle fonce vers la commode en bois clair pour attraper son sac à main et analyse une dernière fois son reflet dans le miroir.

— T'es belle comme tout.

Ses épaules s'affaissent et elle me fait face.

— Pas plus que toi, rétorque-t-elle, la main sur ma joue.

Non, tu te trompes, Romy. Toi, tu as de la beauté dans le cœur et tu la diffuses dans tous tes sourires. Tu es sublime quand tu ris, parce que tu as conscience de la fragilité de la vie et que tu tiens à savourer tous ses fragments. Moi, je suis inanimée. Une coquille vide.

Au milieu du salon, les jumeaux se dandinent avec Léon sur *Last Christmas* de Wham! pendant que je fignole les derniers détails de la décoration. Pas peu fier de ses réalisations, Gabriel installe les deux grands plateaux d'antipasti au centre de la table et dispose les coupes pour les remplir de vin effervescent.

— Il est où le champagne ? demande-t-il.

Le bruit d'un bouchon qui saute lui répond. Debout sur la table basse, Léon s'immobilise, alors que la mousse dégringole le long de la bouteille qu'il tient.

— Merde ! panique-t-il en portant le goulot à sa bouche.

— Mec, t'es sérieux ?

— Quoi ? Oh, détends-toi le grelot, Gab. C'est Noël ! Vive le vent, les joujoux par milliers, étoile des neiges et compagnie.

— Ouais et le champagne sur le tapis, c'est dans quelle chanson ?

Je ne peux pas m'empêcher de rire devant l'air outré de mon frère.

— C'est du mousseux, pas du champagne. Oublie pas qu'on est fauchés comme les blés.

— Ça, je risque pas de l'oublier, soupire Gabriel. Vous venez à table ?

Tout le monde s'exécute et Romy m'envoie un sourire complice en s'asseyant à côté de Gabriel. *Chacun son rôle, chacun sa place.* La mienne est celle qui est la plus proche des fourneaux, pour me permettre de surveiller mon lapin qui mijote.

— Santé, ni café !

Mais quel ringard.

Nous échangeons des regards consternés alors que Léon s'impatiente. Pour être franche, j'ai du mal à résister à son grand sourire et son bonnet de père Noël qui clignote. Je claque mon verre contre le sien et trinque avec les autres.

Du bout de l'index, Gabriel nous présente ses antipasti et la recette de chaque amuse-bouche. Comme moi, il a passé la journée en cuisine. Cette passion en commun nous vient de maman. Du plus loin que je me souvienne, elle a toujours aimé préparer des petits plats et réunir la famille autour d'une grande tablée. Jusqu'à ce qu'elle refuse catégoriquement de célébrer Noël. Elle n'a pas voulu se joindre à nous, malgré l'insistance de mon frère. Pour ne pas nourrir ma culpabilité, j'évite de l'imaginer toute seule devant la télévision.

— Les cadeaux, les cadeaux, les cadeaux ! scande Léon en frappant sur la table, vite imité par Romy.

— Quoi, déjà ? Après la viande, nan ?

Déçu, Léon croise les bras sur son torse et s'avachit dans le fond de sa chaise, comme un enfant boudeur.

— Va donc sortir ton plateau de fruits de mer, proposé-je. J'espère que t'as pas pris trois tonnes d'huîtres, personne n'en mange.

Vu ses yeux exorbités, je comprends vite qu'il a fait l'impasse sur sa seule responsabilité de la soirée.

— Oh, putain, les fruits de mer !

— Nan, c'est une blague ? ricane Oscar. T'avais que ça à faire !

— Je vous avais dit de rien lui confier, hein, ajoute Gabriel.

— Ça va, vous allez pas me chier une pendule pour trois crevettes et deux crabes, se défend-il. Prenez des surimis et trempez-les dans la mayo, c'est moins cher.

Moi, ça m'arrange bien, l'odeur des crustacés me débecte trop. Sans vraisemblablement se sentir coupable, Léon secoue ses épaules en rythme avec les chansons de Noël que l'enceinte portable diffuse depuis plus d'une heure.

— Dis-moi que tu l'as fait exprès, c'est pas possible d'oublier un truc pareil, continue mon frère.

— Ça fait rien, dédramatisé-je. T'as fait une quantité industrielle d'antipasti t'façon.

— On fait un jeu ? s'enjoue Romy avec un large sourire. Devinez qui j'imite !

Excitée par sa propre initiative, elle s'agite et réclame le silence. Je sais d'avance que sa prestation va être comique. Romy n'est pas du genre à faire les choses à moitié. Sous nos yeux ébahis, elle fronce son visage dans une grimace et elle fait mine d'avoir un chagrin en dessinant des traits imaginaires sur ses joues.

— DiCaprio dans *Roméo + Juliette* ?

— Un bébé ? soumet Gabriel.

— Non ! Regardez bien…

Pour plus de précision, elle se met debout. La bouche ouverte, elle se secoue de spasmes et sanglote.

— Un chewing-gum ! s'écrie Léon. Non, attends… Une crise d'épilepsie ? Un gant de cuisine ? Je sais ! Oscar quand il a vu la fin de *Hatchi* ?

Déçue, Romy cesse son imitation et s'assied lourdement sur sa chaise.

— Vous êtes sérieux ? C'était moi !

— Ah, donc tu viens vraiment de faire ta propre imitation ? pouffe son jumeau. C'est vrai que maintenant que tu le dis…

Mes colocataires poursuivent le jeu et j'en profite pour rejoindre les fourneaux. Une fois mon tablier noué autour de ma taille, je vérifie la cuisson du lapin en ôtant le couvercle de la marmite en fonte. La fumée s'échappe jusque dans la hotte et se propage dans la cuisine. L'espace d'une poignée de secondes, je ferme les yeux. L'odeur du *coniglio in potacchio* me rappelle nos vacances familiales dans la région italienne des Marches. J'espère que ma version sera aussi bonne que celle de ma tante. Munie d'un torchon, je m'abaisse près du four.

— Oulah, malheureuse ! Te penche pas comme ça quand je suis derrière.

— Bouge, Léon. C'est chaud.

Il s'exécute en faisant un pas en arrière et je dépose le gratin de potimarron sur un dessous-de-plat.

— Hm… Ça a l'air bon.

— Ça n'en a pas seulement l'air, ça l'est, corrigé-je en sortant la purée de châtaignes du réfrigérateur.

— Ouais, et tu sais ce qui pourrait être bon aussi ?

Bon sang, il devient de plus en plus prévisible. En douceur, les mains de Léon m'agrippent les hanches. Il colle son torse contre mon dos et enfouit son visage dans le creux de mon cou.

— À quoi tu joues, là ?

D'un coup d'œil, je m'assure que les autres soient trop occupés pour nous surprendre.

— T'as pas envie de faire des folies de ton corps ? Histoire de célébrer…

— Pitié, me fais pas de jeux de mots pourris sur Noël, le coupé-je. Et t'as raison, parle encore plus fort, je crois que Gab t'as pas entendu.

— Pas entendu quoi ? Quand je t'ai proposé de faire DES FOLIES DE TON CORPS ? s'écrie-t-il.

Ses mots résonnent dans la cuisine ouverte et provoquent le silence général. Je m'écarte de son emprise sur-le-champ. Ça, j'aurais dû le prévoir. Imperturbable, Léon affronte le regard assassin de mon frère.

— Qu'est-ce que tu racontes, toi, là-bas ?

— Rien, je chantais.

— Je vais te faire passer l'envie de chanter, moi, menace Gabriel en resserrant sa poigne autour de sa coupe. Vous avez besoin d'être deux pour sortir la purée du frigo ?

— Juste parce que c'est toi, je vais m'abstenir de faire une blague sur la purée, glousse Léon.

— Abstiens-toi de toutes tes forces, ouais.

Il faut toujours que Gabriel prenne tout au pied de la lettre. À croire qu'il ne connaît pas assez son meilleur ami pour laisser couler. Comme une intervention divine, la sonnette retentit dans l'appartement, venant interrompre l'ambiance gênante que Léon a instaurée. Mutin, ce dernier se dirige vers la porte d'entrée, après avoir envoyé un baiser en direction de mon frère.

Pour que la cuisson du lapin soit optimale, je baisse le feu et, sans m'attarder sur les messes basses de Romy et Gabriel, je retourne à ma place.

— Eh, voilà la plus belle ! s'enchante Léon.

— Bonsoir, les enfants. Joyeux Noël ! Oh, ça sent bon chez vous.

Avec toutes les jolies ondes qu'elle dégage, Solange, notre propriétaire, nous rejoint pour nous prendre tour à tour dans ses bras réconfortants. Son parfum floral mêlé à l'odeur du tabac froid me chatouille le nez quand elle me claque une bise sur chaque joue.

— T'es toute seule ce soir ? s'enquiert Oscar en s'empressant de lui tendre une chaise.

— Oui, je suis passée à l'EHPAD pour rendre visite à mon Gaston. J'aurais bien aimé le ramener à la maison, mais il n'a pas eu l'autorisation de sortir, regrette-t-elle. Bon, ce n'est pas plus mal. Avec son fauteuil, ça aurait été une vraie galère. Et vous, les loulous, vous vous amusez bien ?

Elle attrape la coupe que Gabriel lui tend et avale une bonne gorgée de vin effervescent, laissant une auréole de rouge à lèvres fuchsia sur le rebord du verre. La solitude de ma concierge me fait esquisser un sourire ému. Il y a quelques années, maman m'avait raconté que Solange était dans l'incapacité d'avoir des enfants et qu'elle le vivait très mal. C'est sûrement pour cette raison qu'elle est aussi hyperactive, je présume que ça doit lui éviter de se ronger les sangs.

— Reste avec nous ! m'exclamé-je. Je veux absolument que tu goûtes mon *coniglio in potacchio.*

— Oh, je ne vais pas vous déranger, je viens juste boire un coup et je vous laisse entre djeuns.

— Dis pas n'importe quoi, reprend mon frère. T'es la bienvenue, ici. Mange avec nous, ça nous fait plaisir.

Ses doigts ornés de bagues et de chevalières martèlent doucement la table. Touchée, Solange sourit et acquiesce d'un signe de tête.

— On ouvre les cadeaux à quelle heure ? s'impatiente Léon dans un soupir.

— Ah ! En parlant de ça, je vous ai ramené des petites douceurs.

Solange bondit de sa chaise et retourne dans l'entrée, là où elle avait abandonné un sac cabas. Le dos légèrement voûté, elle revient vers nous pour faire sa distribution.

— Alors, ça, c'est pour toi…

Dans chaque assiette, elle dépose un sachet de papillotes et une boîte de friandises au chocolat.

— Toi, comme tu es mon préféré, je te mets une double ration.

Fier comme un coq, Léon se frotte les mains en nous adressant un regard provocateur.

— Attends, quoi ? m'offensé-je. Je croyais que c'était moi, ta préférée !

— Et tu le seras toujours, me certifie-t-elle. Mais la semaine dernière, Léon a balayé toute la petite cour et il m'a aidée à faire mes confitures.

Quel faux jeton.

Aussi caricatural qu'à son habitude, Léon prend Solange dans ses bras, affirme l'aimer comme une mère et me tend son majeur par-dessus l'épaule de cette dernière.

— Bon, allez, c'est parti pour les cadeaux ! lance Romy, les bras en l'air.

Je crois que je ne m'habituerai jamais à ouvrir les cadeaux dès le réveillon de Noël. Maman a toujours tenu à ce que nous attendions le vingt-cinq décembre au matin. Elle patientait, l'épaule contre la cheminée crépitante, et s'assurait du bon déroulement du déballage. Si je fermais les yeux, je pourrais presque ressentir l'euphorie et l'excitation qui s'emparaient de mon cœur. Même si tout a pris fin, mes souvenirs reprennent vie dans des moments comme celui-là, mais j'aime me dire que j'en tisse de nouveaux avec une autre famille.

Les papiers sont arrachés, les rubans sont retirés des emballages. En chœur, nous découvrons les surprises des uns et des autres. Romy cache immédiatement ses yeux humides dans ses mains lorsqu'elle déballe le collier que Gabriel et moi lui avons offert. Sans perdre de temps, elle accroche le bijou autour de son cou et embrasse le pendentif en forme de clé de sol qui lui rappelle sans doute à quel point la musique lui est précieuse. Mon frère feint l'étonnement devant les nombreux vinyles qui viendront garnir un peu plus sa collection déjà débordante. Oscar, lui, s'est déjà empressé d'enfiler sa nouvelle paire de chaussures.

— Oh mon Dieu, j'y crois pas !

Les visages pivotent vers Léon. Dans une émotion grotesque, il déplie le tee-shirt à l'effigie d'un site pour adultes et le place contre son torse.

— Qui m'a offert ce joyau ?

Romy m'envoie un regard ahuri, avant de lever la main.

— C'est moi, mais… Je pensais pas que ça allait te plaire, c'était juste pour te faire une blague.

— Tu rigoles ? J'suis archi content. Merci Romybulle. T'es la meilleure.

Au moins, il lui en faut peu pour le combler. J'ose espérer que les figurines et la nouvelle manette de Playstation que je lui ai dégotées lui provoqueront la même joie. Quant à moi, je n'ai pas à me plaindre de la montagne de bouquins que mes amis m'ont offerts. Avec ça, mon attrait pour l'ésotérisme et la médecine naturelle risque de s'accroître un peu plus.

Alors que je fais un brin de rangement dans les chutes de papier cadeau, quelque chose attire mon attention. Je saisis l'enveloppe qui, à en croire mon prénom inscrit sur la face, m'est adressée, passe mon index sous la tranche et extirpe la feuille qu'elle renferme.

Coucou, ça va ?

D'instinct, je pose mes yeux sur Léon. Il n'y a que lui pour m'écrire un truc pareil. En voyant ma réaction dépitée, il camoufle son rire dans son poing et me fait signe de retourner le papier.

Je retiens ton cadeau en otage.
Si tu le veux, retrouve-moi dans ma chambre
après le repas. Viens seule.
Si j'entends une bagnole de police, t'es morte.

Big bisous bien baveux.

Chapitre 13
Sainte nuit

L'amitié est un feu qui éclaire l'esprit
et qui réchauffe sans jamais brûler.

Proverbe français

ALBA ☾

La vaisselle s'amoncelle dans l'évier et jusque sur le plan de travail. J'humidifie l'éponge et la presse doucement, provoquant la propagation de la mousse entre mes doigts.

À mes côtés, mon frère patiente, muni d'un torchon. Sur le balcon, Oscar et Solange sont en pleine séance de bavardage, cigarette à la main. L'odeur du tabac est parvenue à s'infiltrer dans l'appartement, bien que la baie vitrée soit close. Je n'ai donc pas pu résister à l'envie de faire brûler une bougie à la lavande. La flamme chancelle depuis plusieurs minutes et parfume timidement le salon.

Devant la télévision, Romy et Léon se sont lancés dans une partie de jeux vidéo. Leurs hurlements et éclats de rire me font parfois sursauter, mais j'aime cette mélodie. Elle est la preuve que la vie, dans toute sa simplicité, reste agréable à entendre. Malgré tout.

Un coup d'œil vers le micro-ondes m'informe qu'il est plus de deux heures du matin. Je crois que c'est la première fois que je veille aussi tard lors d'un réveillon de Noël. Après l'ouverture des cadeaux, le repas s'est éternisé et la soirée a pris des allures de boum. J'ai lâché prise et, même si la crise ronronne parfois, elle ne rugit pas encore.

Je ne saurais pas dire si je suis fatiguée ou non. Peut-être que oui, mais je n'ai pas la moindre envie de dormir, contrairement à Gabriel qui baîlle à chaque fois que je lui tends une assiette. Au bout d'un certain temps, il me dépose un baiser sur la tempe et va s'installer sur la chaise en osier du salon pour gratter les cordes de sa guitare. À l'instant où les notes emplissent l'air, Romy abandonne sa manette sur la table basse et se focalise sur mon frère.

L'extrême luminosité de la cuisine me fait ciller. Je range les derniers tas de vaisselle propre dans les placards et passe un coup d'éponge sur le comptoir. Mon cœur tressaute un peu.

Il faut que j'arrête d'analyser sans arrêt mes symptômes. Dès que j'en débusque un, aussi infime soit-il, la panique refait surface. Mes yeux ont du mal à s'acclimater quand je regarde ailleurs. J'ai l'impression de voir flou le temps qu'ils passent d'un point A à un point B.

C'est mauvais signe, ça…

Non !

Peut-être une petite crise ? Ça fait longtemps…

Non plus !

Et si… je devenais folle ?

Non. Quoique… Je ne sais pas. Je ne sais plus.

En catimini, je longe l'îlot central et rejoins le couloir qui mène à la salle de bains. Ma planque. Il faut que je me cache. Personne ne doit me voir comme ça. J'ai trop honte de mes faiblesses pour laisser qui que ce soit en être témoin à nouveau. Que penseraient-ils ? Ils me trouveraient ridicule et ils auraient bien raison. Moi-même, je me trouve déplorable.

Les mains tremblantes, j'ouvre le robinet et avale plusieurs gorgées d'eau. Je ne sais même pas pourquoi je fais ça.

Je ne comprends pas. Tout se passait bien. Tout le monde était heureux, je l'étais aussi. C'est Noël, bon sang ! Même ce jour-là, je ne parviens pas à m'accorder un peu de paix ?

Au pire, que pourrait-il m'arriver ? Les crises ne sont pas fatales.

Peut-être, mais, putain, ce qu'elles sont terrassantes.

J'ai la sensation que je pourrais vomir, m'effondrer, pleurer, hurler, appeler à l'aide, mais tout reste coincé dans mes tripes. Une accumulation de fils entortillés stagne dans ma gorge. Je voudrais cracher tout ça, me débarrasser de cette ombre omniprésente qui vole au-dessus de ma tête. Elle est comme les nuages noirs qui annoncent l'orage. Menaçante, visible, fulminante.

Respire.

— Y a quelqu'un là-dedans ?

La voix de Romy derrière la porte verrouillée me tire de mes pensées ténébreuses.

— Euh… ouais. Je… vais sûrement prendre une douche.

— À cette heure-là ? Comme tu veux. Nous, on va se coucher.

— D'accord. Bonne nuit.

Dieu sait que j'adore Romy, mais je veux qu'elle parte aussi vite qu'elle est arrivée. Ses pas s'éloignent de la cloison et je l'entends s'adresser à mes colocataires dans le salon.

L'air revient dans mes poumons. De toutes mes forces, je réprime le chagrin qui me noie déjà les yeux. Alors, pour m'occuper les mains, j'entreprends de me démaquiller. Le coton glisse sur ma paupière et attrape mes larmes, en plus du mascara. Pendant une poignée de minutes, je sanglote en silence, face à mon reflet, dépitée d'assister à ma propre peine.

Soudain, une invitation me revient en mémoire.

Je n'ai toujours pas reçu le dernier cadeau qui m'a été promis.

Je m'empare d'une serviette de douche et me tamponne le dessous des yeux. Même les grandes et profondes inspirations ne calment pas le rythme de plus en plus effréné de ma respiration.

Fais le vide.

Comment ? Je n'ai aucune idée de ce qu'il faut que je fasse pour éliminer toutes les images obscures que mon esprit m'impose.

Visualise quelque chose de rassurant. Focalise-toi dessus.

Léon.

Léon et ses yeux bleus qui me donnent envie d'y plonger. Ses cheveux dorés, sa voix chaude et réconfortante. La cicatrice qui barre son menton, marque indélébile d'une sortie à vélo qui a dégénéré, il y a plusieurs années. Léon et ses fous rires communicatifs qui secouent sa pomme d'Adam. Les surnoms idiots qu'il donne à son entourage, la façon dont il me dévisage quand je lui parle de mes délires ésotériques qu'il ne comprend pas. Sa douce folie que je meurs d'envie de rejoindre.

Je passe une main sur mon visage et m'extirpe de la salle de bains. Le salon est juste éclairé par la lumière qui filtre sous la porte de la chambre de Gabriel. Peut-être est-il avec Romy ? Elle m'a dit qu'elle allait dormir, mais elle n'a pas précisé où, ni avec qui. Oscar, lui, est toujours avec Solange sur le balcon, possiblement à refaire le monde.

J'enclenche la poignée. Le dos contre la tête de lit, Léon relève le visage vers moi et pose son téléphone sur sa table de chevet.

— T'as failli me faire attendre.

L'ambiance tamisée me calme aussitôt. Après avoir fermé la porte derrière moi, je pénètre totalement dans la chambre. Les murs tapissés en bleu canard, additionnés à la faible lumière que dégage la lampe de bureau, assombrissent la pièce. Je me sens bien, ici. En quelques pas, j'avance vers lui et m'assieds sur le bord du matelas. Léon fait glisser ses fesses sur la housse de couette et se lève.

— Je suppose que tu viens pour récupérer ton cadeau ?

Le temps qu'il progresse jusqu'à son placard, je reste silencieuse. À vrai dire, je ne m'attendais pas à ce qu'il me réserve un cadeau. Les livres qu'il a financés avec les autres me suffisaient.

Il s'installe à mes côtés.

— Fallait pas, soufflé-je.

— Ça, c'est pas à toi d'en décider. Ouvre.

J'attrape le coffret emballé qu'il me tend. Je débarrasse la boîte de son ruban en raphia et retire le papier de soie.

— Si ça te plaît pas, j'ai toujours le ticket de caisse.

Sa crainte me porte à croire que ce cadeau ne s'agit pas d'une énième blague. Avec précaution, je soulève le couvercle de la boîte.

— Léon…

— T'aimes pas ? s'inquiète-t-il dans une grimace.

Mon index caresse la chaîne dorée du collier et s'attarde sur le pendentif ; un croissant de lune, accompagné d'une fine étoile suspendue en son creux.

— Bien sûr que si ! Justement, c'est tout ce que j'aime.

— Je sais, fanfaronne-t-il, le menton haussé. Je me suis dit que ça te ferait plaisir de porter ton symbole préféré, et, l'étoile, c'est la petite touche d'espoir, puisque c'est comme ça que tu la visualises… j'crois.

Il se souvient de notre discussion, celle où je lui expliquais mes interprétations à propos des astres.

— Au départ, je voulais t'offrir une pierre ou un oracle, mais la vendeuse m'a dit qu'il valait mieux que ce soit toi qui les choisisses, par rapport aux énergies ou j'sais plus quoi.

Imaginer Léon dans une boutique dédiée à la lithothérapie me fait sourire un peu plus.

— Tu voulais m'offrir une pierre ?

— Ouais, mais, t'façon, j'aurais jamais su quoi choisir. Y a trop de couleurs et de significations différentes, j'étais paumé.

En effet et, moi-même, j'ai du mal à faire le tri dans la longue liste des pierres et de leurs bienfaits. Léon étend ses jambes devant lui et je laisse mon regard se poser sur le jean qu'il a retroussé par-dessus ses Converses noires.

— Je connais même pas ta couleur préférée, remarque-t-il en haussant les épaules.

— Le noir.

Comme je le pressentais, il tourne son visage vers le mien, un sourcil arqué.

— C'est pas une couleur.

— C'est quoi, alors ? Un meuble ?

— Bah, nan, mais théoriquement…

— OK, ça va, capitulé-je. J'adore la couleur pourpre, prune ou aubergine. Tu vois l'idée ?

Ses lèvres s'étirent en un rictus.

— L'aubergine, hein… ?

Je fais taire son rire graveleux en lui frappant l'épaule.

— Mais c'est toi aussi, là ! Tu peux pas aimer des couleurs normales, comme tout le monde ?

J'hésite à lui répondre qu'il n'y a rien d'intéressant à être comme tout le monde, mais je n'ai pas envie de passer pour la rabat-joie de service. Sans prendre la peine de se baisser jusqu'à ses pieds, Léon retire ses chaussures en coinçant le talon de sa basket gauche contre le bout de la droite.

— Et ta pierre préférée, c'est laquelle ?

Appuyé sur ses paumes, il fait reculer son corps sur le matelas et cale à nouveau son dos contre la tête de lit.

— Je sais pas trop, hésité-je. J'aime beaucoup la pierre de lune ou le quartz rose. Mais si je devais en choisir qu'une, je dirais l'améthyste avec ses jolies teintes violettes. Elle représente la sagesse, calme l'anxiété et est associée au septième chakra... Ça me parle beaucoup.

Je dois avoir l'air ridicule à idolâtrer autant ce que les gens jugent comme étant de simples cailloux. À mon tour, je me traîne jusqu'à la tête de lit et glisse mes jambes sous la couette. Au contact des draps frais sur mes mollets, je lâche un léger soupir d'aise.

— Le septième chakra ?

— Celui de la couronne, précisé-je en déposant mon index sur le sommet de son crâne. Il est en connexion avec le cerveau. C'est le cœur de la conscience et de l'âme. Quand il est ouvert, il harmonise toute la spiritualité... Tu vois ?

Il hoche la tête, sûrement plus pour me faire plaisir que par réelle compréhension.

— Et tu penses que ma pierre ce serait laquelle ? demande-t-il.

Je prends le temps de la réflexion en me mordant la lèvre, le regard figé sur l'amas de bouquins d'histoire qui trône sur son bureau.

— L'aigue-marine.

— Pourquoi ?

Sa curiosité me fait légèrement rire. Au moins, je suis prise au sérieux. J'aime ce côté-là de Léon. Il passe du tout au tout et sait entretenir des conversations sérieuses, malgré ce qu'on pourrait croire.

Sous la couette, son pied vient accidentellement à la rencontre du mien, mais aucun de nous ne rompt le contact.

— Elle est bleue, parfois translucide, comme tes yeux. C'est une pierre qui a des vertus calmantes et qui apporte la sérénité. En plus… elle se recharge au soleil.

— Laisse-moi deviner… Ton améthyste, là, elle est plutôt lunaire, pas vrai ?

Mon sourire doit sans doute répondre à ma place. Un silence plane et je baisse la tête en direction de mes mains qui manipulent le bijou que Léon m'a offert. Je n'arrive pas à croire qu'il ait pu viser aussi juste. Il m'a comprise et cette sensation m'allège le cœur.

— Merci infiniment pour ton cadeau. Je suis très touchée.

— Y a pas de quoi, ça me fait plaisir.

Il me frotte le genou par-dessus la couverture et attrape son téléphone.

— Il faut que je te renomme dans mes contacts. Tu préfères Albatros, Albactérie ou Albadass ?

— Tu oses vraiment me poser la question ?

Après avoir gloussé, il pianote sur son écran.

— Ouais, t'as raison. Va pour Albactérie.

Je lève les yeux au ciel et me laisse glisser sur le matelas pour que ma tête atterrisse sur l'oreiller. Les ombres de la chambre, produites par la faible luminosité, se déploient sur les murs. Mes paupières vacillent tandis que le souffle régulier de Léon me berce.

— Je peux te poser une question ? demande-t-il en s'allongeant.

— Ouais.

Je m'attends au pire. L'air sérieux, il bascule sur le côté et passe sa main gauche sous sa joue.

— Elle était violente, ta crise ?

— Quoi ? Comment tu sais que j'ai fait une crise ?

Du bout de l'index, il trace des chemins sur le drap-housse gris.

— Je t'ai vue dans la cuisine, quand tu faisais la vaisselle. T'avais l'air… troublée et tu t'es enfuie dans la salle de bains. J'en ai déduit que tu faisais une attaque de panique.

Moi qui pensais avoir échappé aux regards de mes colocataires… Mais je ne suis pas étonnée. Assailli par l'angoisse, mon visage doit certainement me trahir.

— C'était une petite crise gérable, avoué-je. J'ai préféré me mettre à l'écart, le temps qu'elle redescende, mais ça m'a changé les idées de discuter avec toi et…

Je m'interromps face au sourire de Léon.

— Attends, c'est pour ça que tu m'as fait parler des couleurs, des pierres et tout ça ? Tu voulais…

— Te reconnecter à l'instant présent, ouais. Bon, pas uniquement, mais si ça a fait le job, c'est le principal. Je suis allé voir sur Internet et, apparemment, c'est comme ça qu'il faut s'y prendre pour faire redescendre l'angoisse de quelqu'un. Ça a marché ?

Léon a fait des recherches pour moi. Je ne sais pas si je dois m'en réjouir ou culpabiliser qu'il puisse autant se soucier de mon état.

— Ça a marché, réponds-je. Peut-être parce que c'était une petite crise… Quand j'en fais des vraiment grosses, j'suis pas sûre que ça suffise.

— Retiens que ça a marché car tu t'es plus du tout focalisée dessus. Parce que, si on continue d'en parler, c'est pas impossible que ça t'en déclenche une autre, pas vrai ?

— J'crois.

Dans une douce lenteur, il me caresse le bras sur toute sa longueur.

— Les choses n'ont que l'importance qu'on leur donne, Alba.

Je soupire, consciente de cette nuance, sans pour autant être capable d'appliquer les conseils qu'elle renferme. Concentré sur ses doigts qu'il fait glisser sur ma peau, Léon triture l'élastique à cheveux qui m'encercle le poignet, me le retire et l'enfile autour du sien.

— Tu sais que j'adore ton père, hein ? lance-t-il. Bon, il me fout les boules avec sa carrure d'armoire à glace, mais c'est un brave type. Bref… Tu te souviens de ses visites pendant votre placement chez moi, quand il venait vous voir à la maison dès qu'il était en France ? Ça faisait même pas une heure qu'il était là que tu pleurais déjà à l'idée de le voir repartir.

Les scènes de mon enfance se dessinent sous mes yeux pendant que Léon me les remémore. Je hoche la tête et affiche un faible sourire.

— Je vous revois, sur la terrasse, se rappelle-t-il, le regard dans le vide. Il te prenait dans ses gros bras d'ours, là. Il te disait que ce qui devait compter, c'était l'instant présent, qu'il était là… *Qui e ora.* Cette phrase, ça m'a marqué. Il te l'a répétée à chacune de ses visites, j'oublierai jamais ça. C'est con, hein ? Mais il y mettait tellement d'importance et d'aplomb que ça te calmait tout de suite.

Qui e ora.

« Ici et maintenant. »

Obnubilé par son anecdote, Léon ramène son bras sous sa tête, l'attention dirigée vers le plafond. Au moins, dans cette position, il ne surprend pas les larmes qui me voilent les yeux.

— C'est ça que je veux te faire comprendre, à mon tour. Tout va bien. T'es là, avec moi. Aucun danger, aucune raison de paniquer. Fais abstraction d'hier et de demain. Concentre-toi sur ce qui se passe… ici et maintenant. Rien d'autre.

À ses côtés, l'angoisse s'évanouit toujours, anéantie par la force des sourires qu'il propage. J'aimerais qu'il soit là, tout le temps, qu'il me protège de moi-même, qu'il dédramatise mes maux. Néanmoins, je refuse qu'il gaspille son énergie dans mon combat.

En jetant un rapide coup d'œil vers son radio-réveil, il tend son index vers moi.

— En tout cas, ici et maintenant, c'est l'heure paire.

Je renifle et saisis son doigt.

— Je peux dormir avec toi ? Ça me ferait du bien de me reposer dans un vrai lit et pas dans ce foutu canapé. Et va pas croire que c'est une proposition… Je suis crevée.

Son rire fait doucement secouer la tête de lit contre le mur.

— Eh, je suis pas un animal, hein. Tu peux rester ici, y a pas de problème.

Léon se penche vers moi pour me claquer un baiser sur le front. Les paupières fermées, je savoure ce geste tendre, sans arrière-pensées, qui me fait un bien fou. Il finit par s'éloigner et se lève.

— Par contre, je dors nu, annonce-t-il en retirant son tee-shirt. J'espère que ça te dérange pas.

— Pourquoi tu mens ? Je sais très bien que c'est faux.

— J'aurai essayé…

Le bruit de la boucle de sa ceinture tinte dans la chambre alors qu'il se dirige vers la porte. J'entends ses pas dans le salon, jusqu'à ce qu'il me rejoigne pour me balancer mon débardeur et mon short de pyjama.

— Si tu préfères, toi, tu peux dormir nue, hein. J'suis pas friand de ce genre de choses, mais je vais me faire violence, t'inquiète.

— Tire un trait là-dessus. Et mon doudou, il est où ?

— Ce bout de tissu qui pue, là ? Oh, nan, tu vas pas me faire pioncer avec cette horreur, si ?

— Si.

Résigné, Léon relâche sa tête en arrière, soupire et retourne dans la pièce à vivre. Je profite de son absence pour me débarrasser de ma robe et me changer. Non pas que je sois gênée qu'il puisse me voir dénudée, mais je préfère réserver ça pour nos moments plus charnels.

— Nan, mais regarde-moi, ça. T'as fait quoi avec ce truc pour qu'il soit dans cet état ?

J'éclate de rire en le voyant tenir mon semblant de peluche du bout des doigts, comme s'il risquait d'être contaminé par la peste s'il osait le prendre à pleine main. C'est vrai que Michel, mon doudou, n'a pas fière allure. Il a perdu de sa beauté d'antan à force d'avoir été trimballé partout, mais je ne peux pas passer une nuit sereine sans lui. Plus qu'un souvenir d'enfance, il symbolise beaucoup de choses – notamment son prénom qui est une jolie référence au chanteur préféré de Gabriel.

— Arrête de le juger comme ça et donne-le-moi.

D'un regard défiant, Léon tire sur l'élastique de son jogging et suspend Michel au-dessus de l'espace qui règne entre son bas-ventre et son pantalon.

— Alors là, si tu crois que ça me dérange d'aller fouiller là-dedans pour sauver Michel, tu te fous le doigt dans l'œil et tu te fatigues pour rien.

Déçu, il capitule et me le jette au visage. Comme pour consoler mon doudou de la menace qui a failli être mise à exécution à son égard, je caresse ses oreilles de lapin (du moins, ce qu'il en reste) et le blottis contre moi.

Après avoir éteint toutes les lumières, Léon reprend place dans son lit, provoquant l'affaissement du matelas. La chaleur de son corps se répand sur les draps à l'instant où il se faufile sous la couette.

— Tu sais qu'on avait une option à choisir à la fac pour le sixième semestre, m'informe-t-il dans un bâillement qui ne tarde pas à entraîner le mien.

— Ouais, et ?

— J'ai pris l'italien. T'as intérêt de me filer un coup de main, ma vieille. J'ai quelques notions, mais c'est pas ça qui m'aidera à avoir la moyenne.

— Ça marche. Si t'as les bases, c'est bien. Tu connais les nombres ?

La main de Léon s'empare de la mienne.

— Oublie pas que j'ai foutu les pieds en Italie, moi aussi. Quand on allait dans la baraque de tes grands-parents. Putain, c'était trop bien, d'ailleurs.

Je confirme d'un soufflement de nez.

— *Uno… due… tre… quattro… cinque*, énumère-t-il en baissant mes doigts chacun à leur tour.

Au bout du cinquième nombre prononcé, il relâche ma main et poursuit sa récitation. Son index accompagne ses chuchotements à mesure qu'il compte en tapotant ma paupière, mon nez, ma bouche, mon oreille…

— *Sei… sette… otto… nove… dieci.*

Maintenant, Léon s'attarde sur mes cheveux qu'il caresse lentement. Ma respiration s'allège, un filet d'étoiles clignote derrière mes yeux fermés. Sa voix s'éloigne petit à petit.

— *Undici… dodici… tredici… quattordici… quindici.*

Le souffle de ses mots m'emmène avec lui. Et pour la première fois depuis des lustres, je me sens apaisée, sereine. Loin de mes tourments qui sommeillent.

Chapitre 14
Au gré des pensées

Heureux qui peut songer au passé sans aucun remords.

Le Livre des pensées, Sosthène de La Rochefoucauld-Doudeauville

LÉON ☼

La portière claque. Un bruit banal, mais qui parvient tout de même à me glacer le sang. Au milieu du calme de la campagne et des oiseaux qui sifflotent, il semble presque déranger la paix qui règne.

D'ailleurs, qu'est-ce que je fous là ?

Je range mon trousseau de clés dans ma poche et jette un coup d'œil dans la voiture pour vérifier si le frein à main est relevé. La semelle de mes baskets crisse contre le gravier du chemin. J'avance lentement, avec une certaine hésitation. La dernière fois que je suis venu ici, tout est parti en vrille. J'aurais dû faire la route avec Gabriel. Ne serait-ce que pour avoir une compagnie et une oreille à laquelle me plaindre pendant le trajet.

Les cheminées évacuent leur fumée par les toits des longères. L'air dégage une odeur de bois et de feuilles de chêne piétinées par la pluie. Je déteste cette ambiance, ce ciel gris qui me rend morose et ce silence qui me donne envie de foutre le camp.

Trois maisons me séparent de celle de mes parents. J'ai bien fait de me garer un peu à l'écart. Au moins, personne ne surprendra mon arrivée. Les chiens du voisinage s'affolent et jappent à mon passage, raison de plus pour presser le pas.

Putain, je peux pas piffrer cet endroit.

J'arrive au bout du lieu-dit, là où les grandes haies de sapins encerclent le foyer de mon enfance pour éviter le vis-à-vis. Comme toutes les anciennes fermes rénovées, le jardin se trouve devant la maison. La vieille balançoire est toujours là, rouillée par les années, mais toujours là. Tout comme le hamac sur lequel Alba adorait se prélasser, les après-midis d'été. Je m'apprête à franchir le portail, mais je m'immobilise.

Près de la grange, mon père fait le tour de son 4x4, le téléphone coincé entre l'oreille et l'épaule. Je fais un pas en arrière et me réfugie dans le renfoncement de la haie. À cette heure, il devrait être parti… Qu'est-ce qu'il fout encore là ? Hors de question de lui adresser la parole. Alors, je vais attendre ici bien sagement, même si ça implique de se geler les miches sous la pluie fine.

Je l'observe de loin, angoissé à l'idée qu'il puisse me surprendre. J'ai clairement perdu mes couilles en chemin, mais je m'en tape. Ce n'est pas lui que je suis venu voir. Il finit par grimper dans sa caisse et la voiture recule dans l'allée, juste à côté de moi. Si je le pouvais, je me serais jeté au sol, mais je n'ai aucune envie de salir mes fringues pour lui.

Lorsque mon père disparaît, je me rends compte que j'ai l'air sacrément con. Je sors de ma cachette et balaye les aiguilles de sapin saupoudrées sur mes épaules. C'était moins une.

Rassuré, j'avance vers la porte d'entrée. Pour être tout à fait transparent, j'ai les boules. Me confronter à cet endroit me rend nerveux. Tous les souvenirs de mon enfance me sautent au visage. Ce sol, je l'ai foulé dans mes jeunes heures, quand j'étais encore innocent et que j'avais la tête pleine de rêves.

J'appuie sur la sonnette, ce qui réveille aussitôt les aboiements de Balto, le husky adoré de mon père. Un tour de clé plus tard, ma mère apparaît sur le seuil de la porte.

— Seigneur… Léon, qu'est-ce que tu fais ici ?

Le chien force le passage, saute sur place et me bouscule les jambes.

— Salut, maman. Je peux entrer ?

Les yeux baignés de larmes, elle dépose la main sur le côté gauche de sa poitrine.

— Bien sûr, chéri.

Elle m'invite à la rejoindre en ouvrant davantage la porte et tapote sa cuisse pour inciter Balto à rappliquer. J'essuie mes pieds sur le paillasson, un poil gêné par ces retrouvailles. Je ne sais même pas comment me comporter avec ma propre mère. Le parfum rassurant de la maison m'apaise un peu, c'est déjà ça.

— Je travaille pas aujourd'hui, m'informe-t-elle, même si j'étais déjà au courant. J'imagine que tu viens pour me souhaiter un joyeux Noël. Tu sais… hier, j'attendais ton message, tu as dû oublier, ça ne fait rien. Alors, avec qui tu l'as fêté, cette année ? Nous, c'était à la bonne franquette, comme d'habitude. Joseph a juste fait une petite indigestion avec les huîtres, mais rien d'alarmant. Enfin… Je ne sais pas si c'était vraiment une indigestion, mais il a été malade toute la nuit. J'espère que ça va aller pour lui…

Ma mère poursuit ses anecdotes, pendant que je la suis jusque dans la cuisine. Je tire une chaise pour m'installer à la table et décline le café qu'elle me propose.

— Je l'ai fêté avec Gabriel, Alba et d'autres amis.

— Oh, les Moretti, s'enchante-t-elle en déposant des paquets de gâteaux sous mes yeux. J'espère qu'ils vont bien, on m'a dit que Bianca avait repris son activité. Si tu savais comme j'étais contente d'apprendre qu'elle allait mieux.

— Ouais… Euh, dis-moi. T'es toute seule, hein ?

— Oui. Ton père est parti au travail et Pierre est chez Élias. On se retrouve ce soir pour finir les restes. Tu veux te joindre à nous ?

La bouilloire émet un petit sifflement et ma mère s'en empare pour verser de l'eau chaude dans sa tasse.

— Non.

— D'accord, chéri.

Je serre les dents. Ça me brise le cœur de la mettre dans une position pareille. Avec un sourire crispé – qui me prouve qu'elle prend sur elle pour ne pas craquer – maman s'assied face à moi.

— Tu penses qu'Édouard voudra venir ?

— Dans la mesure où papa lui a dit qu'il était la honte de la famille, je crois pas, réponds-je. Tu peux toujours lui envoyer un message, on sait jamais.

— On m'a dit qu'il avait une petite amie, il va peut-être rester avec elle et sa famille. Tu la connais ? C'est une gentille fille ?

Les breloques de ses bracelets s'entrechoquent quand elle trempe son sachet de thé dans l'eau bouillante. Ses yeux bleus se posent sur moi, soucieux du bonheur de son fils aîné.

— Sandra est adorable, ouais.

— C'est bien, dit-elle d'une voix rassurée. Tu es sûr que tu ne veux rien boire ?

Je secoue la tête. À bien la regarder, j'ai l'impression que ma mère a maigri. Ses cheveux blonds sont tirés dans une queue-de-cheval et quelques mèches retombent sur ses joues creuses. Ce n'est pas une vertigineuse perte de poids, mais j'ai tendance à vite tirer des conclusions.

Et si notre situation familiale la rendait malade ? Et si, par ma faute, elle était malheureuse ?

— Maman… Je suis pas venu ici pour te souhaiter un joyeux Noël, ni pour prendre le café.

— Oh ?

— Enfin, si. Je veux te souhaiter un joyeux Noël, évidemment, mais je t'avoue que ma démarche est un peu intéressée.

— Je t'écoute, m'encourage-t-elle, les mains à plat sur la table. Il n'y a que toi et moi ici. Tu peux tout me dire.

Sans avoir vraiment faim, je pioche une madeleine et la fourre dans ma bouche. Mon regard se stoppe net. Derrière ma mère, une photo de notre famille – quand elle était encore soudée – est exhibée dans un cadre sur lequel il est écrit « La maison du bonheur ».

Maison du bonheur, mon cul.

— Je voulais avoir quelques renseignements sur un sujet en particulier, commencé-je après avoir avalé ma bouchée. Quand tu as un patient qui fait des attaques de panique, comment tu t'y prends ?

— Tu souffres de crises d'angoisse, chéri ? s'alarme-t-elle en fronçant les sourcils.

— Non, non. Pas moi. Une amie.

— Ah… Eh bien, chaque anxieux est différent. Si je n'ai pas ton amie en face de moi, c'est un peu compliqué, mais il y a bien des choses qui sont plus ou moins récurrentes à ce sujet.

Sérieuse, ma mère fait reculer sa chaise et croise une jambe par-dessus l'autre.

— Comment on en arrive là ? Je veux dire… à faire des crises ?

— On ne sait pas toujours l'expliquer. Parfois, elles sont le fruit d'un surmenage, d'un traumatisme, ou surviennent sans qu'on sache réellement pourquoi. Ça diffère d'une personne à une autre. Ça peut cacher beaucoup de choses. Dans certains cas, on dit qu'elles sont quand même bon signe. C'est la preuve que le corps veut se décharger, tu comprends ? Il tire la sonnette d'alarme.

Bon sang, qu'est-ce que tu caches, Alba ?

— Et comment on gère ça ?

Maman souffle sur son thé, boit de petites gorgées et repose sa tasse dans un haussement d'épaules.

— C'est délicat. Dans un premier temps, les concernés ont tendance à vouloir contrôler et éviter la crise.

Tu te doutes bien que ça n'a pas l'effet escompté, bien au contraire… Ton amie, comment elle le vit ?

— Mal, j'imagine, soupiré-je.

— Elle consulte ?

— Non.

— Je prêche un peu pour ma paroisse, mais ce serait bien qu'elle le fasse. Ceux qui traversent ça, en général, ont tendance à s'exclure et ont besoin d'une aide extérieure. Elles sont quotidiennes, ses crises ?

Je me remémore les conversations que j'ai eues avec Alba en louchant sur la cuillère que ma mère fait tournoyer dans son infusion.

— J'sais pas trop. C'est possible.

— Aïe, grimace-t-elle. Alors, ce n'est pas rien, mais pas de quoi s'alarmer ! On s'en sort, avec un gros travail sur soi, certes, mais rien n'est impossible.

— T'aurais pas des conseils pour moi ? Genre, ce que je pourrais faire pour l'aider en attendant qu'elle accepte de consulter ?

— Si, bien sûr. Je vais te faire une liste des choses à faire et à ne pas faire. Bouge pas, je vais chercher un bout de papier.

Elle s'échappe de la cuisine. Je profite de son absence pour scanner la pièce, à la recherche d'un signe de vie des membres de ma famille que je ne vois plus. Je ne sais même pas pourquoi je m'inflige ça. Depuis que je me suis installé, j'évite pourtant de trop regarder la place attitrée de mon père.

Après un court instant, maman revient, dépose un carnet à spirales sur la table et l'ouvre sur une page vierge.

— Déjà, il ne faut pas la brusquer, les anxieux sont fragiles. Bon, il ne faut pas non plus entrer dans leur cercle vicieux. Le tout, c'est de trouver le juste milieu, recommande-t-elle en écrivant des mots-clés. Si je généralise avec ce que j'ai vu le plus souvent, je te dirais qu'à force de faire des crises, ils ont installé ce qu'on appelle…

Elle inscrit le terme en lettres capitales et je penche la tête sur le côté pour lire l'annotation.

— Des stratégies d'évitement, souligne-t-elle. Ils peuvent se conforter dans l'idée qu'ils doivent à tout prix se protéger de certains lieux ou certains contextes qui provoquent la crise. Donc le cercle de leurs fréquentations se réduit petit à petit. Je ne sais pas si c'est le cas de ton amie, mais c'est important de le savoir pour ne pas y participer de trop. Si on les suit, en pensant bien faire, on peut nourrir l'angoisse sans le vouloir.

Je hoche la tête, plutôt impressionné de constater les proportions que l'anxiété peut prendre.

— Donc… Pour aider quelqu'un en pleine crise, on le rassure. Tu ne peux rien faire de plus que ça, parce qu'il n'est pas question de le confronter à ce qui l'angoisse, tu risquerais d'empirer les choses.

— Ouais, et comment ?

— Rationaliser. C'est ça, la clé. Eux, ils ne sont plus en capacité de le faire, leurs pensées sont complètement désordonnées. Il faut qu'ils reviennent à l'instant présent.

Mes sourcils se froncent. Malgré mes quelques recherches, ce sujet est inconnu pour moi, mais j'ai besoin de comprendre. Ma mère trace deux traits sur la feuille pour la délimiter en trois parties distinctes.

— La crise est forcément engendrée par des pensées négatives. Jusque-là, tu me suis ? Et lesdites pensées, elles, sont issues soit du passé soit du futur anticipatoire.

— OK, là, je suis paumé.

— Non, c'est simple, regarde. Quand elles concernent le passé, elles se basent sur un évènement traumatisant : « La semaine dernière, j'ai fait une crise d'angoisse ici », « Je ne me sens pas bien, ça me rappelle telle crise ». Ils peuvent aussi se remémorer un souvenir triste, qui entraîne des pensées négatives, tu vois ? Donc voilà, ça, ce sont les pensées du passé, précise-t-elle en écrivant « passé » sur la case la plus à gauche.

Ma mère surligne le mot à l'aide d'un feutre fluo et reprend son stylo.

— Ensuite, tu as les pensées du futur anticipatoire.

— Ouais, euh… Attends. Pourquoi « anticipatoire » ? C'est quoi la différence avec le futur normal, déjà ?

— Il est juste basé sur l'appréhension. « J'espère que je ne vais pas faire de crise cette nuit » ou « J'ai peur d'angoisser demain », par exemple. C'est le fait de scénariser une situation anxiogène. Le cerveau ne comprend pas la négation donc quand tu te dis : « Il ne faut pas que je panique », lui, il retient qu'on lui parle de panique, qui est une pensée négative et qui peut…

— Entraîner une crise.

— C'est ça.

Les choses deviennent un peu plus limpides. C'est fou comme tout repose sur des réflexions que nous nous faisons. Obnubilé par les explications de ma mère, je suis la mine de son crayon qui inscrit cette fois-ci « futur » sur la case la plus à droite.

— Et là, au milieu, tu as le présent, indique-t-elle en l'écrivant. C'est l'endroit où il faut les ramener. Ils sont toujours soit à droite soit à gauche, jamais ici. Et c'est précisément quand ils y sont que la crise redescend.

— Ici et maintenant…

— C'est tout à fait l'idée, oui.

Nous échangeons un léger sourire. Comme quoi… je n'étais pas totalement ignorant sur le sujet.

— Il faut que ton amie soit dans un environnement sécurisant et lui faire comprendre que contrôler la crise n'est pas une bonne idée. Au contraire, on conseille plutôt de la laisser venir, même si ça paraît impressionnant. Pour ça, la technique du défilement de VAKOG est assez efficace.

Devant mon expression perplexe, maman lâche un petit rire et s'empresse de schématiser son propos sur le papier.

— Pour vulgariser un peu, le VAKOG, c'est les cinq sens. Il faut les stimuler pour revenir à l'instant présent. Alors, pour ça, tu peux… Je ne sais pas… Admettons, mettre ton amie dans une position où elle se sent à l'aise, lui conseiller de fermer les yeux et d'imaginer un endroit rassurant. Et toi, tu fais en sorte qu'elle se concentre en faisant appel à ses sens au fur et à mesure.

— D'accord. C'est un truc qu'elle peut faire toute seule ?

— Bien sûr ! Je t'enverrai un PDF à ce sujet. Tu verras, c'est très bien expliqué.

Arrivée au bout de la feuille, ma mère tourne la page et continue d'écrire. Elle est dans son élément, prête à tout pour venir en aide à cette personne que je n'ai pourtant pas nommée. Si elle savait que la concernée n'est autre qu'Alba, celle qu'elle a souvent proclamé aimer comme sa propre fille…

— Sinon, la cohérence cardiaque, c'est miraculeux aussi. Ça consiste à inspirer par le nez en comptant lentement jusqu'à cinq et expirer, toujours par le nez, en cinq temps aussi. Ça permet de se détacher des pensées négatives. Il y a une très bonne application sur téléphone, Respirelax+, je te la marque pour que tu ne l'oublies pas.

— Merci, maman.

— Je t'en prie, chéri.

Ça fait beaucoup d'informations à retenir, mais je pense avoir saisi l'essentiel. Les choses auraient été bien plus simples si Alba était venue d'elle-même voir ma mère, mais je la connais assez pour savoir qu'elle aurait refusé de faire ce pas. Alors je le fais à sa place.

— Bon, je ne dis pas que ça pourra tout résoudre, mais ça peut l'aider un peu, conclut maman en attrapant sa tasse. Le plus urgent, c'est d'apaiser ses angoisses, mais essaye de lui faire comprendre qu'une thérapie est nécessaire, surtout pour mettre le doigt sur le fond du problème.

— Compte sur moi. Je sais qu'Alba est pas du genre à…

Merde, merde, merde !

Ma maladresse me donne envie de me foutre des baffes. Abasourdie, ma mère écarquille les yeux.

— Alba… c'est elle qui ne se sent pas bien, alors ?

— Si, t'en fais pas, ça va aller. Elle gère, je gère, tout le monde gère. Oublie ça.

— Enfin, Léon… Tu sais que je peux faire quelque chose. Il faut qu'elle vienne me voir, j'ai l'habitude de gérer ce genre de cas. Elle me connaît, en plus.

— Justement, tranché-je. Tu veux être sa thérapeute ? Vous vous connaissez trop. J'sais pas, j'y connais rien, mais j'imagine que c'est mieux si elle s'adresse à quelqu'un de neutre. Y a peut-être des choses qu'elle aura pas envie de te dire.

Sans cacher sa déception, maman tapote frénétiquement son crayon contre la page du carnet. Son air songeur me laisse penser qu'elle réfléchit à une alternative.

— Je te note le nom de quelques confrères, au moins, ça lui fera une petite liste de valeurs sûres. Et dis-lui qu'elle peut compter sur moi.

— Maman…

— S'il te plaît, insiste-t-elle en relevant les yeux de sa feuille. Je veux qu'elle sache que je suis prête à l'écouter. Tu sais comme je tiens à cette petite…

Et moi donc.

Alba n'est pas seule, même si elle doit sûrement se convaincre du contraire. Après avoir gribouillé d'autres recommandations, ma mère ferme le carnet et le fait glisser sur la table pour que je m'en empare.

— Elle peut aussi aller voir son médecin traitant, elle est toujours chez le docteur Olivard ? Je ne sais pas ce qu'il fera, mais si jamais il trouve judicieux de la mettre sous traitement, rassure-la, dis-lui qu'il n'y a pas de mal à ça et qu'elle peut m'appeler si elle a besoin que je l'aiguille un peu. Est-ce que tu veux que je contacte Bianca ?

Sans attendre une réponse, elle attrape son téléphone.

— Surtout pas. Alba en a parlé à personne. Elle m'a fait confiance et je viens déjà de la trahir en te racontant ça. S'te plaît, n'en parle pas à sa mère, c'est à elle de décider.

— Oui, tu as raison, chéri. Ça reste entre nous.

Je me lève, pioche un dernier biscuit pour la route et quitte la cuisine. C'est fou comme rien n'a bougé dans cette maison. La même décoration désuète, les mêmes meubles en bois, la même disposition. Chaque chose est à sa place, y compris la télécommande qui repose toujours sur la pile de magazines de télévision. C'est à se demander si ma mère n'entretient pas cette organisation pour se convaincre que rien n'a changé.

— Tu reviendras me voir, pas vrai ? Ton père travaille tous les jours jusqu'à dix-neuf heures, donc tu peux venir quand il n'est pas là, ça te convient ?

— Est-ce que ça me convient de venir en cachette pour éviter de croiser mon propre père qui peut plus me sentir ? Bah, je crois surtout que j'ai pas trop le choix, hein.

Ma mère baisse les yeux en direction du carrelage et marmonne des excuses.

— Je viendrai, maman. T'en fais pas… je viendrai.

— Merci, chéri.

Je sais qu'elle aurait préféré que je lui tienne compagnie le reste de l'après-midi, mais j'ai trop peur que l'un de mes frangins déboule à l'improviste. Résignée, elle m'accompagne jusqu'à la porte.

— Transmets tout mon amour à Alba, d'accord ? Elle va s'en sortir. Fais en sorte qu'elle ne doute jamais de ça, tu m'entends ?

— Ouais.

Maman se hisse sur la pointe des pieds pour atteindre mon visage et j'en profite pour lui claquer un baiser sur la joue.

— Fais attention sur la route et envoie un message quand tu es arrivé. Ne roule pas comme un sagouin, je te connais.

— Hm.

Le temps que je marche jusqu'à la sortie de la longère, je sens le regard soucieux de ma mère me suivre à la trace. Nous échangeons une dernière salutation de la main et je disparais derrière les sapins.

À l'abri dans ma voiture, je relâche mon souffle. Je m'apprête à m'engager sur la route de campagne, mais la sonnerie de mon portable me coupe dans mon élan.

Albadass
Personne à l'appart. J'ai deux heures devant moi, tu vois où je veux en venir ?

Un sourire mi-pervers mi-touché étire mes lèvres. Évidemment que je vois où elle veut en venir. Ça fait des semaines que nous nous adonnons à ce petit jeu-là. Alors quoi ? Je suis devenu son passe-temps… pour de vrai ? Celui qui ne lui sert qu'à oublier ce qu'elle s'acharne à étouffer ? Putain, mais je suis plus que ça. Je veux être plus que ça.

Je dois être plus que ça.

Moi
Tu veux faire une séance de spiritisme ? Compte pas sur moi.

Albadass
J'ai de la nouvelle lingerie.

Moi
Je suis là dans cinq minutes.

Chapitre 15
Quand le passé se présente

L'angoisse est le vertige de la liberté.

Le Concept d'angoisse, Sören Kierkegaard

ALBA ☾

Je n'ai pas fermé l'œil de la nuit. La lune n'a rien arrangé, mes angoisses non plus. J'ai atteint un point de non-retour, je le sais. En revanche, j'ignore ce que j'attends pour quémander un peu d'aide.

La peur de déranger, la honte d'admettre que j'ai échoué, la crainte du jugement. Et par-dessus tout, la trouille de poser des mots… Un ramassis de conneries, donc.

Calfort est encore prise pour cible par la pluie. Le nez dans mon écharpe, je traverse la grande place qui, bien que la météo ne soit pas clémente, est toujours bondée. Abrités sous leur parapluie, les passants se dandinent d'une boutique à une autre, peut-être pour dépenser le contenu des cartes-cadeaux reçues pour Noël ou faire de bonnes affaires, maintenant que les prix ont baissé.

J'esquive le carrousel installé pour les fêtes de fin d'année et m'engouffre dans une ruelle. Au bout du chemin, le *Disk & Drink* s'illumine grâce aux guirlandes qui clignotent sur la vitrine. Je pousse la porte, ce qui réveille la clochette pendue au-dessus de l'entrée.

Derrière le comptoir, Gabriel lève la tête dans ma direction.

— Hey ! Tu veux boire un truc ? Un chocolat chaud, peut-être ?

Sa bonne humeur atténue ma morosité, sans pour autant l'anéantir. Nous échangeons un sourire et je m'avance vers lui. Volontairement, je ne prête pas attention aux clients qui bavardent derrière moi.

— Vous avez des jus de fruits ?

— Euh, alors, réfléchit-il, penché vers l'espèce de frigo qui contient toutes les boissons sans alcool. Pomme ou fraise ?

— Pomme.

Le temps gris a obscurci la boutique, mais j'adore cette ambiance. Pour l'occasion, les appliques murales sont allumées et baignent la pièce principale d'une timide lumière orangée. Je m'installe sur le tabouret de bar tandis que Gabriel dépose un verre devant moi, ainsi que la bouteille décapsulée.

— Qu'est-ce que tu faisais dans le coin ? Les boutiques ?

Il passe une main dans ses cheveux bouclés pour se dégager un peu la vue, et compte à mi-voix les bouteilles qui jonchent une étagère.

— Je me promenais, ça me fait du bien de prendre l'air. Et… je voulais te parler, mais t'es peut-être occupé, nan ?

— Nan, nan, vas-y. Je remplis juste l'inventaire, mais t'inquiète, je t'écoute.

Concentré, mon frère hausse le menton pour que je poursuive et gribouille sur son bloc-notes. Je me débarrasse de mon écharpe et l'abandonne sur mes genoux.

— Tu fais le premier de l'an avec maman, c'est ça ?

— Hm.

— Je viendrai pas, moi.

Même si cette décision n'a pas été facile à prendre, je ne la regrette pas. Je dois penser à moi, avant tout. Quel est l'intérêt de passer une soirée déprimante avec ma mère ? Bien sûr, rien ne me garantit qu'elle sera barbante, mais, dans le doute, je préfère me l'épargner. Surpris, mon frère pose ses yeux sur moi et retire le capuchon de son stylo qu'il avait coincé entre ses lèvres.

— Ah… Bah, ça fait rien, t'en fais pas. Je voulais juste être à ses côtés, étant donné qu'on a pas passé

Noël avec elle, je me suis dit que deux fêtes seule sans ses enfants, ça ferait beaucoup. Mais si tu te sens pas de venir, ne te force pas.

— C'est elle qui n'a pas voulu fêter Noël, Gab.

— Je sais, mais tu sais comment elle est.

— Ouais et ? Je dois en pâtir, alors ? J'ai pas envie. Est-ce qu'elle se soucie de comment on est, nous ? Non. Bah, voilà.

Dans un long soupir, Gabriel penche la tête sur le côté.

— Tu vas refaire le même coup qu'avec papa ?

— Rien à voir. Et tu sais quoi ? J'ai pigé que j'allais mieux à partir du moment où j'arrêtais de me taire et de subir. Si maman veut qu'on se réunisse plus tard, aucun problème, je serai là. Mais pour ce qui est du premier de l'an et de toutes les autres fêtes, je ferai comme j'en ai envie, *moi*. Quitte à passer pour une grosse égoïste, je m'en tape.

En baissant et levant ses mains en l'air, mon frère tente de me tempérer. Les éclats de rire des clients jurent avec la légère colère qui s'est infiltrée en moi. J'ai passé toute la nuit à réfléchir, à peser le pour et le contre, à retourner la situation dans tous les sens. La seule solution qui m'a fait de l'œil, c'est celle de me préserver.

— OK, *calm down*, y a pas de soucis, je te dis.

— Et tu devrais faire comme moi. Tu vas te gâcher la soirée, alors ?

Pensif, Gabriel dépose ses avant-bras sur le comptoir.

— Je vais pas la laisser toute seule, Al...

— Mais puisque c'est elle qui le veut.

— Entre ce qu'elle dit et ce qu'elle pense...

— Donc on doit décrypter, nous ? On est quoi dans tout ça, des pantins ? C'est pas ce qu'on a déjà été pendant toute notre enfance ?

Plus pour me donner un peu contenance que par réelle envie de boire, j'attrape mon verre et avale quelques gorgées.

— T'as tellement de rancœur en toi, Alba.

— Pas toi, peut-être ?

— Si, évidemment. Je comprends que tu ne veuilles pas venir. Moi-même, j'y vais à reculons, hein, mais essaye de la comprendre aussi.

Pour éviter que les autres clients surprennent notre conversation, je me penche vers Gabriel et chuchote :

— Elle a passé sa vie à tenter de me convaincre que tout était de la faute de papa, et j'y ai cru, tu sais. Elle va mieux, je suis très contente pour elle, mais maintenant, je veux avancer à mon tour.

Pris d'une certaine émotion, mon frère me pince la joue. Ce simple geste parvient à me faire sourire un peu, car Gabriel y met la tendresse qui me manque tant. S'il savait qu'à cet instant précis, je pourrais fondre en larmes juste parce qu'il se montre à peu près bienveillant avec moi. Il s'apprête à parler, mais se ravise lorsque la clochette retentit dans le bar.

— Bonjour, je peux vous aider ?

— Oui, nous cherchons un vinyle de collection, vous faites ça ici ?

— Bien sûr, suivez-moi, acquiesce-t-il avant de murmurer pour moi : je reviens.

Les pas de Gabriel s'abattent contre le plancher grinçant quand il me contourne pour rejoindre les clients qui l'attendent. Juste accompagnée par un fond musical jazzy, diffusé par la vieille radio qui trône sur un coin du bar, je me focalise sur mon jus de pomme. Les rires redoublent d'intensité derrière moi et, sans trop savoir pourquoi, je jette un coup d'œil par-dessus mon épaule.

Ah.

Non, Alba. Ne commence pas à interpréter des choses. Puis, au pire, qu'est-ce que ça peut bien te faire, hein ?

Aux côtés d'Alice, attablé au fond de la pièce, Léon m'envoie une salutation de la main au moment où nos regards se croisent. Je lui réponds d'un sourire crispé qui, au vu de sa réaction, doit le laisser penser que je suis contrariée.

Bordel, non. Je ne veux pas être une chieuse qui l'empêche de faire ce qu'il veut. Il a toujours été comme ça. Les choses étaient limpides à ce sujet. Je ne lui dois rien, il ne me doit rien. Fin.

Pour ne pas affronter cette scène trop longtemps, je détourne les yeux vers la grande baie vitrée. La buée s'est éparpillée sur la fenêtre, engendrée par l'humidité de l'air. Gabriel revient, encaisse le vinyle de collection qu'un couple de quinquagénaires friqués est venu chercher et reprend son poste derrière le bar.

— Il a remis le couvert avec Alice, nan ? demande-t-il en désignant son meilleur ami.

— Bonne question.

— Je suis repassé à l'appart hier, vite fait. Bah je peux te dire qu'il était en charmante compagnie dans sa piaule.

— Hier, tu dis ? Vers dix-sept heures ?

Une paire de ciseaux dans la main, Gabriel tranche un carton sur sa largeur pour en sortir des lots de bons de commande.

— Comment tu sais ? T'étais à l'appart aussi ?

Fais un effort, Gab. J'étais dans cette maudite piaule.

J'acquiesce et cache mon visage coupable dans mon verre.

— Puis regarde-le, rit doucement Gabriel. Vu comme il fanfaronne avec Alice, il a dû bien s'amuser encore. Il est pas possible, ce con…

— Hm… Le con, ouais.

Accroupi pour ranger tout son bazar, mon frère continue de railler à propos de Léon, sauf que je ne l'écoute plus. Je n'ai pas la moindre envie d'être un obstacle pour qui que ce soit, mais il faut croire que c'est ce que je suis devenue, malgré tout. Ou n'ai-je pas été assez claire avec moi-même ? Est-ce que je me suis *encore* emballée ?

En furie, Romy débarque dans le bar et abandonne son parapluie dans le rangement prévu à cet effet.

— Salut, Schneider, l'interpelle Gabriel, plus souriant tout à coup.

— J'en peux plus… Je vais tout péter. Donnez-moi à boire.

Une entrée aussi fracassante que son humeur, visiblement. Pourtant, Romy est toujours très solaire, mais à cause de son extrême sensibilité, la noirceur des autres parvient souvent à ensevelir sa joie de vivre. Derrière elle, Oscar retire ses lunettes parsemées de gouttes, essoufflé.

— Tu cours trop vite, Romy, dit-il. J'ai failli me casser la gueule.

— Ouais, bah, j'en peux plus, moi. La pluie, les clients relous, mes parents qui m'envoient des messages cinglants. Eh, mais je suis quoi, moi ? Un punching-ball ? Une expérience pour que chacun puisse tester la solidité de mes nerfs ?

Hilare, Gabriel s'empresse de servir un soda à ses deux nouveaux clients. Avec une moue peinée, Romy se traîne jusqu'à moi et pose sa tête alourdie sur mon épaule.

— Oh, ma nénette, soufflé-je en lui frottant le dos. T'as pris le truc que je t'ai donné pour le stress ?

— Mais c'est pas bon…

— Bah, c'est de la plante, hein. Tu mets quatre gouttes sur ta langue matin, midi et soir. Tu peux aussi en reprendre quand tu te sens patraque, d'accord ? Au mieux, ça va t'apaiser un peu, au pire, ça te fera rien de mal.

— Le fameux effet placebo, ajoute Oscar. Sinon, laisse couler, Romy. Te prends pas la tête pour des conneries pareilles, ça vaut pas le coup.

Je m'attendais à ce que le côté rationnel de mon colocataire vienne mettre en doute mes conseils, mais je ne peux pas lui en vouloir. Comme l'homéopathie, les effets des fleurs de Bach sont souvent controversés.

À mon plus grand désarroi, un groupe de mecs excités fait irruption dans le bar. Je ne leur jette pas un regard, mais le boucan qu'ils font suffit à ce que j'en déduise qu'ils sont au moins une dizaine, ou alors très turbulents. Habitués, ils filent illico vers les tables du fond après avoir exigé une tournée de bières à Gabriel.

Le bruit auparavant apaisant de la pluie qui dégringole sur les vitres est désormais remplacé par les hurlements, les rires rauques et les bousculades des derniers clients. Ils ont l'air d'être sortis d'un match de rugby qui a dégénéré. D'instinct, mes doigts se portent sur mon pendentif, le croissant de lune que Léon m'a offert.

— Il fait chaud, là, non ? soupiré-je en me faisant de l'air avec ma main.

— Bah, nan pourtant, répond mon frère.

Laisse couler. T'as juste un petit coup de chaleur. Rien de grave. Rien d'anormal. La vie est belle. Les oiseaux chantent.

— Oh là là là, comme tu as bien fait de prendre des vacances, Baba. Si tu voyais comme Arnaud est con en ce moment.

Dans les détails, Romy me raconte donc les dernières frasques de notre patron. Elle est si prise dans ses anecdotes qu'elle n'hésite pas à illustrer ses propos avec des mimes et des mises en scène.

— Quel connard… Laisse-le pour ce qu'il est, c'est juste un gros frustré, lance Oscar en pressant les épaules de sa jumelle.

— Qui est un gros frustré ?

Léon se faufile entre nous pour attraper la pinte que Gabriel lui a déjà préparée. Ses mouvements me soufflent les notes de son parfum frais et sucré qui me rassure tant.

— Bah pas toi en tout cas, rétorque mon frère. Tu nous avais caché que c'était reparti avec Alice.

Étonné, Léon manque de recracher la mousse de sa bière par le nez.

— Alice ? C'est juste une pote. Attends… Tu me vois boire un verre avec elle et tu crois que c'est reparti pour un tour ? Mec, je suis pas affamé à ce point-là.

Rassurée de l'apprendre.

— Bah, t'as bien couché avec elle, nan ? continue Gabriel.

— Y a longtemps.

— Hier, t'étais avec qui alors ?

Il a choisi le bon moment pour jouer les enquêteurs, lui… Pas gêné pour un sou, Léon hausse les épaules.

— Ta sœur.

En réponse à sa provocation, Gabriel envoie un bouchon en liège sur le crâne de son meilleur ami. Hors de question de prendre part à cette discussion. Si mon frère se persuade qu'il ne s'agit que d'une énième blague vaseuse signée Léon Marchal, ce n'est pas plus mal. *A contrario*, Oscar semble avoir bien compris, puisqu'un sourire amusé s'est emparé de ses lèvres.

À chaque début de soirée, le bar-disquaire prend toujours des allures de pub. J'aurais dû m'en souvenir avant de venir ici. Je me sens moite, presque à bout de souffle. Petit à petit, de nouveaux clients envahissent les lieux et je regrette amèrement que la météo ne permette pas de s'installer en terrasse.

Une main posée soudainement sur mon épaule m'oblige à dévier mon attention de mes amis.

— Hey, salut, Alba. Ça fait longtemps.

Bordel.

Ces retrouvailles sont si inattendues que même Gabriel en a abandonné sa préparation de cocktail. Tout sourire, mon ex-petit ami adresse un hochement de tête en direction de mes colocataires qui sont tous devenus muets comme des carpes.

Je n'ai pas d'amertume envers Thomas. Ou, du moins, elle s'est un peu effacée avec le temps, mais je n'ai pas le cœur à lui faire la causette. Il n'a pas changé, en tout cas. Il porte toujours les cheveux mi-longs et exhibe un style de chanteur de rock gringalet décoré de tatouages. C'est d'ailleurs ce qui m'a séduite, au début.

— Comment tu vas ? demande-t-il, inquiet. J'ai plus trop de nouvelles…

— Bien, merci.

Ses yeux noirs me scannent de la tête aux pieds.

— Tes études, ça va ?

— Ouais.

— Ton travail au cinéma aussi ?

— Impeccable.

Avec un rire crispé, il se gratte l'arrière de la tête.

— Je vais fumer une clope, tu viens deux secondes ?

— Je fume pas.

— Je sais, admet-il, mais c'est juste pour qu'on discute à l'écart.

Son expression suppliante m'oblige à capituler. Thomas n'est pas un mauvais garçon, bien au contraire. Je lui en voulais d'avoir privilégié ses amis, en dépit de notre couple qu'il a laissé se désintégrer sans bouger une oreille, mais c'est du passé. Il n'est pas responsable des merdes qui me sont tombées dessus.

Sous les regards insistants de Léon et Gabriel, je suis mon ex-petit ami jusque sur la terrasse.

— Je suis désolé, lâche-t-il, à peine sorti. Je sais que j'ai chié avec toi, mais ça me manque de te voir avec nous. Juste en tant qu'amis, hein, t'en fais pas, je vais pas te faire le numéro de l'ex casse-couilles qui veut remettre ça.

Protégée de l'averse grâce au préau, je m'adosse contre la devanture du bar, les mains dans les poches de mon manteau.

— Ça me fait plaisir que tu le reconnaisses.

— Mais ?

— Mais ça m'intéresse pas de revenir dans votre bande de potes.

Bizarrement, Léon et Oscar ont décidé de faire une pause cigarette à ce moment-là. S'ils veulent me faire avaler que c'est un pur hasard, ils me prennent pour la reine des ignares. Je passe outre mes amis qui clopent à quelques mètres de nous et dirige mon regard sur Thomas.

— Certains sont cool, c'est pas le problème, mais je serais mal à l'aise. Je suis plus du tout dans votre délire d'aller picoler tous les week-ends.

— Ouais, je comprends. Après, ça te coûte rien de passer nous voir de temps en temps ou juste de discuter un peu avec nous quand on se croise. Comme tu veux, hein, mais on est beaucoup à te regretter.

Thomas me tend sa cigarette enfumée, dans l'éventualité où j'aurais changé d'avis pendant le chemin. Je secoue la tête.

— Me regretter ? Te fous pas de moi.

— Je te jure ! On en parlait pas plus tard qu'hier. Bon, la bande a pris un sacré coup, étant donné que certains sont partis pour leurs études et tout ça... Sylvain et Yanis sont en Argentine pour leur projet Erasmus, tu le savais ?

— Nan.

Prions pour que ces deux connards finissent leur vie là-bas.

Au fond de moi, j'ai la certitude d'avoir pris la bonne décision. La distance que j'ai instaurée avec les amis de Thomas m'a permis de fuir un rythme de vie qui ne me convenait plus et, par la même occasion, j'ai pu essayer de me reconstruire. Bien sûr, j'aurais aimé que ma relation avec mon ex puisse perdurer encore un peu, en tout bien tout honneur, mais je crains trop ses fréquentations pour ça. Ce n'est pas faute de lui avoir rabâché qu'il valait mieux que ses pseudo-potes et qu'il se gâchait la vie à se comporter comme un marginal.

De l'autre côté de la vitrine, les mecs excités de tout à l'heure font signe à Thomas de revenir s'attabler avec eux. Je ne connais pas ces gars-là, mais ils paraissent aussi arriérés que ceux qu'il a l'habitude de côtoyer.

— Bon, prends soin de toi, Alba. Si t'as besoin, hésite pas, j'ai promis que je serais toujours là, tu te rappelles ?

Thomas fait un pas vers moi pour me déposer un baiser sur la joue et regagne le bar sans que j'ajoute quoi que ce soit. En revanche, je suis rassurée de ne rien ressentir à son égard. Pas l'ombre d'un regret ou d'un sentiment émoustillé. Aussi subtils que des mammouths dans une bibliothèque, Léon et Oscar me rejoignent, mine de rien.

— Il voulait quoi, Johnny Deep ? s'enquiert Léon.

— Rien. Prendre des nouvelles, c'est tout.

Chassée par le vent violent, la pluie fouette tout sur son passage et finit par nous atteindre.

— Vous venez, on retourne à l'intérieur ? propose Oscar, recroquevillé.

Sans m'attarder sur les yeux de Léon qui, silencieusement, m'assaillent de questions, je me réfugie sous le bras qu'Oscar a tendu vers moi et rentre dans le bar.

L'ambiance est toujours bruyante et déchaînée. L'effervescence des fêtes de fin d'année doit exciter tout le monde. Moi, ça me laisse de marbre. Noël est passé, c'était bien, mais pas aussi féerique que dans mes souvenirs. La petite fille en moi s'est fait une raison. Elle sait que rien ne sera plus jamais aussi magique qu'avant, mais, parfois, elle se laisse bercer par l'espoir et l'illusion. Comme si elle s'attendait bêtement à ce qu'on lui propose de revivre ces fragments de vie.

La nostalgie est un sentiment que je déteste, en plus d'avoir du mal à le gérer. Tapie dans l'ombre, elle guette, prête à sauter sur le moindre détail pour imposer sa ribambelle de regrets et de souvenirs embellis par notre mémoire trop idéaliste.

— Ce soir, les gars ont prévu un tournoi de Play, m'informe Léon, les mains sur mes hanches et le visage enfoui dans mon cou. On se retrouve après ?

Instinctivement, mes yeux cherchent Gabriel. Par chance, ce dernier est trop occupé à écouter Romy pour nous voir.

— Ouais.

— Embrassez-vous, nan ? intervient Oscar en se dressant devant nous. Soyez pas égoïstes, donnez-moi un aperçu de ce que vous faites quand on dort.

Toujours collé contre mon dos, Léon me masse les bras et lâche un rire franc.

— T'inquiète, Scar. On te fera une place, un de ces quatre.

— Alors, non, rétorqué-je.

— Comment ça, non ? s'insurge le concerné. Oh, allez, Alba, partage un peu. Je me ferai discret, promis !

— Ouais, en fait, nan, reprend Léon. Elle a raison, vaut mieux pas. Puis je couche pas avec mes potes, désolé, mec.

Oscar lui tend son majeur, marmonne ses meilleures insultes et marque une pause.

— Bah… Alba, c'est pas ta pote ?

— Nan.

Voilà encore autre chose…

La bouche ouverte, notre colocataire nous dévisage à tour de rôle.

— Ouhhhhhh, roucoule-t-il, obligeant Léon à s'écarter légèrement de moi. Je vois ! C'est plus sérieux, alors ?

— Me regarde pas comme ça, j'étais pas au courant, moi.

— Mais calmez vos grandes ardeurs, se défend Léon. C'est pas ma pote, c'est tout. Bon, v'nez, on va se boire une autre bière.

Il a toujours le don de balancer des informations de ce genre n'importe comment et sans préciser le fond de sa pensée. En vérité, je saisis la nuance qu'il apporte à ce terme, puisque je partage son avis, mais sous-entendait-il autre chose que l'évidence ? Est-ce que, comme moi, Léon ne comprend rien à notre amitié ?

Chapitre 16
Et on fera défiler nos sens

Elle rayonnait avec la sérénité de la lune après la pluie.

Patriotisme, Yukio Mishima

LÉON ☼

Je déteste la solitude.

D'après Alba, elle est bénéfique et permet de faire le point.

Conneries.

En général, j'évite de trop rester seul. Ça m'oblige à penser et à réfléchir à mes mauvais choix, mes regrets, la vie que j'aurais pu entreprendre si les choses avaient été différentes. Autant ne pas s'infliger une négativité qui n'a pas lieu d'être. Alors, quand je me retrouve dans ma chambre, isolé des autres, je m'occupe les méninges comme je le peux ; jeux vidéo, documentaires en tout genre, films et révisions. Rien qui puisse me faire penser à ma famille, en fait.

Ce soir, j'ai décidé de bousculer mes habitudes. Depuis vingt minutes, je me balade, seul, sans destination et je me sens… bien ? bizarre ? mélancolique ?

Stratégiquement, j'ai évité le centre-ville et les tentations. Le but n'étant pas de m'arrêter boire une bière dès qu'un abruti m'interpelle pour le rejoindre. J'ai fait l'impasse sur la campagne de Calfort, aussi. Si je peux me préserver de retrouvailles fortuites avec mon père ou mes frangins, ça m'arrangerait.

L'éclairage public me guide, tout comme les lumières projetées derrière les fenêtres dont les volets ne sont pas encore fermés. J'ai mis mes écouteurs et ma playlist habituelle pour me vider la tête, mais je pense à trop de choses en même temps. Telle musique me remémore mon enfance, tandis qu'une autre m'emmène vers Alba. Puis son frère. Tout ce que nous étions avant de grandir. Tout ce que nous nous sommes juré. Les promesses tenues et celles envoyées aux oubliettes.

Je reviens finalement à mon point de départ, décidé à regagner l'appartement pour me réchauffer. Ça caille trop. Devant l'entrée de l'immeuble, appuyé contre le seul lampadaire qui éclaire un peu la rue, Gabriel fait le pied de grue, téléphone à l'oreille. Il a dégainé la chemise et le pantalon chino, lui qui se complaît toujours dans un style *streetwear* et des fringues trop larges. Pour le surprendre, je le siffle en coinçant mon index et mon pouce sous ma langue. Ni une ni deux, il se retourne.

— Wow, qu'est-ce que t'es beau dans la nuit ! m'écrié-je en faisant résonner ma voix entre les immeubles qui bordent la route.

— Baisse le son de ta grande gueule, Léon.

Je n'en attendais pas moins venant de lui. Arrivé à sa hauteur, j'accueille le poing qu'il me lance dans les côtes et lui rends la pareille.

— Tu fais quoi ? demandé-je. Le trottoir ? Mets-toi donc à l'intersection, y a plus de passage, là-bas.

— J'attends Romy.

— Han, je vois.

J'aurais pu le parier. Quand Gabriel n'est pas à l'appartement en train de pianoter ses états d'âme de zicos torturé, il est toujours fourré dans les pattes de Romy. Il faut croire qu'ils se sont bien trouvés, ces deux-là. Honnêtement, je préférerais mille fois avaler mon poids en endives plutôt que de passer une soirée avec eux à les écouter s'émerveiller sur des chanteurs de variétés.

— On va juste se faire un ciné, te fais pas d'idées, m'informe-t-il.

— Ah, mais j'ai rien dit pour une fois. Par contre, si je peux me permettre un conseil…

— Nan, t'inquiète.

— La technique de « Je pioche du pop-corn dans son sceau », ça marche à tous les coups. C'est cadeau, t'en fais ce que tu veux.

Gabriel est si focalisé sur l'heure qu'indique son téléphone qu'il ne prend même pas la peine de me remercier. Cet ingrat.

— Sinon, t'as l'indétrônable « Je fais semblant de m'étirer pour finalement passer mon bras sur son épaule », mais c'est assez ringard. Après, t'es un mec un peu vintage, toi, donc bon…

— Te fatigue pas, on va juste voir une rediffusion de *Dirty Dancing.*

Pardon ?

Je ne peux pas m'empêcher d'éclater de rire.

— Elle a réussi à te traîner au cinoche pour aller voir *Dirty Dancing* ? Oh, bah, c'est bon, elle a tout gagné. Embrassez-vous pendant les bandes-annonces, c'est déjà réglé cette affaire, raillé-je en le bousculant. J'en connais un qui va pas soulever que de la fonte, ce soir… Et je parle pas du porté final.

Plus amusé que vraiment agacé, Gabriel me chope l'avant-bras, le coince dans mon dos et me plaque le torse contre le lampadaire.

— C'est bon, j'arrête ! supplié-je avant de reprendre mon calme en apercevant Romy sur le perron. Hey,

Schneider, ça va comme tu veux ? À ce qui paraît, on va pas te laisser dans un coin, cette nuit.

— Mais lâche-le, Gab, tu lui fais mal !

— Oui, lâche-moi, Gab, tu me fais mal.

— Oh, ça va, il en rajoute à mort, se défend-il.

Une fois débarrassé de l'emprise de mon meilleur ami, je masse mon poignet, alors que Romy se précipite vers moi, soucieuse.

— Ah, il m'a pas loupé, le con…

— Mais arrête ça, elle va finir par te croire.

— Tu peux encore le bouger ? s'inquiète Romy en dégageant ses longues mèches de cheveux de son visage pour mieux voir ma main.

Dans une grimace, je fais mine d'être tordu de douleur. Avec un jeu d'acteur aussi pitoyable, j'ignore comment Romy peut gober mes conneries. Pour tester la mobilité de mon bras, je secoue et tortille mes doigts jusqu'à présenter mon majeur à Gabriel.

— C'est bon, ça va, en fait.

— On y va, Gab ? Faut qu'on arrive en avance. Il risque d'y avoir du monde.

Gabriel s'échappe bras dessus, bras dessous avec Romy, non sans m'avoir envoyé une insulte garnie avant de filer.

Ce con va choper devant Dirty Dancing.

Sur le palier, prêt à insérer la clé dans la serrure, je constate que la porte de l'appartement n'est pas verrouillée. La poignée s'enclenche sous le poids de ma main et je pénètre dans l'entrée, aux aguets. Oscar m'avait pourtant précisé qu'il ne dormirait pas ici et, aux dernières nouvelles, Alba avait prévu de retrouver l'une de ses potes peintres. À pas feutrés, je rejoins la pièce à vivre animée par la télévision.

Au risque de passer pour un froussard, je me fais assez vite des films dans ce genre de situation. Alors, aussi discrètement que possible, j'attrape la télécommande et coupe le son. Un bruit que je ne saurais pas identifier retentit dans la salle de bains. Décidé à en découdre, je m'empare du balai qui traînait là et me rue dans le couloir.

D'un coup de pied, je force la porte à s'ouvrir complètement. Un cri éclate. Le mien.

— Nom de Dieu ! Qu'est-ce que tu fous, là ? Tu m'as fait peur, putain ! m'affolé-je.

Assise en boule sur le carrelage, Alba ne bouge pas, très peu perturbée par mon intervention. Compte tenu de son regard figé dans le vide, je réalise que je tombe mal.

— Est-ce que… ça va ?

Je pose le balai contre le mur et fais un pas en avant.

— Laisse-moi, souffle-t-elle faiblement.

Les genoux repliés sur la poitrine, Alba essuie les larmes qui ont noyé ses joues. Je me sens trop concerné pour plier bagage et elle a bien dû le comprendre puisqu'elle ne tarde pas à se lever pour venir à ma rencontre.

— Laisse-moi, répète-t-elle, les mains sur mon torse pour me faire reculer.

— Non.

Je saisis son poignet en douceur pour l'empêcher de me mettre à la porte. Malgré ça, elle persiste.

— S'il te plaît. J'ai pas la force de te pousser. Sois gentil, coopère.

— Je partirai pas.

— Putain… Bah c'est moi qui me tire, alors.

En grognant, Alba me bouscule d'un coup d'épaule et s'enfuit dans le salon. Ses pieds nus claquent contre le parquet, sa respiration agitée est couverte par le son de la télévision qu'elle a pris soin de rallumer.

Ne pas brusquer les anxieux.

Ne pas entrer dans leur jeu.

Trouver le juste milieu.

Ouais, mais encore faut-il que je sache m'y prendre correctement. Ça me tue de la voir comme ça, de l'entendre toutes les nuits faire les cent pas pour trouver le sommeil et calmer la crise. Après avoir un peu réfléchi, je retourne auprès d'Alba occupée à tourner en rond à côté de la table basse.

— Tu veux bien aller dans ta chambre, s'il te plaît, Léon ? s'essouffle-t-elle. Il faut que je sois toute seule. J… Je *veux* être toute seule, là.

Je secoue la tête de gauche à droite en retirant ma veste.

— Dis-moi ce qu'il se passe.

Crispée, Alba fait balancer ses bras et se murmure des mots à peine audibles.

— Je devais voir une copine, ce soir, mais je me sentais même pas capable de traverser la rue, alors…

Elle s'interrompt pour attraper la bouteille d'eau qui reposait sur le meuble de télévision.

— Alors j'ai déplié le canapé, continue-t-elle, l'index pointé sur son lit improvisé. Je voulais dormir, mais… impossible.

Son monologue décousu me fait froncer les sourcils. On dirait qu'elle se sent en danger. Elle regarde partout autour d'elle, mais parvient-elle seulement à voir quelque chose ? Ses larmes refont surface et je reste con, à court d'idées, craintif de la heurter. Sans doute victime d'une chaleur qui n'existe que pour elle, Alba se débarrasse du sweat taille XL qu'elle a dû chiper à son frère et reprend sa marche nerveuse.

— Arrête de lutter, lâché-je.

— Quoi ?

Les mains relevées au-dessus de la tête, elle enchaîne les profondes inspirations.

— Laisse venir. Il t'arrivera rien, je te le promets.

Putain, je déteste devoir lui dire ce qu'elle doit faire. Je n'ai aucune foutue idée de ce qu'elle ressent, de la douleur et de tout ce fracas intérieur. Peu convaincue, elle rejette ma proposition en poursuivant sa bataille. Alors, contraint d'intervenir, j'enlève mes chaussures et avance vers la table basse.

— Tu me fais confiance ?

— Léon… C'est pas du tout le moment, s'il te plaît.

— Tu me fais confiance ou pas ?

Elle hoche la tête. Le souffle toujours emballé, Alba me suit du regard pendant que j'éteins les lumières pour que seule celle de l'écran de télévision demeure dans le salon. Je coupe le son et m'assieds sur le canapé-lit.

— Viens.

— Je peux pas… J'arrive pas à rester immobile pour le moment, il faut que je…

— Viens, j'te dis.

Après une courte réflexion, elle capitule et s'installe à mes côtés. J'attends qu'elle soit assise pour m'allonger et l'entraîner de force avec moi. Son corps se tend, mais il finit par se soumettre à mon invitation. J'étale la couverture de façon qu'elle nous couvre et Alba se colle un peu plus contre moi.

En cuillères, nous restons muets durant une poignée de secondes.

— Ferme les yeux.

Ses tremblements me frappent le torse, nos mains se scellent sous la couette. Je sens les battements démesurés de son cœur et les sanglots qui secouent sa poitrine. J'aimerais connaître les pensées qu'elle s'inflige, les raisons qui la poussent à se mettre dans un état pareil, mais j'en demanderais sûrement trop.

— Écoute-moi, d'accord ? Bon… Essaye de visualiser un endroit rassurant, n'importe lequel.

— Léon… J'ai déjà fait ça…

— S'il te plaît, joue le jeu. À quel lieu tu penses ? Tu peux imaginer ce que tu veux, même un truc qui existe pas, tant que ça t'apaise, c'est bon. Allez, ferme les yeux.

La crise gronde contre moi, plus puissante encore que celle que j'ai aperçue dans la galerie marchande. Mais, cette fois, il n'y pas de foule, pas de danger, aucune raison de paniquer. Pourquoi ce soir ? Qu'est-ce qu'il s'est passé pendant que je n'étais pas là ? Ma mère saurait comment gérer ça, elle. Moi, je n'ai aucune idée de ce que je fais, mais je tente.

Alba prend le temps de réfléchir à ma question en relâchant son souffle.

— OK… Souvent, j'imagine… tu sais… comme une espèce de cascade qui… qui serait perdue dans une immense forêt déserte.

— D'accord. Alors admettons qu'on se promène dans cette forêt, dis-je avant de marquer une courte pause. Je ne sais pas toi, mais moi j'imagine que les chemins qu'on emprunte sont un peu ombragés.

Elle confirme, tandis que je m'assure qu'elle ait toujours les paupières closes pour poursuivre :

— Donc on marche tranquillement. Qu'est-ce que tu vois autour de nous ?

À mon grand soulagement, elle n'hésite pas trop longtemps avant de répondre.

— Des feuillages partout. La lueur du jour qui filtre à travers les branches et qui forme comme un halo de lumière. L'ambiance est presque féerique, en fait. C'est vert, luxuriant et doré aussi, avec le soleil.

— Ouais, j'y suis. Maintenant… on arrive près de cette fameuse cascade. T'entends quoi ?

Blotti contre Alba, je faufile mon nez dans ses boucles. Ses cheveux sentent l'été, le monoï, la vanille.

L'espace d'un instant, je me revois à la plage sicilienne que la famille Moretti m'avait fait découvrir, il y a plusieurs années. Alba lézardait toujours en plein soleil, tartinée de crème solaire et de graisse à traire pour parfaire son bronzage, et ce, même si je la suppliais de venir faire trempette. Avec son frère, je prenais un pied monstre à la rendre folle, allant des seaux d'eau jetés en plein visage jusqu'aux batailles de sable mouillé. Je crois surtout que j'avais besoin qu'elle me remarque et qu'elle cerne dans toutes ces taquineries l'ampleur de l'estime que je lui vouais déjà.

Cet été-là, du haut de mes quinze ans, j'ai su avec certitude que jamais je n'aimerais quelqu'un comme je pouvais aimer Alba Moretti.

C'est peut-être pour cette raison que toutes mes relations se sont soldées par des échecs, d'ailleurs. Ma dernière petite amie avait beau l'adorer, elle ne supportait plus mes éternels discours admiratifs à son égard.

Dans un soupir, Alba lâche ma main pour passer son bras par-dessus la couverture.

— J'entends… le bruit de l'eau qui dégringole, les sifflements des oiseaux, le vent qui souffle dans les arbres.

Nos chuchotements se répondent. À mon tour, je ferme les yeux, histoire d'être au plus près de son imagination.

— Des oiseaux ? Quel genre ?

— Je sais pas trop… Des mésanges et des petits merles.

— Hm. Et dans ta forêt rassurante, tu sens quelles odeurs ?

Les chevrotements d'Alba s'atténuent petit à petit, mais son cœur, lui, tourne encore à plein régime. Pour me libérer de la place, je dégage doucement ses cheveux de mon visage et me presse davantage contre elle.

— L'humidité de la pluie et du bois. Ça porte un nom, mais je me souviens plus. Tu vois ce que je veux dire ?

— Euh… le pétrichor ?

— Oui, voilà, confirme-t-elle. Ça sent le pétrichor et la fumée d'un feu qui crépite, pas loin.

À l'entendre aussi impliquée, j'esquisse un sourire satisfait. Ses sens sont stimulés en même temps que les miens. J'espère qu'elle ressent ne serait-ce que l'ombre d'une paix s'installer en elle.

— Tu te baignes dans la cascade ?

— Non, j'y trempe juste mes pieds.

Un léger rire m'échappe.

— Et tu ressens quoi ?

— Bah… les petites vagues qui poussent l'eau fraîche sur ma peau, le vent qui me caresse le visage… le silence.

J'aurais pu, mais je n'ai pas la moindre envie de la tourner en dérision, ni de balancer une vanne.

— Si tu devais poser un mot sur cet endroit, ce serait lequel ?

— Sérénité.

Elle a répondu si vite que je ne doute pas de l'importance de ce sentiment dans sa vie.

— Ce mot, il t'évoque une couleur en particulier ? Une sensation ?

— Euh… du bleu très clair peut-être. Je sais pas… J'imagine le ciel, en fait. Un nuage cotonneux, un filet d'air pur.

Intérieurement, je fais le lien avec l'aigue-marine, la pierre bleue qu'elle m'associe.

Je ne résiste pas à l'envie de glisser mes doigts sur ses bras nus. Des frissons fourmillent à leur passage tandis qu'Alba décrispe ses membres en s'étirant. Le calme ambiant semble l'avoir apaisée un peu. Je ne dis rien de plus, le temps qu'elle accueille ce que nous venons d'évoquer. Sans prétention, j'ai la certitude que notre petite escapade spirituelle lui a fait du bien ou, au mieux, l'a aidée à penser à autre chose qu'à cette satanée crise. Sa respiration est devenue plus douce, tout comme ses palpitations.

— On peut s'endormir comme ça, si tu veux, proposé-je.

— Nan, j'ai pas envie de dormir.

Plus détendue, Alba se tourne pour me faire face. Dans le faible sourire qu'elle déploie, je distingue que ses lèvres trémulent légèrement. J'en déduis donc que la crise ne s'est pas encore tirée. Par moments, son corps sursaute, comme pris de spasmes. Mon pouce caresse son visage et force ses paupières à se fermer de nouveau.

— Ici et maintenant, Alba. Y a que ça qui doit compter, murmuré-je. Il est vingt-et-une heures trente, il fait nuit et il pleut un peu. Tu es dans notre salon, à l'abri.

— Et tu es là.

— Je suis là.

Son nez se niche dans le creux de mon cou et son souffle me lèche la peau. Contrairement à elle, je pourrais tout à fait m'assoupir, mais étant donné ce qu'il vient de se produire, je ressens le besoin d'en savoir plus.

— Tu peux me parler, tu le sais, hein ?

— Pour te dire quoi ? répond-elle d'un ton blasé.

— Ce que tu voudras.

Comme si ma proposition tombait à pic, elle enchaîne :

— Je me sens vidée, Léon. Sans force, sans courage, sans rien. Je subis.

Quelque chose se brise à l'intérieur de moi. J'aurais pu prévoir cette explication, car son regard en dit assez pour me permettre de saisir ce qu'Alba s'acharne à cacher, mais l'entendre de sa bouche me déchire un peu plus.

— Et ça me bouffe de ne pas comprendre comment j'en suis arrivée là, poursuit-elle, la tête toujours dans mon cou. Ne pas savoir, c'est terrible.

— Bien sûr que tu le sais.

— Quoi ?

Je cale mon menton sur le sommet de son crâne.

— Soit tu sais très bien pourquoi t'es comme ça, soit tu refuses de voir la vérité en face. Après… ça reste mon avis, mais je pense que tu te connais assez pour avoir conscience de tout.

Ses larmes roulent sur ma peau, je m'en veux de les déclencher, mais j'ai envie de la pousser dans ses retranchements pour qu'elle lâche ce qu'elle a trop longtemps passé sous silence. Est-ce une bonne façon de faire ? Je n'en sais foutre rien. Néanmoins, sa réaction en dit long. Elle n'est pas prête à s'ouvrir davantage.

— Un jour, je t'expliquerai, je te le jure, promet-elle en se redressant, sans pour autant m'autoriser à la regarder dans les yeux. Mais pas aujourd'hui.

— Quand tu voudras.

Alba réprime son chagrin en se dépêchant de chasser ses larmes, se dégage de la couverture et s'échappe. En appui sur mes coudes, je l'observe se rendre vers le frigidaire, sans oser lui demander si elle se sent mieux.

— Tu devais pas voir Alice ce soir ? demande-t-elle.

Encore une tentative de diversion.

— Pour quoi faire ?

Je me lève pour la rejoindre dans la cuisine ouverte.

— Bah, je sais pas, vous aviez l'air proches l'autre jour, dit-elle d'un ton désintéressé qui ne me berne pas.

Munie de sa tambouille verdâtre habituelle, Alba s'attable à l'îlot central. Son essoufflement résonne dans la pièce, trahissant l'angoisse qui la mène encore.

— C'est une façon détournée de me demander si je couche avec d'autres ?

— Peut-être bien, admet-elle en haussant les épaules.

Sans le savoir, elle me coupe l'herbe sous le pied. Depuis quelques jours, ce sujet me brûlait les lèvres. Non pas que j'estime lui devoir des comptes, mais nous nous sommes juré d'être honnêtes. Ceci dit… j'avoue avoir un peu peur de ce qu'elle pourrait m'apprendre.

— J'ai vu personne depuis.

— Pourquoi ? s'étonne-t-elle.

Elle est sérieuse ou c'est un autre moyen de m'entendre lui dire clairement les choses ? Je glousse et dépose mes avant-bras sur le comptoir pour me pencher vers elle.

— J'ai tout ce qu'il me faut, qu'est-ce que tu veux que j'aille chercher ailleurs ?

Devant mon regard insistant qui se balade sur son corps, elle lève les yeux au ciel.

— Et toi ?

— Moi ? s'offusque-t-elle, à deux doigts de s'étrangler avec son jus détox dégueulasse. Nan.

— Et ton Thomas ? Il voulait pas remettre ça ?

— Je t'ai dit qu'il prenait juste des nouvelles.

— Ouais, prendre des nouvelles… T'es sûre qu'il voulait pas prendre la température plutôt ? Genre, pour voir si t'es toujours *open* ou pas.

Désintéressée, Alba descend du tabouret, coince la main sur sa taille et me dévisage.

— Bah, je le suis pas, donc on s'en tape. Qu'est-ce que tu me chantes, là ?

Une alarme beuglant « jalousie » se déclenche dans mon cerveau et je ne tente même pas de nier ce sentiment. Je le sais, je crève de haine à l'idée qu'elle puisse s'amuser avec un autre. Ce qui est assez pathétique, étant donné que nous avons décidé de ne pas nous restreindre avec de l'exclusivité. Pire idée. Je n'aurais jamais dû accepter cette connerie.

— J'sais pas.

— T'es jaloux ?

— Ouais.

Pourquoi faire semblant ? Mi-outrée, mi-amusée, Alba cille et lâche un rire narquois.

— Que les choses soient claires, j'suis pas jaloux de Thomas, juste… de ce qui pourrait se passer, que ce soit avec lui ou un autre. Et c'est un sentiment pourri, hein, va pas croire que j'en suis fier. C'est débile, même.

Je distingue à son sourire qu'Alba ressent un certain honneur ou quelque chose qui s'en approche. Dans une posture toujours mutine, elle soulève le menton.

— Tu sais que maintenant que tu m'as confié ça, je peux grave en jouer à l'avenir ? minaude-t-elle, défiante.

— Fais ce que tu veux, Alba.

Et je ne lui en voudrais pas. Elle peut tout se permettre, tout oser, tout braver, je capitulerai. C'est même fort possible qu'elle en soit déjà consciente, d'où sa provocation. Prêt à rejoindre ma chambre, j'attrape mon téléphone et me dirige vers le couloir.

— Je le ferai pas ! s'écrie-t-elle, derrière moi.

Le temps que je pivote vers elle, Alba s'est déjà rapprochée de moi.

— Je vois pas l'intérêt de te rendre jaloux, je disais ça pour rire. Et puis… j'en ai même pas envie.

— Je sais.

Confuse, elle fronce un sourcil.

— Bah, moi non plus je vois pas l'intérêt de me rendre jaloux, continué-je. C'est moi, quoi. On s'en fout de ce que je pense et t'as pas à t'intéresser à ça. Vis ta vie. Si encore j'étais plus qu'un plan cul, je veux bien, mais c'est pas le cas visiblement.

— Tu me reproches de te considérer comme un plan cul ? s'étonne-t-elle après avoir secoué la tête.

— Alors, qu'on soit bien d'accord, tu pourrais me considérer comme un sèche-serviettes que ça m'irait très bien. C'est pas ça… C'est juste que je me sens con à ressentir de la jalousie, d'autant plus que tu pourrais trouver mieux que ce que je t'apporte, tu vois ?

Alba affiche une grimace d'incompréhension et se vautre dans le canapé.

— Quand t'auras terminé de raconter n'importe quoi, tu pourras revenir ? Je… je veux bien qu'on refasse ce qu'on a fait tout à l'heure. C'était bien.

Mes lèvres s'étirent toutes seules. Ma mère serait fière de savoir que sa technique du défilement de VAKOG a porté ses fruits au point qu'Alba en redemande. Sans me faire prier, je me fais une place sur le canapé-lit.

— T'as une autre idée de lieu ? proposé-je, tandis qu'Alba se réfugie contre mon torse.

— Si ça peut être quelque chose qui existe… Ça me plairait de retourner à San Vito lo Capo en Sicile, la plage où on allait quand on était ados. Tu t'en souviens ?

Ça, alors…

Mon cœur s'enflamme. Soit nos cerveaux sont connectés, soit elle tient autant que moi à ce doux souvenir. L'entendre parler de cette île, alors que j'y songeais il y a quelques minutes, me perturbe. J'ai sûrement pensé trop fort.

Si Alba ressent à ce point les échos de mes réflexions, j'ai hâte qu'elle cerne enfin les messages subliminaux que je lui envoie dans chacun de mes sourires.

Chapitre 17
À l'aube d'un nouveau jour

Faut pas forcer la confidence ;
elle vient quand elle peut.
Jamais trop tôt, jamais trop tard.
La Chair de poule, André Major

LÉON ☼

Les bras chargés, je force la porte à s'ouvrir d'un coup de pied et pénètre dans le logement.

— Putain, c'est lourd ! Tu veux que je pose ça où ?

Solange se faufile derrière moi.

— Où tu peux, trésor.

L'appartement de ma concierge sent la clope, les fleurs et le café. Je ne saurais pas dire si j'apprécie cette odeur, mais elle lui est propre. J'abandonne les cartons pleins sur la table du salon et attrape la bière fraîche que Solange me tend, sans doute pour me remercier d'avoir sorti ses vieilleries de la cave.

— Si tu vois des trucs qui te font de l'œil, n'hésite pas à en embarquer avec toi, m'informe-t-elle, une cigarette au bord des lèvres.

— La caisse de vinyles peut plaire à Romy et Gab. Moi, si t'as rien qui concerne les jeux vidéo ou les magazines érotiques, j'suis pas intéressé.

Elle rit franchement et s'empresse d'ouvrir la fenêtre qui donne sur la cour pour aérer son salon. L'espace d'une poignée de secondes, je laisse mes yeux vagabonder sur sa décoration, les plantes en tout genre qui surplombent les meubles, les napperons alignés sur la table et la collection de chats en porcelaine conservée en sécurité dans une vitrine.

Il règne une ambiance rassurante ici, malgré la tapisserie florale qui pourrait presque me filer de l'urticaire si je louchais dessus trop longtemps.

Après s'être aussi servi une bière, Solange revient vers moi et ouvre les cartons.

— Tiens, mon coco. En parlant d'érotisme. Qu'est-ce que tu dis de ça ?

Sacré nom de Dieu.

Choqué, je pose ma bière sur la table et arrache le feuillet des mains de ma propriétaire pour voir ça de plus près. Sur les clichés, Solange, qui doit avoir une petite vingtaine d'années, apparaît à moitié nue, tantôt sur des divans, tantôt au centre d'une scène. Elle exhibe des guêpières, des boas, des porte-jarretelles, des perruques. Bon sang, je n'aurais jamais pensé dire ça un jour, mais elle est carrément désirable.

— Popopo…

— Eh oui, fanfaronne-t-elle en dandinant des hanches. Ce corps a été façonné par la gymnastique et les heures d'entraînement au cabaret, mon petit. Bon, aujourd'hui, on dirait une tablette de chocolat qui a fondu en plein cagnard, mais je les ai fait disjoncter, ces messieurs. Et aucun n'a eu le droit de faire un tour en coulisse.

J'arque un sourcil, car elle semble oublier quelqu'un.

— Oui, bon, excepté mon Gaston, mais lui, c'est différent, précise-t-elle en me pointant de l'index. Il s'est comporté comme un gentleman.

— Ah, bah, si j'avais vu l'un de tes spectacles, je te garantis que je t'aurais fait la cour comme un gentleman aussi, soufflé-je. R'garde-moi ça comme t'étais fraîche.

— Allons donc ! rit-elle. Tu aurais surtout fait partie de ceux qui avaient la langue étalée jusque sur le plancher. Ceux qui bavent beaucoup, mais qu'en bougent pas une.

J'acquiesce d'une grimace quand elle me presse l'épaule. Solange raconte toujours mille fois les mêmes anecdotes à qui veut bien l'entendre, mais je me fous qu'elle radote autant. Je pourrais l'écouter l'après-midi entier, si le temps me le permettait.

— Je pouvais obtenir ce que je voulais avec des battements de cils et une bretelle de guêpière relâchée, minaude-t-elle, la bouche en cœur. Le sexe fort... Mon cul sur la commode, oui ! Les hommes, vous êtes comme des mouches autour d'un pot de miel. Il ne vous faut pas grand-chose pour céder. Y a que mon Gaston qui m'a aimée pour ce que j'étais, derrière les paillettes et les corsets.

Elle a raison sur toute la ligne. Les hommes sont faibles, et je n'échappe pas à la règle. Ce que j'aime chez Solange, c'est qu'elle met les deux pieds dans le plat sans chercher à tergiverser. Elle n'a rien d'une mamie gâteuse, au contraire. Presque quatre-vingts balais au compteur, et aucun tracas ne semble l'anéantir, pas même l'hospitalisation de son mari. Elle pète le feu, pour ainsi dire. C'est en partie pour cette raison qu'elle est la coqueluche de Calfort, autant appréciée pour sa jovialité que jalousée par les vieilles pies qui s'amusent à critiquer son passé de meneuse de revues. Pour couronner le tout, elle est aussi cintrée que moi.

— Bah, il a tiré le gros lot, le Gaston ! m'écrié-je en lui tendant une photo un peu plus osée que les autres. Tu permets que j'imprime celle-là pour en faire des posters géants et les placarder dans toute ma chambre ?

Hilare, et légèrement émue, elle s'approche de moi pour me pincer la joue.

— T'es un petit malin, toi. C'est pour ça que je t'aime bien. Tu ne t'emmerdes pas avec la bienséance. Mon Gaston t'adorerait.

— Je viendrai lui rendre visite un de ces quatre alors. Le mercredi, quand Gab va jouer du piano à l'EHPAD, qu'est-ce que t'en dit ? Lui, il titillera les touches et moi, je taperai mes meilleures chorés avec les infirmières… Ouais, on va bien se marrer.

— Sûrement pas ! Je te connais. Les vieux vont tous nous claquer entre les doigts si tu commences à faire tes singeries. Nan, nan, nan. Toi, tu feras la lecture à mon Gaston. Rien de plus.

Solange retourne auprès de la fenêtre pour se griller une nouvelle cigarette.

— Pourquoi tu veux te débarrasser de tout ça ?

— Ça m'encombre et ça sera bien plus utile à d'autres, répond-elle, focalisée sur ses cheveux rouges qu'elle recoiffe devant le reflet de la vitre. Par contre, je garde tout ce qui touche au cabaret. Je veux qu'on m'enterre avec quand mon heure sera venue.

Entre deux gorgées de bière, je poursuis ma quête. Les cartons sont essentiellement remplis de quarante-cinq tours, de photos de famille et de bouquins cornés. Rien qui m'intéresse, donc. Jusqu'à…

— Merde alors. C'est un original ?

Solange interrompt sa séance de coquetterie pour s'avancer vers moi, un petit miroir dans une main et un rouge à lèvres dans l'autre.

— Un peu, mon n'veux. Ça t'intéresse ?

De peur de l'abîmer, je n'ose même pas feuilleter le journal. L'exemplaire du *Figaro* date du vingt-trois novembre mille neuf cent soixante-trois et a pour titre : « Kennedy assassiné hier à Dallas au cours d'une tournée politique dans le sud des USA. Il a été atteint d'une balle à la tête alors qu'il traversait la ville dans une voiture découverte. »

— Tu rigoles ? C'est historique, ça ! Tu veux pas le vendre à un collectionneur ? Tu pourrais sûrement en tirer quelque chose.

— Pour quoi faire ? rétorque-t-elle. Il a l'air de t'intéresser, ce canard. Prends-le. Je ne me souviens même pas d'avoir acheté ça. Il devait appartenir à mon Gaston ou à papa.

— Et Gaston voudrait pas le garder ? Ton père aurait peut-être voulu qu'il revienne à ton frère ou à quelqu'un de ta famille...

En riant, ma concierge me donne un coup de coude dans les côtes.

— Bah, il est chez qui ce journal ? Solange Berzac ? Bon, eh bien, Solange Berzac te dit de l'embarquer. Papa est mort, paix à son âme, alors il peut plus me dire grand-chose à ce sujet. Et mon Gaston...

Elle marque une pause.

— Mon Gaston, il n'en fera rien, soupire-t-elle. Et s'il avait encore toute sa caboche, il serait heureux de savoir qu'il est entre de bonnes mains.

Touché par son geste, je lui envoie un sourire et plie soigneusement le journal. Je me languis de lire les articles de l'époque, la façon dont les médias ont traité cette affaire, même si tout doit être déjà disponible sur Internet. Avoir un tel objet à disposition, c'est du pain bénit pour moi.

Solange s'empare de ma bière vide et fonce en direction de la cuisine, sans cesser de chantonner le rythme de musette diffusée par sa radio.

— Dis à la petite Alba que je lui ai dégoté de la sauge et des bouquets de lavande. Elle peut venir les récupérer ce soir, annonce-t-elle en revenant dans le salon avec une espèce d'arrosoir miniature. Vous célébrez la nouvelle année dans votre appartement ?

Je hoche la tête.

— Ça va être la *fiesta* dans l'immeuble alors ! s'enchante-t-elle. Si vous avez besoin de quoi que ce soit, pack de bières, tournée d'huîtres, cigares cubains, n'hésitez pas. Je reste là, moi. Et vu le bordel que ça va être dans les rues, je ne vais encore pas fermer l'œil. M'enfin… C'est pour la bonne cause. Faut chanter la vie ! Z'avez bien raison de faire les zouaves.

Après quelques minutes de potins à propos des nouveaux voisins marginaux, nous nous séparons dans la cour et je grimpe les marches de la cage d'escalier pour rejoindre le premier étage, mon précieux journal sous le coude.

L'appartement est presque vide. Comme à son habitude, Oscar a découché et Alba a rejoint Romy chez elle. Sur le balcon, Gabriel est occupé à jouer de la gratte en plein vent. C'est fou cette manie de faire de la musique partout, dans toutes les conditions et n'importe quand. À croire qu'il pourrait mourir s'il n'avait pas sa dose quotidienne. Un peu comme moi et mes parties de jeux en ligne. En moins glorieux…

Je tire la baie vitrée et me fais une place sur notre minuscule terrasse. Malgré le temps ensoleillé, il fait un froid de gueux dehors. Aussitôt, Gabriel laisse sa main en suspens au-dessus des cordes de son instrument.

— Qu'est-ce que tu fous ? demandé-je en enfilant ma veste en jean.

— Des pâtes au beurre.

Un rire idiot m'échappe.

— T'es con ou quoi ? continue-t-il, amusé. Ça se voit, ce que je fais.

— Ouais, ouais. Mais c'est une compo ?

Dans un soupir, Gabriel abandonne sa guitare contre le mur en crépi, avant de s'avachir dans le fond de son siège. La bourrasque qui souffle dans ses boucles n'altère en rien sa coiffure. Au contraire, ça lui donne même un côté sauvage que je lui envie un peu. Il est beau, mon Gab, mais il est rageant. C'est un genre de beau gosse qui s'ignore – *les pires de tous*. Son style zicos et sa mine à peine réveillée lui confèrent un certain attrait, il faut bien l'avouer. Il a toujours été nonchalant, mou du genou et un poil bougon aussi. Aux antipodes de ce que je suis, donc. Pourtant, dans nos jeunes heures, j'ai réussi à le traîner dans tous mes traquenards, il était même le premier à en rire.

Gabriel me fait penser à un loup. Solitaire parfois, lunaire, craintif, observateur, mais avec un besoin vital d'être en meute malgré tout. Entouré par ses plus fidèles alliés, il s'assure d'avancer en groupe, même si la destination met des plombes à arriver. Parce que le but n'a aucune importance, c'est le trajet qui compte.

J'aime cette philosophie. Comme lui, ce sont les pierres apposées chaque jour qui me rendent fier. Pas l'édifice.

— Plus ou moins. J'essaye de m'entraîner pour le concours d'entrée à l'ENAM, mais je pense que je vais lâcher l'affaire avec la guitare. Je suis plus à l'aise au piano.

Depuis plusieurs semaines, il ne vit que pour cette foutue école parisienne. Comme s'il n'y avait pas d'excellentes institutions dans la région… Ça va sans dire, je suis heureux que mon meilleur ami se reprenne en main en se lançant dans des projets qui le font vibrer, mais pas si ça implique qu'il décampe à des centaines de kilomètres d'ici.

Je m'installe sur la vieille chaise longue.

— Dis-moi, Chopin… T'as déjà eu un plan cul ?

Gabriel n'a même pas l'air outré de mon intervention qui arrive comme un cheveu sur la soupe.

— Euh, pas vraiment, répond-il, sa tasse fumante en main.

Je lui coule un regard blasé.

— Mens doucement. Tu couchais avec Romy alors que c'était pas ta copine.

— Rien à voir avec un plan cul. Et viens-en au fait.

— Bah… imagine que tu t'amuses souvent avec la même fille, ça se passe bien, mais tu sens qu'il y a un truc qui cloche dans sa façon de voir votre relation. Et dans la tienne aussi. Comment tu…

Gabriel me coupe en tendant son bras vers moi pour me faire taire.

— Attends. T'es sérieusement en train de me parler de tes parties de jambes en l'air avec ma sœur ou je rêve ?

Je ne peux pas m'empêcher de glousser en le voyant se pincer l'arête du nez. Il devient encore plus dramatique que moi, ces derniers temps.

— Eh, j'ai nommé personne, me défends-je, les mains en l'air.

— Me prends pas pour un tocard. Je sais très bien ce que vous faites dans ta piaule.

— Si tu débarquais pas à l'improviste dans l'appart, on en serait pas là. Tu peux t'en prendre qu'à toi-même, nous, on a voulu t'épargner.

Il me répond d'un rire jaune, dépose ses avant-bras sur ses cuisses et se frappe dans les mains.

— Bon, et quoi ? T'es en train de me dire que vous allez vous mettre en couple ?

— Alors… T'as de vrais soucis de compréhension, toi. C'est pas du tout ce que j'ai sous-entendu. C'est compliqué, en fait. On a pas réfléchi quand on s'est lancé dans ce genre de… relation. Parce que, quoi qu'on en dise, ça modifie forcément notre amitié. Bon, on s'amuse bien, hein, c'est pas le souci, mais après ?

— Je vais vomir.

Je bouscule Gabriel d'un coup de pied dans le genou.

— T'es *too much*.

— Mais c'est toi, là ! Tu t'envoies Alba dans le plus grand des calmes, forcément que ça me fait bizarre.

— C'est pas toujours calme…

— Oh, ferme-la, souffle-t-il dans un rire. Je te connais par cœur, OK ? Je sais très bien comment tu te comportes avec les filles, oublie pas que les murs ont jamais été épais. Donc, ouais… quand je vous imagine tous les deux…

Il fait une grimace de dégoût qui m'oblige à lever les yeux au ciel.

— T'es bizarre. Qui te demande d'imaginer quoi que ce soit ? T'inflige pas ça. C'est ta sœur, d'accord, mais ça reste une jeune femme, hein. Joue pas au grand frère surprotecteur, macho et jaloux. Tu vaux mieux que ça.

Et, pour le coup, je ne réagis pas de cette façon parce que je suis impliqué dans l'affaire. Gabriel a trop souvent oublié qu'Alba n'était plus la fillette fragile et innocente qu'il devait protéger des éclats de colère de leurs parents. C'est peut-être pour cette raison qu'elle est aussi perdue aujourd'hui. À force d'être étouffée, trop couvée, elle s'est interdit le droit de s'épanouir seule, sans l'approbation des autres.

— Écoute, je tiens à elle et tu le sais très bien, si t'es pas trop con. Je ferai jamais rien qui puisse lui faire du mal. Crois-moi, en ce moment, je fais tout mon possible pour qu'elle se sente bien. Je demande pas de médaille, hein, mais sois conscient de ça et enlève-toi le cul de la tête, une petite seconde.

Surpris, Gabriel me dévisage, les yeux presque brillants. Il l'a dit lui-même : il me connaît par cœur. Au-delà de toutes les provocations auxquelles j'adore m'adonner, il sait à quel point j'aime sa sœur. Après un court silence, il hoche la tête et esquisse un léger sourire. Il ne surenchérit pas, mais son expression conciliante parle pour lui.

— Je sais qu'en ce moment c'est pas la joie pour elle, reprend-il, sérieux, dans ce que j'imagine être une tentative pour en savoir plus. Tu crois qu'il faut que je lui parle ?

— Ah… J'sais pas. Te tracasse pas trop non plus. Compte sur moi pour essayer de régler ça.

— Tu me le dirais si y avait quelque chose de grave, pas vrai ?

Aïe.

La situation que j'appréhendais se profile. *Merde.* Être partagé entre l'inquiétude de mon meilleur ami et les soucis qu'Alba souhaite sans doute garder secrets me met dans l'embarras. Ma loyauté a ses limites, je ne l'aurais pas cru. Toutefois, ma franchise m'oblige à intervenir :

— Là, mec, tu m'en demandes trop.

— Pourquoi ?

— Je serais quel genre d'enflure si Alba me confiait quelque chose et que je venais te le répéter ?

— Si c'est dans son intérêt, y a pas de problème. Tu le ferais pour elle, pour que son frère lui vienne en aide. Mets-toi à ma place, Léon. Faut que je sache.

Suspicieux, Gabriel rapproche sa chaise de moi et s'assure que personne n'ait fait irruption dans l'appartement en scrutant la baie vitrée.

— Je me mets à la place d'Alba, c'est tout. Si tu dois être au courant de certaines choses, tu le seras, mais pas par moi. Sauf si sa vie est en jeu, évidemment, mais tranquille, on en est pas là.

— Oui, mais si…

— Je te sonnerai si ça devient ingérable, abdiqué-je pour le rassurer. Toi, essaye de lui changer les idées. Faut pas qu'elle sente que tu t'inquiètes pour elle. Sois positif, fais-la rire, parle-lui de Romy et de comment tu t'y prends comme une merde pour la conquérir. Ouais, ça, ça va la faire marrer, c'est sûr.

Il me gratifie d'un coup de poing dans l'épaule. En parlant de ça, il va être grand temps que je m'immisce dans son idylle avec Romy. Question de vie ou de mort, à ce stade. Avec tous les appels de phares qu'ils s'envoient, j'ignore ce qu'ils attendent pour enclencher la seconde. Que de temps perdu…

— Mais sinon… Ça se passe bien entre vous ? ose-t-il me demander, sans pour autant me regarder.

Ça, mon gars, j'aimerais bien le savoir aussi.

Hier matin, Alba m'a envoyé un message en m'annonçant la fin de nos petits jeux jusqu'à nouvel ordre. Rien de définitif, mais, d'après elle, il est préférable de faire une pause pour mettre de l'ordre dans ses idées et mieux nous retrouver ensuite. Moi, tout me va. Tant que ça ne dure pas trop longtemps.

De toute façon, elle pourrait me réclamer un spectacle d'otaries dans le salon que je braquerais le premier zoo à portée de main.

Depuis, je n'ai pas de nouvelles. Nous nous sommes croisés en coup de vent, sans nos habituels jeux de regard et taquineries. Rien, que dalle, *nada*, que pouic. Pas même un petit sourire un peu tendancieux.

— Impeccable.

Dans le fond, j'imagine qu'elle instaure cette distance pour me préserver. Elle a dû se mettre en tête qu'il valait mieux me tenir à distance de sa négativité, le temps qu'elle redescende. Mais j'ai assez de lumière pour braver son obscurité, assez de mots tendres pour contredire ses pensées sombres.

Assez d'amour pour l'aider à gravir cette montagne de doutes qu'elle se sent incapable de franchir.

Chapitre 18
Les bonnes résolutions

L'avenir, c'est ce qu'on a inventé de mieux
pour gâcher le présent.
Et Dieu créa la femme, Roger Vadim

ALBA ☾

J'ai envie de Léon.

Cette pensée ne m'a pas quittée de la journée. Depuis le vingt-cinq décembre, il ne s'est rien passé entre nous et j'en suis la seule responsable. J'ai prétexté avoir besoin de mettre nos retrouvailles érotiques en pause pour prendre un peu de recul et me focaliser sur mon bien-être.

Erreur.

Autant dire que ces six jours ont été aussi insoutenables à vivre que si je n'avais rien mangé. Bon sang, plus ça va, plus je deviens comme lui. Le pire, c'est qu'il ne se rend compte de rien. Léon poursuit sa vie, sans attendre que je revienne sur ma décision. Il a raison.

Je refuse qu'il soit à ma merci, prêt à se plier à mes changements d'humeur et à mon côté lunatique.

L'appartement est méconnaissable, décoré jusqu'au plafond alors que nous ne sommes que six pour célébrer l'arrivée de la nouvelle année. Gabriel est parti dans l'après-midi pour retrouver maman et, contrairement à ce que j'aurais pu imaginer, je ne me suis pas sentie coupable de ne pas le suivre. Mes dernières discussions tardives avec Oscar m'ont aidée à relativiser à ce sujet. Je dois vivre ma vie pour moi, même si ça comprend de faire l'impasse sur les bonnes manières.

Pour l'occasion, j'ai enfilé une salopette jupe noire par-dessus un tee-shirt sur lequel il est écrit : « *I'm a witch, bitch.* » Romy l'a fait faire sur mesure pour moi, sans omettre de changer les « C » par des croissants de lune. C'est le cadeau de Noël le plus cool qu'on m'ait jamais offert, raison pour laquelle je lui ai promis de le porter ce soir.

Depuis la cuisine, occupée à transvaser les plats du traiteur dans de la jolie vaisselle, j'observe le petit groupe bavasser dans le salon. Jules et Sarah, mes amis de licence, ont fait le déplacement, ainsi que Cassandra, une camarade d'études des garçons. L'ambiance va bon train, sûrement parce que Léon n'est pas encore venu casser la joie de vivre générale avec ses débats morbides. Par ailleurs, c'est assez étonnant qu'il n'ait pas encore lancé un sujet de discorde.

— Sympa, tes collants.

Je me retourne vers Léon, venu chercher la bouteille de Martini posée sur le comptoir, et intercepte le coup d'œil furtif qu'il lance en direction des chaussettes noires qui remontent jusqu'à mes cuisses. Je m'apprête à lui répondre qu'il peut me les retirer avec les dents quand ça lui chantera, mais il s'est déjà échappé.

— Eh, Alba ! Tu l'as foutu où le jeu qu'on a fabriqué pour les soirées ? hurle Oscar dans le couloir.

— Touche à rien ! J'arrive.

Je me précipite vers mon colocataire et ouvre la porte de la chambre de Léon.

— La dernière fois que je l'ai vu, il était sous le lit.

Outré par le désordre qui règne dans la pièce, Oscar porte la main à sa bouche et fait un pas en arrière.

— C'est une gigantesque mascarade ? s'offusque-t-il d'une façon si caricaturale que je ne peux pas m'empêcher de rire. Regarde le bordel ! On dirait la garçonnière d'un abruti de geek. Oh, nan ! J'y crois pas. Les paquets de chips que j'ai achetés !

À tâtons, Oscar pénètre dans la chambre, presque craintif de poser le pied sur quelque chose qui pourrait lui exploser à la figure.

— Ouais, je sais. Il a rangé y a deux jours pourtant.

— Hey, Léon, tu crains un max ! hurle-t-il alors que l'intéressé est trop occupé à chanter avec nos convives.

Pour éviter qu'Oscar ne me fasse un petit malaise vagal, je me penche vers le sol pour rassembler les fringues qui traînent et les bouteilles de soda vides.

— Tiens, regarde. C'est déjà mieux, dis-je en abandonnant les vêtements sales dans le panier à linge qui trône près de la porte. Je veillerai à ce qu'il fasse une lessive demain, t'inquiète.

— Ouais, répond Oscar, en pleine vadrouille sous le lit. Heureusement que c'est pas trop crade et poussiéreux, sinon je l'aurais défoncé, ce petit con. Alors… je dis pas, il a fait des efforts, mais il laisse trop le bazar s'accumuler. Bon, il s'est mis à la vaisselle aussi… C'est déjà bien. Ah, et il passe la serpillière assez souvent.

Les bras croisés, j'observe Oscar se tortiller sous le sommier et poursuivre son analyse sur les tâches effectuées par chaque habitant de cet appartement. Dire qu'il est obsédé par le rangement serait un euphémisme. Ce n'est pas pour me déplaire, au moins il veille à ce qu'il y ait un roulement dans le ménage. Si Gabriel s'est vite adapté, Léon, lui, apprend petit à petit à se réconcilier avec les détergents.

Après s'être cogné la tête contre le rebord du lit, Oscar se lève, titube un peu et s'avance vers moi.

— Je l'ai ! s'enjoue-t-il, le plateau de jeu entre les mains. Je vais les éclater un par un.

— Dis… T'es pas un peu pompette, toi ?

— Je suis complètement cramé, tu veux dire, glousse-t-il.

En effet, j'aurais parié le salaire que je me fais au cinéma là-dessus. Je reconnais son ivresse naissante dans ses yeux rougis et ses légers bégaiements. Oscar part dans une crise de rire, jusqu'à ce que Léon interrompe son hilarité.

— Qu'est-ce que vous foutez là ? Et pourquoi tu te marres comme ça, Scar ? Alba vient de te faire une analyse de ton thème astral ?

— Mec, tu comptes ranger ta piaule ?

Léon balaye la pièce du regard et dévisage notre colocataire, les yeux mi-clos.

— Sauf erreur, c'est rangé, là.

— Ouais, forcément ! Alba vient d'enlever les trucs qui traînaient par terre, ajoute Oscar, avant de poser la main sur l'épaule de Léon. Tu sais quoi ? On s'en fout, c'est la fête ! Si vous voulez bien m'excuser…

Troublés, nous suivons le fêtard des yeux, tandis qu'il se faufile entre nous pour retourner auprès des autres.

— Il est zinzin, soupire Léon, sans tarder à tourner les talons, lui aussi.

Je reste statufiée et le regarde partir, impuissante. Quelle conne. J'aurais dû sauter sur l'occasion d'être seule avec lui pour lui montrer l'ampleur de mon appétit. Peut-être même qu'il aurait fait en sorte de virer tout le monde pour qu'on remédie à ça… À moins qu'il s'en moque. S'il ressentait les mêmes envies que moi, il me les aurait manifestées d'une façon ou d'une autre. Rien. Pas l'ombre d'un regard un peu lascif. Et s'il savait à quel point son indifférence me rend encore plus désireuse.

Dans le salon, les discussions reprennent et, après avoir déposé les amuse-bouches sur la table basse, je me mêle aux invités en m'asseyant sur le canapé.

À ma droite, Romy, vêtue d'une robe moulante qui aurait très certainement fait disjoncter Gabriel, rit à toutes les blagues qui fusent. Je ne saurais pas dire si sa joie de vivre permanente vient de son troisième verre de Martini ou si elle est juste très bon public. Une chose est sûre : elle rayonne. Ce que c'est bon de l'entendre rire. Sa bonne humeur me réchauffe un peu et me donne envie de répandre autant de lumière.

Romy a ses casseroles, des éléments tragiques qui ont ponctué son passé, mais elle savoure la vie comme un cadeau. Une vie que Théo, son meilleur ami décédé, aurait voulu qu'elle cajole de toute son âme. Chaque jour, elle lui rend hommage en profitant des petits riens et en parsemant de sa positivité derrière elle. Libre à chacun d'utiliser les éclats de soleil qu'elle donne généreusement, sans même s'en rendre compte. Moi, je n'ose pas. Je ne sais pas faire. Je tangue. Tout me semble trop beau pour être vrai. Inaccessible.

Comme le bonheur.

Face à moi, installé sur le fauteuil, Léon ne cesse de faire son show. Je n'écoute rien de ce qu'il raconte, mais je le bouffe du regard. Tout me fait fondre ; de ses larges sourires qui plissent ses yeux clairs jusqu'à sa façon de se mordre la lèvre quand il est concentré sur les vannes à rallonge de Jules. Même sa manière de piquer dans le bol d'olives et de jouer avec son cure-dent a quelque chose d'assez attrayant.

Ouais, bon, là… ça devient plutôt pathétique.

Les verres se remplissent et les sujets de débat s'enchaînent. Soudain, l'hymne de Léon résonne. Plus par habitude que par vraie lassitude, je pousse un soupir. Je crois n'avoir jamais fait une seule soirée avec la bande sans que sa playlist « Beauf attitude » ne retentisse. C'est à se demander si, malgré ce qu'il prétend, il n'aime pas secrètement écouter ces classiques démodés. Acclamé par les autres, il se lève, les bras en l'air, et poursuit son spectacle.

Plié de rire, Oscar monte le son et *Macho Man* des Village People explose dans le salon.

Seigneur.

Je serais de mauvaise foi si je niais mon envie de rire devant ses pitreries. Lui, au moins, il n'a pas peur du ridicule, et c'est peu de le dire. Pour illustrer les paroles de la chanson, il glisse ses mains sur son torse, tout en remuant frénétiquement son bassin. Je ne sais pas si je trouve ça risible ou un peu alléchant. Ensuite, dans une chorégraphie saccadée, Léon passe d'une imitation de robot à un moonwalk plutôt bien exécuté.

Il danse bien, ce con.

Ses baskets glissent sur le parquet en rythme avec la mélodie funk que Romy vient d'enclencher. *Earth, Wind, and Fire* je crois, ou *Kool and the Gang*. Le reste du groupe se joint à lui. En me voyant toujours assise, Léon me pointe du doigt, tourne son bras par-dessus sa tête et fait mine de me pêcher avec un lasso. Même avec ses pires attitudes beaufs, j'ai envie de le dévorer.

OK, donc j'ai vraiment faim.

— J'ai l'air d'une vachette ? m'écrié-je par-dessus le son assourdissant de la musique.

Sans me répondre, Léon passe sa langue sur sa lèvre supérieure et continue de se déhancher. Très bien, donc soit il a cerné mon appétit depuis le début et s'amuse à me provoquer, soit je sexualise tous ses faits et gestes. Je parviens à passer outre le striptease improvisé qu'il entreprend lorsqu'il fait sauter les boutons de sa chemise, d'autant plus que cette dernière cache malheureusement un tee-shirt.

Après une longue bataille pour que tout le monde daigne venir à table, le dîner démarre enfin. L'ambiance est décontractée. Oscar s'est même lancé des paris ridicules pour mettre un peu d'ambiance durant la dégustation du saumon – comme celui de faire entrer un œuf dans sa bouche sans qu'il explose : un échec.

Évidemment, je ne me prive pas de filmer les pitreries de mes amis pour tout envoyer à Gabriel. Même à distance, il tient à ne rien louper de notre petite fête. J'aurais tant voulu qu'il soit là, avec nous, au lieu de jouer les mère Teresa avec une partenaire de soirée qui doit se moquer de la nouvelle année comme de sa première chemise. Maman ne réalise pas la chance qu'elle a d'avoir un fils aîné aussi bienveillant que Gabriel.

Le repas a été plutôt expéditif, parce qu'à l'exception de Léon et moi, la totalité des convives ont abusé du Martini jusqu'à plus soif.

Je ne supporte pas les gens alcoolisés, bien que je sois la première à être agaçante quand je le suis. Ce soir, je n'ai pas la moindre envie de boire. Nouvel An ou pas. Perdre le contrôle à cause de l'ivresse est devenu l'une de mes plus grandes angoisses. Je tiens trop à avoir la mainmise sur tout pour me livrer à ce jeu dangereux.

L'alcool envoie valser les filtres, les censures, les semblants de masques. Il vulnérabilise, pousse au ridicule et aux démarches hostiles. Je refuse d'être sous son emprise. Non. Je dois contrôler, appréhender, maîtriser, peu importe si ça inclut de ne pas laisser mon cerveau en veille.

À ma grande surprise, alors que nous étions tous occupés à exécuter une chorégraphie inventée par

Romy, les invités se pressent vers le portemanteau pour récupérer leurs affaires.

— Bon, *let's go* pour le *Lovelyyyyyyy Cluuuuuub* ! chante Oscar qui, visiblement, a jugé utile de brailler dans un rouleau de papier essuie-tout vide.

— On va sérieusement aller en boîte pour le Premier de l'an ? Il est à peine vingt-deux heures, en plus.

Oscar me dévisage comme si je venais de blasphémer.

— Et où d'autre veux-tu qu'on aille, Albazooka ? insiste-t-il, encouragé par Léon à qui il s'est accroché pour ne pas tanguer.

— Je sais pas, on est bien ici. Et vu l'état dans lequel vous êtes, Titi va pas vous laisser entrer.

— Titi, j'en fais mon affaire, c'est un bon gars, continue Oscar, avant d'accueillir un renvoi dans son poing. Je vais danser jusqu'au bout de la nuit. Personne, et je dis bien *personne*, va m'empêcher de me trémousser au *Lovely Club* !

— Tu vas surtout gerber sur le chemin, là, rit Léon. T'es plein comme une barrique, mon gars. Regarde ça… Tu bascules.

Le fait que mon ami soit dans cet état me donne mal au ventre, contrairement au reste de la bande qui a l'air de trouver la situation amusante. Quelque peu inquiète, Romy s'immisce entre nous et prend le visage de son jumeau en coupe.

— Tu te calmes, Oscar, réclame-t-elle alors qu'elle est aussi saoule que lui.

— Mais je suis très calme. Oh… tu sens la cigarette, tu as fumé, Romy ?

— Nan, j'ai pas le permis.

— Wow, vous dites de la grosse merde, intervient Léon, les sourcils froncés. Vous avez foutu quoi dans le Martini pour être dans cet état ?

Par le passé, j'aurais éclaté de rire à les voir aussi éméchés, mais je me sens trop crispée pour réagir. Les jumeaux me rendent anxieuse, comme si les méfaits de l'alcool étaient soudainement devenus contagieux. Impuissante, je regarde le petit groupe se précipiter vers la porte d'entrée.

— Mets un manteau, Romy, tu vas attraper la mort comme ça ! exige Léon en prenant ses clés de voiture, même si l'intéressée fait la sourde oreille. Al, tu viens ?

Et voilà, c'est reparti. Je vais jouer mon éternel numéro de chieuse. Les voyants d'alerte s'allument dans mon cerveau. L'alarme se déclenche. Mon cœur gronde son angoisse derrière ma cage thoracique qui pourrait bien céder sous la pression si je ne trouve pas une ruse pour me détendre. Vite.

Léon s'immobilise, la main sur la poignée, alors que les autres s'égosillent derrière lui dans le couloir.

— Nan, je peux pas.

— Alba…

— Je peux pas, chuchoté-je, à deux doigts de fondre en larmes. Je te jure, je peux pas, c'est trop… Trop de monde, trop d'alcool, trop d'angoisse. Je suis incapable.

Léon semble réfléchir, les dents enfoncées dans sa lèvre inférieure. Il me prie de ne pas bouger et se rend sur le palier. J'entends mes colocataires discuter, sans pour autant être capable de desceller ce qu'ils disent et, au bout d'un court instant, Léon revient.

— C'est bon, annonce-t-il.

— Quoi, c'est bon ?

— Bah, c'est bon, je reste ici, avec toi. Les autres vont au *Lovely Club*, j'ai missionné Cassandra de s'occuper d'Oscar et Romy, ça devrait aller.

Sans vraisemblablement culpabiliser de ne pas profiter de sa soirée, Léon retire sa veste et file dans la cuisine.

— Putain, mais nan ! refusé-je en le faisant sursauter. Tu… tu peux pas faire ça. Va ! Amuse-toi, c'est le Nouvel An ! Mes angoisses me gâchent déjà assez la vie, je veux pas qu'elles s'attaquent à toi.

Toujours aussi détaché, Léon soulève les épaules et rassemble les verres abandonnés un peu partout dans l'appartement. Il ne réalise pas. Non… Il ne peut pas comprendre à quel point je me sens misérable de le contraindre à rester là alors qu'il pourrait faire la fête.

Je suis un poids qu'il traîne à la cheville, voilà ce qu'il a récolté à me donner un peu trop d'importance.

— Personne s'attaque à moi, nie-t-il en déposant la vaisselle sale dans l'évier. Alors, quoi ? J'aurais dû insister pour que tu viennes ? T'aurais passé une soirée de merde. J'aurais dû aller en boîte en sachant que tu es toute seule, ici ? Là, c'est moi qui aurais passé une soirée merdique. Donc, c'est un bon compromis, j'trouve.

Son sourire m'aide un peu à relativiser, tout comme le doux regard qu'il vient de poser sur moi. Je connais assez Léon pour savoir qu'il n'en démordra pas. L'épaule contre le frigidaire, je louche sur l'eau et la mousse qui ruissellent entre ses doigts.

— T'es chiant…

— Mais c'est toi, là. Laisse-moi rester ici, on est bien.

D'un geste franc, il ferme le robinet. Je lui balance un torchon qu'il attrape en plein vol.

— Je suis pas en crise.

— Quoi ?

— Si jamais tu te poses la question, expliqué-je devant son air confus. C'est juste que j'appréhendais d'en faire une en boîte. Je le sentais pas. Peut-être que j'en aurais pas fait, mais dans le doute…

À petits pas, Léon se rapproche de moi. Ses doigts, encore un peu humides glissent sur ma joue et, d'une pression, m'obligent à relever la tête.

— Te justifie pas.

— Bah, si, je veux que tu comprennes.

— Je comprends. Et peu importe, même. Commence pas à rendre des comptes. C'est OK, tout va bien.

Ma culpabilité s'effrite, m'allégeant d'un douloureux poids. Je ne l'aurais pas cru, mais Léon a les bons mots et les bonnes attitudes. Ou est-ce que ce sentiment d'apaisement apparaît grâce à sa simple présence ? Possible, aussi. Je ne sais pas. Je ne veux pas savoir. Je veux juste me décharger de toutes ces ondes négatives qui me vampirisent les pensées, peu importe la façon dont je m'y prends.

— Tu veux savoir ce dont j'ai envie ? demandé-je en me détachant de lui.

— De moi ?

Son expression provocatrice pourrait me liquéfier, mais je ne lui offrirai pas ce qu'il souhaite sur un plateau d'argent.

— Pas uniquement.

— Ah.

— J'ai envie de peindre.

Un rictus amusé étire ses lèvres.

— À cette heure-là ? Le soir du Premier de l'an ?

— Y a pas besoin d'heure ni de contexte pour ça, rétorqué-je en m'éloignant de lui. Si tu veux regarder, fais-moi le plaisir de la mettre en veilleuse. J'aime pas quand on me fait la causette pendant que je peins.

Durant ma progression jusque dans le couloir, j'entends Léon s'agiter dans le salon. La musique se tait, les lumières s'éteignent. L'inspiration qui s'était déjà infiltrée en moi s'intensifie lorsque je descends la poignée de la porte. J'entre dans sa chambre avec un sourire comblé, parce que cet élan artistique n'est pas anodin. Il va me libérer. Je le sais. Je le sens.

Il le faut.

Chapitre 19
L'éclipse

L'art de vivre consiste en un subtil mélange
entre lâcher prise et tenir bon.

Henri Lewis

ALBA ☾

C'est dingue ce qu'un lieu peut tout de suite apaiser l'angoisse qui frémit. Ici, dans la chambre de Léon, je me sens bien. Protégée des attaques extérieures et de celles que je m'inflige. Son aura s'étend dans l'air, réconfortante, chaude comme les premiers rayons de soleil du printemps. Pour rester dans cette ambiance tiède, j'allume la lampe sur pied de l'entrée. Sa lumière se diffuse timidement, comme craintive d'éblouir mon besoin de liberté que je suis sur le point d'écouter.

En enjambant le bazar, je parviens à me faire un chemin jusqu'au fond de la pièce pour me placer devant mon chevalet. Le bruit d'une porte qui claque m'informe que Léon m'a suivie, comme prévu. Je souris et me penche au sol pour étaler les journaux qui protègent le parquet.

— Et qu'est-ce que tu vas gribouiller, van Gogh ? s'enquiert-il, assis sur son bureau.

— J'en sais rien. J'improvise.

Après m'être saisie d'un pinceau et d'une couleur sélectionnée au hasard, je me positionne face à la toile vierge. Un trait d'abord, une courbe ensuite. Je change de teinte. De l'abstrait, du rien qui, quand on s'y attarde, prend la signification qu'on veut bien lui donner. Je ne me laisse pas le temps de réfléchir, comme possédée par une force supérieure que je ne tente pas de maîtriser. Pas de règle, pas de restriction. Personne pour critiquer, hormis l'œil novice de Léon qui, je le sais, n'osera aucun jugement.

En y regardant de plus près, mon dessin pourrait représenter deux silhouettes minimalistes qui s'entrelacent. J'ai fait ça instinctivement, sans réfléchir, les yeux fermés. Les deux couleurs dominantes me font ciller quand j'en réalise les sens cachés.

Jaune et noir.

Le jour et la nuit.

Mes coups de poignets ont été guidés par mon inconscient, la voix la plus étouffée dans mon esprit. La plus à nue. La plus à même de parler pour moi. La seule que je suis incapable de museler.

— Ouais, ça a de la gueule.

— Hm, médité-je. Tu veux essayer ?

Le bras tendu en direction de Léon, j'attends qu'il s'empare du pinceau. Il s'exécute et s'avance vers le chevalet, peu convaincu. Concentré sur la palette de couleurs, il finit par jeter son dévolu sur le rouge.

Il opte pour des cercles et des serpentins écarlates qui tranchent mes jolies courbes jaunes, puis des semblants de visages et de fleurs. Les teintes se fondent tandis qu'il empiète sur mes précédents dessins. Je ne suis pas sûre qu'il y mette du sens, mais le voir aussi appliqué me procure un sentiment particulier qui me gonfle le cœur. Devant l'étendue de son œuvre, Léon glousse, mais il poursuit son ébauche en reprenant un peu de peinture.

Il n'a pas une grande âme artistique, mais il se débrouille. Je profite d'être dans son dos pour faire sauter les liens qui maintiennent ma salopette jupe en place. Dans sa chute, le tissu court sur mes jambes, et, alerté par le son métallique des boutons qui s'entrechoquent, Léon se retourne vers moi.

— Qu'est-ce que… ?

J'accueille son expression interloquée sans me sentir mal à l'aise. Non, je n'ai pas à rougir de ce que je m'apprête à lui demander, ni avoir honte des désirs qui me poussent chaque fois à me jeter dans le vide. En ce moment, je ne vis que pour ces chutes libres.

Lentement, je me débarrasse de mon tee-shirt.

— Peins sur moi.

La bouche entrouverte et les yeux figés sur ma peau nue, Léon coince sa langue à la commissure de ses lèvres. Il ne rit pas. Moi, non plus.

— Sérieusement ?

J'acquiesce.

Je n'ai jamais offert mon corps de cette façon, mais je sais qu'il en fera bon usage. En revanche, ce qui me surprend, c'est qu'il semble avoir perdu ses moyens. Je le distingue à sa façon de me regarder et son raclement de gorge nerveux.

Léon consume la distance qui régnait encore entre nous et me fait face. Doucement, la pointe du pinceau se rapproche de ma chair et je déglutis, consciente de la sensation qui me menace. La fraîcheur de la peinture se pose enfin sur moi. Mes frissons se réveillent. Il dessine un cœur au-dessus du mien et trace une fine ligne rouge entre mes seins. La couleur s'estompe au moment où il atteint mon ventre. Il pourrait aller piocher un peu de peinture pour poursuivre, mais il n'en fait rien. Mon corps entier se crispe, victime de la tension qui nous anime. Je m'autorise à relever la tête, désireuse de croiser les deux billes bleues qui me surplombent.

La main de Léon prend appui sur ma hanche pour lui permettre plus de précision. Le pinceau continue de zigzaguer sur ma peau, sans la marquer. Ma respiration s'emballe et j'interromps ce moment en saisissant le poignet de mon peintre amateur.

— Je… je voudrais te demander une faveur.

Il hausse le menton.

— Habituellement, entre nous, c'est plutôt… Comment dire… Bah, on fait ce qu'on a à faire, quoi.

— Hm. Et ?

— Pour une fois, j'aimerais que ce soit plus… tendre. Si jamais t'en as envie, bien sûr. Je suis pas…

— Tendre ? me coupe-t-il.

— J'en ai besoin.

Les yeux de Léon se baladent sur mon corps et me brûlent la peau. Même si je suis à moitié nue devant lui, j'ai le sentiment que son regard parvient à me déshabiller un peu plus, à ôter les dernières couches de protection que je n'ai plus la force de maintenir vivantes. Sans un mot, je passe en équilibre sur une jambe, puis sur l'autre, pour retirer les chaussettes hautes qui commençaient à couper ma circulation sanguine.

— Tu voulais pas prendre du recul ? demande-t-il, perplexe.

— Non.

Alors que je m'apprête à rejoindre ses lèvres, Léon tend sa main comme une barrière. Mon cœur se serre. Il ne partage sûrement pas mes désirs, j'aurais dû m'en douter. Je le dévisage, interdite, et il n'ajoute rien.

Après de trop longues secondes, il écarte les bras. Une invitation, un geste, la proposition d'un enlacement qui tombe à point nommé. Je me blottis aussitôt contre lui, peu tracassée à l'idée que la peinture puisse salir sa chemise. Ma peau nue rencontre la sécheresse de ses vêtements et je reste là, réfugiée, à l'abri. Sa main monte et descend le long de mon dos, porte-parole de son soutien. J'aurais pu me satisfaire de ça, mais j'ai envie de plus.

Cernant mon avidité, Léon resserre sa poigne sur mes hanches. Son visage se fraye un chemin jusqu'au mien. Nos bouches s'unissent, et contrairement à nos précédents baisers, celui-ci respecte une cadence lente qui m'électrise. Comme une douce vague, nos langues se joignent et leur chaleur déferle dans mes veines. Je flotte, je quitte la terre ferme avec l'espoir secret de ne pas la retrouver de sitôt.

En tirant sur ma main, Léon m'entraîne jusqu'à son bureau sur lequel il fait un peu de place pour m'y installer. Posée entre une pile de bouquins et sa collection de figurines, j'enroule mes jambes autour de sa taille.

— Ah, attends, intervient-il en m'obligeant à me pencher en avant.

Avec précaution, il éloigne un journal sur lequel j'étais assise pour le ranger à l'écart.

L'obscurité engloutit mes dernières réticences. Je m'abandonne. Nos souffles se répercutent et enfièvrent chacune de mes cellules nerveuses. Nos jeux de regard sont différents, je le ressens sans pouvoir l'éclaircir, mais c'est si intense que je sens mon ventre se crisper à chaque coup d'œil appuyé.

Cette fois, la bouche de Léon se fait plus baladeuse. Tout en m'embrassant le cou, ses doigts étirent la peinture à peine sèche qui se trouvait au-dessus de ma poitrine. Habituellement, dans ce genre de moments, il n'hésite pas à me faire la conversation et à user de phrases à double sens, sans doute pour ajouter un côté risible à la situation. Ce soir, il opte pour le silence… Un silence qui me perturbe autant qu'il m'enivre.

Étendue en arrière, je lui donne l'autorisation d'être plus entreprenant, chose qu'il capte cinq sur cinq puisqu'il ne perd pas une seconde pour me débarrasser du tissu qui me restait. Ses soupirs étouffés cascadent le long de mon cou, bondissent sur ma gorge et poursuivent leur descente en lignée sur mon ventre. J'abaisse mon regard vers celui de Léon. Le sien est empli d'un désir qui fait écho au feu qui me consume tout entière. Toujours vêtu, accroupi près de son bureau, il agrippe mes cuisses pour me rapprocher de lui et de ses lèvres. Ses maudites lèvres qui m'appellent… Tout le temps.

Je m'offre à lui. Littéralement. Comprend-il le sens caché de cet abandon ? Voit-il au-delà de ce que je laisse entendre ?

Mes jambes se resserrent d'elles-mêmes autour de son visage. Mon corps lui répond, se tend, se crispe, se libère de ses chaînes. Je suis flottante, légère, loin. *Très* loin.

Hormis trémuler sous les sensations qu'il me provoque, je ne fais rien. J'accueille. La fougue coutumière a laissé place à la tendresse que j'ai réclamée et elle est encore plus exaltante que ce que je présageais.

J'entends le souffle de Léon réagir à mes ondulations, affamant la passion qui me dévorait déjà. Les minutes passent, plus savoureuses que jamais. De temps à autre, nos regards s'aimantent, ivres de cette connexion qui les lie toujours l'un à l'autre. Et le voir ainsi, soucieux de mon plaisir, me procure un sentiment de légèreté qui fait palpiter mes sens.

Maintenant, la chaleur qui m'effleurait se fait plus insistante. Elle m'irradie complètement. Mon cœur tambourine, mes soupirs s'aggravent. J'ai conscience de ce qui risque d'arriver, du moins, je le crois. Ça y ressemble, en tout cas. Je ne peux pas. Non. Pas à ce stade. Pas de cette façon. Je ne connais pas. Je ne contrôle pas.

— Léon… Attends…

Faufilés dans ses cheveux, mes doigts durcissent leur pression, mais je ne recule pas. J'hésite.

— Laisse venir, chuchote-t-il sans cesser ses sollicitations.

— Oui, mais… T… Toi, t'as pas…

— On s'en fout.

Léon empoigne mes hanches pour me rapprocher davantage de lui. Je m'agrippe un peu plus au rebord du bureau, la tête relâchée en arrière. Ma respiration se saccade davantage, mais, avant que la chaleur n'explose, je décide de couper court à ce moment en l'obligeant à revenir à ma hauteur.

— Quoi ? On aurait pu s'en satisfaire, y a pas de problème. Va pas croire que j'ai besoin d'être stimulé, ça me va, ça.

Mes joues doivent être cramoisies, je le ressens au feu qui bat sur ma peau. Je m'accroche au torse qui me fait face pour défaire les boutons-pressions de la chemise décontractée qui le recouvre.

— Je sais, mais je préfère garder ça pour… quand t'es avec moi.

— J'étais avec toi.

— C'est pas pareil.

Sans intervenir, Léon me laisse retirer son vêtement, mais il saisit mes poignets avant que je ne m'attaque au tee-shirt blanc qui lui reste.

— Tu veux pas ? demandé-je en cessant tout mouvement.

Il me répond d'un soufflement de nez qui en dit long.

— C'est plutôt moi qui devrais te poser cette question, rétorque-t-il.

— Bah, puisque je t'enlève tes fringues.

— Ouais, mais on sait jamais.

— Bon, eh, on parle trop pour des gens qui ont envie l'un de l'autre, je trouve.

En riant doucement, il secoue la tête.

— La tendresse, tu disais ?

— La tendresse, répété-je dans un souffle.

Léon fond sur mes lèvres et m'offre un nouveau baiser lent. Si lent que sa langue prend le temps de s'enrouler autour de la mienne. Aussitôt, je descends du bureau et me rends près de son lit sur lequel je me laisse tomber. Je me sens bien, en confiance, aérienne, sans doute parce qu'il me regarde comme si j'étais la personne la plus désirable de la terre. Devant moi, toujours debout, Léon enlève ses vêtements et se penche pour me rejoindre.

À l'instant où il s'allonge à mes côtés, nos bouches se scellent de plus belle, avides de se retrouver. Ma main droite part en exploration jusqu'à l'élastique de son boxer, mais Léon intercepte mon geste.

— Tutututu. Je t'ai dit que j'avais pas besoin que tu me stimules.

— Mais… Pourquoi y en a que pour moi ? Tu veux jouer mon *toy boy* ce soir alors ?

— Grave.

Je soupire de frustration.

— T'es pas obligé de faire ça. Si je t'ai dit que je voulais que tu sois avec moi. J'ai envie de toi, quoi. Pas que tu t'abstiennes pour moi.

Léon se mord la lèvre et fait courir ses doigts sur mon ventre pour attraper férocement ma hanche.

— T'as envie de moi, wow. Bah, tu vois, j'ai besoin de rien, une phrase comme ça, ça suffit déjà à me faire disjoncteeeeer, fanfaronne-t-il en se ruant sur mon cou pour le dévorer, tout en me chatouillant les côtes.

Son rire claque contre ma peau et m'oblige à l'imiter. Je me recroqueville sous son corps, submergée par l'adrénaline et l'excitation. Quand il reprend son calme, j'en profite pour descendre ma main jusqu'au gonflement de son boxer. Cette fois, il ne dit rien, mais il sursaute dans un souffle court. Le voir aussi épris que moi me fait esquisser un sourire satisfait. Léon se redresse pour se libérer de ce dernier morceau de tissu et se rallonge d'emblée.

J'ai l'intention de respecter ce qu'il m'a proposé sans le stimuler. Du moins… Pas comme il l'imagine. Courbée vers sa virilité, je limite mes provocations à des jeux de langue furtifs. Rien de plus. Parce que, visiblement, ce n'est pas ce qu'il a prévu ce soir. Toute l'intensité de son regard est plongée dans le mien et j'y capte une forme d'hésitation. Une étincelle qui semble me susurrer : « Et puis merde, fais ce que tu veux, mais fais-le vite. »

Ma bouche s'empare de lui. Léon réagit par un long grognement qui me laisse penser qu'il espérait que je prenne la situation en main – si j'ose dire. Je sais qu'il ne m'oblige à rien, bien au contraire, mais j'ai envie de lui faire perdre un peu la maîtrise. Son ventre trémule, ses jambes se tordent. Le poing clos, il rabat son bras contre son visage pour mordre dans son poignet. Il se contient de balancer ses habituels jurons. Je le connais.

— P'tain, attends.

Je m'arrête un instant pour lui adresser un sourire lascif. Manifestement, j'impose une tension trop insoutenable, puisque Léon remonte sur ses coudes, s'apprêtant à se lever de son lit.

— Alors… Sans vouloir mettre fin à ce moment et au risque de passer pour un prépubère, je tiens plus, là. C'est maintenant ou jamais.

— OK, *go*.

Il ne perd pas une seconde pour se pencher vers la table de chevet et remuer le bazar que contient le premier tiroir. À genoux sur le lit, je l'observe se battre avec l'emballage du préservatif et étirer le latex sur son érection, non sans avoir juré sur, je cite : « Ce putain de truc de merde qui colle, là. » *Pour la tendresse, on repassera…*

Une fois prêt, Léon reste allongé sur le dos et m'invite à le rejoindre en tendant sa main vers moi.

— Viens.

— C'est moi qui gère, alors ? lancé-je en m'installant sur ses cuisses.

— Fais *tout* ce que tu veux.

Mon cœur s'envole, tout comme les papillons qui viennent de se déployer dans le creux de mon ventre.

À moitié adossé contre la tête de lit, Léon m'aide à me mettre à mon aise. Je m'immobilise quelques secondes. J'ai besoin d'interrompre cette fièvre, le temps d'accueillir les sensations qui se bousculent dans mon crâne. D'un côté comme de l'autre, il n'y a plus de demi-sourire tendancieux, plus de rictus salaces. Nos silences parlent pour nous et je me déteste de ne pas prendre en considération les sous-entendus qu'ils renferment. J'ai peur de la vérité. Non, plus encore… j'ai peur de l'après. J'ai peur de reposer les pieds sur terre et que tout ce que je croyais vivant ne soit qu'illusoire.

Léon, Léon, Léon…

Par pitié, ne me regarde pas avec autant d'amour, même si tout est déjà irrattrapable. J'ai perdu ma route, moi. Tu n'as pas à errer à mes côtés.

Et la tendresse revient quand il me pénètre enfin. Les yeux de Léon roulent dans leur orbite, tandis que nos bouches s'ouvrent simultanément l'une contre l'autre. La libération. Une forme de paix intérieure aussi, comme s'il me fallait le corps de Léon contre le mien pour que mon bonheur soit complet.

Je me relâche un peu en arrière pour lui laisser le champ libre. Léon balade sa langue sur mon corps. J'ai l'impression qu'il pourrait passer des heures à me manger de baisers. Lorsque je lui refais face, je constate que la peinture rouge s'est partiellement calquée sur son menton. J'efface la bavure d'un coup de pouce et poursuis l'ondulation de mes hanches.

Je mène la danse. C'est aussi voluptueux qu'une valse, plus délicat qu'un voile de coton qui viendrait cajoler mon âme. Maintenant que j'y pense, l'endroit rassurant dans lequel je dois me plonger pour m'éviter les angoisses, c'est sans doute celui-ci.

Oui. Elle est là, ma vraie sérénité. Bleue, douce, à mes côtés depuis toujours.

Insatiable, Léon passe ses mains sous mes cuisses et me soulève pour lui permettre d'imposer son rythme. Son bassin vient à la rencontre du mien, ses va-et-vient s'approfondissent et il passe à la vitesse supérieure. Mes doigts s'enfoncent dans ses épaules et nos respirations s'imbriquent, effrénées. Je savoure l'exquise sensation de le savoir et le sentir en moi. Non pas que je ne m'y étais jamais attardée lors de nos fois précédentes, mais, ce soir, tout est différent. Plus vrai. Plus fou.

Soudain, Léon se tortille, bascule en avant et mon dos retrouve la fraîcheur de la housse de couette. Désormais au-dessus de moi, il profite de sa posture pour parfaire ses coups de reins, ma jambe gauche maintenue par sa main libre. Nos pupilles s'accrochent, communiquent, se dévorent.

Dans un énième souffle, mon prénom passe la barrière de ses lèvres et je crois n'avoir jamais entendu « Alba » être prononcé avec autant d'affection.

Mais il ne s'arrête pas là.

— Putain, si tu savais…

Je fronce les sourcils, d'une part sous la vague de plaisir qu'il m'offre, mais surtout parce que je ne comprends pas.

Si je savais quoi ?

Trop concentré, il ne précise pas le fond de sa pensée. Je laisse donc ma frustration de côté et embrasse sa gorge, là où son pouls se déchaîne. Léon attrape mes doigts et fait glisser nos mains scellées sous nos ventres. En pressant son index sur le mien, il caresse mon intimité, son regard d'acier scrutateur de l'effet qu'il me procure.

Et la chaleur explose, balayant mes réflexions et les appréhensions qui obstruaient le passage. Je plane. Mon monde bascule. Ma pudeur disparaît, reléguée par ce besoin fou de manifester ouvertement la jouissance qui me fait chevroter. Contre mes lèvres, Léon étouffe un long râle et ralentit ses mouvements de bassin en réponse à mes tremblements qui diminuent petit à petit.

Nous restons là, blottis l'un contre l'autre, transpirants, haletants. Sans mot. J'ai peur de dire ou de faire quelque chose qui viendrait gâcher ce moment. La tension redescend et j'atterris, envahie d'une émotion qui me laisse muette. C'est sans doute les effets de l'orgasme, d'autant plus que je n'ai pas le souvenir d'en avoir connu d'aussi saisissant. Pas même lors de nos fois passées, ni avec Thomas.

Ou était-ce le premier ? Un vrai de vrai ?

Léon ose intervenir le premier et me dépose un baiser fugace sur le front. Il articule une phrase que je ne cherche pas à déchiffrer, avant de se lever. Ses pas disparaissent de la chambre. Moi, je ne bouge pas, prise d'une envie incontrôlable de…

Pleurer ?

Non, non, non.

Paniquée, je me dresse sur mes pieds, titube et file vers le chevalet, là où j'ai abandonné mes vêtements, plus tôt dans la soirée. J'enfile mon tee-shirt et ma salopette sans prendre la peine de l'attacher. Je veux juste me couvrir, disparaître, hurler au monde entier que je ne comprends rien à ma vie.

Mon menton tressaute, malgré ma lutte pour garder les vannes closes. Bon sang, je suis irrécupérable, en plus d'être devenue prévisible. Bien sûr que mon chagrin n'allait pas se tarir aussi facilement. J'ai été puérile d'imaginer que le sexe arrangerait ça. Vidée, je me vautre sur le lit et cesse la bataille.

Les larmes me noient les yeux. Je ne vois rien, je n'entends rien, hormis cet éclat de voix qui retentit comme un douloureux acouphène :

— Alba ! Eh, Alba !

Chapitre 20
Un pas en avant

Les enfants eux, vivent la vie
sans se préoccuper ni du passé, ni de l'avenir.
Ils sont présents au monde.

Quarante ans, Paul Perreault

LÉON ☼

Mon détour dans la salle de bains a pourtant été expéditif. Je suis forcément passé à côté de quelque chose pour qu'en mon absence Alba se mette dans cet état. D'accord, mais quoi ? Au vu de la dernière demi-heure passée en sa compagnie, je n'aurais pas imaginé que la soirée prendrait une telle tournure. Inquiet, je me penche sur le lit et pose ma main sur son épaule.

— Alba ! Je t'ai fait mal ? Dis-moi ce qu'il se passe, s'te plaît. C'est terrible de te voir comme ça et de pas savoir quoi faire.

Pas de réponse. Du revers de ses deux paumes, elle se débarrasse des vagues de larmes qui lui nappent les joues. Je fais un geste de recul pour la laisser reprendre ses esprits, mais aussi pour enfiler un jogging et un sweat-shirt.

— Tu peux rien faire, lâche-t-elle entre deux sanglots.

— Bien sûr que si. Je veux juste t'aider. Ici et maintenant, tu te souviens ? Tout va bien.

Elle tremble – alors qu'il fait une chaleur caniculaire dans cette pièce – et pousse un rire désabusé.

— Justement. Arrête tout ça. Tu peux pas me sauver de moi-même et j'ai pas envie qu'on vienne à ma rescousse.

Son ton sec me fait ciller. Je refuse qu'elle puisse croire des conneries pareilles et encore moins me les balancer pour me convaincre de lâcher l'affaire. C'est donc comme ça qu'elle se considère ? Comme un problème incurable ?

— Cool, je comptais pas devenir le cliché du connard qui grimpe sur son grand cheval blanc pour sauver une demoiselle en détresse. Tu m'enlèveras pas l'idée de la tête que la force, tu l'as déjà en toi. Tout ce que je peux faire, c'est t'aider à le piger.

Les lèvres pincées, Alba se lève.

— Alors quoi, t'es clairvoyant maintenant ?

— Non, rétorqué-je en tentant de capter son regard. C'est bien pour ça que tu peux pas te fier uniquement à moi ! Il faut que tu ailles chercher des réponses ailleurs. Auprès d'un psy, d'un ami, ta mère, ton frère, qui tu voudras. T'es parvenue à me parler un peu, alors t'arrête pas en si bon chemin.

Quand ses yeux me croisent enfin, j'y discerne toute la colère et l'amertume qu'elle doit contenir depuis un paquet de mois… ou d'années. Elle chasse ses dernières larmes et me toise.

— Je t'ai parlé un peu ? Mais, Léon, tu sais rien. Rien du tout !

— Bah, dis-moi, bon sang !

Ne pas brusquer les anxieux.

Je soupire et me frotte le visage. Hors de question de perdre patience avec elle. La bulle sécurisante que nous avons construite doit perdurer, je me blâmerais trop de la laisser exploser par manque de sang-froid. Un léger silence plane, j'en profite pour réfléchir alors qu'Alba fait mine de ranger ses pots de peinture.

— OK, on se casse, annoncé-je en me ruant vers mon armoire.

— Quoi ?

— On se tire de là. Faut qu'on change d'atmosphère.

D'un geste franc, j'ouvre ma penderie.

— Non ! Je veux pas partir. Dehors, j'ai peur et je…

— Mais t'auras peur partout, Alba ! Qu'on soit dans ma piaule, dans le centre-ville ou à Madagascar, ça changera rien. Ici, y a trop d'énergies, les tiennes, les miennes, celles des autres, alors que dans un endroit neutre, c'est différent. Juste… fais-moi confiance.

Volontairement, je continue de lui tourner le dos en fouillant dans mes fringues. Parce qu'elle pourrait m'amadouer avec ses yeux larmoyants et ses éternelles petites moues. J'attends un court instant et reviens vers elle pour lui balancer des vêtements.

— Tiens, enfile ça.

— C'est forcément trop grand pour moi, constate-t-elle en dépliant l'un de mes pulls.

Je ne réagis pas. Quoi que je fasse, elle trouvera à y redire. Elle n'y met aucune bonne volonté, mais je ne lui en veux pas. Elle n'est pas responsable. C'est moi. Je bafoue la première règle de ma mère en brusquant autant Alba.

— Tu veux m'emmener dehors alors ? T'es conscient que ça caille ? C'est une mauvaise idée, Léon.

Les yeux dans le vague, je prends le temps d'y réfléchir.

— Ouais, t'as raison, avoué-je.

— Merci.

— On va prendre des couvertures.

Son soupir exaspéré me parvient lorsque je la prie de m'attendre ici. Je me presse dans le salon, sans trop savoir si mon projet est une excellente idée. Bon… au point où on en est, ça ne pourra pas être pire. Téléphone à l'oreille, je fais les cent pas autour du canapé.

Réponds, réponds, réponds…

— Allô ? Cassandra ? Tu m'entends ? Vous êtes toujours au *Lovely Club* ou pas ?

— Yoooooo, Léon ! Tu nous manques, ramène ton cul de blondinet ici, y a Alice qui te cherche partout ! Oscar a vomi sur le podium, tu sais, là où il y a la barre de pole dance. Et on a perdu sa jumelle aussi, je… Ah… attends, Léon ! crie-t-elle avant d'éloigner sa voix. Oui ? Elle est là-bas ? Ah, bah, super. Nan, bah, en fait, c'est bon. On a tout le monde.

— Ouais, génial. Écoute, je sais pas si je serai à l'appart quand vous allez rentrer. Dans le doute, sonnez chez la concierge, elle dort jamais, elle vous ouvrira.

— Oki doki ! Eh, d'ailleurs, t'aurais dû voir ça, y a un mec qui…

Je raccroche sans lui laisser le temps de poursuivre son anecdote. Tant pis. Cassandra n'est pas du genre à s'offusquer pour si peu. Je m'apprête à retourner dans ma chambre, mais la présence d'Alba sur le seuil de la porte me coupe dans mon élan.

— Qu'est-ce que tu as derrière la tête, Léon ?

Elle relâche ses bras, qu'elle avait croisés sur sa poitrine, et fait un pas vers moi.

— Je sais même pas ce que je fais. On verra bien.

— Attends ! m'interrompt-elle en me voyant réunir les plaids qui traînent sur le canapé. Vraiment, écoute-moi. J'ai une trouille bleue de sortir. C'est le Premier de l'an, y a du monde partout et… je suis tétanisée, tu comprends ? Si jamais je fais une crise…

Futur anticipatoire.

J'ai l'impression de disséquer tout ce qu'elle me dit, mais il le faut.

— Si jamais tu fais une crise ? Ouais. Et, moi, si jamais j'éternue dans dix minutes ? Ou demain, si j'ai un accident de voiture ? Ah, ou dans dix piges, si je fais une rupture d'anévrisme ? J'en sais foutre rien et toi non plus.

Alba lève les yeux au ciel et froisse nerveusement le sweat trop grand que je lui ai prêté.

— Léon, je vois ce que t'essayes de faire, mais tu sais pas à quel point une crise d'angoisse, ça peut être violent. Ça me fait flipper de me dire qu'elle peut débarquer quand je suis pas chez moi.

Certes, je ne vis pas l'anxiété. Alors, qu'est-ce que je suis censé faire ? Être témoin de son autodestruction et ne pas bouger un cil pendant qu'elle fout sa vie en l'air ? Non. Impossible. Jamais de la vie.

— Tu appréhendes un truc qui existe pas encore et qui existera peut-être même plus. C'est trop flou le futur, personne peut contrôler ça. Laisse-toi la chance de sortir d'ici, fais-toi confiance.

— J'ai pas confiance en moi, marmonne-t-elle, la tête baissée vers le plancher.

— Pas grave. T'as confiance en moi, non ? Bah, voilà, ça compense. Allez, viens.

Pour ne plus lui laisser le choix, je pose le tas de couvertures entre ses bras. Elle me suit mollement et cesse tout mouvement quand je tourne la clé dans la serrure.

— Tu veux m'emmener où ? panique-t-elle. Dans une foule ? Je peux pas ! J'ai envie de pleurer rien que d'y penser.

— Jamais je te mettrai dans une position aussi inconfortable. Je veux t'aider, pas te mettre en difficulté. Nan… la seule concession que je te demande, c'est de quitter ce putain d'appart. Ensuite, on restera dans ma voiture, tous les deux, tranquillement.

— C'est sûr, hein ?

— Je te le jure.

Elle abdique par un hochement de tête et rejoint le palier sans émettre de protestation. Je retiens le sourire victorieux qui me tord les lèvres. Je sais qu'elle fait un effort surhumain en acceptant de me suivre à l'aveugle. Petit pas par petit pas. C'est sûrement de cette façon qu'elle parviendra à évoluer sur de plus longues distances, à l'avenir.

Durant notre progression dans la cage d'escalier, je reste sur le qui-vive. J'ai peur qu'Alba rebrousse chemin et qu'elle abandonne la bataille.

— La foule, donc ? C'est surtout ça qui te fout les boules, si j'ai bien compris ?

J'ouvre la porte principale et l'invite à sortir de l'immeuble.

— Ouais, parce que c'est le regard des autres, en fait. J'sais pas, c'est trop con, mais je me dis qu'ils doivent voir que je suis pas bien. Et je me fais des scénarios catastrophes du genre : « Et si je me mets à vomir ou pleurer devant tout le monde ? Et si je m'effondre ? » C'est un calvaire, j'te jure.

Par chance, la rue piétonne est déserte. Le bruit des festivités aux alentours résonne entre les édifices, mais rien de trop anxiogène pour Alba, puisqu'elle ne paraît pas s'en soucier.

— Je vais être un peu vulgaire, mais… On s'en branle. Tiens, on peut faire l'expérience demain, si tu veux ! Je vais me balader à poil sur la grande place et tu verras. Les gens vont réagir, c'est sûr, ils vont se souvenir de moi pendant cinq minutes, mais ils retourneront bien vite à leur vie et leurs problèmes.

Recroquevillée contre les couvertures qu'elle tient, Alba pousse un rire tendu et presse le pas.

— Mouais.

— Bah, inverse les rôles. Si tu vois une fille vomir, s'effondrer ou pleurer, tu la jugerais ? Personne fait ça. À la limite, on s'inquiète, on peut intervenir, mais ça ira pas plus loin. Les gens sont trop focalisés sur leur misérable existence pour s'attarder sur celle des inconnus qu'ils croisent.

Je déverrouille les portières de ma Renault Clio et m'y engouffre. Aussitôt installé sur le siège conducteur, je mets le contact pour lancer le chauffage. Alba avait raison : ça caille sévère. En me frottant les mains, je pivote mon visage vers ma passagère. Elle mordille le contour de ses ongles, le regard droit devant elle alors qu'il fait nuit noire derrière le pare-brise. Les loupiottes du plafonnier s'éteignent et le silence refait surface.

— Alba… Je force un peu le trait dans ce que je dis, mais c'est pour décrédibiliser tes craintes, que tu voies à quel point tout est infondé quand il s'agit de pensées négatives. Parce que ouais, bien sûr que je pourrais y réfléchir et me dire : « Elle a pas tort, en soi, ça fait flipper de se dire qu'il peut t'arriver n'importe quoi, n'importe quand, devant n'importe qui. » Maintenant… à toi de voir si tu veux passer ton temps à te ronger les sangs avec ça, alors que t'auras jamais aucun pouvoir là-dessus, ou faire comme moi.

— Faire comme toi ?

— T'en tartiner l'omoplate.

Elle rit plus franchement, cette fois.

— J'aimerais bien, admet-elle dans un sourire fébrile.

— Ça arrivera. Peut-être que tu vas devenir encore plus je-m'en-foutiste que moi. Nan, c'est sûr même ! En parlant de nous, les autres diront : « Ah, Léon et Alba ? Les deux zinzins qui s'en branlent de tout, là ? Ouais, ils sont cool ! »

L'obscurité m'empêche de voir ses réactions, mais je sens sa main se crisper sur mon genou. Décidé à sortir du parking, j'enfonce mon pied sur l'embrayage. Après plusieurs tours de clé, le moteur finit par vrombir, les feux de route s'enclenchent et mon vieil autoradio grésille.

— Tu vas où ? s'inquiète-t-elle quand je desserre le frein à main.

— T'occupes.

Alba s'affale contre son siège en crachant un soupir las. J'imagine qu'elle avait envisagé autre chose pour cette nuit. Pour être honnête, moi aussi.

Je m'engage dans la circulation animée du centre-ville et me penche vers la boîte à gants pour l'ouvrir, sans détacher mon regard de la route.

— Tiens, passe-moi un chewing-gum. Ils sont au fond, tu les vois ?

— J'arrive pas à croire qu'on en soit là, souffle-t-elle en s'exécutant.

— De quoi ?

Je lance le bonbon à la menthe dans ma bouche et m'arrête au feu rouge.

— Y a vingt minutes, on était en train de baiser et là tu m'emmènes je ne sais où. T'as pas intérêt à aller chez ma mère, je te préviens.

Un rire surpris m'échappe.

— « Baiser » ?

Elle déplie une couverture contre son corps et étale ses jambes sur le tableau de bord. Juste parce que c'est elle, je vais m'abstenir de lui hurler d'enlever ses pieds de là.

— Quoi d'autre ?

— J'en sais rien, réponds-je.

Silence.

La lumière des lampadaires et des devantures de bar défile derrière les vitres. Exceptionnellement, ma conduite est souple. Pas de brusques coups de frein, pas de virages trop serrés. Je prends le temps, chose qui doit peut-être accentuer l'impatience d'Alba. Elle se contorsionne pour regarder autour de nous, s'attardant sur les groupes de jeunes qui célèbrent l'arrivée de la nouvelle année au beau milieu des trottoirs.

— En fait, si, je sais, m'empressé-je de rectifier. On a pas baisé.

— Ouais, on a fait un UNO.

— Nan, mais c'est important d'utiliser les bons mots aussi. Si c'était Alice qui me disait ça ou la fille russe que j'ai ramenée une fois à l'appart, je veux bien, mais là, rien à voir.

J'actionne le clignotant et prends la direction des petites routes de Calfort, là où rien ni personne ne pourra réveiller les angoisses d'Alba. Le volant me frotte les paumes en se redressant après le grand virage et le paysage se ruralise.

— C'est quoi le bon mot alors ? demande-t-elle. À une époque, c'est ce qu'on faisait.

— Bah, pas celui-là. Et nan, j'ai jamais eu l'impression d'avoir *baisé* avec toi.

— Ah bon ? J'ai le souvenir que tu fanfaronnais pas mal en me disant ce mot-là, justement.

— Mais parce que je suis con, moi. Quand je fais le malin, je dis de la merde. J'ai que de la gueule, tu le sais.

Elle ne surenchérit pas, et j'ignore ce qu'elle en pense réellement. Voit-elle aussi peu d'attachement entre nous ? Est-ce qu'un jour je lui ai laissé croire qu'elle était au même niveau que les autres ? Ma mémoire doit me jouer des tours, car, quand j'y songe, j'ai le sentiment de l'avoir toujours regardée comme la plus précieuse et fragile des pierres. Plus belle encore que son améthyste.

Les chemins caillouteux font trembler ma voiture tandis que nous nous enfonçons un peu plus dans la campagne de Calfort. Nous sommes cernés par la forêt, les champs et les entrées de ferme. L'endroit que je cherchais apparaît dans ma ligne de mire. J'entreprends une manœuvre pour me garer, le bras calé derrière le siège passager pour m'aider à distinguer la lunette arrière.

Je coupe le contact et le calme s'installe.

— Tu reconnais ?

— Bien sûr que je reconnais.

Notre banc. Enfin… l'arrêt de bus, pour être plus précis. Le lieu de rendez-vous de tous les jeunes campagnards de Calfort pour que le car vienne nous conduire jusqu'au collège ou au lycée. Il ne paye pas de mine avec son préau tagué et les déchets qui jonchent le sol bétonné, mais j'y tiens. Ici, Alba et moi nous retrouvions quand il était inconcevable de se voir chez elle ou chez moi.

— C'est donc ça, ton endroit neutre ? comprend-elle.

— Il l'était déjà à l'époque. Quand c'était la merde à la maison ou avec tes parents, c'est là qu'on se réfugiait.

— Je sais, souffle-t-elle, mélancolique.

Nous sortons de la voiture et le claquement des portières résonne dans la nuit.

— On reste là alors ?

— Bah, hormis les culs-terreux de Calfort et les trois vaches du champ d'à côté, y a personne. C'est cool, enchaîné-je en soulevant les épaules.

Je contourne ma Renault Clio pour ouvrir le coffre et en sortir le petit projecteur que Gabriel a laissé traîner là, après notre séance d'urbex avec Oscar. D'ailleurs, je ne foutrai plus jamais un pied dans cette satanée chapelle délabrée. J'ai récolté de sacrées sueurs froides à vouloir jouer les explorateurs.

Alba s'est déjà installée sur le banc en bois, emmitouflée sous les deux plus grosses couvertures de la pile.

— Ça fait tout drôle, confié-je en la rejoignant. La dernière fois qu'on est venus ici, on avait quoi… seize et dix-huit ans ?

Je pose la lampe rechargeable par terre et m'empresse de me faire une place contre Alba.

— La dernière fois, c'était quand ton père t'avait viré de chez vous, précise-t-elle en bordant nos deux corps sous les couettes. Tu allais emménager chez ton grand frère.

— Ouais. C'est le meilleur, Édouard.

Les souvenirs me reviennent en tête, mais je réfute leur présence d'un gloussement tendu. Ma rancœur est toujours là, et savoir que la maison de mes parents n'est qu'à quelques mètres de l'arrêt de bus n'arrange rien.

— Comment tu te sens ?

— Bizarre, admet Alba, tremblante.

— Pourquoi ?

Elle prend une grande inspiration et s'adosse au mur rempli de graffitis.

— J'en sais rien, Léon. C'est la crise, elle est là, tout le temps. Et même quand elle explose pas, je la sens toujours à l'intérieur de moi. Je voudrais tellement me sentir apaisée, sereine. Je connais plus ça. Y a toujours quelque chose qui me tord le ventre.

Je voudrais qu'elle me transfère ses émotions, qu'elle abandonne cette énorme valise quelque part et que je me charge de la libérer de ses plus gros poids. Avec Alba, j'ai la crainte de faire un pas en avant et trois en arrière, qu'on stagne, qu'elle faiblisse sous mes yeux. Voilà pourquoi je ne la laisserai pas se persuader que tout est voué à l'échec, au risque de la perdre pour de bon.

— T'as la force inconsciente de les faire venir, tes crises. Tu t'en rends pas compte. T'auras encore plus la capacité de les supprimer si tu y mets toute ta meilleure volonté.

— C'est pas aussi simple que ça, se renfrogne-t-elle.

— Regarde-moi bien, insisté-je en attrapant son visage pour lui faire face. On les emmerde tes putains de crises d'angoisse. Tu sais quoi ? Qu'elles viennent ! On les attend. On sait déjà ce qu'elles ont dans le bide et de quoi elles sont capables.

Alba esquisse un sourire ému et saisit mes doigts qui caressent ses joues.

— Bah, quoi ? T'es Albadass, non ?

Elle secoue la tête de gauche à droite.

— OK, voyons voir, médité-je. On a parlé du futur anticipatoire et ce qui motive certaines de tes crises. Maintenant, qu'est-ce qu'il en est, du passé ?

— Le passé ?

— Les pensées négatives, c'est l'un ou l'autre.

Peu convaincue, Alba plisse les yeux.

— Bah, non. Si maintenant je fais une crise, c'est le présent et ce sera négatif.

— Ouais et elle résultera de quoi ? De ce que tu auras pensé vis-à-vis d'un évènement passé ou futur, non ? Parce que dans l'instant présent de tes crises, il se passe souvent rien.

En pleine réflexion, elle fixe un point invisible par-dessus mon épaule et confirme mon idée en opinant du chef.

— Donc… les pensées qui concernent ton passé, comment elles sont ?

Je tente une approche pour en savoir plus, mais je ne suis pas certain qu'Alba soit prête à m'en dire davantage à ce sujet. Elle a cadenassé son cœur, je le vois, je le ressens dans chacun de ses regards vides.

— Ce sont les pires.

— Par rapport à tes parents et tout ce qu'il s'est passé dans ton enfance ? osé-je demander.

Elle se pince les lèvres.

— Non, pas que. Arrêtez de croire que ma vie se résume à celle de ma famille. Moi aussi, j'ai mon vécu et mes propres problèmes.

— Je suis d'accord avec toi, mais si tu me parles pas, je peux pas le deviner.

Sa peine me traverse quand elle relève son visage vers le mien. Comme prise au piège, elle se rétracte sous la couverture et s'enfonce un peu plus dans son mutisme.

— J'ai été excessif quand on parlait du futur, tout à l'heure, supposé-je. Parce que c'est pas concret, alors que le passé… Ça a existé quelque part. C'est là et c'est encore plus douloureux quand on s'en débarrasse pas.

Blottie contre mon épaule, Alba me répond par une simple interjection. Je suis culotté de lui réclamer ce que, moi-même, je suis incapable de faire, mais contrairement au mien, son présent est trop parasité pour être vivable.

— Alba… Faut que tu craches la noirceur que t'as dans la gorge. T'auras beau méditer, invoquer le pouvoir des plantes ou faire tes tirages de cartes, y a rien qui changera tant que tu te seras pas déchargée de ce poids. Là, tu te contentes de l'anesthésier.

— Tu veux que je te parle alors ? intervient-elle en relevant ses jambes contre sa poitrine.

— Pas forcément. C'est toi qui décides. T'es même pas obligée de me dire quoi que ce soit, si tu préfères te confier à quelqu'un d'autre.

Le hululement d'une chouette résonne dans la forêt qui nous entoure, mêlé au chant du vent qui réapparaît. La fraîcheur de l'air m'a complètement anesthésié les oreilles et le nez, mais je me sens bien, ici. Je suis avec Alba, comme avant. Nos ombres adolescentes planent au-dessus de nous et, malgré les années, tout semble intact. Même l'innocence ne s'est pas tout à fait envolée. Elle est là, juste ternie par les responsabilités d'adultes, mais endurcie par notre lien.

— C'est à toi que je veux parler, Léon.

Nos visages se font face et Alba précise :

— Uniquement à toi.

Chapitre 21
Et je saute

Le traumatisme c'est comme une blessure, une blessure à l'âme. Il faut du temps pour consolider la cicatrice.

Ce pays qui te ressemble, Tobie Nathan

ALBA ☾

— C'est à toi que je veux parler, Léon… Uniquement à toi.

Un pas.

Jusqu'à maintenant, mon monde tournait trop vite. Désormais, il convulse, se secoue dans tous les sens, bien que la tendresse de Léon s'acharne à lui indiquer la marche à suivre.

Au loin, les phares des voitures ponctuent la nuit de points de lumières colorées, sans jamais se rapprocher de nous. La campagne de Calfort est calme, suffisamment éloignée du centre-ville pour être épargnée par les festivités. Dieu merci, ici, personne ne viendra tout foutre en l'air.

— Mais, avant, je voudrais que tu me parles de toi.

Léon grimace d'incompréhension, avant de pouffer de rire.

— Pour quoi faire ? Et qu'est-ce que tu veux que je te dise ?

Je soulève une épaule.

— Raconte-moi les douleurs de ton passé.

Il s'apprête à réfuter ma proposition, alors j'insiste du regard.

— S'il te plaît. Dis-moi.

Son âme solaire décline doucement, sans se coucher. Il ne rejoindra pas la lune, il se contentera de l'observer de loin et de se laisser charmer par son aura. Léon est trop rayonnant pour s'engouffrer dans l'obscurité. Alors pourquoi s'acharne-t-il à danser autour de moi ? Il flirte avec son contraire, se joue des antipodes et des nuances qui nous séparent. Ma noirceur n'a pas encore terni son sourire…

Jusqu'à quand ?

Comprenant qu'il n'a pas d'autre choix, Léon relâche un long soupir qu'il semblait contenir. Un nuage de condensation s'évade de ses lèvres. Focalisé sur ses baskets, qu'il presse entre elles, il enfouit ses mains dans les poches de sa veste.

— J'ai souffert d'être le dernier de ma fratrie.

Il ne relève pas la tête et pousse un gloussement.

— C'est con, dédramatise-t-il avec un rictus que je devine amer. Puis, je sais même pas comment expliquer ça… En gros, j'ai toujours été dans l'ombre de quelqu'un quand j'étais plus jeune. Ça me bouffait un peu.

Même quand il évoque certaines de ses souffrances, il trouve le moyen de relativiser. Ce soir, je n'ai pas envie qu'il amoindrisse ses peines. Je veux les entendre, même si je peux les prédire.

— À l'école primaire, j'étais le petit tocard à lunettes rondes qui suivait tout le monde. Tu te souviens ? J'étais déjà perché et je sentais qu'on me pointait du doigt pour ça. Gabriel s'en foutait, lui. Il traînait avec moi malgré ce que les autres gamins et leurs parents disaient.

Je hoche la tête en me souvenant de cette époque.

— Puis, en grandissant, les gens se sont plus intéressés à Gab. Attention, je l'adore, hein, mais c'était le beau gosse guitariste, bien sous tous rapports, poursuit-il en secouant les jambes. Tout le monde voulait être son ami. Moi, j'étais le bon pote sur qui personne s'attarde trop. Le clown qui balance des vannes, celui qui, même quand il était un peu sérieux, était tourné en dérision. Alors, j'ai longtemps cru que j'avais pas le droit d'être triste ou fragile. C'est pour ça qu'à partir du lycée j'ai changé… De comportement, de look, d'attitude.

Nerveux, Léon tapote le filtre de sa clope éteinte contre son paquet de cigarettes. Il enclenche son briquet, protège la flamme et inspire.

— En fait, ça me plaisait qu'on me voie comme un beauf, un aimant à meufs ou un pitre, continue-t-il, la voix un peu enrouée par la fumée qui erre dans sa gorge. Et ça me plaisait encore plus d'y croire, moi aussi.

— J'y ai jamais cru, moi, interviens-je.

Sans un coup d'œil dans ma direction, il se redresse et s'adosse contre le mur de l'arrêt de bus.

— T'es peut-être la seule alors. Surtout que j'ai l'impression d'être l'inverse de ça, en fait. Des meufs, j'en ai pas enchaîné tant que ça : six ou sept grand max. Je suis plus un gros lourd qu'un mec marrant et, plus ça va, plus je suis sensible.

Léon ne m'apprend rien. Il suffit de le connaître pour déceler tout ça. En revanche, je suis touchée qu'il ose m'en parler, peu importe s'il agit pour que je me sente à l'aise d'en faire autant par la suite. D'une pulsation du pouce, il abandonne les cendres dans l'air. Elles volent entre nous comme des flocons, avant d'être chassées par le vent frais.

— Mon père me manque aussi, lâche-t-il d'un seul coup.

Il regarde au loin et tire longtemps sur sa cigarette.

— C'est terrible d'avoir la sensation que l'un de tes parents ne t'a jamais aimé, mais quand j'y réfléchis, j'suis presque sûr que c'est le cas. Je lui en ai fait voir de toutes les couleurs. Mes frères étaient des enfants modèles. Moi, pas, songe-t-il avec un recul qui me fait mal au cœur. Quand j'arrive pas à dormir, je m'imagine lui dire tout un tas de trucs, que je suis désolé de pas avoir été un bon fils et que je lui en veux de pas avoir été un bon père non plus.

— Tu devrais lui dire tout ça. Tu crois pas que ça vous ferait du bien d'avoir une discussion à cœur ouvert ?

Enfin, Léon tourne son visage vers moi.

— Nan. J'avance… avec ou sans lui.

Il rompt notre contact visuel pour écraser son mégot sur le rebord du banc. Au ralenti, il se lève et va jeter le cadavre de sa clope dans la poubelle. J'admire la force dont il fait preuve, le détachement qu'il prend lorsqu'il évoque tout ça. Malgré tout, je ne saurais pas dire s'il bluffe ou s'il est véritablement passé à autre chose. Il y a encore un soupçon de colère dans sa voix, mais il n'en dira pas plus. C'est son maximum. Il craquera quand l'accumulation deviendra irrespirable ou il enterrera ses rancœurs aussi loin que possible.

— Voilà, voilà, conclut-il, les mains à nouveau dans les poches. Tu vois, c'était pas fou. J'ai rien vécu de dramatique.

— Pas besoin de vivre des choses dramatiques. C'est important de ne pas se censurer.

C'est moi qui dis ça ?

Léon reprend place à côté de moi et étend ses jambes devant lui.

— On est d'accord, mais par rapport à toi et Gab… 'Fin, j'ai jamais été placé, par exemple. Ma mère va bien et mes parents sont encore ensemble.

— Je suis pas l'échelle de Richter des souffrances sur laquelle se mesurer. Et y a pire que nous. On s'en fout de ça. T'as le droit de faiblir.

— Je faiblis pas, répond-il, formel. Et je souffre pas.

J'ai envie de lui témoigner mon soutien, peu importe s'il en a besoin ou non. Alors j'attrape sa main et dépose un baiser contre ses phalanges.

— Tu me le dirais si ça n'allait pas ?

— Tu serais la première à le savoir, avoue-t-il dans un sourire conciliant.

En un clin d'œil de l'univers, l'horizon se pare d'ondes scintillantes qui se distillent comme une poussière d'étoiles. Le feu d'artifice joue son prélude, annonciateur d'un nouveau départ. Nous ne bougeons pas, pris de court par la vie qui nous rappelle à elle. Les klaxons et les pétards nous parviennent, lointains, et Léon consulte son téléphone pour s'assurer de l'évidence.

— Bonne année, Alba.

Et dire qu'il aurait pu célébrer ça avec les autres, au lieu d'être coincé dans la cambrousse de Calfort avec moi.

— Bonne année à toi aussi.

Nous échangeons un sourire sincère. J'espère qu'il discerne dans le mien toute la gratitude que je ressens, au-delà de la culpabilité qui me noue la gorge. Jamais personne ne m'a regardée, écoutée ou encouragée comme il l'a fait. Depuis toujours, il a veillé, plus ou moins discrètement, à ce que j'aille bien. Et même si je suis passée entre les mailles de sa vigilance, je lui en serai éternellement reconnaissante d'avoir essayé. Sans lui… Sans lui… Je ne sais pas.

— À ton tour.

Mon cœur se retourne.

— Parle-moi de ton passé.

Les larmes sont déjà là, prêtes à me trahir. Et si ma première résolution était celle de m'alléger ? Tout se bouscule dans mon crâne. Mes idées rentrent en collision, mes pensées s'embrouillent. Que je lui parle de mon passé ? Il m'a bousillée, tuée, roulée dans la boue. Rien que d'y songer, je sens ma poitrine se raidir, mais les secrets de mes maux doivent être révélés. Seule, je flanche et, même si Léon ne détient aucune recette magique pour m'en débarrasser, j'ai l'espoir qu'il m'aide à avancer un peu.

Mais par où commencer ?

Bordel, je sais très bien par où commencer.

Le déni m'a envoyée dans le mur. Je dois être honnête avec moi-même, me regarder droit dans les yeux et ne plus me laisser le choix.

Tu as le droit de craquer, Alba.

Tu es humaine.

Décharge-toi de tout ça...

Et vis.

Je me focalise sur la lune. Ce soir, elle est en croissant. Elle ne montre qu'une infime partie d'elle, un fragment seulement de ce qu'elle représente, mais qui suffit à en dire long à son sujet. Comme moi.

— D'accord, mais je vais pas te raconter ce que tu sais déjà. Petite, j'ai souffert, mais toi, ta mère et Gab, vous m'avez sauvée.

Léon se frotte les mains pour se réchauffer, avant de tousser dans ses paumes.

— Ça marche, concède-t-il en repositionnant les couvertures sur nos deux corps. Raconte-moi ce que tu veux alors. Je t'écoute.

Je suis en haut d'un building, à deux doigts de sauter. Je vais me jeter dans le vide, mais j'ignore quand. Il suffit d'un pas, d'un geste, d'une preuve de courage que je dois aller chercher au fond de mes tripes.

Mes dents claquent, mais le froid n'y est pour rien. Interloqué par mon halètement, Léon se penche vers moi pour me chuchoter que tout va bien. Ses yeux bondissent sur mon visage, me fouillent et cherchent à comprendre. Tout est à portée de sa main, si proche de sortir qu'il peut tout à fait le lire dans mon regard terrifié.

— Y a eu… Je… En fait…

— Tranquille, prends ton temps.

1, 2, 3.

Respire.

Ce n'est plus la crise qui me terrasse. Ce sont les souvenirs. Ils grésillent comme des flashbacks en noir et blanc et brûlent tout sur leur passage. Mon âme a été la première touchée. Dieu, je payerais cher pour réinitialiser ma mémoire et me débarrasser de tout ça. Certains diraient que notre passé, aussi difficile soit-il, est essentiel à la construction de notre présent. Peut-être que oui.

Non, non, non.

Putain que non.

Personne n'a à subir des choses pareilles pour tirer des leçons de vie. Jamais.

— J'ai toujours détesté les festivals, craché-je, les paupières fermées.

Les mots sont sortis tout seuls, bravant ma peur et ma volonté.

— Thomas, il adorait ça, lui. Alors, avec sa bande, on allait à tous ceux qui étaient organisés dans la région. Bref… On a voulu aller à celui de Brigali, tu sais, celui qui a été annulé à cause de la tempête ?

— Hm. Ouais, c'était y a deux ans, nan ?

— Le treize mai.

Léon ne me lâche pas des yeux. Je ne l'avais pas réalisé plus tôt, mais il a capturé mes mains moites dans les siennes.

— Bon, du coup, festival annulé, mais tu connais les gars… Ils voulaient quand même faire une soirée, surtout qu'ils avaient loué une villa pour nous tous. Elle était chouette, cette villa, d'ailleurs. Dommage, avec la tempête, on a pas pu profiter de la piscine… Et moi, j'étais contente parce que Thomas me plaisait bien et je me doutais qu'on allait se retrouver tous les deux.

Attendri, Léon fait glisser mes mèches de cheveux derrière mon oreille en prenant soin de démêler mes bouclettes coincées dans mes piercings. Je baisse la tête, car je vais en venir au fait.

— On s'était dit : « Puisqu'on peut pas aller au festival, on s'amusera ici ! » Je saurais même pas te dire le nombre de shooters que j'ai bus ce soir-là. Thomas était gentil, il me disait de faire attention parce qu'il savait que je pouvais vite être malade, mais je l'ai pas écouté.

Je renifle et essuie le bout de mon nez d'un revers de manche.

— Tu te souviens de Sylvain ?

Léon se détache un instant de mon regard pour réfléchir.

— Son pote ? Vite fait, j'ai déjà fait des soirées avec lui.

— On avait flirté au lycée, mais ça n'a jamais été plus loin. C'est grâce à lui que j'ai connu Thomas, d'ailleurs.

Mes pulsations cardiaques s'intensifient et résonnent dans toute ma gorge. Léon tente d'anesthésier mes soubresauts d'angoisse en me caressant la main avec la pulpe de son pouce, mais rien n'y fait. Alors, je me force à prendre une lente et profonde inspiration.

4, 5, 6.

Respire.

— Dans la soirée, je suis partie me reposer dans la pièce où on avait rangé nos valises. Y avait un canapé déplié, alors je m'y suis installée et je me suis fait une couverture avec les vestes que les autres avaient laissées dessus.

Bon sang, pourquoi je m'attarde autant sur des détails insignifiants ?

Les sourcils de Léon se durcissent d'impatience. Ma paume se contracte contre la sienne. J'ai envie de vomir, hurler, frapper ce mur rempli de graffitis merdiques. M'écrouler, pleurer, gueuler que c'est injuste et que je ne suis qu'une misérable conne de ne pas être capable de passer au-dessus de tout ça.

Je déteste les gens. Le monde. La force des autres. Ma vie. Ma peine.

Sylvain.

7, 8, 9.

Et je saute.

— Et… à un moment donné, j'ai senti le canapé s'affaisser un peu, expliqué-je, parcourue par des frissons de dégoût. J'ai ouvert les yeux et Sylvain était là. Je… J'ai… En fait, j'ai cru qu'il était aussi bourré que moi et qu'il venait dormir, j'ai même pas trouvé ça bizarre au départ. Il m'a parlé de Thomas, du fait qu'il m'aimait bien et…

Les trémolos dans ma voix me contraignent à m'arrêter là. Le couteau tournoie dans la plaie. Je perds mes mots. Parler de cette horreur me tord les boyaux. C'est comme la vivre une deuxième fois et demeurer toujours aussi impuissante. Pourquoi parler, d'ailleurs ? Pourquoi maintenant ? Pourquoi avoir subi ça ? Quelles leçons en tirer, à l'exception de « ce qui ne nous tue pas nous rend plus fort » ? *Conneries, conneries, conneries !* Je ne suis pas plus forte. Je suis anéantie, cassée en mille morceaux et déjà morte.

— Ça… Ça s'est passé si vite.

Si je fermais les yeux, je pourrais encore sentir son haleine alcoolisée me frapper le visage. Tout est là, entassé dans un coin de ma mémoire, à vif. Mon corps se souvient, ressent toujours cette douloureuse épreuve.

— Léon, je voulais pas, je te le jure, sangloté-je, en secouant la tête. J'étais incapable de dire ou de faire quoi que ce soit, il faut vraiment que tu me croies.

— Attends. Il t'a…

— STOP ! le coupé-je, éplorée. Je t'en supplie, ne dis pas le mot. Ne le dis pas, s'il te plaît. Je peux pas… Je peux pas l'entendre.

Ma respiration se saccade à mesure que mes pleurs s'écoulent. Je l'ai dit. Quelqu'un d'autre que moi connaît ce secret. Léon sait, et c'était lui ou personne.

— À partir du moment où il a… Tous… tous les effets de l'alcool se sont envolés… Mais… tu sais, j'étais comme p-p-prisonnière dans mon… corps. Je pouvais plus rien f-faire. Je saurais même pas te dire combien de temps… ça a duré.

Léon s'est détaché de moi pour s'affaler sur le banc. Peut-être qu'il ne m'écoute plus, mais je suis lancée.

— C'est dingue parce que… parce que c'est très flou, mais si je me concentre très… très fort, tout est encore… intact, m'essoufflé-je, les yeux perdus dans le néant. C'est comme une bande VHS usée…

Cette fameuse nuit, Sylvain a arraché mes ailes. Celles que je déployais pourtant si souvent, celles qui me faisaient vivre et vibrer. Je planais sur le monde, insouciante, et, par sa faute, je suis devenue un oiseau blessé et mis en cage. Dans ma chute, il a imposé une lettre dévastatrice au mot « voler ». Il a embarqué ma lumière et mes couleurs pour ne me laisser que la nuit, la crainte. Le vide.

J'étais sa proie. Et je m'en veux. Putain que oui, je m'en veux. Si seulement je n'avais pas autant bu. Si j'avais eu la force de le repousser. Si…

Non.

Rien ne justifie une chose pareille. Je le sais, bon sang. Bien évidemment que je le sais. Ce n'est pas faute d'avoir écumé les témoignages et les articles à ce sujet, mais la culpabilité fait partie intégrante de mon traumatisme.

Le silence revient, interrompu par mes reniflements et mes sanglots. Léon ne dit rien et son mutisme m'effraye.

Soudain, il se met debout, décidé à rejoindre sa voiture.

— Je vais éclater la gueule de cet enculé !

Aussitôt, je pars à sa suite.

— Non ! Tu peux pas, il n'est plus à Calfort, il est en Argentine pour son programme Erasmus.

— Ouais, bah je vais lui faire danser un tango dont il va se souvenir, ce fils de pute.

Léon déverrouille sa Renault Clio et je me dresse devant le siège pour qu'il ne s'engouffre pas dans le véhicule.

— Je vais clairement pas laisser ce chien vivre sa meilleure vie !

— Arrête ! Tu me détruirais si tu lui disais quoi que ce soit…

Résigné, il claque la portière et retourne près du banc, les bras relevés au-dessus de la tête.

— Te détruire ? C'est pas ce qu'il a fait, déjà ?

Je porte la main sur ma bouche pour étouffer un énième sanglot. Bien sûr qu'il m'a détruite. Le pire, c'est qu'il n'en a sans doute pas conscience. Je soulève ce fardeau pour deux. Sylvain vit le parfait bonheur sous le soleil de l'Argentine, pendant que le mien n'existe plus nulle part.

Lentement, Léon me fait face, abasourdi. Il est pâle comme un linge, sûrement à court d'idées pour me consoler. Qu'il soit rassuré, il ne pourrait rien faire, hormis fouiller dans ma boîte crânienne pour y arracher cet atroce souvenir. Il effectue quelques pas vers moi, les bras ballants, et balbutie des mots incertains.

— Je… Putain, Alba… Je suis tellement désolé.

Il ne me laisse pas le temps d'enchérir qu'il me presse contre lui de toutes ses forces. Deux ans que j'attends que quelqu'un me prenne dans ses bras. Deux ans que je vis avec une pelote de fils électriques dans le creux du ventre. Deux ans que j'erre dans l'ombre, inanimée. Jusqu'à aujourd'hui, je n'ai jamais passé une seule journée sans ressentir le moindre trouble. Je suis marquée au fer rouge à tout jamais, au plus profond de mon être.

Léon chuchote dans mon oreille, mais je n'entends rien. L'écho de mes pulsations cardiaques bourdonne dans mes tempes. Alors je me laisse aller au chagrin, de ceux qui vous contorsionnent le visage et vont chercher les larmes refoulées depuis trop longtemps. À cet instant précis, j'ai l'impression d'être une petite fille, comme si mon enfant intérieur avait le besoin viscéral d'être rassuré. Ma peine ne se tarit pas, elle s'exprime enfin sans le moindre filtre. Mes barrières ont cédé.

Sans rien ajouter, nous nous redirigeons vers le banc. Il faut que je m'asseye, que je respire et que je mette de l'ordre dans mon esprit en vrac.

— J'suis trop con, j'ai pas les mots, soupire Léon, la tête dans ses mains.

— Ça fait rien.

— Tu veux qu'on rentre ?

Je refuse sa proposition et m'empare du paquet de mouchoirs qu'il me tend.

— C'est fou parce que… depuis ça… tu sais…, m'essoufflé-je. C'est comme si je flottais sur le dos au milieu de l'océan. Je me laisse entraîner par le courant, je subis, j'attends. Et je sais que c'est impossible de regagner la rive de cette façon, mais je ne bouge pas. J'ai plus de force.

Léon me fixe, les yeux brillants et la mâchoire serrée. Maintenant, je m'en veux qu'il se fasse du souci pour moi. J'aurais peut-être mieux fait de me taire et lui épargner une telle histoire. Je refuse qu'il en pâtisse, qu'il imagine des choses, ou pire encore : qu'il s'éloigne par peur.

— Est-ce que tu me crois ? osé-je demander.

Ma question paraît le surprendre. En se penchant vers moi, il efface les traces de mon chagrin avec ses pouces.

— Bien sûr que je te crois. Alba… je le vois dans tes yeux. Tu peux pas feindre ça. Je le sais.

Mes larmes repartent de plus belle.

De nouveau, Léon me prend contre lui et me frotte le dos. Nous tremblons l'un contre l'autre et je réalise que, une fois encore, j'ai tout gâché. Mon anxiété s'est immiscée entre nous le soir de Noël, mon traumatisme survient pour la nouvelle année. Je grignote sa joie de vivre. Inconsciemment, certes, mais il endure mes maux.

— Je suis désolée, Léon.

— Nan, c'est moi qui suis désolé, rétorque-t-il en m'attrapant les épaules pour m'obliger à l'affronter. Ça me bouffe de savoir que tu as pu traverser ça toute seule. Si j'avais su…

Il s'interrompt pour pousser un soupir.

— Si t'avais su, quoi ? tiqué-je.

— Bah, j'aurais sûrement fait les choses différemment avec toi.

Je plonge mes yeux dans les siens et dépose ma paume contre sa joue froide.

— Nan, surtout pas. Il ne faut pas que ton regard ni ton attitude change. Je t'en supplie, ne me vois pas comme Alba, celle qui a vécu… une agression. Reste comme tu es. C'est ça qui me fait tenir debout.

— Ouais, mais notre relation…

Il bégaye un peu et reprend :

— Enfin, tu vois. On a couché ensemble et j'veux pas que… Putain, j'suis maladroit, je sais même pas comment te dire ça, mais… Est-ce que ça pas été compliqué pour toi ? J'veux dire… Peut-être que j'ai réveillé tout ça sans le vouloir et c'est clairement pas ce que je veux.

Je comprends ses craintes, même s'il peut être tranquille de ce côté-là. Doucement, nous nous éloignons, tandis que Léon s'allume une autre cigarette.

— Jamais de la vie. T'es bien le seul qui m'a autant respectée et je le savais en te proposant de reprendre notre relation. Et puis…

Interloqué par mon hésitation, il me jette un regard en biais.

— C'est stupide, mais je voulais me prouver que j'étais capable. Capable d'avoir le contrôle là-dessus, d'être apte à m'épanouir dans la sexualité, avoué-je. C'était pas mon but premier, mais ça m'a un peu aidée à réaliser qu'avec la bonne personne tout se passe bien et que je devais plus avoir peur.

À chaque fois que je me suis retrouvée avec Léon, j'ai pu fermer les yeux, au lieu de les garder grands ouverts pour surveiller le moindre détail angoissant. Sans le savoir, il m'a aidée à porter la charge de mon traumatisme. Tout paraissait plus léger avec lui.

— T'as rien à prouver à personne, répond-il, la main sur mon genou. Et t'as pas à te justifier d'un truc que t'as subi. Maintenant, je suis là. Je l'ai toujours été, hein, mais faut que tu le saches. Je suis là.

Nos doigts s'entremêlent. Il n'a même pas besoin de me faire cette promesse, je n'en doute pas. Il m'a convaincue depuis longtemps déjà. Malgré tout, il ne pourra jamais comprendre. Les images, les vraies, il n'y a que moi qui les aurai. J'aurai beau raconter mon récit avec précision, personne ne pourra ressentir la violence que j'ai endurée. Elle existe dans une autre vie, un passé révolu, mais continue d'imposer sa présence dans mon quotidien, comme un ami toxique dont on ne veut plus.

— Ça me paraît évident, mais… ne dis rien à Gab.

— Je te le promets, jure-t-il. Je dirai rien à personne, tu peux me faire confiance.

La confiance.

Il n'y a que Léon qui a la mienne. Démesurément. Aveuglément.

— Tu peux m'en parler quand tu veux, suggère-t-il, après avoir craché sa fumée grisâtre. Tu me dérangeras jamais, alors hésite pas. Et… je suis fier de toi, t'as pas idée.

Nos pupilles s'accrochent. L'émotion dans la voix de Léon me fait tressaillir. Il ne tente pas de la camoufler. Elle se manifeste dans ses mots, son regard embué, les grimaces de son visage.

— Je suis sérieux, insiste-t-il devant mon expression perplexe. C'est courageux ce que t'as fait ce soir. Sous-estime jamais ta force, parce que t'es une battante. Et compte sur moi pour te le répéter jusqu'à ce que tu t'en persuades. Je t'aurai à l'usure.

Il m'adresse un sourire fébrile et passe son bras autour de mes épaules pour me rapprocher de lui. Nous restons lovés l'un contre l'autre pendant une durée indéterminée – assez longtemps pour que sa cigarette se consume entièrement – et je goûte à la délicate sensation d'être écoutée. *Enfin.*

J'ai longtemps rôdé dans un univers parallèle. Je m'y suis égarée, coincée entre les griffes de mon passé qui me garde captive et la quête de voler vers le monde qui m'appartient pour retrouver la vie que j'ai laissée en plan.

Oui, je veux aller vers l'après, le nouveau départ qui m'est dû, mais je suis morte à l'intérieur. Extinction des feux, mon soleil s'est éclipsé.

Pourtant, les sourires de Léon, ses encouragements et ses yeux clairs parviennent à me ramener à la vie. La vraie. Celle que je veux croquer, savourer, ressentir comme une douce mélodie folk qui donne envie d'étirer ses bras en plein vent, les yeux fermés.

La force, tu l'as déjà en toi, Alba.

Non, on me l'a volée, comme mon âme.

Léon me dirait que rien n'est perdu, que tout est voué à être ravivé si on prend la peine d'essayer. Et je lui répondrais que j'y crois encore.

Parce qu'il est là.

Chapitre 22
L'évolution des étoiles

Il y a toujours du soleil au-dessus des nuages.
Il faut juste savoir prendre de la hauteur.

Denis Luc

LÉON ☼

Je déteste les silences. Il y a tant de choses que je voudrais dire, mais tout reste bloqué dans ma gorge. J'ai peur d'être maladroit, envahi par l'émotion, mais surtout, je ne me sens pas assez légitime. La peine d'Alba, je ne la ressentirai jamais. En revanche, elle est assez contagieuse pour me paralyser et m'imposer d'horribles images qui stagnent dans mon esprit.

Nous roulons à une allure lente, accompagnés par un fond musical que ma radio pourrie gâche par des grésillements ponctuels. À ma droite, Alba est enfoncée dans son siège, raide comme la justice et concentrée sur la route de campagne qui fait vibrer ma Renault Clio.

Rien que de penser à Sylvain, je resserre ma poigne sur mon volant. Et dire que j'ai passé des soirées avec lui. Je ne le connais pas des masses, mais le simple fait d'avoir été à ses côtés me donne envie de vomir. J'aurais dû cerner que ce type était un connard doublé d'un agresseur. A-t-il conscience du mal qu'il a engendré ? Alba est-elle sa seule victime ? Est-ce que la roue tournera ?

En espérant qu'il se la prenne en pleine gueule.

Soudain, une tache blanche me ramène à la réalité. *Merde, c'est quoi ça ?* Je m'accroche au volant, appuie sur la pédale du milieu, pied au plancher, et la voiture pile dans un crissement de pneus suraigu. Le hurlement de ma passagère explose dans l'habitacle tandis qu'elle s'agrippe à la portière.

Une fois ma Clio immobilisée, je relève le frein à main.

— C'est bon, tout va bien ! C'était un chat, Alba. Il est parti.

En hyperventilation, elle cache son visage dans ses paumes et s'appuie sur le tableau de bord.

— Calme-toi, la rassuré-je en lui caressant le dos. Je l'ai pas écrasé, la voiture n'a rien et on est sains et saufs, d'accord ?

Elle se redresse pour s'affaler sur le siège, les yeux pleins de larmes.

— C'est pour toi que j'ai eu peur, avoue-t-elle, la main sur la bouche.

— Quoi ? Qu'est-ce que tu racontes ?

— Moi… Moi, je m'en fous, mais pas toi…

Je fronce les sourcils. Elle délire complètement. Au fond, je crois comprendre ce qu'elle essaye de me dire, mais je refuse de lui laisser l'occasion de s'en persuader ou de s'attarder sur cette pensée.

— Alba, tout va bien, répété-je. C'est ma faute, j'ai pas anticipé, j'ai freiné trop tard et trop brusquement. Désolé de t'avoir fait peur.

Elle n'ajoute rien et s'efforce de modérer sa respiration. Avec plus de prudence, je reprends la route.

Cette fois, je surveille les fossés qui bordent le chemin et les éventuels animaux qui pourraient débouler. Mon cœur est en pleine tachycardie et je ne saurais dire si la cause est seulement ce chat qui était à deux doigts de passer sous mes roues. Depuis une heure, j'ai l'impression que mon âme a quitté mon corps. J'enchaîne clope sur clope, ce qui m'assèche la gorge et m'a refilé un méchant mal de crâne. Je n'ai aucune idée de la façon dont je suis censé gérer ce qu'il se passe. La situation me file entre les doigts, elle est trop considérable. Pardessus tout, je me déteste de ne pas avoir les mots. Ah, ça… pour balancer des vannes merdiques et des doubles sens, je suis présent, mais pour ce qui est de consoler le cœur meurtri de la personne qui compte le plus dans ma vie, il n'y a plus personne.

— Je peux te poser une question ?

— Oui.

Elle m'a répondu tout de go, comme si, en secret, elle avait espéré que je brise le silence qui nous pesait.

— Est-ce que... tu comptes porter plainte ?

Alba soupire et je comprends qu'elle a dû y réfléchir maintes fois.

— Aucune idée. De ce côté-là, la justice a beaucoup de failles. Je sais qu'il y a de grandes chances pour que ce soit classé sans suite. J'suis pas sûre d'avoir la force de supporter l'attente, les interrogatoires et la déception du verdict.

Ses explications sont fondées. Ce n'est pas un secret, chacun sait qu'entamer des poursuites à ce sujet est fastidieux. Quel scandale. Alors, quoi ? Elle a dû subir une agression, un traumatisme et ne peut pas compter sur l'appui de la justice, autrement dit, la plus haute institution supposée la reconnaître en tant que victime ?

— C'est toi qui choisis. Si tu décides de porter plainte, je te suivrai. Pareil si tu préfères ne pas le faire. Dans les deux cas, personne n'a rien à te dire.

— Je sais, mais... admettons que je le fasse pas, commence-t-elle, avant de marquer une pause. J'ai peur qu'on me dise que c'est égoïste parce qu'il y a peut-être d'autres filles ou que... il s'en tire bien. Et, au contraire, si je le fais, j'ai la trouille de sa réaction et de celles de ses proches.

Cette fois, il n'y a pas de sanglots qui font vaciller sa voix. Une lassitude, certes, mais c'est une immense force que j'entends en premier plan.

Après avoir bravé les longues déviations et les erreurs d'itinéraire, j'atteins le parking privé de l'immeuble. Je me gare à ma place habituelle et coupe le contact.

— On s'en fout des autres. Je laisserai personne dire quoi que ce soit, peu importe ce que tu choisiras. Sois égoïste. Pense uniquement à ce que tu veux et ce dont tu as besoin. C'est toi qui comptes. Si ça te fout le vertige, te lance pas dans un truc qui te ferait plus de mal qu'autre chose. Et si ta conscience te réclame de le faire, fonce.

— C'est tellement compliqué, marmonne-t-elle en rabattant la capuche du sweat que je lui ai prêté sur sa tête.

— Je comprends.

C'est faux. Comment pourrais-je ?

Alba… Si tu savais à quel point je suis prêt à ce que tu me donnes le plomb qui alourdit tes pas. Greffe-moi tes maux, transfuse-moi ta peine. Mais tu sais ce qui est le plus fou dans cette histoire ? C'est que je suis convaincu que je n'aurais même pas l'ombre de ta force pour soulever ce que tu portes chaque jour.

Et tu veux que je te dise ? Tu t'es trompée. Tu n'es pas la lune. Non. Toi, tu es une étoile en pleine transition.

Fébrile, timide, plus petite que le soleil, mais infiniment plus grande par l'espoir qu'elle symbolise.

Et va savoir. Peut-être qu'avant d'être l'étoile la plus majestueuse de la galaxie, le soleil a aussi été un astre discret. Un électron libre.

Moi, je suis juste la comète qui s'éparpille en poussière autour de toi, témoin de l'évolution qui te guette.

Oui, voilà.

Tu es un soleil en devenir.

Je n'ai pas réussi à m'endormir. J'ai dû somnoler un peu, mais impossible de trouver le sommeil. Pas après cette soirée. Pas après cette révélation. Depuis une demi-heure, je tourne et vire dans mon lit, agacé par le raffut provenant de la cuisine qui m'empêche de rattraper mon insomnie. Mon réveil m'informe qu'il est neuf heures du matin, soit qu'il est bien trop tôt pour qu'Oscar soit responsable de ce bordel. Il doit sûrement comater dans sa chambre pour dessoûler de la nuit dernière.

Je finis par me lever et me rends dans la pièce à vivre. Occupé aux fourneaux, Gabriel focalise son attention sur moi.

— T'es déjà debout ? s'étonne-t-il en renouant son tablier autour de son bassin.

— Hm.

Trop dans le brouillard pour m'attarder dans une discussion matinale, je fonce vers le frigo. Toutefois, la vision du canapé replié et vide me fait vite émerger.

— Elle est où Alba ?

— Elle s'est réveillée à l'aube et elle est partie voir Solange pour l'aider à faire ses boutures et ses confitures.

Je relâche mon souffle.

Tout va bien. Elle se change les idées.

L'odeur alléchante des gaufres qui cuisent décontracte doucement mon estomac. Je me fais couler du jus d'orange dans une tasse et m'attable à l'îlot central. En faisant glisser une assiette de croissants frais jusqu'à moi, Gabriel m'invite à me servir.

— T'as prévu d'ameuter tout Calfort avec ton brunch ? lancé-je.

Je mords dans la pâte croustillante et la trempe dans mon jus de fruits. Gabriel me dévisage, sans doute écœuré, mais je m'en tape.

— Je pensais que ça vous ferait plaisir de bien manger, surtout après un lendemain de cuite. C'était bien, au fait ? Romy m'a dit qu'Alba et toi, vous êtes restés ici.

Schneider ne sait pas tenir sa langue, c'est dingue. Je retiens un soupir agacé et me focalise sur mon petit-déjeuner.

— Ouais. Alba avait la gerbe. J'voulais pas la laisser toute seule.

— Ah. Elle m'a dit qu'elle avait eu des règles très douloureuses.

— C'est pareil.

Nous aurions dû nous mettre d'accord sur la version à fournir aux autres. Tant pis. Ça reste des maux de ventre, Gabriel ne s'en formalisera pas. Quoique… Compte tenu de son air suspicieux, je crois qu'il a cramé que je me foutais de lui.

— Elle allait pas bien ?

— Si, t'en fais pas.

— Tu sais pas mentir, Léon.

— Eh, tu vas pas commencer à me siffler sur la colline à cette heure-là, protesté-je en me massant les tempes. J'te dis qu'y a pas de problème.

En signe d'abdication, il lève les mains. Il a conscience que je ne trahirai pas sa sœur, mais je suis paumé. Est-ce que Gabriel devrait savoir ? Est-ce que, à sa place, je voudrais être au courant d'un secret aussi gros que celui-là ? La réponse appartient uniquement à Alba. L'innocence de mon meilleur ami a beau me faire mal au cœur, je ne peux pas me permettre de m'immiscer là-dedans.

Oscar apparaît dans la cuisine, ouvre les placards et se prépare un paracétamol effervescent. Les yeux rouges et dans le vague, il ne nous adresse pas un seul mot et disparaît aussi vite qu'il est arrivé.

— Wow, ça avait l'air d'être la soirée du siècle, constate Gabriel en entassant les gaufres dans un plat. Tu sais si Romy était dans le même état que son frère ? Quand elle m'a appelé cette nuit, j'ai eu du mal à comprendre ce qu'elle me baragouinait.

— Elle était beurrée comme un Petit LU, mon gars. Jamais vu ça. Et chaude comme la braise aussi. Je vais t'épargner les détails, mais elle a fait sauter la braguette d'un mec sans le toucher. Un délire.

Son sourire s'efface sur-le-champ. Les yeux ronds comme des culs-de-bouteille, il empoigne fermement le manche de la poêle, à deux doigts de la syncope.

— J'déconne, hein. Elle était juste… heureuse de vivre, on va dire.

Soulagé, Gabriel lâche un soupir avant de s'attaquer à la vaisselle.

— Et sinon, ça t'intéresse pas de savoir si j'ai passé un bon réveillon, moi ? demande-t-il, vexé. T'es un pote en carton, c'est ouf.

— Bah, ouais, je t'avoue que je m'en badigeonne le coude de savoir que t'as bouffé des pâtes de fruits devant *Le Grand bêtisier de l'année*. Alors que t'aurais pu t'amuser avec nous, sale traître.

Il éclate de rire.

— Tu connais bien ma mère. En effet, c'était plus ou moins le programme…

Je lève les yeux au ciel rien que d'imaginer cette franche partie de rigolade. En revanche, c'est très bienveillant de sa part d'avoir tenu compagnie à sa mère. J'aurais sans doute fait la même chose. Comme moi, Gabriel a une forte attache à la famille, même si la mienne, la vraie, réside seulement dans cet immeuble.

— Blague à part, tu nous as manqué.

Il m'envoie un sourire et tourne le robinet pour interrompre l'écoulement de l'eau.

— Bah, ouais. Il nous aurait fallu quelqu'un pour finir de faire la vaisselle, poursuis-je, avant de désigner l'évier vide et les plats qui égouttent. Mais bon, tu viens de t'en charger, c'est nickel.

Sans aucune réaction, Gabriel éponge ses mains contre le torchon et se rend près de la machine à café.

— Je sais même pas pourquoi je continue à te parler, soupire-t-il. T'as été fini à l'eau gazeuse, c'est pas possible.

En riant bêtement, je plonge ma cuillère dans le pot de pâte à tartiner et l'enfouis dans ma bouche. Je viens de me goinfrer, mais j'ai encore une faim de gnou. Les petites préparations de Gabriel me donnent envie de me péter le bide. Étant donné que je suis quelqu'un de prévoyant, j'ai tout de même veillé à laisser les gaufres les plus cramées pour Romy et Oscar. Ça leur apprendra à avoir la main lourde sur le Martini.

— Au fait, tu m'accompagneras à mon audition pour l'ENAM ? propose Gabriel. C'est à Paris, mais je me suis dit que si on y allait tous ensemble, ce serait plus sympa.

Je prends quelques secondes pour visualiser mon emploi du temps.

— Tout dépend quand c'est. J'ai mon stage à rattraper.

— La semaine prochaine, m'informe-t-il en plongeant un morceau de sucre dans son café.

Dans une poignée de jours, tout va se décider pour lui. Je ne lui dirai pas pour ne pas accentuer son stress, mais je crois que j'ai autant la pression que lui. Le résultat de cette audition jouera sur son avenir, mais aussi sur la distance qui risque de nous séparer.

Je lui officialise ma présence d'un hochement de tête et, en passant derrière moi pour aller se chercher une petite cuillère dans le tiroir, il me presse l'épaule.

— Sinon, je vais sûrement inviter Romy pour un rencard.

Je m'étrangle avec mon jus d'orange.

— Un rencard ?

— Bah, un *date*, quoi.

— J'avais pigé, mais vous en avez pas déjà fait depuis que t'es célibataire ?

Il prend le temps de la réflexion en s'asseyant sur le tabouret de bar.

— Nan, y a jamais rien eu d'officiel. J'en ai un peu marre de stagner avec elle. Je tente le tout pour tout, on verra bien.

Les bras en l'air, je me presse les paumes et remercie le ciel. Il était temps ! À ce stade, c'était juste de la mauvaise volonté, ce n'est pas possible autrement. J'ai beau adorer Gabriel, il faut avouer que ce mec s'y prend comme un bleu avec les filles. Emma, Romy et l'autre gothique avec qui il est resté deux ans ; les trois ont sorti les rames et pagayé dans la semoule avec lui. Si monsieur était moins indécis aussi…

— Tu mérites que je te mette la musique de la ligue des champions, mon gars. Parce que là, c'est droit au but qu'il faut que tu tires. T'es resté sur le banc de touche pendant des plombes, alors faut y aller.

— Un bonheur, tes métaphores, raille-t-il.

Je balaye son soupir d'un revers de main.

— Tu veux faire ça quand ?

Il me répond en riant et secouant l'index.

— Je suis pas assez con pour te le dire. Je te connais. Tu serais capable de te pointer comme vendeur de roses.

Un point pour lui. Je suis trop curieux de voir ses techniques de séduction. J'espère juste qu'il aura la jugeote de ne pas pousser la chansonnette une fois de plus. Il faut impérativement qu'il change cette stratégie qu'il a usée jusqu'à l'os.

Subitement, la porte d'entrée s'ouvre et Romy pénètre dans l'appartement, vêtue d'un jogging et d'une veste en polaire. Elle nous envoie une salutation de la main, la mine semblable à une alcoolique en plein sevrage. Vu comme elle est blême, soit elle est sur le point de rendre tripes et boyaux, soit elle a passé sa nuit à le faire. Je cache mon rictus amusé dans mon poing et la regarde s'approcher de moi.

— Salut, COMMENT ÇA VA, SCHNEIDER ?! hurlé-je en la faisant grimacer.

— Ah, gueule pas comme ça, prie-t-elle, les mains sur les oreilles.

Pour me faire pardonner, je me lève, lui claque un baiser sur la joue et l'invite à prendre mon siège.

— C'est marrant, on parlait justement de toi, dis-je en rejoignant mon meilleur ami.

Dans un juron, Gabriel roule ses yeux vers le plafond et profite que Romy soit concentrée à enlever les pellicules brûlées de sa gaufre pour me chuchoter qu'il me déteste.

— Et qu'est-ce que vous disiez ? s'enquiert-elle, la bouche pleine.

— Oh, j'sais plus trop. Sûrement que t'étais comme la huitième merveille du monde ou un avion de chasse. Gab a même ajouté que… Attends, qu'est-ce que t'as dit, déjà ? minaudé-je en pivotant vers lui.

Il secoue la tête pour m'inciter à la boucler.

— Ah oui ! Que si vous étiez les deux dernières personnes sur terre, y aurait pas de problème pour repeupler. Un vrai poète, ce Gab, continué-je en passant mon bras autour de ses épaules.

— Alors, pourquoi pas, hein, mais j'te jure que j'ai jamais dit ça, Romy.

L'intéressée a l'air trop obnubilée par son petit-déjeuner pour réagir. Dommage. J'aurais bien aimé qu'elle soit un chouïa mal à l'aise, histoire de laisser une ambiance gênante dans la cuisine avant de me tirer de là.

— Je sais bien. Cette phrase sonne trop Léon Marchal, de toute façon.

Je lui adresse un large sourire, car je prends son attaque pour un compliment, et débarrasse le plancher pour filer dans la salle de bains.

Après une longue douche chaude, je me réfugie dans ma chambre. Alors que je tentais de faire un brin de rangement, ma porte s'ouvre. Alba pose un pied sur le parquet et semble chercher quelque chose.

— Excuse, je voulais juste récupérer ma tablette.

Je m'immobilise, les mains chargées de mes bouquins de cours, et la suis du regard pendant qu'elle traverse la pièce. Elle se saisit de son iPad et refait le chemin inverse.

— Alba, l'interpellé-je sans bouger au moment où elle s'apprête à fermer la porte derrière elle.

Lentement, elle se tourne vers moi. J'abandonne mes livres sur mon bureau et lui fais signe de revenir dans ma chambre. Elle s'exécute.

— Comment tu vas ?

De sa main libre, elle renvoie sa masse de cheveux bouclés derrière ses épaules et tapote ses ongles contre la coque de sa tablette.

— J'ai pas beaucoup dormi, avoue-t-elle, mais ça va. J'ai passé ma matinée avec Solange, ça m'a fait du bien.

À l'autre bout de l'appartement, Gabriel hurle nos prénoms.

— Qu'est-ce qu'il veut ?

— Nous faire découvrir une nouvelle recette de pâtes, je crois, m'informe Alba.

— Encore ? ! Purée, c'est un vrai *padre*, ce mec.

J'attrape mon sweat gris à l'effigie des Red Hot Chili Peppers et avance vers la sortie.

— Léon…

J'ai à peine le temps de pivoter qu'Alba se rue déjà sur moi. Aussitôt, j'encercle ses épaules avec mes bras et lui dépose un long baiser sur le front.

— Merci, chuchote-t-elle. Merci pour ce que tu fais. Et pardon de t'infliger tout ça.

— Arrête.

— Mais c'est vrai, regrette-t-elle en relevant le visage. T'as le droit de m'envoyer chier ou me demander de te foutre un peu la paix. Je comprendrais.

Du revers de l'index, je suis la courbe de la fossette déployée par sa moue soucieuse. La fragilité qui crépite dans ses yeux m'oblige à réitérer un baiser sur sa tempe. Sa peau est chaude, son regard est cerné d'avoir trop pleuré et, putain, je payerais cher pour revoir la lumière de son sourire. Il dort, se réveille timidement parfois, mais n'est pas encore automatique. Ça aussi, elle le contrôle.

— Arrête de culpabiliser. La paix, c'est à toi que tu dois la foutre. Pas à moi.

En douceur, elle s'éloigne de moi en faisant glisser sa paume sur mon bras. Elle secoue nos mains scellées, souffle un bon coup avant de se rendre dans le salon, là où nos amis ignorent tout de ses tourments.

Chapitre 23
Les anges du passé

L'amitié est une preuve de confiance,
où naissent nos plus belles confidences.

L'amitié sincère, Maxalexis

ALBA ☾

Cette nuit, il est prévu que la bande grimpe jusqu'à Paris pour l'audition que mon frère prépare depuis des mois. Romy devait faire partie de ce voyage, mais suite à sa grosse dispute avec Gabriel, il semblerait qu'elle ait décidé de ne pas se joindre à nous. Je ne connais pas les tenants et aboutissants de cette histoire, mais ça me chagrine de les savoir fâchés.

J'ai passé ces derniers jours à remonter le moral de Gabriel et lui prodiguer mes meilleurs conseils antistress – à base d'huiles essentielles et de techniques de méditation. Ça marche sur moi… un peu. Disons que ça calme l'angoisse sur l'instant, mais ça n'enlève rien. Ça se saurait.

Aussi, j'ai repris les cours et tout se passe plus ou moins bien. J'en suis la première surprise, mais je ne me suis pas laissé le choix de poursuivre mes études. Même si, chaque matin, je dois batailler contre la tentation de me morfondre en boule sous ma couette, plutôt que d'aller à l'université.

Masquée pour m'épargner les narines et parée de gants qui remontent jusqu'à mes coudes, je m'acharne à nettoyer les toilettes du cinéma. Les gens n'ont aucun savoir-vivre lorsqu'ils ne sont pas chez eux, sans doute parce qu'ils savent que des employés sont payés pour éliminer leurs horreurs.

Je m'avance vers les éviers.

— Alba ? Qu'est-ce que tu fais là ?

Visiblement, Romy n'en croit pas ses yeux.

— Ça fait trois jours de suite que tu t'occupes du ménage et comme je sais que tu adores être à la caisse, je te laisse ma place, annoncé-je en m'agenouillant pour essorer ma lavette dans le seau d'eau chaude.

— T'es sérieuse ? Je croyais que tu préférais… euh… attends, qu'est-ce que tu avais dit, déjà ? Ah oui : « Plutôt finir à poil sur le parvis de l'église que de récurer les chiottes. »

Je lâche un rire franc et vaporise la vitre du miroir.

— Ouais, j'étais inspirée ce jour-là, mais j'arrive toujours à y échapper, c'est injuste. Vas-y, je te dis. Je m'en occupe.

Soulagée, elle se précipite vers moi pour m'embrasser le front, la seule partie libre de mon visage. Je me remets au travail en faisant crisser l'éponge contre la glace sans lâcher des yeux la silhouette de mon amie qui s'éloigne dans mon dos.

— Dis, Romy, l'interpellé-je, avant qu'elle ne s'échappe.

— Hm ?

— Je ne voudrais pas me mêler de ce qui me regarde pas, mais… demain, c'est l'audition de Gab, tu te souviens ? On part cette nuit. T'as demandé ta journée ?

Je ne devrais pas mettre mon nez dans cette affaire, mais j'ai besoin de voir comment elle visualise la situation.

— Oui, je sais. Je… Je t'enverrai un message plus tard pour t'expliquer.

Je lui envoie une expression désolée et imbibe ma lavette de détergent.

— Mais quoi qu'il arrive, faites en sorte qu'il déchire tout, d'accord ? ajoute-t-elle, émue.

— Compte sur nous.

Elle me gratifie d'un léger sourire et disparaît.

Alors que je lustre les robinets et les vasques souillées, Inès, une autre de mes collègues, fait irruption dans les toilettes.

— Je viens t'aider ! s'écrie-t-elle, munie d'une bassine débordant de matériel pour le ménage.

D'une bonne humeur troublante, elle astique le distributeur à savon en chantonnant le dernier tube d'une starlette de la pop. Enjouée, elle dandine sa tête en rythme avec la mélodie qu'elle fredonne. Son chignon désordonné se balance, sur le point de se détacher.

— Qu'est-ce qui te rend aussi heureuse ?

Elle me fixe avec ses grands yeux verts.

— Comment t'as capté qu'il y avait une raison à ça ? s'étonne-t-elle.

Même si elle est masquée, je devine qu'un large sourire lui étire les lèvres.

— Personne peut être aussi guilleret en nettoyant les chiottes.

— Bien vu ! Bah… mon crush m'a envoyé un message pour me faire part de ses sentiments. Tu te rends compte ?

— Mais nan ? Le gars de ta licence ?

J'éclate de rire quand elle attrape les parois de l'évier pour secouer son corps dans tous les sens.

— *Mamma*… Bah tu vois que c'était pas perdu. Je le savais, t'façon, je te l'avais dit !

— Mais moi aussi, je le savais ! En même temps, c'est plus des appels de phares que je lui faisais, c'est carrément la pancarte avec écrit « Eh, oh, ducon, je t'aime bien » que je trimballais au-dessus de la tête.

En faisant rouler le sceau de la serpillière jusqu'à moi, Inès me raconte en détail la déclaration qu'elle a reçue.

— Ah ouais… Un romantique, donc.

— Je te jure, s'émerveille-t-elle, adossée contre le sèche-mains, pendant que je fais tout le travail. Bon, et toi ? C'est plus clair avec le type mystérieux ? Tu sais enfin ce que tu veux ?

Si Léon savait qu'aux yeux de mes amies et collègues il est « le gars mystérieux » parce que je n'ose pas le nommer, il me rirait au ncz.

— Euh, j'y réfléchis plus trop. J'essaye de vivre au jour le jour. On verra bien.

Outrée, Inès me fait un récapitulatif de tout ce que je lui ai raconté à ce sujet. Comme si je n'étais pas consciente de l'ampleur de la situation… D'ailleurs, il me manque, cet imbécile. Ces derniers jours, il était moins présent à l'appartement, trop occupé à exercer comme professeur d'histoire stagiaire dans le collège que nous avons foulé. Il s'épanouit, c'est tout ce qui compte.

La journée est passée à toute vitesse. Après avoir récupéré mes affaires dans les vestiaires, je franchis la porte principale et la nuit m'accueille. À mes côtés, Romy est toujours aussi blasée. Le plus possible, j'essaye de lui changer les idées et lui redessiner un sourire, mais mon âme est aussi en peine que la sienne. Ça, bien sûr, elle l'ignore, et je préfère la tenir éloignée des orages qui grondent dans mes entrailles.

Tandis que je lui bassine les oreilles avec l'une de mes énièmes anecdotes sur les bienfaits de la méditation et les applications qui existent à ce propos, Romy me pince le bras. Surprise, je suis la destination qu'indique son index tendu et…

C'est quoi ce délire ?

Au milieu du parking, fier comme un paon, Léon m'attend avec un bouquet de roses dans la main. Il arbore un large sourire qui lui donne un air benêt et une tenue plus élégante que celles qu'il a l'habitude de porter.

— Putain, ce mec est siphonné.

Romy pouffe quand l'autre nigaud se décide à hurler à pleins poumons : « Youhou, Alba, je suis là ! » alors qu'on ne peut pas le louper.

— Désolée, je peux pas rentrer avec toi, du coup, m'excusé-je auprès de Romy. Et, si tu pouvais garder ce que tu viens de voir pour toi, ça m'arrangerait.

— Promis, juré. Passez une bonne soirée et faites attention sur la route cette nuit.

Je la remercie et lui annonce l'heure prévue pour le départ, au cas où elle changerait d'avis.

— Viens, je vais pas te bouffer ! s'égosille Léon en alertant les passants.

À croire que ce parking est devenu le sien. Lorsque j'arrive à sa hauteur, Léon secoue la main, empoigne son menton et fait dégringoler ses yeux sur ma silhouette.

— Popopo, fanfaronne-t-il. Toi, t'es née avant la beauté et tu lui as tout appris, c'est pas possible !

Je lève un sourcil et analyse mon ensemble de jogging que j'ai décidé de porter pour plus de confort.

— C'est tout ce que t'as trouvé ?

— Bah, quoi ? T'es fraîche.

D'un haussement de menton, je désigne le bouquet de fleurs qu'il détient. Il rit un peu et me tend les roses.

— Je vais être franc avec toi, j'ai perdu un pari avec Oscar.

— Tout s'explique…

— Mais le cœur y est ! s'empresse-t-il de préciser en battant le côté de gauche de sa poitrine.

Par réflexe, je respire le parfum du bouquet, tout en esquissant un sourire rien que d'imaginer les garçons comploter pour mettre en scène ce petit numéro.

— Bon, t'es prête ?

— Hein ? Pourquoi ?

Il se penche vers moi et crache un rire caricatural.

— Attends, t'as pas vu que j'étais beau comme un camion ? dit-il en écartant les pans de sa veste pour me montrer la chemise froissée qu'il a rentrée dans son jean sombre.

— Ouais, et toi, t'as pas vu que j'étais dégueulasse ?

En pliant et dépliant l'index, Léon m'invite à le suivre jusqu'à sa voiture. Comme toujours avec lui, je m'attends au pire. En adoptant une attitude trop élégante pour être vraie, il ouvre la porte arrière.

— Service quatre étoiles, minaude-t-il. Je t'ai apporté des fringues parce que je savais que tu refuserais de me suivre sans t'être changée. Tu peux faire ça dans ma caisse.

— Ça aurait pas été plus simple de repasser à l'appartement ?

— Tu rigoles des genoux ou quoi ? Pour que ton frère nous croise ? Nan, nan. Il a autre chose à penser, ce soir.

Ce mec va m'user. Sans me laisser l'occasion de protester, Léon contourne sa Clio pour rejoindre le côté conducteur. Résignée, je m'installe sur la banquette et claque la portière. J'ai tout juste le temps d'étudier la tenue qu'il m'a préparée qu'il démarre déjà.

— Une robe en plein hiver… T'as fait l'impasse sur les collants ?

— Les quoi ? s'enquiert-il en me consultant par le biais du rétroviseur intérieur.

— J'en étais sûre. Tu sais quoi ? Laisse tomber. Je sais pas ce que t'as prévu, mais c'est mort. Je vais avoir froid comme ça. Et je suis même pas maquillée !

D'un coup, la voiture s'arrête. Le bruit du frein à main me fait relever la tête. Le bras allongé sur le dossier du siège passager, Léon se contorsionne pour me faire face.

— Tu vois le sac plastique ? Tes collants sont dedans. J'ai pris tous ceux que t'avais dans ta valise, parce que je pige rien à ce délire. Ta veste y est aussi. Et pour ce qui est du maquillage, on s'en gargarise l'œsophage. T'en as pas besoin.

Il redémarre aussitôt. Mon sourire s'élargit de lui-même. Alors je me plie à ses exigences. Non sans mal, je me débarrasse de mes vêtements de travail pour enfiler ma robe préférée. En plus d'être confortable, elle fait très bohème avec ses volants et ses motifs fleuris. Ça me touche que Léon ait jeté son dévolu sur elle.

Une fois prête, je me faufile entre les sièges pour rejoindre le côté passager.

— C'est quoi le programme ? Tu sais bien que j'ai du mal à mettre les pieds dans des lieux que je connais pas trop.

— C'est marrant que tu parles de ça, parce que c'est un peu l'idée de la destination.

— Quoi ? m'étranglé-je.

— Nan, oui, enfin, nan. Tranquille, Émile. Tu verras.

J'ai beau scruter le paysage et les rues que la voiture emprunte, je ne comprends pas. Nous ne fréquentons jamais ce coin de Calfort. Peut-être que nous allons quitter la ville… Je ne sais pas.

— OK, je te donne un indice, s'enjoue-t-il, trépignant d'impatience. On va voir quelqu'un que t'as pas vu depuis longtemps.

— Et ça vaut à ce point le détour pour que tu dégaines la chemise ?

— Nan, ça, c'est parce que je viens de l'acheter.

En pleine réflexion, je louche sur les essuie-glaces qui balayent les trombes d'eau du pare-brise. Pour être honnête, je préfère me réserver la surprise, si tant est qu'elle soit bonne…

Une dizaine de minutes plus tard, Léon se gare à cheval sur un trottoir et coupe le contact. La rue est déserte. Aucune lumière, hormis un timide éclat qui crépite derrière une fenêtre, comme si quelqu'un avait laissé une bougie chanceler. Nous sommes dans une espèce de quartier destinés aux petits commerçants. Sauf que toutes les boutiques paraissent être à l'abandon ou en pleine rénovation.

— T'es pas supposé faire le tour de la voiture pour m'ouvrir la porte et m'abriter avec un parapluie ?

— Tu surestimes un peu trop ma galanterie, rétorque Léon en pianotant à toute vitesse sur son téléphone.

Quand son portable émet un bip, nous sortons du véhicule. La pluie me fouette le visage, mais cette sensation ne me dérange pas. Léon me fait signe de le suivre. Nos pas résonnent dans la ruelle et nous mènent jusqu'à l'unique devanture éclairée que j'ai repérée un peu plus tôt. Le rideau de la porte vitrée est tiré et le nom de l'enseigne ne me dit rien.

— *Plein les papilles* ? C'est quoi ça ?

— Tu vois bien que c'est un restau, répond Léon, toujours aussi énigmatique. Il a pas encore ouvert. La gérante, c'est la copine de mon grand frère.

Je crois que j'ai enfin compris.

— On va voir Édouard, alors ? Cool ! Je l'adore.

Mutin, Léon secoue la tête et me prend la main pour que nous traversions le petit pont improvisé qui sépare la route du trottoir. Très peu confiante quant à la stabilité de cette planche de bois branlante, je me raidis tandis que Léon tire sur mon bras pour ne pas me laisser le choix.

— Nan.

— Hein ?

En tendant sa main vers la porte, il me laisse l'ouvrir par moi-même. Je le dévisage, hésitante, alors qu'il insiste du regard. L'angoisse me fait reculer d'un pas. J'ignore pourquoi j'ai autant la trouille. J'ai confiance en lui.

La poignée ronde roule dans ma paume. Je pose un pied sur le parquet et pénètre dans l'entrée.

— J'y crois pas…

Devant moi, les mains en croix sur sa poitrine, Marie-Ange, la mère de Léon, étouffe un sanglot. Bon sang, je n'ai aucune idée de la dernière fois que je l'ai vue. Depuis toutes les disputes qui ont éclaté dans la famille Marchal, sans doute. Je m'en suis toujours voulu de ne pas avoir pris de ses nouvelles. Je n'ai pas osé, j'ai eu peur de remuer le couteau dans la plaie.

Ni une ni deux, je me rue dans ses bras.

— Ma chérie d'amour, murmure-t-elle contre mon oreille. Que c'est bon de te revoir. Tu m'as tant manquée.

— Je suis désolée… J'aurais dû venir, j'aurais dû…

— Non, ce n'est rien. Oublie ça.

Les mains autour de mon visage, Marie-Ange me scrute avec ses beaux yeux clairs.

— Comment vas-tu, hein ? Dis-moi tout.

Pour toute réponse, je fonds en larmes.

— Oh… Ma puce, ça va aller. Tout va bien. Je suis là, chuchote-t-elle me berçant contre elle. Laisse-toi aller.

J'entends qu'elle pleure avec moi. Crescendo, des pas se rapprochent de nous et font craquer le plancher. Léon encercle le corps de sa mère collé au mien et nous presse contre lui. Il ne manquerait plus que Gabriel pour que cette étreinte soit parfaite, composée des personnes les plus précieuses de ma vie, celles qui ont œuvré à me rendre heureuse.

— Viens, on va s'asseoir, me propose-t-elle en reniflant.

Marie-Ange m'entraîne avec elle en direction de la seule table de la pièce, peut-être installée pour l'occasion. Le futur restaurant est encore vide, simplement composé d'un meuble d'accueil équipé d'une caisse enregistreuse. Le reste est en travaux, expliquant l'odeur de peinture fraîche et de bois poncé qui m'a pris le nez quand je suis entrée ici.

Léon ne s'assied pas avec nous. Il se place derrière sa mère et lui masse les épaules.

— Je vous laisse, annonce-t-il en claquant un baiser sur la joue de Marie-Ange. Je monte voir Édouard en attendant.

Les yeux brillants, je le regarde s'échapper derrière des bâches transparentes suspendues au plafond.

— Il m'a expliqué que ça n'allait pas fort, j'espère que tu ne lui en veux pas, m'annonce sa mère. C'est moi qui ai insisté pour te voir. Il ne m'a rien dit de plus, ne t'en fais pas.

Il l'a fait pour mon bien. J'imagine qu'il se sent désarmé et qu'il veut me venir en aide sans savoir par où commencer. La carte Marie-Ange était la plus belle à brandir. De tous mes proches, elle est celle qui s'est le plus battue pour moi… Pour avoir ma garde, aussi, même si elle ne l'avouera jamais. Rien que de penser à mon départ de sa famille d'accueil, je sens les larmes refaire surface.

– Alba, tu ne m'oublieras pas, hein ? Tu me le promets ?

– Bien sûr que non ! T'es comme ma maman, je peux pas ! avais-je répondu, sûre de moi.

– Non, mon amour. Une maman, on n'en a qu'une… Moi, je suis de passage dans ta vie d'enfant, comme un ange gardien, tu comprends ? C'est différent.

– Oui, mais j'ai assez de place dans mon cœur pour avoir deux mamans.

Agenouillée à ma hauteur, elle avait focalisé son attention sur la fermeture de mon manteau, certainement pour cacher sa peine.

– Comme tu voudras, princesse, avait-elle fini par prononcer. Souviens-toi que je t'aime pour la vie. Je ne t'abandonne pas, c'est juste… un nouveau départ.

Et, contrainte de me laisser partir, Marie-Ange s'est relevée pour me confier à mon père qui s'impatientait sur le trottoir.

— J'aurais bien voulu qu'on fasse ça à la maison, mais avec Joseph… Enfin, c'est compliqué. J'espère que ça ne te dérange pas, intervient-elle en me ramenant à la réalité.

Confuse, je lui certifie que ça ne fait rien. À vrai dire, je ne connais pas les intentions de Marie-Ange, ce qu'elle sait exactement et ce qu'elle compte obtenir de moi. Penchée vers le sol, elle saisit un thermos, remplit deux tasses de café et m'en tend une.

— Écoute, chérie, commence-t-elle, ne me vois pas comme la psychanalyste. Je ne suis pas là pour entamer une thérapie avec toi. On peut parler de ce que tu voudras, la pluie, le beau temps, les soucis que tu traverses. Fais comme si tu discutais avec une amie, d'accord ?

Je lui adresse un sourire sincère et fais glisser mes mains sur la table pour attraper les siennes.

— Ou avec une mère, rectifié-je.

Chapitre 24
Après la pluie

Tourne-toi vers le soleil et l'ombre sera derrière toi.

Proverbe maori

ALBA ☾

Mes larmes s'évadent encore, mais, cette fois, je ne pleure pas parce que ma vie est chaotique. Je suis reconnaissante. Longtemps, j'ai eu la sensation d'être seule, entraînée dans un tourbillon, mais il me suffisait d'ouvrir les yeux pour distinguer toutes ces mains tendues qui attendaient que je les saisisse. La morosité a laissé place à la gratitude. J'ai la chance d'être entourée, ce n'est pas le cas de tous les anxieux, ni de toutes les victimes.

Mince… Voilà que je culpabilise.

Sous le regard patient de Marie-Ange, je m'efforce de reprendre mon souffle et mes esprits. J'avais presque oublié ce que ça faisait d'être à ce point écoutée. C'est peut-être digne d'une gamine en manque d'affection, mais j'ai besoin d'être maternée.

Les mains jointes sur la table, Marie-Ange attend que je me lance. C'est fou comme sa simple présence est déjà parvenue à me calmer. Ça et son parfum qui a embaumé notre espace. Elle sent bon l'assouplissant, la fleur de coton, le propre. Ses sourires encourageants m'aident aussi à relativiser un peu. Elle est là, avec moi, prête à me soutenir.

— Marie-Ange… Je ne vais pas bien et le simple fait de te dire ça, c'est… énorme pour moi. Douloureux aussi.

Le temps d'un hochement de tête, elle ferme les yeux.

— Reconnaître, c'est déjà un pas en avant, ma chérie. Félicite-toi d'en être arrivée là. Tu n'as pas flanché et…

— J'ai flanché, lâché-je en la faisant taire. Je subis ma vie en ce moment. Ça me tue d'avoir des discours pareils, mais j'ai pas le choix de reconnaître qu'aujourd'hui j'ai plus envie… de tout ça.

Je mime le néant, ma vie, ma place. Marie-Ange semble comprendre ce que je n'ose pas expliquer. Je suis incapable de poser des mots sur toutes les pensées noires qui m'ont souvent poussée à me pencher sur le pire. Oui, j'ai voulu en finir, mais au fond, ai-je réellement eu, un jour, envie de mettre un terme à mon existence ? Rien n'est moins sûr. Je ne peux pas confondre le besoin de faire cesser le feu de mon anxiété et le projet de disparaître pour de bon. La ligne est fine pourtant.

— Bon sang, soufflé-je. Regarde-moi. Après tout ce que Léon et toi vous avez fait… Je trouve encore le moyen de vous appeler à l'aide. Je vous ai jamais aidés, moi. Et vous, vous venez tout le temps à ma rescousse.

Marie-Ange affiche un rictus qui me fait froncer les sourcils.

— Tu n'as pas idée de tout ce que tu as fait inconsciemment, rétorque-t-elle en balayant les mèches blondes qui tombent sur ses yeux. Alba… Tu es arrivée à la maison lors d'une période de ma vie où j'étais, moi aussi, au bord du gouffre. Ça n'allait pas avec Joseph et…

Elle fige un instant son regard sur les cartons qui s'amoncellent à nos côtés pour faire redescendre son émotion.

— Avec ton frère, vous étiez ma bouée de sauvetage. Vous comptiez sur moi. Je me devais d'organiser votre placement de la meilleure manière qui soit. Je vous ai choyés comme mes petits. Et toi… Oh, toi, songe-t-elle en riant un peu. Tes grands sourires, tes poèmes, tes questions, tes chansons sur les étoiles… Ton innocence et ta fragilité m'ont aidée à devenir celle que je suis aujourd'hui. Je suis fière d'avoir contribué à ton éducation et ton envol. Grâce à toi, j'ai su que mon rôle dans ce bas monde, c'était d'épauler mon prochain quoi qu'il en coûte.

J'ai envie de la prendre dans mes bras, pleurer, lui dire qu'elle est la plus belle âme que j'aie jamais rencontrée.

Au lieu de ça, je reste muette, trop touchée par ses mots qui me remuent. Aussi émue que moi, elle lisse les manches de sa blouse fleurie sur ses bras et reprend :

— Quant à Léon, tu as toujours été sa source, celle qui parvenait à le canaliser. Tu l'as rendu meilleur, lui aussi. Et hormis rester toi-même, tu n'as rien fait de plus. Ça suffit amplement. Tu as le droit d'avoir besoin de lui à ton tour.

— Nan… J'ai l'impression que, sans arrêt, c'est lui qui m'a sauvée.

— Vous vous êtes sauvés ensemble, corrige-t-elle. Ni plus ni moins.

La confiance avec laquelle elle me le certifie efface ma culpabilité. Je n'ai vu la situation qu'à travers mes yeux, mais il y a fort à parier que Léon visualise les choses différemment.

— Aujourd'hui, qu'est-ce qui t'effraye le plus ?

Je fais semblant de réfléchir alors que la réponse est déjà toute trouvée.

— Les gens.

Vu sa réaction, je devine qu'elle était déjà au parfum de mes angoisses. Léon a dû lui évoquer le contexte de mes crises et ce qui les déclenche. Tant mieux. Ça m'évitera de me répéter et d'avoir la crainte de passer pour une tarée.

— Tu as peut-être déjà entendu parler de l'agoraphobie ? L'anxiété généralisée, la dépression, l'état de stress post-traumatique ?

— Oui. Je… Je connais tout ça, mais je ne sais pas.

— Tu verras ça le moment venu en thérapie, ne t'en fais pas, ma belle.

Pendant près d'une demi-heure, Marie-Ange s'évertue à me rassurer. J'ai pu évoquer les différentes crises d'angoisse qui me malmènent et elle m'a expliqué certaines techniques que son fils avait déjà pris soin de m'enseigner ; la respiration, la façon dont il faut trier ses pensées négatives, comment apaiser une crise en stimulant ses sens. Aussi, j'ai compris que je n'étais pas seule. Elle-même est passée par des heures sombres et savoir qu'une femme aussi courageuse est parvenue à s'en sortir me motive à en faire autant.

Pour une raison que j'ignore, je ne me sens pas prête à lui parler de mon secret. Je me suis contentée de lui dire qu'un lourd traumatisme ralentissait mon envie de m'en sortir et elle n'a pas insisté pour que je lui confie. Elle avance à mon rythme avec une bienveillance rare.

En revanche, il y a bien un sujet sur lequel elle ne m'a pas laissé le choix. Elle m'a fait jurer de contacter mon médecin traitant, demain matin, à la première heure, pour un rendez-vous urgent. Elle a proposé de m'accompagner, j'ai refusé. Je dois être l'actrice principale de mon évolution. J'accepte d'être épaulée durant ce périple, mais je tiens à être capitaine de mon destin. Question de fierté.

— Il y a quelque temps, j'avais écrit une liste à Léon où figuraient les noms de très bons confrères. Tu peux y aller les yeux fermés.

Marie-Ange m'avoue qu'il est passé la voir le vingt-cinq décembre pour en savoir davantage sur les crises d'angoisse. Son intérêt soudain sur le fonctionnement des pensées s'explique… Tout comme les solutions qu'il m'a apportées et qui m'aident chaque jour. Et je ne peux que le comprendre. À sa place, j'aurais fait la même chose, peut-être même avec moins de patience. Car, sans rien savoir de mon état et sans avoir vécu d'attaque de panique, il m'a comprise. Peu de gens peuvent se vanter d'avoir été à ce point un pilier solide pour un anxieux. Certes, il n'a pas toujours fait dans la dentelle, mais ça m'a servi d'être bousculée.

Discrètement, Léon revient dans la salle du restaurant. Soucieux de ne pas déranger, il reste un peu à l'écart et fait mine d'admirer la boîte à outils qui repose sur un tréteau.

— Je veux pas vous interrompre, mais on a de la route à faire, annonce-t-il en faisait rouler un tournevis entre ses doigts. Gabriel et Oscar nous attendent.

— Bien sûr, concède Marie-Ange. Allez-y, on se reverra plus tard pour reparler de tout ça à tête reposée. Ah, et Alba, n'oublie pas…

Elle prend une inspiration profonde et expire, illustrant le tout par des mouvements lents de la main.

— Si demain, dans la salle de l'audition, tu te sens anxieuse, respire comme je t'ai appris. Tu peux tout à fait te mettre dehors, le temps de te calmer, et revenir.

— Sinon, on peut partir du principe qu'elle se sentira bien ? intervient Léon. On va se focaliser sur Gab qui va passer le moment le plus fort de sa vie. Je suis certain qu'elle aura autre chose en tête, j'y veillerai.

J'acquiesce, sans pour autant en être convaincue.

— Il a bien retenu mes conseils sur l'anticipation, rit Marie-Ange en se levant pour empiler nos deux chaises.

Après une douce étreinte et de belles promesses, je quitte le restaurant à contrecœur. J'ai laissé Léon s'entretenir avec sa mère, parce qu'ils ont, eux aussi, certainement beaucoup de choses à se dire en privé.

Tout se chamboule dans ma tête. J'oscille entre la sensation de légèreté qui m'apaise et une permanente envie de pleurer. Marie-Ange a beau avoir été d'une aide précieuse, j'ai encore la crainte de tout foutre en l'air.

Une poignée de minutes plus tard, Léon me rejoint sur le trottoir et relève la tête vers le ciel en constatant qu'il ne pleut plus.

— Merci pour ce que tu as fait ce soir.

— Ouais, alors j'ai décidé que je te répondrais plus à chaque fois que tu me remercieras, lance-t-il, les mains dans les poches de sa veste.

— Mais laisse-moi être reconnaissante, c'est important.

Il rit doucement et relâche sa tête en arrière.

— Tu me fatigues, Moretti.

— Je sais. Et je suis désolée d'être autant un boulet pour toi.

— Je disais pas ça pour ça. Arrête de t'excuser, arrête de me dire merci. Arrête tout.

Nous progressons vers sa voiture garée. Le temps de notre marche, j'en profite pour respirer l'air frais et l'odeur que la pluie a laissée après son passage.

— Pfiou… Je suis complètement perdue, avoué-je.

— Tu vas y arriver, Alba. Là, t'es dans une spirale remplie d'idées sombres. Si tu t'y agrippes comme une forcenée, y a personne qui pourra t'aider à en sortir. Y a que toi qui peux changer ça et on pourra pas te montrer le chemin si toi, tu t'obstines à regarder par terre. Mais t'as vu les progrès que tu as faits en peu de temps ?

Dans un soupir, je m'adosse à la Clio et Léon se dresse face à moi.

— Mais… j'ai besoin qu'on me guide, avoué-je. J'ai plus d'énergie.

— Bien sûr et je suis le premier qui veut t'épauler, mais pas avant que tu aies pris la décision de ne plus être esclave de ta vie. Sans ça, je mettrai des coups d'épée dans la flotte. Tu sais ce qu'on dit : on peut pas aider quelqu'un qui en a pas la moindre envie. Et je vois que tu veux t'en sortir.

Il idéalise mon courage et j'ai peur de le décevoir. Léon mise trop gros. Comment peut-il voir en moi ce que je ne soupçonne pas ? La sensibilité à vif, je laisse quelques larmes m'échapper.

— Tu te souviens quand je te disais que je voulais surtout pas qu'on vienne à ma rescousse ?

Il hoche la tête.

— C'était des conneries. J'ai… Je veux être sauvée. Seule, je peux pas.

— Alors sauve-toi. Moi, je serai là, en arrière-plan, prêt à te tenir la main dans les routes plus sinueuses, mais le gros du trajet, c'est toi qui le feras.

Il tend ses doigts vers mon visage et chasse les traces de mon chagrin. Le bleu de ses yeux, assombri par la nuit, m'emmène loin. Sur une autre rive, un autre monde, là où tous les maux de la terre s'évanouissent. Ses lèvres s'élargissent dans un sourire qui me promet silencieusement que le meilleur est à venir.

— Donne-moi un peu de toi, Léon.

— Pourquoi ?

— Pour survivre.

Il durcit la pression de ses doigts sur ma joue et plonge son regard dans le mien d'une intensité qui me fait tressaillir. Ses pupilles voguent et bondissent sur mes lèvres, mais il ne m'embrassera pas. Je le sais. Nous n'avons jamais échangé de baisers en dehors de nos jeux fougueux. Justifiés par l'excitation, ils prennent le sens qu'on daigne leur donner, mais sans ça… Sans la superficialité, sans les excuses, sans le déni, que signifieraient-ils ?

Pourtant, à cet instant précis et dans la beauté de ce moment, je meurs d'envie de donner une tournure plus vraie à notre relation.

Je peux imaginer sa réaction. Il me dirait qu'il n'a pas le droit, que je suis trop vulnérable, qu'il aurait l'impression de profiter de la situation. Et il se tromperait sur toute la ligne.

— Faut… Faut qu'on y aille, bégaye-t-il. Ton frangin et Oscar vont me tuer si…

— Ouais. On y va.

Nous ne bougeons pas. Les yeux de Léon s'agitent, sa bouche qui tente d'articuler des phrases sensées aussi. Son assurance habituelle a foutu le camp. La mienne est là, plus que jamais. Parce que je n'ai jamais été aussi sûre de moi. Oui, je sais. J'ai conscience de ce qui palpite dans mon cœur depuis plus d'une quinzaine d'années.

Les rôles s'inversent. Léon a œuvré à me sauver, même s'il ne supporterait pas que je le souligne à haute voix. À moi de révéler ce qui nous lie. J'ai perdu trop de temps, trop d'énergie, trop de tout. Et si, à force de me centrer sur ce qui ne va pas, je me risquais à le perdre *lui* ?

Lui, le seul qui soit parvenu à cerner les faibles éclats de lumière dans mon obscurité. Lui, le soleil de ma vie. Lui, mon meilleur allié.

Celui dont je suis tombée amoureuse en silence depuis mes cinq ans.

Chapitre 25
Appréhender l'inévitable

L'âme a ses brumes, ses soleils et ses chaleurs d'orages.
André Esparcieux

LÉON ☼

Hercules est le meilleur Disney, j'espère que c'est bien clair pour tout le monde.

En cet après-midi pluvieux, j'ai proposé à Romy et Gabriel de le regarder avec moi. Et j'aurais mieux fait de m'abstenir. Depuis le début du film, allongés l'un contre l'autre dans le canapé, ils ne jettent pas un œil vers l'écran, trop occupés à se manger la bouche.

Avec leur amour dégoulinant, ils ont même réussi à gâcher ma scène préférée, celle qui me met les larmes à chaque fois – quand Hercules décide de retrouver le monde qui est le sien. Alors que j'essaye tant bien que mal de me concentrer, le rire niaiseux de Romy vient me titiller les nerfs.

— Eh, je vous le dis direct : si vous continuez, je vous gerbe dessus. C'est bon pour vous ?

Gênée, Romy s'excuse et s'écarte de mon meilleur ami.

— Mec, ça va, râle Gabriel. On t'empêche pas de regarder ton truc, détends-toi.

— Mais il te manque des minutes de cuisson, toi. Bien sûr que vous m'empêchez. J'entends rien avec le bruit de vos langues, là. Allez dans ta chambre si vous voulez vous chatouiller la tirelire.

De mauvaise foi, il se défend en me disant que je connais déjà le film par cœur. Romy, quant à elle, me promet qu'ils se tiendront jusqu'au générique.

— Nan, mais vous me saoulez. Je vous entends quand vous vous susurrez des trucs niaiseux et quand vous vous appelez « bébé », continué-je, avant de faire mine de vomir.

— T'es con comme pas deux, soupire Gabriel. Je te rappelle que t'étais le premier à nous pousser l'un vers l'autre. Te plains pas de ce que t'as provoqué.

— Et toi, t'as rien dans la cafetière. Je veux rien savoir de votre vie sexuelle et vous m'en avez déjà trop montré en l'espace de dix minutes. Obligé, Gab, tu fredonnes de la variétoche pendant les préliminaires.

Si Romy a l'air de trouver cette discussion marrante, Gabriel, lui, est sur le point de me calmer avec une clé de bras.

— Je répondrai pas, je vais gagner deux heures.

— *Et tu tapes, tapes, tapes, c'est ta façon d'aimer*, chanté-je en remuant le bassin d'une manière on ne peut plus équivoque.

Je cesse mon rire gras quand le petit couple se lève du canapé. Pour la forme, je fais semblant de les retenir.

— Eh, Gab ! l'interpellé-je au moment où il s'apprête à disparaître dans le couloir. Oublie jamais que je t'aime.

— Ouais, ouais.

— T'es l'homme de ma vie, mec.

Il roule ses yeux vers le plafond, avant d'aller dans sa chambre en compagnie de sa copine. La porte est à peine fermée qu'un son de piano me provient. Depuis leur audition et l'officialisation de leur couple, c'est de pire en pire. Oui, je dis *leur* audition, parce que Romy a finalement rejoint Gabriel à la dernière minute. De ce que j'ai pigé, elle avait aussi présenté sa candidature pour lui faire la surprise. J'aime bien les charrier à ce sujet, mais j'ai trouvé ça franchement mignon.

Désormais, ils sont collés comme des sangsues. Bien sûr, je suis content pour eux, mais ma patience à des limites. La semaine dernière, ils ont célébré leurs anniversaires respectifs et la soirée s'est transformée en concert improvisé dans le salon. Même Oscar, qui soufflait aussi ses bougies, s'est barré avant la fin.

Maintenant que la place est libre, je m'étale sur la méridienne et monte le son.

— *Non, non, jamais ! Je n'avouerai, non, non. Même si tu nies, tu souris, car tu l'aaaimes,* m'égosillé-je avec des mouvements de la main. *Laissez tomber, je ne suis pas amoureuuuuse !*

Les yeux fermés et l'index sur l'oreille pour mieux grimper dans les aigus, je m'immobilise en réalisant que je ne suis pas seul dans la pièce.

— Wow ! Tu nous fais de sacrées *vibes*, Mariah ! raille Alba en se débarrassant de sa veste.

— Tu peux pas sonner avant d'entrer, toi ?

— Pourquoi ? Je suis chez moi.

— Bof.

Tout en me tendant son majeur, elle abandonne ses clés dans la coupelle prévue à cet effet. Munie d'un calepin, elle s'effondre sur le canapé, éteint la télévision sans se soucier de mon visionnage et pose ses jambes sur la table basse.

— Ça va, je te dérange pas ? m'offusqué-je.

— Nan, t'inquiète. Bon, alors… Il faut que je note les petits trucs positifs de ma journée.

La prochaine fois, je veillerai à regarder mon film dans ma chambre. Forcé d'abandonner mes projets pour la soirée, je me redresse et jette un coup d'œil à la page vierge qu'Alba semble avoir du mal à remplir.

— Ah, si ! s'écrie-t-elle. Ce matin, j'ai fait une séance de yoga qui m'a trop apaisée.

— Cool. Note ça, c'est archi bien. Tu peux aussi mettre que t'as un coloc méga charismatique qui embellit tes journées. C'est pas négligeable.

— Qui ça, Oscar ?

Devant ma mine déconfite, elle pousse un rire franc.

— J'ai oublié de prendre mon anxiolytique aujourd'hui, aussi. Et tu vois, j'ai pas trop angoissé. Ça s'est bien passé. Même si je sens que j'en ai encore besoin.

— Bonne nouvelle. Chaque chose en son temps, t'en fais pas.

Assidue, elle inscrit les éléments positifs qui ont ponctué sa journée. De son délicieux petit-déjeuner jusqu'à sa bonne note reçue en dessin, elle s'attarde sur le moindre détail encourageant.

— T'as appelé le psy du coup ?

Son silence et sa petite moue coupable parlent à sa place.

— Alba…

— Je sais ! J'ose pas encore, avoue-t-elle, le carnet ouvert sur ses genoux. Il faut que je fasse mon choix dans la liste de ta mère, mais… j'ai les boules de me lancer.

J'attrape ma canette de Redbull pour boire quelques gorgées.

— Tu veux que j'appelle à ta place ? proposé-je après avoir avalé une gorgée. Ça va être vite réglé, c't'affaire.

— Surtout pas. Je veux que ça vienne de moi.

Je ne comprends pas en quoi ça changerait la donne, mais j'accepte de rester en retrait si elle y voit un intérêt particulier. C'est elle qui décide. Son rythme. Ses conditions.

En relevant ses cheveux dans un chignon, Alba se concentre cette fois sur sa liste d'objectifs. Celle-là est un peu plus complexe. Très peu d'objectifs ont été rayés et j'ai peur qu'elle se décourage en se fixant des buts encore inaccessibles. Elle y arrivera, à condition de ne pas brûler d'étapes.

Pour qu'elle envisage les choses différemment, je lui arrache le stylo et le calepin des mains.

— Bon, voyons voir, songé-je en m'écartant d'elle. T'as listé les lieux qui te font flipper, c'est ça ?

— Hm. Plus ou moins.

Je m'assieds en tailleur à même le sol, face à Alba, et dépose le carnet sur la table basse.

— Mon école, le cinéma et les lieux ouverts comme le parc, par exemple, c'est bon, je gère, énumère-t-elle. Par contre…

— Tututu, attends. C'est déjà trop bien, ça. Commence pas avec tes « par contre ».

— Ouais, je sais.

Légèrement ailleurs, elle fixe le crayon que je fais rouler entre mes doigts.

— Tu vois ce que j'ai écrit ? Grande surface, boîte de nuit, lieux avec de la foule et tout le toutim ? poursuit-elle en désignant la page. Ça, c'est ce qui me fait le plus peur.

— OK. Alors, je te propose qu'on revoie ton organisation.

Après lui avoir rendu ses affaires, je me mets debout.

— Prépare-toi pour la dictée.

Elle arque un sourcil, mais s'exécute tout de même en débarrassant le stylo de son capuchon.

— Note : « Je suis fière de moi. Je parviens à me rendre sur mon lieu de travail, mon école et certains endroits de ma ville en toute sérénité. », récité-je en marchant lentement devant la table basse. Point, retour à la ligne.

Amusée par mon ton, elle pouffe devant sa feuille, mais se reprend rapidement en comprenant que je suis très sérieux. Bon, j'en fais peut-être un peu trop, cela dit.

— « Prochainement, avec de nouvelles méthodes enseignées par mon futur psy… »

— Tu vas trop vite ! s'agace-t-elle en accélérant la cadence. « Prochainement… » ?

— « Avec de nouvelles méthodes… enseignées par mon futur psy, virgule, je pourrai me rendre partout et vivre ma vie paisiblement. Point. J'ai confiance en moi. »

La langue tirée sous la concentration, Alba s'applique dans sa rédaction. Je ne peux pas m'empêcher de sourire en la voyant aussi motivée à reprendre sa vie en main. Ce n'est pas toujours de tout repos, mais il y a du mieux. C'est déjà ça.

— « À partir d'aujourd'hui, je me jure solennellement de me respecter, de ne pas me juger et de m'aimer. J'ignore ma propre négativité et m'épargne celle des autres. Aussi, je promets de faire de bons petits plats pour Léon, car… »

— Quoi ?

— Hein ?

Dépitée, elle raye la partie me concernant qu'elle a commencé à écrire. À la suite, elle ajoute une phrase que je n'ai pas dictée et que je ne parviens pas à lire. Elle ferme son carnet quand je lui indique le point final.

— Il faut vraiment que j'apprenne à tourner les choses positivement, admet-elle. C'est pas un automatisme pour moi.

— Ça viendra.

Je fais un détour près du meuble de télévision pour mettre la main sur un paquet de chips et reviens sur le canapé.

— Ouais, mais comment ça se passe quand je vois pas le positif d'une situation ?

— T'as un exemple ? demandé-je, la bouche pleine.

Elle tapote son menton avec son stylo.

— J'sais pas… Le fait que Gab et Romy partent bientôt. J'ai beau être dans le « ici et maintenant », j'ai du mal à ne pas penser à leur absence.

— Ça va, y a le temps, dédramatisé-je. On a plusieurs mois devant nous pour s'y préparer.

— Attends, t'es pas au courant ?

Wow, là, je vais vite déchanter.

Je me fige, une chips en suspens à l'entrée de ma bouche. Vu l'air grave qu'Alba affiche, je sens déjà la mauvaise nouvelle se profiler.

— Ils veulent avancer la date de leur départ pour s'acclimater à Paris et emménager ensemble.

Loin de moi l'envie d'être excessif, mais je reçois l'information comme si je venais de me faire faucher par un trente-trois tonnes. La première pensée que j'ai en tête, c'est que j'ai été un sacré connard de les avoir virés du canapé, tout à l'heure. Je dois profiter des moindres moments qui me restent avec eux. J'ai envie de débouler dans la chambre de Gabriel, le supplier de repousser ses projets encore un peu, mais ce serait trop égoïste. C'est son rêve, sa vie. Et c'est justement parce que je tiens à lui que je dois accepter de le voir partir.

— Génial. Et ton frère, ça lui vient pas à l'idée de m'en parler ?

Dans une lente inspiration, Alba lève les épaules.

— Il appréhendait peut-être ta réaction. Il devait avoir peur que tu le prennes mal.

— Je le prends pas mal.

Elle penche sa tête sur le côté, incrédule.

— Quoi ? Ça va, c'est cool, insisté-je en continuant mon grignotage. Et il part quand, ce tocard ?

— Dès qu'ils trouveront un appartement. Ils ont commencé les recherches.

— Merveilleux.

Au même moment, Gabriel apparaît dans le salon. *Il écoutait aux portes, ou quoi ?* Tout guilleret, il se rend dans la cuisine, suivi par Romy. D'un regard, Alba m'implore de me taire quant à ce qu'elle vient de m'apprendre, mais je me sens trop trahi pour rester muet.

— Qui veut une part de cake aux olives ? s'enquiert Judas avec un plat dans les mains.

— Moi ! Tu me la sers avant ou après ton annonce ?

Sans comprendre, Gabriel consulte sa sœur et sa petite amie.

— Qu'est-ce qu'il me chante, lui ? s'offusque-t-il.

— Bah, j'sais pas, c'est toi le chanteur à la base. Et paraît-il que tu vas devenir un Parigot plus tôt que prévu.

La lumière vient de s'allumer dans son crâne. Il se presse les lèvres et repose son cake sur le comptoir de la cuisine. Le silence de mort qui règne dans la pièce ainsi que les regards de mes amis me laissent penser que tout le monde redoutait cette situation.

— Oh, Romy ! intervient Alba dans une technique stérile de diversion. T'avais pas prévu de me montrer ce truc là… tu sais… chez toi ?

— Nan, quel truc ?

— Mais si, tu sais bien.

— Bon, allez. Tirez-vous de là, les gonzes, m'impatienté-je. Laissez-moi seul avec ce traître.

En s'échangeant des messes basses alarmées, les filles finissent par foutre le camp. À l'instant où je me mets debout, Gabriel recule, les mains en l'air pour me canaliser.

— Alors, je te jure que j'allais te le dire, se justifie-t-il, interrompu dans sa fuite par la table de séjour contre laquelle il vient de se cogner.

— Je suis qui, moi ? Le trou de balle du coin ou Léon Marchal, ton meilleur ami ?

— Léon Marchal… T'es Léon Marchal, mon meilleur ami.

— Bah, alors ? Tu me fais quoi ?

À son rictus, je devine qu'il est partagé entre l'envie de rire et la crainte que je lui saute dessus.

— Mec, tu peux pas me faire ça, l'imploré-je en troquant ma colère contre une tentative d'attirer sa pitié. Je vais faire quoi, moi, sans toi ?

Pour ajouter un effet dramatique à ma supplique, je me laisse tomber par terre et lui prends les mains.

— Vois le bon côté des choses, tu m'entendras plus chanter et jouer, dit-il. Depuis le temps que t'en rêves.

— Mais j'adore t'entendre chanter et jouer !

Paumé, il fronce les sourcils.

— T'arrêtes pas de t'en plaindre, faudrait savoir.

— Parce que râler, c'est ma passion ! Tu vas me laisser seul avec Alba et Oscar ? T'as donc aucune considération pour moi ? Avec qui je vais m'amuser au parc ? Et comment je vais faire quand j'aurai envie de manger des pâtes carbo ? Personne les fait aussi bien que toi !

— Mets-toi debout, c'est ridicule, réclame-t-il.

Il me tire par les bras, je me laisse faire comme une poupée de chiffon.

— Tu seras pas là pour les vacances d'été, réalisé-je, la main sur le front. Tu vas louper ma rentrée en master. T'as jamais manqué un seul de mes anniversaires !

— Je suis encore là, tempère-t-il. On a pas encore trouvé l'appart, mais on a deux visites prévues. Faut qu'on fasse le trajet…

Gabriel s'interrompt dans ses explications en me voyant filer dans la cuisine. Je reviens vers lui avec un couteau, tourne la lame vers mon cœur et le force à tenir le manche.

— Abrège mes souffrances. J'te jure, je survivrai pas à ça.

Il éclate de rire, avant de remettre l'arme blanche à sa place initiale.

Blague à part, je me sens complètement impuissant. Une nouvelle page va s'ouvrir. Elle s'écrira sans Gabriel. J'ai un vertige fou rien que de penser à vivre sans lui. Il a toujours été là. Il a grandi à mes côtés, partagé une partie de mon éducation, connu mes désillusions et m'a vu évoluer. Même si je passe mon temps à le charrier, il sait à quel point il est un pilier pour moi. Sans exagération, je peux crever pour ce gars. Il a besoin d'un rein ? Je lui refourgue les deux que j'ai. Il veut sauter d'un pont ? Je me porte volontaire pour être l'élastique.

Il veut partir ?

Je le laisse s'en aller…

— Putain, Gab, je suis le pire pote. En soi, c'est une bonne nouvelle. Je suis super fier de toi, en plus. Pourquoi j'arrive pas à me réjouir ? déploré-je.

Compréhensif, il fait un pas vers moi pour me masser l'épaule.

— Tu sais quoi ? Moi, non plus. Enfin, si. Je suis le plus heureux, mais je rêverais de tous vous embarquer avec moi.

Je suis à deux doigts d'envisager un plan qui consisterait à me glisser dans sa valise, la veille de son départ. Gabriel a raison, il est encore là. Ici et maintenant. Je vais assez chialer le moment venu, alors autant profiter de sa présence au maximum. Pour m'occuper les mains, je prends une pomme et la fais rouler dans ma paume.

— On sera pas dans Paris intra-muros, c'est trop cher, m'explique-t-il, accoudé à l'îlot central. Gaspard a un cousin qui pourrait m'aider à trouver du boulot aussi, histoire de financer tout ça. J'ai fait un Skype avec lui, il a l'air grave cool.

— Grave cool comme dans : « Wow, ce mec est si cool qu'il pourrait devenir mon nouveau meilleur ami » ?

— Arrête un peu, ricane-t-il en attrapant le fruit avec lequel je jonglais. À t'entendre, on dirait que je t'abandonne. Je vais revenir, hein. J'ai bien l'intention de finir ma vie à Calfort.

Peut-être, mais en attendant, je vais devoir faire sans lui. Sans ses numéros de zicos mélancolique, sans ses clés de bras, sans nos fausses engueulades. En me voyant aussi pensif, Gabriel me bouscule l'épaule et croque dans la pomme.

— La seule chose qui m'emmerde, c'est que je pourrai plus avoir un œil sur toi et sur ce que tu fais avec Alba.

— Tu rigoles ? Faut bien qu'il y ait un truc positif à cette histoire.

À ma grande surprise, il ne s'offense pas.

— Détends-toi la nouille quand même, me calme-t-il, l'index pointé sur moi. Je vais missionner Oscar pour qu'il ne vous lâche pas d'une semelle.

— Missionne-le, ouais. Moi, je me charge de missionner ta sœur.

— Qu'est-ce que… ? Quoi ? Attends.

Comprenant le sous-entendu salace qui se cache derrière ma réponse, il me balance la pomme sur le torse. C'est trop facile de le faire vriller, ça en devient presque lassant. Néanmoins, je reconnais que Gabriel a un peu changé son fusil d'épaule. Il a pigé qu'il ne pourrait rien empêcher ni contrôler.

— Bon, tu sais quoi ? On va arrêter de causer de ton départ, le temps qu'il nous reste et tout ce merdier. On change rien à nos habitudes et on kiffe, suggéré-je. Je veux plus en entendre parler jusqu'au jour J, c'est jouable ?

— Marché conclu.

Nous officialisons ce *deal* avec une poignée de main qui me rend déjà un peu nostalgique. Je n'ose même pas imaginer l'état dans lequel je vais être quand il va se tirer pour de bon. Heureusement pour moi, j'aurai toujours Alba et Oscar à mes côtés…

Jusqu'à ce que leurs projets les contraignent à s'en aller, eux aussi.

Chapitre 26
Les rayons de l'espoir

Vivre sans espoir, c'est naviguer sans boussole.

Tom Mansot

ALBA ☾

Mon corps se crispe à chaque rafale. Mes tremblements ne résultent pas du vent frais. J'ai la trouille. Marie-Ange m'a déposée dans cette impasse déserte et m'attend dans sa voiture, garée à quelques pas. La savoir ici m'apaise un peu. Comme moi, elle surveille la porte du cabinet. Pour faire redescendre mon angoisse, je prends le temps de respirer tout en fixant la plaque dorée qui trône sur le mur.

Je peux encore abandonner, retourner dans la Fiat de Marie-Ange et lui avouer que je ne me sens pas prête à faire ce saut dans le vide, mais je me suis juré de reprendre ma vie en main.

— Alba Moretti ?

La voix d'un homme me surprend. D'instinct, je m'agrippe à la lanière de mon sac.

— Oui, j'avais rendez-vous à quatorze heures.

— Alors c'est à nous. Allez-y, entrez.

La porte calée dans son dos, il tend son bras dans l'embrasure. Je m'exécute.

— Installez-vous, je vous en prie.

Craintive, j'avance vers l'endroit qu'il me désigne. La pièce est plutôt petite, mais loin d'être étouffante, bien qu'elle soit remplie de plantes, de bibelots et d'une grande bibliothèque. On dirait un cocon spirituel, à mille lieues de l'idée que je me faisais d'un cabinet. Je m'installe sur le canapé sans lâcher mon sac.

L'homme se rend derrière son bureau pour fouiller dans les tiroirs qui le composent. Lui aussi diffère pas mal de ce que j'avais imaginé. Il doit avoir la quarantaine approchante et est vêtu simplement ; un jean brut, un pull noir et une paire de baskets d'une marque en vogue. Carnet et stylo en main, il me rejoint.

— Je me présente, je suis Cyril Beaucourt, psychothérapeute depuis une dizaine d'années, commence-t-il en prenant place dans un fauteuil qui me fait face. Sachez que tout ce qui sera évoqué ici restera entre ces murs. Marie-Ange vous a peut-être expliqué le fonctionnement de mes séances ?

Je baragouine des hésitations.

— Mon accompagnement diffère d'une personne à une autre, poursuit-il. De ce que Marie-Ange m'a dit, je pense qu'il serait judicieux d'opter pour une thérapie comportementale et cognitive, la TCC, vous connaissez peut-être ? Mais nous verrons ça le moment venu. Pour l'instant, je vous propose qu'on fasse les choses progressivement. C'est la première fois que vous consultez ?

Il appuie sur la pression de son stylo et garde la mine en suspens au-dessus de sa feuille.

— Oui.

— D'accord.

En murmurant des « alors, alors… » et autres « toutoutou, voyons voir… », il commence à remplir ce que je pense être ma fiche d'informations. Son attitude m'apaise. J'abandonne mon sac à ma droite et me débarrasse de mon manteau.

— Vous avez un traitement particulier ? demande-t-il en enfilant des lunettes rondes qui ressemblent à celles d'Oscar.

— Euh, je prends des antidépresseurs et des anxiolytiques.

— Et comment ça se passe ?

— Au départ, j'étais très fatiguée, mais c'est mieux maintenant. Je vois un vrai changement.

Il m'envoie un sourire cordial sans détacher son regard de ses lignes.

— Par contre, continué-je, je sais que c'est pas une fin en soi. Je veux… Je veux pas compter sur ça.

— Bien sûr, mais si ça vous aide, c'est une bonne chose. Ça reste une béquille. Nous, ce qui nous importe, c'est d'aller au fond du problème pour qu'un jour, vous n'en ayez plus besoin.

Après m'avoir demandé les informations d'usage comme ma date de naissance, mon lieu de résidence et le diagnostic établi par mon médecin, il pose son carnet sur la table basse qui nous sépare.

— Comment voulez-vous procéder ? s'enquiert-il après avoir croisé une jambe par-dessus l'autre. Est-ce qu'il y a un sujet que vous souhaitez évoquer avec moi dès maintenant ? Ou si vous préférez, nous pouvons faire les choses dans l'ordre et faire défiler les évènements de votre vie depuis son commencement. Dites-moi.

Cette fois, il s'empare d'une nouvelle feuille en se tordant vers un meuble d'appoint qui se trouve derrière lui.

— Je… Je ne sais pas.

— Qu'est-ce qui vous pousse à consulter, aujourd'hui, Alba ?

— Je fais des crises d'angoisse et je souffre d'anxiété.

— Hm, hm. Et sauriez-vous expliquer les raisons de tout ça ? Je veux dire… Sans me les nommer, y a-t-il, pour vous, des évènements qui pourraient être responsables ?

Je hoche la tête.

— Très bien. Alors, chaque chose en son temps. Parlez-moi un peu de votre environnement familial.

— Euh… J'ai un frère aîné, Gabriel. Mes parents sont divorcés depuis que j'ai… pfiou, ça remonte… quatre ou cinq ans. Et j'ai été placée en famille d'accueil jusqu'à mes onze ans.

— Comment c'est arrivé ?

— Mon père est retourné en Italie et ma mère n'avait plus la force de s'occuper de nous.

Cyril Beaucourt continue de noter ce que je lui raconte. J'imagine qu'il se contente d'inscrire des mots-clés puisqu'il ne détache pas son attention de moi trop longtemps. Petit à petit, mon rythme cardiaque se calme. Je me sens en confiance. Marie-Ange m'a rassurée en me disant qu'il ne s'agissait que d'un premier rendez-vous et que ça n'engageait à rien. Toutefois, je peux d'ores et déjà confirmer que ce thérapeute sera celui qui me suivra dans ma guérison. Je le ressens.

— Vos crises, elles surviennent dans quels contextes ? Comment elles se manifestent ?

Je lui explique avec précision tous les éléments qui provoquent mon anxiété. Aussi, je lui énonce son impact et tout ce qu'elle m'oblige à faire pour la neutraliser.

— D'accord. Et quelle solution efficace avez-vous trouvée ?

— J'essaye de stimuler mes sens pour revenir à l'instant présent. On m'a conseillé de faire ça et… ça marche parfois. La respiration aussi.

— Super. C'est déjà encourageant d'avoir des armes sous la main. Ce que vous me dites, ça rejoint pas mal quelques techniques de la thérapie comportementale et cognitive. C'est ce qui fonctionne le plus pour traiter une phobie, surtout quand elle est invalidante, ou l'anxiété généralisée.

Son sourire s'estompe lorsqu'il remarque que je me suis décomposée à ses mots.

— Vous… Vous pensez que j'ai une phobie, alors ? L'agoraphobie, c'est ça ?

Le temps d'une courte réflexion, il inspire en tordant ses lèvres.

— Ça, c'est à vous de voir si vous voulez poser des mots et des diagnostics. L'agoraphobie est assez large, ça peut regrouper différentes choses. Retenez que dans la majeure partie des cas, elle se greffe à un autre problème. Elle peut même s'additionner à une autre phobie qui prend trop d'ampleur. Tout ce qui nous importe, c'est de vous désensibiliser à ce qui vous effraye le plus. Quand votre cerveau n'assimilera plus la crainte à certaines situations, je vous promets que vos crises ne seront qu'un lointain souvenir.

Comme Marie-Ange, Cyril Beaucourt tient un discours encourageant. J'ai le sentiment que les autres y croient plus que moi, qu'ils discernent une motivation que je ne suis pas certaine d'avoir.

— J'imagine que vous en êtes à un stade où vous avez peur d'avoir peur, non ?

— C'est tout à fait ça, avoué-je dans un soupir.

— Tout est une question de schéma de pensées, dit-il en se redressant sur son fauteuil. Vous et moi, nous allons apprendre à le déconstruire, ainsi que toutes les croyances limitantes que vous avez nourries depuis toujours. Vous verrez, au-delà de traiter l'anxiété, ça vous permettra de prendre la vie avec plus de sérénité. Est-ce que, pour les prochaines séances, vous pourriez venir avec un carnet ? Il y a un temps théorique que je tiens à enseigner à mes patients pour qu'ils aient un maximum d'outils et de renseignements.

J'opine du chef en me languissant déjà d'en apprendre un peu plus. Un léger silence s'installe durant lequel le psychothérapeute en profite pour mettre en ordre les feuilles qu'il a remplies à mon sujet. Ses gestes sont lents, doux, apaisants. Comme s'il souhaitait que les battements de mon cœur se claquent sur ses mouvements.

— Excusez-moi, j'ai une question, interviens-je soudain.

Cyril Beaucourt relève le visage dans ma direction, tout ouïe.

— Ça va peut-être vous paraître bizarre, mais… est-ce que je peux, dès maintenant, vous parler d'un gros traumatisme que j'ai ? Je pensais qu'il valait mieux que j'attende quelques séances, d'autant plus qu'on se voit pour la première fois, mais je veux m'en débarrasser pour avancer sereinement avec vous. Sinon, je vais appréhender le jour où on en parlera. Je me connais et comme ça, ce sera fait.

Peu surpris par ma démarche, le thérapeute acquiesce d'un sourire.

— Bien sûr. Nous pouvons tout à fait évoquer les sujets épineux aujourd'hui pour ne plus y revenir par la suite, sauf si vous en ressentez le besoin plus tard. Ça me permettra de mieux comprendre comment vous en êtes arrivée là. En général, c'est ce que je fais avant chaque TCC : balayer les gros points noirs du passé avec le patient une bonne fois pour toutes. Je ne voulais pas vous brusquer, mais si l'idée vient de vous… alors c'est parfait.

Il se penche vers la table pour récupérer la feuille qu'il avait abandonnée et attrape son stylo.

— Je vous écoute. Vous avez tout votre temps.

Je prends une grande inspiration. Mes émotions se chamboulent, mais se remettent progressivement en ordre. La guérison passe par ça. Je dois admettre. Je dois nommer mon traumatisme… pour ne plus jamais lui laisser le loisir de me maîtriser. À défaut de garder le contrôle sur ses répercussions, il me faut affronter son origine.

— Il y a deux ans, j'ai subi un viol. Je pense que ça doit jouer sur mon état, parce que j'ai longtemps été dans le déni. C'est sûrement une accumulation, en fait. Je ne sais pas.

Ce mot que j'ai si souvent banni me râpe la bouche, mais il est sorti. Je m'en suis débarrassée comme si j'avais craché une gorgée trop brûlante pour être avalée.

— Je suis sincèrement désolé de l'apprendre, Alba... Est-ce la première fois que vous en parlez ?

— Non, j'en ai déjà discuté avec un proche, il n'y a pas longtemps.

— Très bien. C'est une bonne initiative de votre part. Voulez-vous m'en dire un peu plus ? Sinon, on peut tout fait s'arrêter là. Il n'est pas question de vous infliger à nouveau cet évènement traumatique. Votre cerveau a déjà dû beaucoup le ressasser.

Je lui évoque les grandes lignes de ce douloureux évènement. Cyril Beaucourt, dans une extrême bienveillance, ponctue mes phrases décousues en me disant que je ne suis pas responsable de ce qui m'est arrivé et que je suis légitime. Bien sûr, je sais tout ça, mais l'entendre d'une énième personne m'aide à m'en convaincre un peu plus.

Les dernières minutes de la séance se passent bien. Si bien que j'en ressors avec un sentiment de légèreté qui ne m'avait pas effleurée depuis trop longtemps. Je suis sur la bonne voie. J'entrevois la lumière. Elle est encore loin, à peine scintillante, mais assez visible pour me permettre d'y croire dur comme fer.

Je vais m'en sortir. Mon passé ne me définit pas. Je n'ai aucun pouvoir sur l'avenir. Ici et maintenant, je suis fière de ce premier pas. Il est l'amorce d'une rémission de mon âme.

Mon soleil va se lever.

Dans une cadence lente, mes pieds foulent la rue pavée qui borde mon immeuble. À mes côtés, Marie-Ange, accrochée à mon bras, m'écoute d'une oreille attentive.

— Il m'a aussi dit que nous allions faire des exercices pour que je me confronte à ce qui me fait peur.

— Oui, j'ai entendu parler de ses techniques. Je suis certaine que ça te fera beaucoup de bien, ma puce. Cyril est très compétent. Je suis contente que le contact se soit bien passé entre vous.

— Merci de me l'avoir conseillé.

— Je t'en prie. Quand tu m'as parlé de ce que tu traversais, j'ai tout de suite su qu'il te fallait une TCC. Moi, je ne propose que de la psychanalyse et… ce n'est pas pour toi.

Nous nous immobilisons devant le grand portail en fer forgé. Marie-Ange y cale une épaule et plonge les mains dans les poches de son manteau élégant.

— Ah oui ? Pourquoi ?

— La psychanalyse est utile pour comprendre. On creuse, on dissèque le passé, on fait des liens. Mais toi… Toi, tu dois avancer. Tu n'as pas besoin de t'encombrer avec un tas de questions dont tu as déjà les réponses, finalement. Pour l'anxiété, les TCC, c'est ce qu'il y a de mieux.

Elle signe son encouragement d'une caresse sur ma joue. Après un câlin, Marie-Ange rebrousse chemin sur le trottoir pour rejoindre sa voiture.

Je pousse le portail et pénètre dans la petite cour. De la musique provenant de l'appartement de Solange résonne entre les murs de pierre. Cette fois, la mélodie n'a rien à voir avec les rythmes musettes et les chansons burlesques qu'elle écoute en boucle. Pour saluer ma concierge et récupérer les babioles qu'elle me met toujours de côté, je me dirige vers son semblant de porte d'entrée.

— Solange ? C'est Alba. Tu es là ?

— C'est ouvert.

Pas d'éclat de joie. C'est inhabituel. D'ordinaire, elle ne se formalise pas des visites à l'improviste, mais étant donné le ton de sa voix, j'ai l'impression que je la dérange.

Malgré tout, j'enclenche la poignée. Je fais un pas dans son entrée, mais m'interromps vite dans mon élan. Installée à la table de séjour, Solange fixe le mur d'en face, les avant-bras à plat sur le bois. Son regard est vide, dénué de sa légendaire étincelle, juste brillant par les larmes qui l'inondent.

— Il est parti.

Je clos la porte derrière moi.

— Qui ?

— Mon Gaston. Il est parti.

Remuée par sa propre annonce, elle porte la main à sa bouche. Mon cœur se brise en mille morceaux. Bon sang. Que dire ? Que faire ? Comment la consoler ? Je reste muette quelques secondes et me contente de retirer mon manteau pour l'abandonner sur une chaise à bascule. Le monde de Solange tourne désormais sans l'être qui comptait le plus dans sa vie. Rien que d'imaginer sa peine, je sens un frisson me parcourir.

À ma droite, un vinyle danse langoureusement sur une platine et sa mélodie, criarde par l'usure du disque, s'évapore dans le salon.

« Le temps de s'adorer, de se le dire.
Le temps de se fabriquer des souvenirs. Mon Dieu,
oh oui, mon Dieu, laissez-le-moi remplir
un peu ma vie. »

— Solange. Je suis tellement désolée. Si je peux faire quoi que ce soit… Tu veux que je reste un peu avec toi ? Je n'ai rien à faire. Je vais te faire un café déjà, hein… Ouais, un bon café bien chaud, qu'est-ce que tu en dis ?

— Édith Piaf, dit-elle, lasse, l'index pointé vers le tourne-disque. C'est la chanson que je veux pour ses funérailles. Écoute comme c'est beau.

« Laissez-le-moi pour seulement un mois.
Le temps de commencer ou de finir.
Le temps d'illuminer ou de souffrir. »

Alors que je m'apprête à la rejoindre, Solange se lève difficilement de sa chaise. Un mouchoir auréolé de larmes maintenu sous son nez, elle avance vers le mur qu'elle fixait quelques minutes plus tôt. Je la suis du regard et m'approche pour lui presser l'épaule.

— Je n'ai pas encore prévenu sa sœur. Il faut aussi que j'appelle les organismes de…

— Tu veux que je m'en charge ?

— Non, ma p'tite. C'est très gentil, mais c'est à moi de le faire.

Le bras tendu vers un cadre suspendu, elle étouffe un sanglot qui me fait tressaillir.

— Il va atrocement me manquer, tu sais, mais il est en paix.

Du bout de son doigt ridé et tremblant, elle caresse la vitre qui protège la photo de son défunt mari. Sur le cliché, Gaston, quand la vie le lui permettait encore, arbore un large sourire. De ceux qui effacent les inquiétudes. Aujourd'hui, son portrait semble faire la promesse muette qu'il veillera sur son unique amour, que leur lien, lui, ne s'éteindra jamais. Prise d'émotion, je ravale mes larmes et fais glisser ma paume contre le dos de Solange.

— Il m'aimait comme jamais personne ne m'a aimée, continue ma propriétaire, la voix hachée par le chagrin. Jusqu'à la fin, j'ai été là. Il s'en est allé, la main soudée à la mienne. Parce qu'on ne s'est jamais lâchés, même dans la maladie, la précarité, les soucis…

« *Mon Dieu, mon Dieu, mon Dieu.*
Même si j'ai tort, laissez-le-moi… un peu.
Même si j'ai tort, laissez-le-moi… encore. »

— Oh oui, s'il y a un bon Dieu quelque part, je le remercie de m'avoir donné mon Gaston et la chance d'avoir vécu tout ça avec lui.

Solange esquisse un sourire aussi amer que reconnaissant. La voir submergée par cette douloureuse perte m'encourage à la serrer doucement contre moi. Elle reste digne, même dans ce que j'imagine être le moment le plus difficile de son existence.

Soudain, elle s'écarte de moi et m'attrape les avant-bras, les doigts enfoncés dans l'épaisse maille de mon gilet.

— Tu vas rire, mais à mes yeux, l'amour, c'est comme une musette… Ou comme une valse à cinq temps. Ça se danse, ça tangue, ça accélère, ça part, ça revient.

Et je n'ai pas toujours été une excellente danseuse, tu sais, mais mon Gaston, lui, m'a toujours fait virevolter dans les airs, prononce-t-elle, comme perdue entre un rêve et l'instant présent.

En papillonnant des cils, elle aborde petit à petit la réalité. Son regard rougi par la tristesse n'ébranle en rien la beauté de ses iris azur. Le bleu ressort encore plus, puissant, inaltérable. Solange capture mes mains dans les siennes et fronce les sourcils.

— Faut pas minimiser l'amour. Faut pas croire que c'est vain ou mièvre. Il n'y a rien de plus important que ça. L'amour de soi, l'amour de l'autre, l'amour inconditionnel, l'amour de la vie. Quand on comprend que c'est la clé, le remède à tous les maux, la réponse à la haine… Alors, on a tout compris.

Sans le savoir, elle donne un coup de projecteur à mes propres réflexions. Ou peut-être qu'elle le sait un peu… Solange est si clairvoyante qu'elle a possiblement lu dans mon âme. J'aime croire que la poussière traînée par mes pensées obscures est visible pour ceux qui ont aussi connu l'orage. Qu'entre électrons libres, nous nous distinguons, que nos auras se répondent. La lumière de la sienne, en plus de me montrer la marche à suivre, m'aide à y croire encore.

Pour remercier sa bienveillance, qu'elle m'envoie même dans un moment pareil, je la prends de nouveau contre moi. Ses petits pleurs indiscrets font tressauter son souffle, alors je resserre notre étreinte.

Solange a raison. Longtemps, j'ai répondu à la négativité par la noirceur. J'ai couru sous le tonnerre, j'ai attisé mon feu. Maintenant, je veux danser sous la pluie, même si ça paraît niais, juste pour le plaisir de narguer le mauvais temps. Il n'aura pas raison de moi. Plus jamais. Le soleil revient toujours. Il est là pour tout le monde, il réchauffe le cœur gelé de qui prendra la peine de relever la tête vers lui.

Aujourd'hui, j'ai compris.

L'amour ne s'était pas volatilisé. Comme le soleil, je ne lui ai pas laissé sa chance, mais il ne m'a pas quittée. Et plus encore…

Je crois qu'ils ne font qu'un.

Chapitre 27
Le pardon

Seuls ceux qui pardonnent peuvent être libres.
Quiconque pardonne n'est plus prisonnier.
Un cœur bien accordé, Jan-Philipp Sendker

LÉON ☼

La totalité de la bande est présente ce soir. Oscar a même convié David. Je crois qu'il tient à ce que son petit ami se fasse une place parmi nous et ça tombe bien, je l'apprécie beaucoup – *même si le gars ose préférer Nirvana aux Red Hot Chili Peppers, mais ça, c'est une autre affaire.* Depuis une demi-heure, le pauvre vieux est coincé avec Alba qui a tenu à lui faire un tirage de cartes. Je les observe de loin tandis que Gabriel, Romy et son jumeau m'ont obligé à me joindre à leur partie de jeu sur la console.

En temps normal, je suis plutôt compétiteur quand il s'agit d'écraser mes adversaires, mais avec le niveau lamentable de mes amis, il n'y a même plus de suspense. Un peu indifférent, j'abandonne ma manette, invite Oscar à prendre ma place et me lève.

Après avoir chopé une bière dans la cuisine, je me dirige vers la consultation chamanique qui a lieu sur la table de séjour.

— Eh, Bowie. T'es pas obligé de faire semblant de trouver ça intéressant pour te faire accepter parmi nous, plaisanté-je en désignant les cartes qu'Alba a étalées. La laisse pas te marabouter.

David passe une main dans ses cheveux de surfer californien en poussant un rire crispé.

— Nan, j'adore ! assure-t-il alors que la diseuse de bonne aventure m'envoie un regard noir. Elle m'a même dit que mon animal totem était la chouette, ça me parle beaucoup.

— Wow, t'as bien de la chance. Moi, elle m'a dit que le mien était le poulpe.

— On a l'animal qu'on mérite, intervient Alba, armée d'un pendule qu'elle fait tourner au-dessus d'une feuille griffonnée. Et t'as même pas cherché à connaître la symbolique.

— Il a de longs tentacules, c'est tout ce qui compte pour moi.

David nous dévisage et tapote ses doigts sur la table. Un petit malaise s'installe, mais je m'en fous. Je suis trop concentré à soutenir le regard d'Alba. Ses yeux bruns ne me lâchent pas tandis qu'un rictus trahit la contrariété qu'elle feint de me communiquer.

— Bon… Merci pour ton tirage, c'était super cool. Je… Je vais jouer avec Oscar et les autres, moi.

David s'éloigne avec précaution en m'adressant un sourire confus.

— T'es chiant, tu l'as fait fuir alors que j'allais lui faire son thème astral.

— Pourquoi mon animal totem c'est le poulpe ? C'est éclaté, le poulpe.

Avec un large sourire, Alba m'invite à prendre la chaise que son précédent client vient d'abandonner. Je m'installe sans tarder, pose ma tête entre mes mains et papillonne des cils.

— Dis-moi tout, Circée.

— Le poulpe, c'est l'intelligence, l'indépendance, l'importance de la famille, la sagesse.

— Ouais, super. Pourquoi je peux pas être un truc stylé comme le lion ou le loup ?

— Parce que c'est pas la carte que t'as tirée, rétorque-t-elle. Tiens, on va voir autre chose.

Merde, je l'ai relancée.

Impliquée, elle presse un caillou bleu dans sa paume et fait voyager ses yeux sur les diverses piles d'oracles disposées autour d'elle. La pleine lune lui est carrément montée à la tête. Elle finit par jeter son dévolu sur une espèce de tarot revisité.

— Tu me dis « stop » quand tu veux. Concentre-toi bien, surtout, me propose-t-elle en battant les cartes.

Je me retiens de lui dire que son joli décolleté me distrait trop pour ça.

— Ça marche.

Le plus possible, j'essaye de faire le vide dans mon esprit – ce qui n'est pas une tâche aisée. Pour plus d'efficacité, je prends une profonde inspiration, sans trop savoir si ç'a son importance. Tout cet univers est si abstrait pour moi, mais j'accepte volontiers de l'apprivoiser. D'autant plus si ça peut me permettre de me rapprocher un peu plus d'Alba.

— Stop.

Elle coupe le jeu et dépose les deux tas sur la table.

— L'étoile et le chevalier de pentacles, énonce-t-elle en caressant les illustrations du bout de ses doigts tatoués.

— C'est quoi, ça ? Je vais faire de l'équitation ?

— Nan, glousse-t-elle. J'ai posé une question dans ma tête, j'ai ma réponse.

J'attends d'en savoir plus, mais aucune explication ne vient. Alba rassemble ses cartes et les frappe contre la table pour mieux les mettre en ordre. Sur ce mystère qu'elle instaure, elle se lève.

— Tu vas me laisser sur ça ? Je veux savoir ! Ça me concerne.

Frustré, je la suis jusque dans la cuisine.

— Je t'ai dit de me dire « stop », j'ai jamais dit que ça te concernait toi, spécifiquement. Et tu verras bien. Je veux rien influencer. Je t'en parlerai si jamais les choses évoluent.

Elle me gratifie d'un sourire malicieux et d'une frappe sur l'épaule.

— OK, j'ai compris, minaudé-je en m'adossant au frigidaire. T'as demandé si toi et moi, on allait pondre des gosses ? C'est hors de question, ma vieille. Pour que tu les appelles Merlin, Hermione et Salem, non merci.

Contre toute attente, et alors que je prévoyais de recevoir un doigt d'honneur, Alba éclate de rire. La lumière de son sourire grimpe jusque dans ses yeux. Il y a bien longtemps que je ne l'ai pas vue aussi sincèrement amusée.

— Au fait… Comment se passe ta thérapie ?

Son sourire ne décline pas. Mes pensées se confirment ; sa bonne humeur doit avoir un lien avec ses séances. J'évite de trop la bassiner avec ça, d'une part parce que ça ne me regarde pas, mais aussi parce que je crains d'être trop intrusif.

Alba pose une main sur le comptoir et l'autre dans le creux de la hanche.

— Très bien, admet-elle dans un soupir qui témoigne de son soulagement. J'y suis allée trois fois déjà et ça me fait un bien fou.

Mes épaules s'affaissent.

— C'est vrai ?

— Mon psy m'a dit que j'allais bientôt faire de l'exposition à la réalité virtuelle, tu sais... avec un casque sur les yeux. Ça permet de se confronter aux lieux et aux contextes effrayants. J'ai hâte !

Je m'apprête à lui dire à quel point je suis fier de la voir à ce point sereine, mais elle tend subitement son index vers moi.

— Oh, pendant que j'y pense ! Maintenant que tu as terminé ton stage, il faut encore que tu passes tes partiels et, après ça, tu seras en vacances, pas vrai ? demande-t-elle en secouant une bouteille remplie d'un contenu douteux que je ne veux même pas connaître.

La bouche entrouverte, je la suis du regard pendant qu'elle déambule dans la cuisine, toujours aussi guillerette.

— Affirmatif, agent Starling.

— Super. Ça m'arrange, j'ai des projets pour toi. Et n'insiste même pas pour en savoir plus, je te dirai rien.

Sans me laisser le temps de renchérir, elle s'éclipse pour rejoindre les autres. Je louche sur la place vide qu'elle a laissée dans la cuisine en soufflant un rire silencieux.

Peu importe si la pleine lune est responsable de ce que je vois, finalement. Alba s'envole. Je le ressens. C'est encore fébrile et fragile, mais elle se libère de ses chaînes.

Ici et maintenant, elle ne pouvait pas me rendre plus heureux qu'en étant aussi fidèle à elle-même. Je la retrouve petit à petit. Elle ne réalise pas l'ampleur de ses progrès et c'est une bonne chose. Moins elle se focalise sur le chemin qu'elle a à faire, plus elle avance de manière inconsciente.

Je viens de chier mon partiel d'histoire médiévale. J'ai beau essayer de tirer le positif de la situation pour ne pas péter une durite dans les couloirs de l'université, là, je sèche. Par-dessus le marché, mes camarades se sont réunis devant la salle d'examen pour débattre des trois sujets au choix et de ce qu'ils ont développé. Évidemment, aucun d'entre eux n'a eu le même raisonnement que moi.

Une fois dehors, je dégaine mon paquet de cigarettes plus vite que mon ombre en faisant abstraction d'Oscar qui m'interpelle. J'ai juste envie de me réfugier dans ma caisse et donner quelques coups de poing dans le volant comme un tocard. À grandes enjambées, je m'éloigne de la fac, bouscule les étudiants qui se dressent sur ma route et progresse vers le parking.

Mais il faut croire que la vie a décidé de m'achever.

Là, à quelques mètres de ma Clio, mon père patiente, les bras croisés.

OK, ça va être ma fête.

Ce n'est pas du tout le moment de s'adonner à des retrouvailles mélodramatiques, j'ai d'autres chats à fouetter. Comprenant qu'il m'attend, je fais un rapide tour sur moi-même et pousse un soupir.

— Bonjour, Léon, dit-il quand j'arrive auprès de lui.

— Salut.

Comme je n'ai aucune idée de ce que je suis supposé faire, je déverrouille la portière pour balancer mon sac à dos à l'intérieur du véhicule.

— Tu fumes, maintenant ?

Il fige ses yeux accusateurs sur la cigarette que j'ai coincée entre mes lèvres. Je lui réponds d'un haussement d'épaules, très peu enclin à l'idée de me justifier.

— Excuse-moi, se reprend-il. Ce… Ce n'est pas important.

— Qu'est-ce que tu fais là ?

Mal à l'aise, il étudie l'environnement qui nous entoure.

— Édouard a refusé de me dire où tu vivais. Je sais juste que tu étais censé être à l'université aujourd'hui. J'ai reconnu ta voiture. Ça fait deux heures que je suis ici.

— Oh, wow. Fais gaffe, je suis à deux doigts d'applaudir cette incroyable performance. Deux heures, c'est bien plus que le temps que tu m'as accordé durant le restant de ma vie. Bien joué, *padre*.

Il faut que je me calme, mais pour ma défense, il n'a pas choisi le meilleur moment pour venir prendre la température. Peu étonné par ma rancune, mon père hoche la tête. Tout comme Élias – son fils préféré que j'ai l'immense joie de croiser tous les mercredis près de la gare –, il n'a pas changé, hormis la calvitie qui lui a grignoté les derniers cheveux qui lui restaient.

— Je fais ça pour ta mère. Tu la connais, elle est malheureuse qu'on en soit tous là aujourd'hui. Et, va savoir pourquoi, ça fait plusieurs semaines qu'elle n'arrête pas de me parler de toi.

— C'est ça, le problème. Tu fais ça pour elle. Pas pour toi ni pour moi.

— Non, je suis maladroit, ce n'est pas ce que je voulais dire, s'empresse-t-il de se justifier en m'empêchant de disparaître dans ma voiture. Je me suis rendu compte qu'elle avait raison. Notre famille… Tout ça… Va pas croire, Léon. J'en suis malade. J'ai quatre enfants, et je n'en vois plus que deux.

Ce *plot twist* m'oblige à abandonner ma clope sur le bitume. Qu'est-ce qui a bien pu se passer pour qu'il me tienne ce genre de discours ? Lui qui est toujours resté campé sur ses positions…

— La faute à qui ? Y en a toujours eu que pour Élias et Pierre.

— La mienne, je sais, admet-il. Vous étiez les plus turbulents, Édouard et toi. Je n'ai pas su gérer quand vous étiez petits et… je n'aurais jamais dû laisser un fossé se creuser entre nous. Je suis désolé. Sincèrement. Si tu savais comme je m'en veux… Chaque jour, je vis avec cette culpabilité, il faut que tu me croies.

Derrière lui, les élèves de la fac commencent à débarquer pour regagner leurs voitures respectives. Parmi eux, Oscar soulève le menton vers moi, sans doute pour s'assurer que tout va bien. Hors de question de me donner en spectacle ici. D'ailleurs, je n'ai même pas envie de discuter.

— On va pas parler de ça sur un putain de parking, et je suis pas d'humeur, désolé.

Les yeux larmoyants, mon père m'implore silencieusement de lui donner une chance de s'expliquer. Il arrive trop tard. Je me suis fait une raison. Décidé à partir, je le contourne et entre dans ma Clio.

Le temps de ma manœuvre, je ne le lâche pas du regard. Il marche entre les allées de voitures, la tête inclinée vers le goudron, l'air dépité.

Putain.

Avec lenteur, je sors de ma place et roule à sa gauche.

— T'es venu à pied ? demandé-je après avoir baissé ma vitre.

— Il fallait que je marche.

Il poursuit sa route sans me regarder.

— Bon, bah, grimpe. Je vais te ramener.

Immobile, les mains dans les poches de son imperméable, il semble hésiter un instant. Sa réflexion n'aura pas été bien longue. Il s'installe côté passager et je redémarre aussitôt.

Le trajet jusqu'à la maison se passe dans un silence de mort. Malgré ça, je ne me sens pas mal à l'aise. Cette situation résulte uniquement de son manque d'implication dans ma vie. Je n'étais qu'un gamin et, aujourd'hui, l'âge adulte aidant, j'ai conscience de n'avoir rien à me reprocher. Si ce n'est mes conneries adolescentes qui m'ont tout de même permis d'évoluer.

Je me gare devant la longère et coupe le contact. Mon père ne bouge pas d'un iota. J'espère qu'il n'a pas dans l'idée de m'inviter à boire un café. Au loin, cachée derrière le rideau qui borde la baie vitrée du salon, ma mère nous observe. Son absence de discrétion me fait souffler du nez.

— Peut-être qu'un jour j'arriverai à ne plus t'en vouloir, lâché-je.

Surpris, mon père tourne son visage vers moi, mais je ne l'affronte pas. Je pourrais sangloter comme un môme en le voyant aussi attentif à ce que je peux ressentir… Pour une fois.

— Je veux être en paix avec tout ça. Ce sera pas tous les jours facile, parce que je peux pas m'empêcher de cogiter en me demandant ce que j'ai pu faire de mal pour que tu me délaisses toutes ces années…

— Rien. Tu n'as rien fait de mal, m'interrompt-il.

— Laisse-moi finir.

Ça fait des lustres que je réfléchis aux meilleurs mots à employer. J'ai passé des insomnies entières à visionner cette conversation, mais désormais sur le fait accompli, j'improvise.

— Je sais que les torts ne sont pas de mon côté, continué-je. Et je dis pas ça pour te faire porter le chapeau, c'est juste un fait. Maintenant… je peux pas te garantir qu'on aura une relation saine, mais je sais qu'un jour j'arriverai à être dans la même pièce que toi sans ressentir de la colère. Avant tout, je me le dois à moi. Je veux plus nourrir ma rancœur, ça m'apporte rien.

Il murmure un « Je comprends » à peine audible, même si je doute qu'il puisse un jour réellement saisir ce que j'ai vécu toutes ces années.

— Et si on organisait une discussion collective avec tes frères ? propose-t-il. Ça fait des années que ta mère propose qu'on parle tous ensemble. Je pense que ça pourrait crever l'abcès une bonne fois pour toutes.

— Nan. Ce sera sans moi. J'ai rien à vous dire de plus que ce que vous savez déjà et j'ai pas du tout envie de remuer des trucs qu'on pourra pas changer.

Il acquiesce, même si je peux distinguer son insatisfaction. Je suis prêt à faire un pas vers lui, mais il ne sera pas ma priorité. En revanche, Élias peut gentiment aller se faire rôtir le cul. Si mon père a été un parent maladroit, mon frère, lui, a jubilé de me voir aussi délaissé. Famille ou pas, je refuse de lui accorder une quelconque place dans ma vie.

— Je suis fier de ce que je suis devenu, papa. La seule frustration que j'ai, et je l'aurai à vie, c'est que tu n'aies pas été témoin de mon évolution.

— Je le vois, aujourd'hui.

— Mieux vaut tard que jamais, alors.

Je m'autorise un regard vers lui. La tête baissée vers ses pieds, il presse le plancher de la voiture avec ses chaussures de ville vernies. Au bout d'une poignée de secondes, il relâche une longue expiration.

— J'ai tout mélangé. J'ai raté mon rôle de père parce que j'étais trop focalisé sur les merdes qui me tombaient dessus. J'ai laissé ta mère se débrouiller toute seule et, crois-moi, je m'en mords les doigts tous les jours. Mais, quoi que tu en penses aujourd'hui, tu restes… mon fils.

Sa voix s'est éraillée à ce dernier mot. Comme un con, je suis incapable de retenir mes larmes.

— Tu es mon fils, et je t'aime comme les trois autres, poursuit-il, la main sur mon épaule. J'ai juste… Enfin, bref, on ne va pas refaire l'histoire, mais si un jour tu as envie qu'on en parle, je t'expliquerai.

— C'est pas la peine, refusé-je en reniflant. T'as peut-être tes raisons et y a sûrement des choses qui m'échappent, mais j'avance, moi. Ça changera rien de ressasser.

Il affermit sa poigne sur mon bras.

— Tu as tout pris de ta mère, constate-t-il dans ce que je crois être un compliment.

— Hm. J'ai ton impulsivité et ton amour pour les expressions merdiques, donc bon…

Un rire amer nous échappe. Mon père pose sa main sur la poignée, sur le point de quitter la voiture. Je profite de sa posture en biais pour me débarrasser des larmes qui me brûlent les yeux.

— Je suis content qu'on ait pu discuter sans s'engueuler, Léon. J'espère qu'on pourra rattraper le temps perdu. À ton rythme, bien sûr.

Avant de partir, il se penche vers moi. Sans que je puisse le contrôler, bien que je n'aie pas envisagé de quelconque geste tendre avec lui, je me colle à son torse. Nous ponctuons les secondes de cette étreinte par des frappes dans le dos. Elles attestent l'amour qui subsiste malgré tout et toutes ces choses qui ont longtemps été passées sous silence. Une forme de délivrance. La gêne de ne pas savoir comment s'y prendre, aussi.

Mon père disparaît et je reste statufié, les mains crispées sur mon téléphone. J'ouvre une conversation et fais pianoter mes doigts tremblants sur l'écran.

Moi
T'avais raison et je te comprends. Tout ce que tu m'as dit vis-à-vis de ton père. Le soulagement que t'as ressenti quand ta sœur et toi vous avez pu discuter avec lui.

Gabriel la Mortadelle
De quoi tu parles ?
(Ramène du pain stp)

Moi
J'ai pu parler avec le mien. Je te raconterai ce soir. (Le pain, je te le mets dans la gueule)

Gabriel la Mortadelle
Ça marche, je suis trop content de l'apprendre, frérot.
(T'es mort)

Je mets le contact et baisse le frein à main, mais mon pied reste en suspens au-dessus de l'accélérateur. L'hésitation m'oblige à retirer les clés du Neiman. Tant qu'il y aura cette part de frustration dans mon cœur, je ne peux pas me résoudre à partir. Pas sans avoir accompli ce qui vient de me passer par la tête.

Je tire la poignée, sors de ma Clio et reprends mon téléphone.

Moi
Finalement, je sais pas à quelle heure je rentre. Bisous. (Et y a du pain dans le congélo, pour info)

La portière claque et je prends le chemin de la longère. Je murmure pour moi quelques mots encourageants et appuie sur la sonnette.

Par-delà la cloison, les aboiements de Balto se joignent aux crissements des pieds de chaises. La porte s'ouvre sur ma mère. Même tableau que la fois précédente, le sourire en plus.

— Léon ?

Je m'impose dans l'entrée et frotte mes pieds contre le paillasson.

— Laisse-moi deviner, dis-je en humant l'odeur de nourriture qui flotte dans la maison. Bœuf bourguignon ?

— Non, euh… pot-au-feu.

— Arf, j'étais à ça, dis-je en mimant un infime espace entre mon pouce et mon index. Bon, bah, ça me va quand même, hein. Il vous reste une petite part pour moi ?

Émue, la main gauche sur sa poitrine et la droite toujours collée à la poignée, maman consulte mon père qui s'est immobilisé dans la pièce à vivre.

— Bien sûr ! Tu connais ta mère, elle a dû penser qu'on allait nourrir tout le hameau. Viens t'asseoir, on allait se servir.

Mon père part aussitôt dans la cuisine et s'affaire à me dresser un couvert à la place que j'ai toujours occupée lorsque je vivais encore ici. Cette scène est si surréaliste que ma mère est restée bloquée, la bouche et les yeux grands ouverts. Sans en faire cas, je m'installe à la table et soulève le couvercle de la marmite en fonte. La fumée s'évapore et, salivant d'appétit, je me frotte les mains.

— Viens donc, Marie-Ange. Ton fils va tout manger sinon, s'amuse papa et se servant un verre de vin. Regarde-le.

— Ouais, tu devrais venir, maman. Je suis tellement habitué à ne manger que des pâtes que je risque de lui faire sa fête à ce pot-au-feu.

Elle finit par clore la porte.

— J'arrive, mes chéris… J'arrive.

Chapitre 28
Sur le quai d'une gare

Entre amis, il est si beau que le silence soit d'or,
mais le rire bon et frais l'est beaucoup plus encore.
Friedrich Nietzsche

LÉON ☼

Mes proches peuvent en témoigner : je ne suis pas du genre pessimiste. Toutefois, je dois admettre que ces derniers jours ont été d'une tristesse affligeante. Il y a d'abord eu les funérailles de Gaston et, même si je ne connaissais pas ce brave type, voir Solange au bout du rouleau m'a flanqué un méchant cafard. Avec les autres, nous nous sommes relayés pour qu'il y ait toujours l'un de nous avec elle, ne serait-ce que pour dîner, prendre un café ou fumer une cigarette. Elle va un peu mieux, je crois. Plusieurs fois, elle m'a juré tenir le coup, mais ses larmes dévastées l'ont contredite dans la seconde.

Aussi, il régnait une ambiance pesante à l'appartement. Comme un compte à rebours qui défilait bien trop vite à mon goût. Gabriel va mettre les voiles. Le plus possible, j'ai essayé d'occulter son départ de mon esprit, mais il y avait toujours un rabat-joie pour évoquer le sujet. Jusqu'à aujourd'hui, j'ai refusé de l'aborder.

Maintenant, je vais devoir y faire face.

Par souci d'entêtement, j'ai juré à mes colocataires que je ne m'adonnerais pas aux adieux larmoyants. Hors de question de prononcer le moindre au revoir. Je fermerai ma gueule et me contenterai de regarder le train s'éloigner.

Avec une bonne dizaine de minutes de retard, je progresse dans la gare bondée aux côtés des jumeaux. Les Moretti vont nous tuer, c'est certain. Encore plus à cran qu'une cocaïnomane sans sa dose, Romy presse le pas en se mordillant les ongles. Me laisser porter sa valise sous un soleil de plomb semble être le cadet de ses soucis. Difficilement, nous nous frayons un chemin entre les voyageurs qui patientent sur le quai. Les plus cons d'entre eux nous manifestent leur agacement par des soupirs et autres insultes prononcées à mi-voix – ce qui a pour effet de me tendre un peu plus.

— Mais bon sang ! Vous auriez dû être là depuis un quart d'heure, on vous attendait ! s'écrie Alba au moment où elle nous aperçoit.

Je me garde bien de lui avouer que j'ai prétexté un changement d'itinéraire en route pour que ce train leur passe sous le nez.

Aussitôt, Romy se réfugie dans les bras de son petit ami. Je lâche ses bagages au sol et m'empresse de me faire de l'air avec ma casquette.

— Putain, tu traînes un cadavre dans tes affaires ou quoi ?

Comme prévu, je focalise mon attention sur les groupes de gens qui nous encerclent. Au moins, ça m'évite d'affronter Gabriel. Pourtant, son annonce m'oblige à relever la tête vers lui.

— Le train arrive dans cinq minutes, dit-il d'un ton désolé.

Un court laps de temps avant qu'il ne disparaisse de mon quotidien, donc. Un silence plane. Encore plus stressée que les protagonistes de ce départ, Alba s'agite et propose :

— Prenez-vous les mains ! Il faut qu'on se partage nos bonnes ondes et nos énergies !

— Euh… Si j'ai les mains moites, c'est parce qu'il fait chaud, hein, me dédouané-je.

— Allez, sans rire. Faites-le !

Après un soupir collectif, nous nous exécutons. Stratégiquement, je me place dans la ronde de façon à tenir les mains d'Oscar et Alba. Si Gabriel croit que je vais lui faire le plaisir de lui refiler mes ondes, il se fout le doigt dans l'œil jusqu'au prépuce. Comprenant mon petit manège, il lâche un rire consterné que je m'efforce de ne pas imiter.

Nous rompons le contact et je me mets en retrait. Je sais ce qui va suivre, je refuse d'y participer. Quoique… J'ai bien envie de taquiner Romy une dernière fois.

— Tu as tout ? lui demande son frère. Ton billet, tes papiers d'identité, les documents de ton…

— Oui, oui, oui ! J'ai tout, Oscar. On a vérifié mes affaires quatre fois avant de partir.

— Tutututu ! interviens-je en me dressant entre eux. Tu as oublié un truc super important.

— Quoi ?

Je me penche à sa hauteur et me tapote la joue. D'emblée, elle me saute au cou et, malgré ma réticence, j'accepte de la réceptionner. Ça va me manquer de ne plus la charrier sur son hypersensibilité ou sur ses goûts musicaux aussi poussiéreux que ceux de Gabriel. Je m'apprête à lui balancer une dernière blague vaseuse pour la route, mais Alba s'immisce entre nous pour la prendre dans ses bras et lui faire une déclaration sirupeuse.

Je m'éloigne lorsqu'elles se mettent à geindre. C'était à prévoir. Un peu amusé, j'envoie un gloussement vers Oscar, mais ce dernier est dans le même état que sa sœur. D'un regard que j'espère assez désintéressé pour être crédible, j'observe ensuite Alba foncer sur Gabriel. Les duos de frangins sortent les violons, pendant que je patiente et fais semblant de consulter les horaires.

La foule se presse autour de nous. Le train vient d'arriver en gare. Mon cœur se serre et palpite jusque dans ma gorge. Les gens se ruent déjà vers le bord du quai. En chœur, mes amis tournent leur visage vers moi.

— Bon, tu veux toujours pas me dire au revoir ? s'impatiente Gabriel.

Merde, alors.

Est-ce que je vais parvenir à jouer mon numéro de gros borné jusqu'à la dernière seconde ? Stoïque, je ne réagis pas à sa demande. Il ose un pas dans ma direction et allonge le bras.

— Regarde, je te tends la main. Tu peux au moins la serrer dans la tienne, nan ?

En dépit des expressions insistantes que m'envoient les autres derrière lui, je ne bouge pas d'un millimètre. S'il n'était pas aussi attachant avec sa moue boudeuse, ça aurait été bien plus simple de l'ignorer. Armé de patience, il tient sa posture, tandis que je louche sur sa paume. Nos yeux s'aimantent, bien malgré moi, et son regard me prie de vite sauter sur l'occasion avant qu'il ne soit trop tard.

Je finis par m'emparer de sa main, non pas pour la lui serrer, mais pour l'attirer contre moi.

— Je te déteste, connard, soufflé-je dans son cou alors que ma voix se brise.

— Je sais, je sais.

Nous nous frappons dans le dos comme deux imbéciles. J'ai beau retenir mes émotions, elles m'échappent au moment où je me rends compte que Gabriel ne muselle pas les siennes.

— Merci pour tout, chuchote-t-il contre mon épaule. On se le dit jamais sérieusement, mais putain, t'es la personne la plus importante de ma vie. Je rigole pas.

— Tais-toi, s'te plaît.

À l'unisson, nous soufflons un rire couplé d'un sanglot.

— Moi… Moi aussi, mec. Enfin… Je pense pareil, tu le sais, hein ? T'es mon frère, ça bouge pas, continué-je.

— Prends soin d'Alba, d'accord ?

— Ferme-la avec ça. C'est elle qui prend soin de moi.

D'une forte poigne, il attrape ma nuque et resserre un peu plus son étreinte. Lui non plus n'a pas la moindre envie de s'écarter.

— On a l'air con, nan ?

— Tu crois ? pouffé-je en appuyant sur mes yeux pour chasser mes larmes.

Au bout d'un court instant, nous brisons notre proximité.

— Allez, casse-toi vite avant que je te supplie de rester en me foutant à genoux.

— Quoi qu'il arrive, on se retrouve cet automne, dédramatise-t-il. On se fera des appels en FaceTime pour que tu me racontes ta rentrée en master.

— Ouais… Bah, pas trop souvent alors. Pas envie de voir ta sale gueule tous les jours.

— Il s'agirait de lâcher ma main, Léon, maintenant.

— Ah, oui, pardon.

Un câlin collectif plus tard, Romy et Gabriel attrapent leurs bagages, nous adressent quelques mots doux et grimpent dans le train. J'aurais voulu me tirer fissa, mais Alba et Oscar tiennent à suivre leur départ jusqu'à la fin.

Au-delà de ce sentiment d'abandon qui m'étreint, je dois accepter le choix de mon meilleur ami. C'est la plus belle décision de sa vie. Évidemment que je suis fier de le voir réussir, mais son absence s'annonce déjà pesante.

Un message sonore signale un départ imminent. Je me précipite vers mes deux colocataires enlacés et me joins à eux en les pressant contre moi. De l'autre côté de la vitre, Romy et Gabriel nous adressent des salutations de la main. Pour ne rien changer à mes habituelles clowneries, j'embrasse mon majeur et leur tends alors qu'Oscar ne cesse de hurler à sa jumelle qu'il l'aime de tout son cœur.

Quand le train amorce son départ, je fais mine d'attraper les baisers que Romy nous envoie pour les ranger dans ma poche. La voir rire m'oblige à en faire autant. Blotti derrière elle, Gabriel me mime un salut militaire, avant de frapper son poing contre le côté gauche de sa poitrine. Je lui souris à m'en briser la mâchoire et il disparaît petit à petit de la gare de Calfort, la ville qui aura bercé nos plus beaux souvenirs.

Depuis près d'une demi-heure, je n'ai pas décampé de la chambre de Gabriel. Je me suis installé sur le bord de son lit dépourvu de draps. Hormis ses affaires encombrantes que nous avons prévu de lui faire parvenir, il n'y a presque rien. Les murs gris ont été débarrassés des affiches musicales, la penderie ne renferme plus sa collection de sweats et aucun vinyle ne jonche le parquet. Il reste cependant son précieux piano numérique. Le clavier est rangé dans son carton d'origine, prêt à être expédié par mes soins. Son parfum stagne encore entre les murs. C'est con, mais je regrette de ne pas lui avoir proposé d'en asperger un peu sur un de mes pulls.

Ouais, en fait, non. C'est bizarre.

Des petits coups portés sur la porte me tirent de mes rêveries. Alba s'assied à côté de moi et saisit ma main.

— Tu sais bien que ça ne changera rien. Gab a beau être à des kilomètres, la distance ne creusera pas de fossé entre vous. Notre bande, tout ça… C'est la famille.

— J'en suis persuadé, oui, confirmé-je en passant un revers de paume sous mon nez pour ravaler mon chagrin. C'est juste… Ne plus voir sa grosse tête tous les jours, ça va être chaud. On a toujours été collés.

Je suis trop nostalgique, je crois. Dans cet appart, y a plein de souvenirs avec lui.

Manifestement aussi touchée que moi, Alba pose sa tête sur mon épaule.

— Il me manque déjà, avoue-t-elle. Je me plaignais du fait qu'il me couvait trop, mais finalement... Arf, il faut que j'arrête d'y penser.

Dans un soupir, elle frappe sur ses cuisses et se met debout.

Usé par cette journée riche en émotions, je relâche mon corps en arrière pour rebondir contre le matelas. Je me sens tellement à fleur de peau que même admirer le plafond sur lequel Gabriel a dû loucher pourrait me faire chialer.

— Ah là là, mon p'tit Léon, souffle Alba en s'asseyant à califourchon sur mes cuisses. Allez, on se laisse pas abattre. Tu penses pas que c'est encore pire pour eux ? Ils doivent être terrorisés. Puis, imagine-les dans un minuscule appartement parisien avec vue sur une bâtisse pourrave et des travaux qui les réveilleront au petit matin.

— Bien fait pour eux, dis-je, las.

Elle frappe des mains sous mon nez et me donne quelques petites baffes.

— Eh, oh ! Tu joues à quoi, Marchal ? Tu comptes me faire une grève de la faim ? Il est pas mort, ton copain, il va réaliser son rêve.

— Il était mon phare dans la nuit.

Dépitée, elle se laisse glisser à côté de moi.

— Seigneur… Tu me fatigues.

— Sans lui, je ne sais plus conjuguer mon présent, car il est plus-que-parfait.

— Ça veut rien dire, hein.

Un gloussement m'échappe. Je suis certain que Gabriel aurait bien ri à me voir aussi excessif.

— M'en fous, laisse-moi philosopher sur mon pote. Je pense que je vais lui faire du chantage affectif en lui disant que je suis à deux doigts de sauter par la fenêtre.

— On habite au deuxième étage. Tu risques juste de te péter une cheville.

— Qu'est-ce qu'une cheville quand on vient de perdre son âme sœur ?

— Ça, c'est typique du Gémeaux ascendant Cancer, déclare Alba, concentrée dans son analyse astrologique. Tu as une forte sensibilité que tu n'arrives pas gérer.

Je me redresse sur mes coudes pour mieux l'aborder.

— Ouais, alors je sais pas si t'as remarqué, mais je plaisante depuis tout à l'heure.

Sans s'attarder sur ce détail, elle se relève à son tour.

— En parlant de départ, il va falloir que tu fasses tes affaires, toi aussi.

— Attends, tu me vires de chez moi ? On est où, là ?

— Mais non. Prépare juste une valise.

Compte tenu de son sourire mutin, je suis certain qu'Alba a une idée derrière la tête. J'essaye de cerner un quelconque sous-entendu dans son regard, mais rien.

— Je pige que dalle. Une valise pour aller où ?

— Tu m'écoutes jamais quand je te parle, c'est incroyable. Je t'ai dit que j'avais des projets pour toi après tes partiels. Ils sont finis, non ? Bah, voilà, en route, mauvaise troupe.

Le temps qu'Alba se lève, je m'efforce de me remémorer d'éventuels indices qu'elle aurait pu me glisser ces derniers jours.

— Cher Léon Marchal, vous êtes convié à embarquer sur le Alba Airlines, minaude-t-elle en mimant une hôtesse de l'air. Accrochez-vous bien à votre siège, elle vous emmène loin de vos soucis et des turbulences !

Une main dans le creux de la hanche et l'autre tendue vers le plafond, elle se dandine et fait claquer sa langue.

— Le Alba Airlines ? Toi, faut vraiment que t'arrêtes de sniffer tes huiles essentielles, c'est trop, constaté-je avant de marquer une pause. Eh, attends, c'est une proposition indécente, ça ? J'achète un billet, m'dame !

Parée de son air provocateur que je ne connais que trop bien, elle s'approche de moi et dépose son index contre ma gorge.

— Si tes affaires ne sont pas bouclées demain, c'est Oscar qui décolle à ta place.

Il ne m'en faut pas plus. Sans perdre de temps, je cours jusque dans ma chambre et plonge sous mon lit pour mettre la main sur ma valise.

— Eh, mais je prends quoi comme fringues ? Je sais même pas où tu veux que j'aille ! m'écrié-je alors qu'Alba m'a déjà rejoint.

D'ordinaire, c'est moi qui suis à la tête des manigances de ce genre. Elle a inversé les rôles et j'ignore ce qu'elle a comploté dans mon dos. Néanmoins, son mobile est évident. Elle veut me changer les idées, détourner mon attention du départ récent de Gabriel.

L'épaule contre l'encadrement de la porte, elle décroise les bras et s'avance vers ma valise ouverte.

— Prends des vêtements légers. Tu seras pas de retour ici avant une semaine, donc fais le plein.

J'abandonne ma pile de tee-shirts sur mon bureau pour pivoter vers elle.

— Je pars tout seul alors ?

Toujours aussi mystérieuse, Alba soulève les épaules. Elle s'efforce de rester indéchiffrable, mais la lueur espiègle qui nimbe ses yeux vient de me livrer une partie du secret.

Le voilà son nouveau départ, celui qu'elle s'est tant promis. Sans vouloir tirer des plans sur la comète, je ressens que la surprise lui est aussi destinée. Et parce que je tiens à lui donner toute la satisfaction d'avoir la main mise, je joue le jeu. En temps normal, j'aurais passé le reste de la journée à tenter de lui soutirer des informations ou la pousser à bout jusqu'à ce qu'elle se trahisse toute seule. Pas cette fois.

Le simple fait qu'elle ait orchestré tout ça me touche déjà beaucoup.

— Alors… T'essayes pas de savoir où on va ? Je peux te séquestrer où je veux, ça te fait pas un peu stresser ?

Le ton de sa voix me laisse penser qu'elle est presque déçue que je n'en fasse pas des caisses.

— Bah, étant donné que j'ai la plus *caliente* des preneuses d'otage, je suis très serein.

Nous échangeons un sourire et je me remets à la tâche, aiguillé par les quelques recommandations qu'elle accepte de me confier pour faciliter l'organisation de ma valise.

Peu importe la destination, peu importe même si elle a prévu de m'expédier en Antarctique. L'essentiel, c'est l'intention qu'elle a mis dans ce projet. Ma victoire réside déjà dans chacun des sourires qu'elle répand. Le reste n'a plus aucune importance.

Chapitre 29
Let the sunshine in

Le soleil ne se lève que pour celui
qui va à sa rencontre.

Henri Le Saux

ALBA ☾

— Super, Alba. On avance. Je suis très heureux d'entendre ça. Félicitez-vous, il n'y a pas de petite victoire.

Cyril Beaucourt me gratifie d'un large sourire. Tendue par ce que je vais confier, je triture mon pendentif en croissant de lune.

— Je… J'ai quand même fait une crise, hier soir.

Il penche sa tête sur le côté pour m'inciter à poursuivre.

— Elle était plus facile à gérer que les précédentes. Je sens que j'ai les bons outils, mais… je m'en suis terriblement voulu.

— D'après vous, quelle a été l'origine de cette crise ?

Je m'enfonce dans le canapé, consciente de mon erreur.

— Des pensées d'appréhension. Aujourd'hui, je vais devoir prendre l'avion. J'ai mis en place ce projet au dernier moment, sans trop d'organisation pour ne pas me laisser le choix. Et j'ai quand même peur.

— C'est tout à fait normal. Nous n'avons fait qu'une seule exposition à la réalité virtuelle. Il va s'agir de votre première expérience depuis votre travail d'introspection.

Il s'interrompt dans son discours et s'adosse un peu plus contre son fauteuil, l'air pensif. Il reste silencieux durant quelques secondes et reprend :

— Vous m'avez souvent dit que vous étiez trop focalisée sur votre passé. Je crois au contraire que c'est votre futur que vous appréhendez le plus. Vous en êtes encore au stade des scénarios catastrophes, mais souvenez-vous, Alba : vous êtes la seule décisionnaire. Aucune crise ne s'abattra sur vous si vous ne la déclenchez pas vous-même.

— Je sais, oui.

Du bout de l'index, je caresse la tranche de mon carnet que je maintiens fermement. Plus qu'un support désormais rempli d'informations, il regroupe aussi plusieurs listes d'objectifs et des récits d'encouragement destinés à moi-même. Autant dire que j'y tiens comme à la prunelle de mes yeux.

— Que devez-vous faire lorsqu'une pensée négative vous vient ?

— Faire abstraction.

— Exactement. Ne la jugez pas, ne vous blâmez pas d'y songer. Dites-vous mentalement : « Je ne m'attarde pas sur toi. » Imaginez-vous la sortir de votre cerveau. Moins on les nourrit, moins elles reviennent. C'est un fait on ne peut plus logique. Débarrassez-vous de ce qui les déclenche, continuez à faire du tri, ne gardez que ce qui est bon pour vous.

J'acquiesce en silence et suis le thérapeute du regard quand il se met debout. Le doigt tendu vers un tableau en liège parsemé d'affiches, il me pousse à me focaliser sur la plus imposante d'entre elles.

— Vous vous souvenez du schéma ? Là, en rouge, c'est le système nerveux sympathique, celui qui est activé quand vous stressez. Et là, en bleu, le parasympathique, qui apporte la détente et la relaxation. Comment on actionne le deuxième ?

— La cohérence cardiaque, par exemple.

— Tout à fait. Et si ça ne suffit pas, faites appel à vos sens. Occupez votre cerveau. Détournez-vous de la crise. Vous voyez… vous savez tout ça, conclut-il en tournant le dos au tableau. Vous avez le pouvoir de prendre le contrôle et vous y êtes déjà parvenue plusieurs fois. Avec tout ce que vous avez mis en place jusqu'à aujourd'hui, il n'y a aucune raison de régresser.

Comprenant ma perplexité, il soutient mon regard et dépose ses avant-bras sur l'appuie-tête de son fauteuil.

— Vous êtes humaine. La vie a ses détours et il est impossible d'être positif à cent pour cent. En revanche, si vous choisissez d'inverser la tendance et de ne plus vous attarder sur le négatif, tout prendra un sens différent pour vous. Vous l'avez remarqué, non ?

— Oui.

— Vous avancez à pas de géant, non pas parce que j'impose un rythme trop soutenu pour vous, mais parce que vous avez compris. N'ayez pas peur d'avoir ouvert les yeux. Le meilleur est à venir, je vous le promets.

J'accepte de détacher mon attention du tapis pour l'affronter et lui adresser un faible sourire. Sans que je nomme ma crainte, Cyril Beaucourt a cerné ce qui me bloquait : les quelques fragments de bonheur que j'ai vécus ces derniers temps me fichent la trouille. Je n'ai pas l'habitude, ils sont presque irréels. Et pire encore, j'ai peur d'aller trop vite.

Néanmoins, j'ai conscience qu'il s'agit là des ultimes épreuves à braver avant l'accalmie. Le plus dur est derrière moi.

— Concernant votre passé et le souvenir que vous ne parvenez pas tout à fait à occulter, vous avez préparé ce que je vous avais demandé ?

Lors de notre dernière entrevue, il m'a conseillé d'adresser une lettre à Sylvain. Dans un premier temps, j'ai pris peur et refusé catégoriquement de me plier à cet exercice. Et puis, grâce à ses discours rassurants, il m'a convaincue.

J'ai mis du temps avant de le faire, clouée par l'angoisse de me retrouver en tête à tête avec ce bout de papier et les spectres de ce douloureux souvenir. Cette nuit-là, parée de mon stylo et submergée par le chagrin, j'ai visualisé la scène une ultime fois. J'ai noirci la feuille avec une facilité déconcertante. Les mots ont coulé de source, aussi tranchants qu'une lame de rasoir.

Au plus profond de ma conscience, j'ai su qu'il s'agissait là d'un adieu. D'une forme de pardon que je n'adressais qu'à moi. La fin d'une lutte, le début d'une reconstruction. La lumière.

— Oui, tenez. Je suppose que vous voulez la lire. Par contre, je ne veux pas la lui envoyer. Je ne sais pas si c'est ce que vous souhaitez que je fasse, mais… je ne peux pas.

— Suivez-moi.

Je me lève et le talonne jusqu'au fond du cabinet, là où un autre canapé borde une bibliothèque garnie. Une cheminée éteinte trône dans le coin de cette installation cosy. Je me souviens l'avoir souvent admirée de loin, regrettant que les températures douces du printemps ne permettent pas son activité.

D'un geste de la main, le thérapeute m'invite à m'asseoir sur le pouf qui traîne au sol. J'obéis et rabats ma jupe sur mes cuisses pendant qu'il vadrouille autour de moi. Il ajoute une bûche par-dessus le tas de cendres froides et les morceaux de bois épars, l'asperge d'un liquide inflammable, puis craque une allumette. Un feu jaillit dans l'instant.

Cyril Beaucourt pose un genou au sol pour arriver à ma hauteur. Les flammes dansent et crépitent, aussi gracieuses qu'un voile qui flotterait au gré du vent.

— J'aimerais que vous vous parliez, Alba. Adressez-vous à celle que vous étiez lorsque c'est arrivé. Pas à celui qui a causé tout ça, non. Vous et vous seule. Dites-vous ce que vous aviez besoin d'entendre.

Je lui coule un regard troublé.

— Ensuite… faites ce qui vous semble juste.

Le temps de songer aux mots à employer, je ferme les yeux. Il y a tant de choses que j'aurais voulu dire à cette Alba terrifiée. Une part de mon âme lui appartient encore. Je dois la libérer. C'est mieux pour elle, pour *moi.*

Alors je la visualise derrière mes paupières closes. Seule, apeurée, salie, honteuse. En boule sous sa couette, comme si cette vulgaire couverture pouvait la protéger de ses propres tourments, elle sanglote pour une injustice à laquelle elle ne peut rien. Une détermination insoupçonnée s'empare de moi et me fait froncer les sourcils. Je refuse que cette Alba perde une seconde de plus à se morfondre. Je refuse d'être à la merci de ce traumatisme qui n'aurait jamais dû exister.

Je veux retrouver mes ailes.

— Pardon, Alba, soufflé-je en rouvrant les yeux. Excuse-moi de t'avoir laissée traîner ce secret. J'aurais dû t'écouter, je sais, mais… Aujourd'hui, je cherche la paix et je vais te l'accorder, je te le jure. Tu n'es plus seule.

Je chiffonne la lettre et me concentre sur mes lignes sans véritablement les lire. Mon chagrin s'est dissipé. Je me sens forte. Plus forte que jamais.

— Tu es aimée, même si tu te persuades du contraire. Tu as beau prétendre apprécier ta solitude et ta mélancolie, rien ne te manque plus que les éclats de rire et les doux rayons de la vie. Crois-moi, je vais te rendre tout ça. Tu… tu le mérites.

Sans qu'aucune larme m'échappe, un soubresaut fait trembler ma poitrine, m'obligeant à faire une pause. J'avale péniblement ma salive et esquisse un fébrile sourire, destiné à cette Alba qui s'apprête à s'envoler.

— Alors va maintenant. Laisse-moi gérer, fais-moi confiance. Je tiens bon pour toi et tout ce que tu vas accomplir. Tu verras, il y a de belles choses ensoleillées qui t'attendent.

Tremblante, je tends la main vers le cœur de la cheminée. Une hésitation à peine perceptible et je laisse mon témoignage en proie au feu. *Enfin.* Les flammes progressent sur mes mots raturés et les effacent à tout jamais. Elles les emportent avec elles, devenues détentrices de ce souvenir.

— Voyez votre passé comme une autre vie, intervient le psychothérapeute, toujours agenouillé à mes côtés. Il ne vous définit pas. Il meurt ici et maintenant sous vos yeux parce que vous l'avez choisi. Avec toute sa noirceur, il part en fumée. Regardez.

Je ne détache pas mon attention de ce funeste exercice, ô combien libérateur. Jusqu'à la fin, je surveille le feu qui dévore une partie de ma vie pour la réduire en cendres.

— Vous lui avez accordé une lettre, vos derniers mots, vos derniers regrets peut-être, vos dernières pensées, vos adieux. Vous n'avez plus qu'à vous remercier. Vous vous rendez compte ? Vous vous donnez enfin le droit d'avancer sans le lourd poids qu'il avait posé sur vos épaules. C'est courageux.

Les larmes me voilent les yeux, témoins de la fierté qui éclot peu à peu à l'intérieur de mon cœur. Je me sens allégée d'une tension insoutenable. Pas totalement débarrassée de mes démons – ce serait trop beau –, mais en paix avec moi-même.

— Vous croyez que j'arriverai à ne plus y songer ?

Cyril Beaucourt se met debout et dispose un pare-feu au-devant de la cheminée.

— Je crois surtout que lorsqu'il viendra à vous, pour une raison ou une autre, vous serez en capacité de l'aborder avec beaucoup de recul et de sérénité.

Nous clôturons la séance sur quelques-unes de mes interrogations. La conclusion de notre échange est plutôt positive, même si je m'efforce encore de ne pas être dans l'utopie.

Le bonheur ne me tombera pas dessus, c'est à moi de le trouver. Il ne doit pas être le fruit d'une quête insensée. Il est déjà partout autour de moi, si tant est que j'accepte d'en apprécier ses fragments. Il n'appartient qu'à moi de changer le cours de ma vie.

— Au sujet de mon traitement, comment je m'y prends ?

— Conservez-le pour l'instant. S'il vous aide, c'est très bien. Il nous reste encore des choses à finaliser. Quand vous n'en aurez plus besoin, vous le saurez, ne vous en faites pas. Je vous avais bien donné mon numéro de portable ? En cas de nécessité, n'hésitez pas.

Je cale mon sac sur mon épaule et m'avance vers lui pour saisir la main qu'il me tend.

— Bon voyage, Alba. Profitez-en pour vous ressourcer. Vous le méritez.

Ma main moite est scellée à celle de Léon. Dire que je suis sereine serait un mensonge, mais mes angoisses sont aujourd'hui devancées par l'excitation. Ces derniers temps, la vie a l'air de me sourire un peu. Ou peut-être est-ce l'inverse ? Quoi qu'il en soit, je compte bien savourer ces vacances. Mes travaux pour l'école sont rendus, mes exercices de relaxation ont été religieusement appliqués depuis ma séance de ce matin et je suis fin prête à décoller.

Dans tous les sens du terme.

— OK, je suis pas bien. Mais alors pas bien du tout même ! s'agace Léon en s'immobilisant au beau milieu du parking de l'aéroport.

— Parce que tu ne sais pas où on va ?

— Déjà, ouais, mais aussi parce que c'est Oscar qui nous a conduits jusqu'ici et qu'il va faire la route du retour tout seul. Avec *ma* voiture. Allô ? Il a son permis depuis une semaine. J'te jure que si je retrouve une rayure sur ma caisse, ça va chauffer pour son matricule.

Je lève et les yeux au ciel et récupère sa valise, qu'il a abandonnée sur le bitume.

— T'es pire qu'un gosse. Allez, active-toi. Je tiens pas à ce qu'on loupe le vol.

— Tu sais que jusqu'à ce matin je trouvais ça un peu marrant, ton plan, mais là… Han ! Je sais ! T'as prévu de m'expédier au fin fond de la pampa sans billet de retour ?

— Me chauffe pas.

À force de bons arguments, je parviens à le convaincre qu'il ne court aucun danger. Nous pénétrons alors dans l'aéroport de Bordeaux qui, à n'en pas douter, affiche son heure de pointe. Les touristes sont éparpillés en masse près des panneaux récapitulant les vols tandis que les annonces sonores affluent sans interruption.

Des sueurs froides glissent le long de ma colonne vertébrale. Tout ce monde me rend nerveuse, comme prévu. J'inspire en cinq temps et relâche mon souffle sur le même tempo.

— Tout va bien ? s'alarme Léon, témoin de mon malaise. Alba, on est pas obligés de le faire si tu le sens pas.

— Bon ! Tu viens ? Il faut qu'on aille s'occuper des bagages et des tickets d'embarquement, mais avant il va falloir que tu joues le jeu.

Il m'étudie, perplexe, et analyse le moindre de mes faits et gestes. J'extirpe les objets nécessaires à ma surprise de mon sac à dos sans m'attarder sur son inquiétude.

— Tiens, le masque, je vais le mettre sur tes yeux, déclaré-je en joignant le geste à la parole. Et le casque, sur tes oreilles. Comme ça, tu sauras où on va à la dernière minute. Tu les enlèveras quand je te le dirai.

— Oh, bordel…

— En attendant, tu lâches pas ma main.

— Ça, y a pas de risque.

Non sans avoir blasphémé et dégainé ses meilleurs jurons, il me laisse finaliser les préparatifs. Je connecte le casque en Bluetooth et lance la playlist ringarde qu'il a téléchargée sur mon application de musique. Je mets le volume au maximum, ce qui ne manque pas de le faire sursauter.

Accrochée à son bras, je progresse dans l'aéroport. Jusqu'à aujourd'hui, Léon a toujours été mes yeux et mes jambes quand je ne parvenais plus à trouver ma voie. J'ai inversé la tendance, pourtant peu certaine d'arriver jusqu'à l'objectif que je me suis fixé. Disons que je ne me laisse pas le choix. Je lui dois bien ça…

La musique semble avoir anéanti la peur qui l'habitait. Guilleret et aveugle, il me suit et dodeline de la tête sous les regards interloqués des gens qui croisent notre route. Pour respecter certaines procédures d'enregistrement, il ôte son masque, mais le réinstalle d'emblée pour ne pas prendre le risque de gâcher la surprise. Une fois toutes les étapes franchies, je l'aide à grimper dans l'avion et nous nous installons à nos sièges attitrés.

Léon a passé l'intégralité du vol à dormir, peu soucieux d'importuner les autres voyageurs avec ses ronflements. Lui qui me jurait avoir une trouille bleue de l'avion a l'air d'avoir bravé ses angoisses. Comme moi. Peut-être que le fait d'être privé de deux de ses sens l'a empêché de trop appréhender. De mon côté, j'avoue qu'être son seul guide m'a aidée à ne pas m'attarder sur mes habituelles pensées négatives.

Il n'a pas lâché ma main du trajet, même emporté dans le sommeil. Ce contact a attiédi la chaleur de mes angoisses quand elles osaient poindre. Bien sûr, l'anxiolytique que j'ai englouti avant de venir a aussi eu son rôle à jouer, mais je suis fière d'avoir repoussé la crise.

Penchée près du hublot, je remarque que l'avion a perdu en altitude et que le paysage prend petit à petit des allures de carte postale. La mer s'étend à perte de vue sous nos pieds, embellie par le soleil qui darde généreusement ses rayons. Les passagers s'agitent autour de nous, j'en profite pour libérer Léon.

— C'est bon. On arrive bientôt.

À tout moment, le commandant de bord annoncera l'endroit où nous nous apprêtons à atterrir. Pour s'acclimater à la luminosité, Léon papillonne des cils, se masse les yeux et prend le temps d'étirer son corps.

— Putain, j'ai dormi comme un loir.

— J'ai vu ça. T'as bien de la chance, moi j'ai pas réussi à fermer l'œil.

Il glisse son index le long de ma mâchoire.

— Ça va ? s'enquiert-il dans un murmure.

J'opine du chef, souriante. Il ouvre la bouche pour renchérir, mais le grésillement d'un micro qui résonne au-dessus de nos têtes l'oblige à se taire.

— Mesdames, messieurs, bienvenue à Trapani. La température extérieure est actuellement de vingt-cinq degrés…

— Oh, putain de con ! s'écrie Léon, agrippé aux accoudoirs. On est en Sicile ?

Il se frappe les mains, hurle comme s'il était tout seul dans l'avion et se jette sur le hublot.

— R'garde ça… Eh, j'vais clamser tellement je suis heureux, là. T'as vu toute l'eau ? Ça va taper des plongeons à tire-larigot, j'te raconte même pas.

— T'es content, alors ?

Il me fait face, les yeux brillants d'une tendre émotion.

— Je suis over-content, même ! s'enchante-t-il bien que son sourire s'estompe. Mais… T'as tout payé toute seule ?

— C'est ma façon de te remercier.

— Alba…

— Laisse-moi te faire ce cadeau, s'il te plaît. J'te demanderai rien. Je travaille comme une dingue au ciné, je veux en faire profiter mes proches.

Vaincu, il s'enfonce dans son siège et embrasse le dessus de ma paume. Mon cœur palpite à mille à l'heure, excité de poser les pieds sur ce sol sicilien qui collectionne quelques-uns de mes plus doux souvenirs. En plus d'être un lieu familial précieux, Trapani a bercé mon âme d'adolescente insouciante. Durant l'été 2010, Léon a fait partie du voyage, l'enjolivant à sa façon.

Et quelle plus belle référence que celle de revenir sur la terre de nos premiers émois ?

Chapitre 30
À la quête du soleil

L'enfance est un lieu auquel on ne retourne pas,
mais qu'en réalité on ne quitte jamais.

L'Idée ridicule de ne plus jamais te revoir,
Rosa Montero

ALBA ☾

Le vent tiède de la Sicile nous enveloppe dans ses douces rafales. Chargés comme des mules, nous gravissons la côte de la rue Roma qui, en plus d'être constituée de pavés, est envahie par les touristes. Erice est une ville médiévale charmante, dotée d'églises, de boutiques artisanales et de points de vue vertigineux. C'est sûrement l'un des plus beaux endroits de la péninsule. Ici, le passage est étroit, mais à l'ombre.

Léon a perdu de ses couleurs, mais ça doit être dû au taxi que nous avons pris avant d'atterrir dans la vieille ville. Il a même réclamé plusieurs pauses dans l'itinéraire du chauffeur pour prendre l'air et faire passer son mal des transports. Habituée aux chaleurs italiennes, je l'aide à soutenir sa valise durant les derniers mètres à franchir.

— On y est ! déclaré-je en rabattant mes boucles derrière mes oreilles.

— Ah, *yes*, j'ai failli crever trois fois, mais c'est cool. Ça m'avait pas manqué ces routes.

Je lui donne un petit coup de poing dans l'épaule et pousse la lourde porte d'entrée. À peine ai-je posé un pied sur le dallage en pierre qu'une horde de lévriers me sautent dessus. Mamie s'est toujours mis en tête de secourir les chiens errants de la ville, au grand dam de mon grand-père.

— *Nonna ! Sono arrivata, dove sei*[1] ?

Avec son éternelle chevelure grisonnante nouée en une longue tresse et son accoutrement plus fleuri qu'un jardin botanique, ma grand-mère sort de sa cuisine, les bras grands ouverts.

— *Sono felice di vederti, amore mio*[2], s'enchante-t-elle en la prenant dans ses bras.

Mamie s'écarte de moi pour s'adresser à Léon dont elle paraît se souvenir.

— *Come stai ? Allora… il volo è andato bene*[3] ?

— *Yeah, tutti frutti !* baragouine-t-il avec un large sourire confus, avant de chuchoter à mon oreille : Qu'est-ce qu'elle raconte ?

1. « Mamie, je suis arrivée ! Où es-tu ? »
2. « Je suis heureuse de te voir, mon amour. »
3. « Comment tu vas ? Alors, le vol s'est bien passé ? »

— Et tu prends des cours d'italien à la fac ? raillé-je. Débrouille-toi, mon vieux.

Dans un mélange de langues, il parvient tout de même à lui faire comprendre qu'il est très content d'être en Sicile. Mamie s'en satisfait et nous entraîne avec elle jusque dans le salon, là où mon grand-père est trop occupé à zieuter la télévision pour nous accorder de son temps.

— *Come sta tua madre ? E tuo fratello ? Mi manca tanto*[1].

Sans m'attarder sur les détails, je lui parle de sa fille dont elle n'a pas eu de nouvelles depuis un long moment. Aussi, je lui annonce que Gabriel a emménagé à Paris pour poursuivre ses rêves, chose qui l'émeut immédiatement. Je crois qu'il y a eu quelques différends dans cette famille, d'où la réticence de mon grand-père à chacune de mes visites. Il doit sûrement penser que je partage les rancœurs de ma mère, bien que ça me passe au-dessus. Grâce à Dieu, Nonna ne mélange pas tout et nous a toujours accueillis chaleureusement, mon frère et moi.

— Wow, j'avais oublié que tes grands-parents avaient une piscine, s'émerveille Léon en consultant la véranda. On range nos affaires et on tape un plouf ?

Je secoue mon index, malicieuse, et il comprend tout de suite qu'il a peut-être un peu trop idéalisé ce voyage.

1. « Comment va ta mère ? Et ton frère ? Il me manque beaucoup. »

— Quoi ? s'alarme-t-il.

— J'ai programmé un truc aux petits oignons. Tu croyais quand même pas qu'on allait se la couler douce ici ?

— Euh… si ?

— Nan, nan. J'ai mieux.

D'une phrase en italien qu'il ne saura pas comprendre (sauf s'il m'a bernée quant à ses capacités), je demande à ma grand-mère de m'apporter ce qu'elle devait me préparer.

— Mieux qu'être nourris, logés et blanchis ? s'offusque Léon. Mieux que sauter dans une piscine dès le réveil ? Mieux que les bons petits plats de Nonna ? Permets-moi d'en douter fort.

Mamie revient du débarras. Elle abandonne tout son barda sur la table de séjour et je m'empresse de saisir les deux gros sacs à dos.

— Tiens, tu me mets tes affaires les plus importantes là-dedans. On va laisser nos valises ici le temps de faire ce qu'on a à faire, on reviendra plus tard.

— Tout doux. On vient d'arriver, je peux au moins boire un verre d'eau ?

— Bien sûr. *Nonna, un po' d'acqua per Léon per favore*[1].

1. « Mamie, un verre d'eau pour Léon, s'il te plaît. »

Ahuri, il examine tout le matériel essentiel à notre escapade.

— Une lampe de poche, une trousse de soin, des piquets pour planter une tente ? Laisse-moi deviner…

— Un road-trip ! le coupé-je, alors que mon grand-père me fait signe de baisser d'un ton à l'autre bout du salon.

Léon rit dans son poing et attrape le verre d'eau fraîche que Nonna lui tend.

— Alors, je sais pas si t'es un peu au courant, mais, un road-trip, en général, c'est mieux avec une caisse.

Je lui réponds par le tintement des clés de voiture que je fais tourner autour de mon doigt.

— T'as le permis, nan ?

— Ouais, répond-il, suspicieux, mais c'est quoi cette bagnole ?

— La vieille Land Rover de Ricardo. Il l'a confiée à mamie.

— Et qui c'est, ça, Ricardo ?

Comme s'il était supposé être au courant de son existence, je soupire.

— Ricardo… le fils de ma tante Giorgia, la sœur de maman. Celui qui est parti faire l'armée avec Niccolò, le cousin de l'oncle Sandro.

— *Quello con i capelli biondi*, ajoute mamie, installée à la table avec son café. *Il figlio del pescatore*[1].

Léon fait bondir ses yeux consternés sur Nonna et moi, les bras croisés.

— Ah ouais, je vois ! lâche-t-il.

— C'est vrai ?

— Bah non, évidemment que je vois pas, je bitte que dalle à ce que vous me racontez, mais bref. Pourquoi on aurait le droit de prendre sa caisse ? Il va s'en rendre compte, non ?

Pour éviter de perdre trop de temps, j'ouvre ma valise et commence le transfert en remplissant le sac à dos.

— Elle traîne ici depuis des lustres, ça nous évitera d'en louer une.

— *Non se ne accorgerà. Lei è mia in ogni caso*[2], précise mamie.

— Bon, je fais mon sac et on descend voir cette épave ? capitule Léon.

Quand nos affaires sont enfin pliées, nous rejoignons le garage situé en contrebas de la maison. Nonna tire le portail et nous désigne une Land Rover à la peinture écaillée, bien moins glorieuse que celles des films américains. Le modèle doit dater un peu, sans être inutilisable

1. « Celui qui a les cheveux blonds. Le fils du pêcheur. »
2. « Il n'en saura rien. Elle est à moi, de toute façon. »

pour autant. Léon fait le tour de la voiture à la manière d'un garagiste expérimenté alors qu'il s'y connaît autant en voitures qu'en variétés de fleurs tropicales.

— Ça devrait le faire, constate-t-il, les mains dans les poches de son jean. Par contre, il en a fait quoi des sièges arrière, votre Ricardo ?

— T'as pas vu qu'il y avait un matelas à la place ?

Il jette un coup d'œil par la fenêtre.

— Ah, pardon, j'ai cru que c'était un truc que Nonna avait foutu là pour l'emmener à la déchèterie.

Devant ma mine contrariée, il éclate de rire.

— Nan, mais c'est sympa. Je te garantis pas de te ramener entière à Calfort, mais ça nous fera des souvenirs à raconter.

— T'as tout compris, confirmé-je en claquant des doigts vers lui.

Je trottine jusqu'à la Land Rover pour y jeter mon sac à dos et nos affaires indispensables. Léon fait de même tandis que mamie s'écarte de nous en nous souhaitant un bon voyage.

— Ah, parce qu'on part maintenant ? s'offusque-t-il.

— Allez, monte dans mon carrosse, princesse.

Si l'extérieur ne paye pas de mine, l'intérieur, lui, n'a pas meilleure allure. Les sièges ont été grignotés par l'usure et les brûlures de cigarettes. Remarque, ce n'est pas moins moderne que la précieuse Clio de Léon, il saura s'en accoutumer. Installé derrière le volant, il étudie le levier de vitesse et les divers composants de la voiture.

— Bon, on a le droit d'aller manger dans un petit endroit sympa ou tu veux que j'aille nous pêcher un truc à main nue ?

— Emmène-nous où tu veux. Il faudrait qu'on trouve des campings pour se doucher aussi, il y en a un peu partout. De toute façon, on rentre chez mes grands-parents quand on veut. Moi aussi, j'ai bien envie de profiter de la piscine et du confort…

Je continue mon speech, mais Léon ne semble m'écouter que d'une oreille. Il me fixe, un sourire béat enraciné sur les lèvres.

— Quoi ?

— Rien. Je me disais juste qu'on avait pas souvent été que tous les deux quelque part.

— C'est vrai. Ça fait bizarre, gloussé-je.

— « Bizarre », c'est pas le mot auquel je pensais, mais ouais, c'est troublant.

Il claque la portière grinçante et tourne la clé dans le Neiman. La voiture pétarade rudement, mais se calme au bout de quelques secondes.

Pendant plus d'une heure, et après avoir dîné dans une pizzeria tranquille, nous sillonnons les routes de la province de Trapani. Le paysage paradisiaque de la Sicile défile derrière les vitres, encore plus envoûtant que dans mes souvenirs. J'ai beau adorer Calfort, je dois admettre que le climat méditerranéen m'a toujours conquise. J'ai envie de peindre la moindre ruelle fleurie, le soleil qui décline et qui déverse ses rayons sur la surface de la mer. Les amoureux qui se baladent main dans la main, aussi, avec un simple gilet posé négligemment sur les épaules tant les températures permettent de flâner les bras nus.

Un parfum de vacances plane autour de nous. Je me suis longtemps remémoré celles que je passais ici en me disant que plus jamais elles ne renaîtront. Léon m'aide à tisser de nouveaux moments de vie. Lui aussi, j'ai envie de le peindre. Immortaliser son aura solaire qui m'a contaminée.

Lorsque la nuit commence à tomber, nous nous arrêtons sur une place parsemée de sable, de gravier et d'un peu de pelouse. L'endroit est réservé aux camping-cars et aux tentes, mais, à l'exception d'un van garé de travers, il n'y a pas un chat.

— Pourquoi t'as prévu des trucs pour camper, du coup ? s'enquiert Léon en détachant sa ceinture. On a ce qu'il faut à l'arrière.

— Tu crois quand même pas qu'on va dormir tous les deux sur ce matelas ?

— Han, je vois. Bah, j'te plante la tente dehors, si tu veux. Tu vas être bien, là.

Il ouvre la portière, mais je me jette sur son bras pour le contraindre à la refermer aussi sec.

— Nan, j'ai peur.

— Sans blague ? Et moi non, peut-être ?

— OK, très bien, cédé-je, les mains en l'air. On dort ensemble alors.

Sans même camoufler son sourire victorieux, il se rend à l'arrière de la Land Rover et ouvre les sacs de sport que Nonna a absolument tenu à glisser parmi nos affaires. Et elle a bien fait. Sans ça, j'aurais fait l'impasse sur d'autres éléments essentiels. Comme des couvertures, par exemple.

— Qu'est-ce que tu fabriques, Marchal ?

Stupéfaite, j'observe Léon se battre avec deux serviettes de bain qu'il tente en vain d'accrocher devant les vitres.

— Quoi ? Un peu d'intimité, c'est trop demandé ? Je tiens pas à me faire mater par un zinzin pendant mon sommeil.

Je le laisse installer notre nid à sa guise et descends de la voiture pour me dégourdir les jambes.

Le panorama qu'offre le parking est aussi sublime que ceux qu'il nous a déjà été donné de voir. En hauteur, la place nous permet d'admirer les bourgades qui éclairent partiellement l'horizon. Ici, il n'y a pas de vue sur la mer, mais le spectacle n'en est pas moins magnifique. D'ailleurs, je n'ai aucune idée de l'endroit où nous sommes puisque j'ai roupillé durant la fin du trajet. Tout ce que je sais, c'est que Léon n'a pas quitté la province de Trapani.

— C'est méchamment stylé cette vue quand même, lâche-t-il.

Cigarette au bord des lèvres, il se rapproche de moi pour contempler le paysage. Un vent délicat se réveille et fait voleter son tee-shirt.

— Tu pouvais pas rêver mieux pour un *date*, minaude-t-il.

— Pardon ?

— Bah, quoi ? C'est un peu un *date*. On en a jamais fait. Bah, voilà. De rien.

Je me mords l'intérieur des joues pour ne pas rire.

— Pourquoi on en ferait un, déjà ?

— Pourquoi on en ferait pas, surtout ? me contre-t-il, adossé au muret qui protège la place de l'altitude.

Répondre à une question par une autre question ; j'aurais dû m'en douter.

— Très bien, admettons. C'est plutôt à moi que tu devrais dire merci. Je te signale que tout ça, là, c'est grâce à moi qu'on le voit.

— Alors merci.

Ses lèvres s'étirent en un délicieux sourire que je meurs d'envie de goûter.

— Si tu veux m'épouser, il faut qu'on y aille par étapes, enchaîne-t-il en gâchant mes pensées mielleuses. Le *date* en fait partie.

On ne peut plus sérieux, il hausse le menton.

— Je peux pas t'épouser.

— Wow, balance pas de mauvaises nouvelles sans prendre de pincettes, toi, s'offusque-t-il. Pourquoi ?

Je soulève une épaule.

— Je suis Scorpion, t'es Gémeaux, ça pourra jamais marcher.

Il me dévisage, les sourcils froncés et la lèvre supérieure retroussée au-dessus de ses dents. Je profite qu'il soit en train de me juger pour tourner les talons vers la Land Rover.

— OK, pars du principe que je suis Bélier alors ! s'obstine-t-il, à mes trousses.

— C'est encore pire !

Je m'engouffre dans le véhicule, suivie de près par Léon, plus acharné que jamais.

— Tu me connais, nan ? Je suis pas le Gémeaux le plus adorable de toute l'histoire des Gémeaux ? Ça vaut le coup de passer au-dessus, hein ? insiste-t-il, la bouche en cœur.

Sans me soucier de son regard baladeur, je me débarrasse de mes vêtements pour enfiler un débardeur et un pantalon de yoga qui auront le mérite d'être plus confortables pour dormir.

— Ouais, bah, toi, visiblement, tu me connais mal pour ne pas capter que je me fiche de toi. Bien sûr que je me fous que tu sois Gémeaux ou Capricorne.

— Ah ! On avance…

Automatiquement, et parce qu'il a l'air trop excité pour rester immobile, il m'aide à installer notre semblant de lit. Une fois chose faite, je m'assieds en tailleur sur la couverture et fouille dans mon sac à dos.

— On s'fait un tirage ? proposé-je en brandissant mes cartes.

Son sourire disparaît.

— J'ai une meilleure idée. Et si tu m'expliquais celui de la dernière fois ? Tu sais, quand t'as coupé sur l'étoile et le cavalier du zodiaque, là.

— Le chevalier des pentacles, corrigé-je.

— Ouais, lui.

Pour éviter d'user la batterie, Léon éteint la lumière de la voiture et opte pour une lampe de poche qu'il dispose à nos côtés. Je disperse les cartes en éventail avant de mettre la main sur celles qui lui ont été destinées.

— Déjà, ce sont deux cartes positives qui, en fonction de la question qu'on se pose, répondent « oui ».

— Dieu soit loué.

— Je vais essayer de te la faire courte. L'étoile, c'est la paix intérieure, la lumière qui annonce un renouvellement. Elle dit qu'on est sur le bon chemin, c'est l'harmonie, quoi. Le chevalier des pentacles, ça peut représenter un jeune homme qui apporte… comme une bonne nouvelle, tu vois ? C'est la confiance, la sécurité, la promesse d'un avenir prometteur.

Durant mon explication, son sourire s'est redessiné. Il m'écoute avec attention, le menton soutenu par ses paumes.

— Donc j'imagine que tu veux connaître ma question. Eh bien, figure-toi que j'ai demandé si toi et moi, c'était l'évidence. Enfin… C'est pas vraiment comme ça que je l'ai formulé. Je sais plus trop. J'ai dû me dire : « Est-ce que Léon est mon âme sœur ? » Au fond, je le savais déjà. Puis, des âmes sœurs, ça veut tout et rien dire dans la tête des gens. Pas dans la mienne. Pour moi, c'est clair. Tu vois, je pense que j'accorde beaucoup d'importance à…

— T'es belle, m'interrompt-il.

Je relève la tête vers lui et mes épaules s'affaissent.

— Nan, attends, s'empresse-t-il de poursuivre en attrapant mon poignet. Je dis pas ça pour te draguer bêtement, j'm'en fous. Juste… Je te trouve rayonnante depuis quelques jours. Je pige rien aux cartes et aux trucs ésotériques, je sais même pas si y a une forme de vérité là-dedans. La seule chose dont je suis certain, c'est que tu es mon âme sœur, ouais, je te rejoins. Quoi d'autre ? C'est peut-être cucul à mort, mais j'en ai jamais douté. J'ai pas besoin que des cartes me le confirment.

Assis face à moi, il relâche son corps en arrière pour atterrir sur ses coudes. Nous restons un court instant sans rien nous dire, mais je ne suis pas mal à l'aise. J'entreprends de ranger mes cartes dans leur étui sans lâcher Léon du regard.

— C'est grâce à toi si je suis aussi sereine aujourd'hui.

— Je refuse que tu dises ça par contre.

— Mais si ! Léon… J'aime la lune, elle sera toujours mon symbole parce qu'elle est du côté de la spiritualité, pour moi. Des rêves aussi, la créativité, l'introspection. Mais toi, tu m'as appris qu'on pouvait voguer d'un astre à l'autre.

Je marque une pause et ajoute :

— Tu as ravivé mon soleil.

Il souffle du nez en se redressant.

— Je sais, j'ai l'air d'une marginale encore à parler comme ça, constaté-je. C'est ridicule, mais c'est de cette façon-là que je ressens les choses. Et nous… Ma sérénité, tout ça, c'est le destin.

Dans une grimace, il prend le temps de réfléchir.

— Y a pas de destin, à mes yeux, conteste-t-il. Tout est une question de choix, d'un chemin pris à la place d'un autre. Toi, t'as décidé d'avancer par la seule force de ta volonté, pas parce que c'était écrit je ne sais où. Accepte d'admettre que tu as fait preuve de courage. Je serai éternellement admiratif de ton parcours.

Penchée vers lui, j'encadre son visage à l'aide de mes mains.

— OK, alors il y a des points où nos avis divergent et c'est pas grave. Je sais que tu me comprends. Si toi tu penses être éternellement admiratif de mon parcours, moi je serai reconnaissante à vie pour ce que tu as fait pour moi. Comme ça, on est quittes.

Il tourne sa tête à l'intérieur de mes paumes pour embrasser ma peau. Plus gêné que moi, Léon rompt notre proximité le premier. Il ôte son tee-shirt et son jean, désavantagé par le peu d'espace. Quand il se tortille pour enfiler un jogging, je m'affale contre le matelas.

— Oh, merde. C'est dur comme de la pierre.

— Putain, oui, constate-t-il en s'allongeant à côté de moi. T'es sûre qu'il y a de la mousse dans ce matelas ?

— Repose-toi bien, demain je t'emmène dans un endroit très spécial.

Il feint la surprise et se faufile sous le duvet.

— Je peux être franc avec toi ? J'ai capté où tu voulais aller, mais je ferai semblant d'être étonné quand on y sera, t'inquiète.

Évidemment. Je n'ai pas été très subtile sur ce point-là. Léon prend soin d'éteindre la lampe de poche et je sens son corps chaud se rapprocher du mien. Il me souffle un baiser sur le front, délicat comme la caresse d'une plume.

Et je m'endors, apaisée… Au meilleur endroit de la terre, avec la plus belle personne du monde.

Chapitre 31
Au rythme des vagues

Aimer jusqu'à la déchirure.
Aimer, même trop, même mal.
Tenter, sans force et sans armure,
d'atteindre l'inaccessible étoile.

La Quête, Jacques Brel

LÉON

La matinée a été tout bonnement scandaleuse.

D'une part parce que nous avons été réveillés à l'aube par trois zonards qui s'amusaient à secouer la Land Rover, mais aussi parce que le chocolat chaud qui m'a été servi dans une brasserie miteuse avait un goût de flotte. Autant dire que je suis un peu bougon. Alba, elle, est heureuse au possible, malgré la douche glaciale qu'on nous a autorisés à prendre dans un camping dès huit heures du matin. Elle s'en est accommodée, prétextant que l'eau froide drainait le corps et réveillait l'organisme.

En vérité, je pense que rien ne pourra noircir sa bonne humeur. Aucun incident, aucune embûche qui obstruera notre chemin ne l'atteindra. Elle l'a décidé.

Le chant des mouettes nous suit durant notre promenade, groupé au claquement des sandalettes d'Alba et de ses éclats de rire. Une glace à l'italienne dans la main et un sac en toile pendu à son bras, elle déambule au beau milieu de la rue piétonne. Sa longue robe fleurie danse contre ses jambes et je ne peux résister à l'envie de la prendre en photo. Elle joue le jeu, elle qui, quelques mois plus tôt, n'aurait pas hésité à me tendre son majeur.

Pour le déjeuner, nous avons jeté notre dévolu sur un restaurant qui proposait des spécialités siciliennes à faire saliver un mort. J'ai opté pour un *pizzolo*, une espèce de pizza fourrée avec supplément parmesan. Comme ici ils ne jurent que par la pistache, je me suis ensuite laissé tenter par des *cannoli*, une pâtisserie roulée, garnie de ricotta, de fruits secs et de Marsala. Ça change de mes burgers décongelés, qu'on se le dise.

Alba a même fait la conversation avec les Siciliens qui mangeaient autour de nous. En vain, j'ai essayé de participer aux discussions, mais mon faible niveau en italien m'a vite rattrapé. Elle a avalé discrètement un médicament entre deux anecdotes, pourtant loin de paraître angoissée. Je suppose que son traitement doit encore faire partie de l'équation et comme je n'y connais rien, je m'abstiens de tout commentaire. Elle sait ce qu'elle fait, la preuve en est dans son attitude. Je ne l'ai jamais vue aussi épanouie.

Le reste de la journée se déroule sur des notes tout aussi ensoleillées. Nous nous fondons dans une ambiance à la *Dolce Vita* qui n'arrange en rien les clichés, mais qui me dépayse complètement. Le moteur des vespas et les bavardages des passants jalonnent notre escapade dans une Sicile colorée d'azur, de lavande et de doré. Pour être franc, j'avais assez peu de souvenirs de la péninsule. Ils se centraient principalement sur mes baignades avec Gabriel et nos nuits à faire le mur pendant que ses grands-parents dormaient. Du coup, je prends un plaisir monstre à découvrir les recoins de Trapani, ses chapelles, son musée d'archéologie et ses ruines qui bordent les villages.

Au volant de la Land Rover – quelque peu fatiguée d'être souvent sollicitée –, je nous conduis jusqu'à la fameuse ville balnéaire qu'Alba affectionne. Appuyée contre la vitre, à moitié endormie, elle se secoue au rythme de ma conduite brinquebalante. Je brave le danger des ruelles étriquées et parviens à me garer sur le parking d'un hôtel.

— On y est.

Je contourne la voiture pour ouvrir la porte côté passager et Alba s'en extirpe en sautant avec entrain. Les bras en arrière, elle ferme les paupières, tandis que le vent marin met ses cheveux en pagaille.

— Bon sang, je réalise pas du tout. On est à San Vito lo Capo ! se réjouit-elle.

— J'ai galéré à trouver le bon endroit, mais c'était bien là, hein ?

— Oui, c'était précisément ici.

La plage de son exercice de relaxation pour aiguiser ses sens. La plage de notre adolescence, là où j'ai su avec toute la certitude dont je suis capable de faire preuve que j'étais barge d'Alba Moretti. D'après ce qu'elle m'a expliqué ce matin, ce bord de mer est tellement devenu incontournable qu'il est presque impensable d'y trouver une place en pleine saison estivale. Dieu merci, à cette période de l'année, la fréquentation est plutôt raisonnable.

Au pied d'une falaise, le sable blanc côtoie une eau bleu lagon qui me donne envie d'y plonger la tête la première. Empressés, nous marchons jusqu'aux abords de la plage.

— Le dernier à la flotte devra faire la vaisselle pendant un mois !

Alors que je cavale comme un abruti, les hurlements d'Alba me parviennent :

— Eh, mais on est pas au mois d'août, hein ! Tu vas te les cailler, Marchal !

Sur le chemin de ma course, je me débarrasse de mes fringues et de mes chaussures, incendié en italien par les quelques vacanciers à qui j'envoie allégrement du sable. Je me jette dans les eaux transparentes de la mer Tyrrhénienne et la fraîcheur me saisit aussitôt.

— Putain de merde ! crié-je, les bras croisés autour de mon torse.

En prenant le temps de récupérer mes vêtements, Alba me rejoint pour tremper ses pieds.

— T'es un énorme cinglé. Elle doit être à quinze degrés, grand max.

— Nan, mais une fois qu'on y est c'est bon, dédramatisé-je, alors que mes dents claquent. Je fais sauter la punition de la vaisselle si tu me rejoins.

La main plaquée au-dessus des sourcils pour préserver ses yeux du soleil, elle me fait comprendre que c'est hors de question.

— Hm, je te croyais plus vaillante que ça. C'est pas toi qui disais que l'eau froide drainait le corps ? Bah, viens drainer ton cul ici.

Joueuse, elle affiche un rictus conciliant, avant de déposer nos affaires à l'écart. Je profite qu'elle retire sa robe pour nager un peu et me réchauffer. Elle revient vers moi, crispée par les vagues qui s'échouent sur ses chevilles.

— Je peux pas, chouine-t-elle en progressant peu à peu dans l'eau.

— Mais si…

Dans un bond, je plaque mon corps contre le sien, la soulève et l'entraîne dans ma chute.

— Alors, là ! s'essouffle-t-elle quand elle revient à la surface. C'est inconscient de faire ça. Mes cheveux sont trempés en plus !

Elle s'efforce de rester stoïque, mais je surprends un sourire amusé s'emparer de ses lèvres au moment où elle sèche son visage. Aussi gracieusement qu'un labrador, je barbote jusqu'à elle et l'attrape par les hanches.

— T'as toujours aimé m'emmerder, hein ?

— Ma passion préférée après les jeux vidéo.

Tremblante, elle tend ses bras parsemés de gouttes et de frissons par-dessus mes épaules, les jambes enserrées autour de mon bassin. Le soleil a entamé sa chute, colorant le paysage d'une teinte orangée qui la sublime tant. Alba se relâche en arrière de façon que son dos rencontre la surface de la mer et se laisse bercer par mon corps qui tournoie avec prudence.

Je pourrais rester là des heures, loin des impératifs, sans ombre au tableau. Le temps s'est suspendu, le monde a cessé de tourner. Et c'est dans un moment comme celui-là que notre « ici et maintenant » prend tout son sens. Je suis là, ancré dans l'instant présent, plus épanoui que jamais. Au fond, je suis presque certain qu'Alba ressent la même chose que moi. Je le vois dans son air béat, ses yeux clos et son demi-sourire qui semble se délecter de chaque seconde qui passe.

Toujours accrochée à moi, elle revient à ma hauteur en nouant ses mains autour de ma nuque.

— Tu veux manger quoi ce soir ?

Pour toute réponse, je lui dévore le cou.

— Je suis pas au menu, rit-elle, la tête penchée sur le côté.

— La carte est à chier alors.

Nous nous baignons pendant une durée interminée, à grands coups de noyades et d'acrobaties. Lorsque je crois comprendre que l'eau froide est devenue trop insoutenable pour elle, je lui propose de sortir. Nous nous réchauffons tant bien que mal avec les serviettes qu'elle a étendues plus loin, anesthésiés par le fond de l'air qui s'est quelque peu rafraîchi.

Vêtue d'un sweat auréolé par l'humidité de son maillot de bain, Alba noue ses cheveux trempés dans une queue-de-cheval et s'assied en tailleur sur sa serviette. Je me joins à elle, puis enfile mes fringues. Alors qu'elle s'acharne à se débarrasser du sable mouillé qui lui colle aux jambes, je me rue sur le sac isotherme pour grignoter.

— J'ai jamais fait un truc aussi cliché, déclaré-je en ouvrant le sachet de pain de mie.

Les genoux relevés vers sa poitrine, Alba picore dans la boîte de tomates cerises et me regarde, perplexe.

— Bah, ça, là, ajouté-je en désignant le paysage. Une espèce de pique-nique face au coucher de soleil. Dans le genre romantique, on fait pas mieux. Manquerait plus qu'on lance du Barry White.

Je l'accompagne dans son éclat de rire, la bouche pleine. Mon hilarité s'accentue quand l'image de

Gabriel me vient en tête. S'il avait été dans ma situation, il aurait sans doute dégainé sa guitare pour fredonner des chansons d'amour à Romy. Peut-être même qu'ils auraient fait un feu de camp tout en admirant la Grande Ourse. Ah, il n'y a pas à dire… Il sait y faire, ce con. Plus que moi, en tout cas.

— Tu as mis quoi dans ton sandwich ? salive Alba, penchée au-dessus de ma préparation.

Je soulève la première tranche de pain pour étudier les ingrédients.

— Oh, rien de fou. Il y a du fromage frais, de la salade, des tomates, je t'aime et du jambon de parme.

— Quoi ?

— Hein ?

Les yeux exorbités, elle entrouvre la bouche et papillonne des cils.

— T'as dit quoi ?

— Du jambon de parme ?

— Nan, avant.

— Des tomates ?

Elle abandonne en affaissant ses épaules et en lâchant un soupir. Pour la subtilité, on repassera. Un environnement idyllique m'entoure et je ne suis même pas foutu de lui faire une déclaration digne de ce nom.

Quoique… Je lui en déjà tellement fait en silence. Puis, c'est à mon image. Est-ce qu'elle attendait autre chose ? Est-ce qu'elle l'ignorait ? Je crois surtout que je n'ai aucun courage lorsqu'il s'agit d'être un peu sérieux pour poser des mots sur ce que je ressens.

— Tu veux que je te dise depuis quand je sais que je t'aime, moi ?

— Wow. Attends, quoi ? m'étranglé-je.

Inébranlable, Alba se redresse sur sa serviette, le regard vers l'horizon.

— C'était pendant le placement, quand tu as inventé ce truc idiot avec l'index. Ouais, je suis sûrement tombée amoureuse de toi à ce moment-là. Ou peut-être quand on est partis en vacances. Depuis longtemps, quoi.

J'en abandonne mon sandwich sur le bord de ma serviette. Alba me refait face, les cheveux dérangés par le vent.

— Je te demande pardon ? m'offusqué-je. Tu crois que t'es amoureuse de moi depuis toutes ces années ? Et tu m'as rien dit ? Mais ça fait des plombes que je t'attends, Sabrina ! Donc, pendant que toi tu croyais m'aimer, moi je fantasmais notre vie de couple en écoutant du James Blunt… Eh, que de temps de perdu, c'est grave.

Elle me jette un coup d'œil plein de jugement à cette dernière information.

— J'avais pas envie qu'on m'aime, je pense. Ça me semblait inconcevable jusqu'à aujourd'hui.

Je crache un rire désabusé.

— Ah si, c'est très, très concevable. Je suis mordu depuis toujours. Tu viens pas de l'apprendre quand même, si ? Tout le monde le savait sauf toi alors. Et va pas croire, j'ai essayé de faire passer ça avec d'autres filles. Rien à faire. Y en avait que pour toi. Toujours toi. Tout le temps toi. Toi avant n'importe qui. Même ton frangin, tiens. Bon, disons que vous vous disputez la première place, mais bref. Maintenant que je sais que tu as partagé ça, je peux crever. J'te jure.

Elle pousse un rire franc et me bouscule l'épaule.

— Arrête d'être aussi excessif et parle pas au passé. Je le partage encore. Si tu l'as pas pigé, toi non plus, c'est que t'es aveugle.

— Je vais caner.

Sans prendre en considération mon euphorie, Alba se lève pour secouer sa serviette pleine de sable. J'en fais autant, juste parce que je ne sais pas quoi faire de mes mains et de mes idées.

— Putain, le monde doit savoir. Eh, Gabriel, si tu m'entends, je suis même pas désolé. J'ai aucun principe et je m'en pète un rein. C'était réel ! ELLE M'AIME.

Elle continue de rire tout en réorganisant son espace. Et, soudain, comme une intervention divine, une idée me vient en tête. Compte tenu de l'inquiétude qui voile son regard, Alba paraît avoir compris que je n'ai pas dit mon dernier mot. Je fais un pas vers elle, en dépit de son expression apeurée.

— Alba.

— Euh…

J'attrape ses mains.

— On s'est souvent réclamé l'index pour cette coutume un peu stupide, mais surtout très mignonne, quand on y réfléchit bien.

— Ouais.

— Aujourd'hui…

Je pose un genou sur le sable. Alba suit ma descente de ses yeux écarquillés.

— Oh, bon sang, non. Pitié, arrête-toi là. Tu vas quand même pas faire ça…

— Aujourd'hui, je vais te réclamer ton annulaire.

Consternée, elle porte la main à sa bouche pour masquer son hilarité. Je sors l'élément clé pour une demande en bonne et due forme de ma poche et le tends vers son doigt.

— R'garde, j'ai même une bague.

— C'est le truc en plastique pour refermer le sachet de pain de mie, Léon.

— T'as mieux ?

Elle secoue la tête et me laisse sceller son annulaire.

— Mais… On va pas se marier, t'es fou.

— Ah, si ! Un jour. Je sais pas quand, mais on le fera. T'façon, tu trouveras jamais quelqu'un qui t'aimera plus que moi. Ou alors présente-le-moi. Il doit être ravagé… ou pas humain.

Juste pour le bonheur d'entendre ses éclats de rire s'élever dans l'air, cette demande pourrie valait le coup.

Au fond, je n'ai pas changé, je suis toujours ce Léon fébrile de quinze ans. Je me cherche encore, j'apprends à réchauffer mon cœur et celui des autres, je tâtonne, je tangue souvent, je chute parfois. À cet âge, quand j'imaginais l'horizon de mon avenir, il y avait toujours la silhouette d'Alba qui éclairait le flou de mes lendemains incertains. Elle était là, comme une promesse de rencontre, une lumière, une étoile. Malgré les sorties de route, les chemins de traverse et les obstacles, je l'ai rattrapée.

Et je crois pouvoir affirmer, sans trop m'avancer, que ces longues années étaient indispensables pour que nos retrouvailles soient encore plus belles. Il fallait bien tout ce temps pour que l'éclipse se forme, non ?

— Attends, soyons sérieux, réclamé-je en me remettant debout. Dis-le-moi, je t'en supplie.

Un sourire mutin étire ses lèvres. Pour instaurer un peu de suspense, Alba reste silencieuse quelques secondes. Mon cœur s'apprête à exploser, gonflé par l'excitation d'enfin entendre ce que j'espère depuis toujours.

— Je t'aime.

Bordel de... AAAAAAAAH.

Je fais mine de tomber dans les pommes et pousse un rire qui pourrait même s'apparenter à un hurlement. Plus amusée que vraiment excédée par mon abus, elle me tire par les bras pour m'obliger à remonter vers elle.

Je peux mourir sur-le-champ, lui donner tout ce que je suis, l'embrasser jusqu'à ce que l'oxygène me manque. Si Dieu en personne m'avait offert l'opportunité de dessiner la journée parfaite, j'aurais dépeint celle-ci trait pour trait.

Sur la pointe des pieds, Alba étire son corps de façon à accrocher ses bras autour de ma nuque. Elle se courbe vers l'arrière, sécurisée par mes mains qui empoignent ses hanches, et rit de plus belle. Désireux de la retrouver, je l'invite à se redresser en la surélevant un peu. Aussitôt, elle attrape mon visage et colle son front contre le mien. Je crois que nous fermons les paupières simultanément. Ses doigts palpent ma mâchoire, mes joues, ma bouche, comme pour vérifier que tout ça est bien réel. Qu'elle soit rassurée, j'ai du mal à réaliser, moi aussi.

Je rouvre les yeux et constate qu'elle ne les avait pas fermés, finalement. Elle me regarde avec un amour que je ne pensais pas lui connaître, mais qui, maintenant que j'y songe, a toujours existé. J'étais juste trop focalisé sur le mien. Les pupilles pétillantes, Alba esquisse un rictus qui suffit à embraser la dernière partie intacte de mon cœur. Avec une certaine maladresse, nous rapprochons nos bouches l'une de l'autre. Nos sourires se percutent, avant que nos lèvres encore parfumées par le sel de la mer se joignent. Je relâche toute la respiration que je contenais, ma satisfaction aussi. Aucun homme ne peut être plus heureux que moi, impossible.

Je tiens l'arrière de sa tête et presse davantage ma bouche contre la sienne. Je lui dévoile tout : l'amour qui détonne jusque dans mes tripes, la consolation de pouvoir l'embrasser sans sous-entendus libidineux, l'ardeur de mes sentiments qui déflagrent dans mon crâne. Alba se recule un instant de mes lèvres pour m'adresser un sourire chargé de mille émotions, mais elle me manque déjà trop. Je me jette sur elle avec tant de fougue qu'elle titube.

— Laisse-moi respirer, articule-t-elle, essoufflée.

— Impossible.

Je parsème sa joue, son cou et ses épaules de sillons de baisers, alors qu'elle se tortille pour échapper à la menace de mes lèvres en riant encore et encore…

Je ne saurais pas dire combien de temps nous sommes restés là, au beau milieu de cette plage gorgée de souvenirs, à nous embrasser comme des adolescents insatiables. Les fantômes de notre passé semblaient nous observer quelque part. Je le sentais, sans pouvoir l'expliquer.

Même si nos sentiments ont été officialisés, rien n'a changé. Alba occupe toujours la même place. Dans mon cœur, tout était déjà limpide, comme si, pendant des années, il avait calqué ses battements sur le rythme du sien. Comme une évidence. Une destinée.

Ouais.

Alba avait raison, tout compte fait.

Tout ça… C'était peut-être notre destin.

Chapitre 32
Souffler sur les nuages

La croyance que rien ne change provient soit d'une mauvaise vue, soit d'une mauvaise foi. La première se corrige, la seconde se combat.

Friedrich Nietzsche

LÉON ☼

La fin de notre voyage s'est passée comme sur des roulettes. Nous avons profité des derniers jours en lézardant au bord de la piscine des grands-parents d'Alba et en nous baladant dans la péninsule sans destination ni but à atteindre. J'ai savouré chacun de ces moments, parce que je sais avec certitude qu'ils feront maintenant partie de mes plus beaux souvenirs.

Depuis une bonne dizaine de minutes, nous poireautons sur le parking de l'aéroport de Bordeaux. Oscar aurait déjà dû arriver, mais ce moule à gaufres n'a pas anticipé les embouteillages du centre-ville. Le soleil de plomb qui nous assaille n'arrange rien.

Assis en tailleur à même le sol, j'essaye tant bien que mal de patienter en faisant ricocher des cailloux sur le bitume. Alba, elle, s'est installée sur sa valise, le teint plus bronzé qu'à l'aller et l'air serein.

— Je propose qu'on se roule une maxi pelle devant lui. C'est marrant si on lui annonce comme ça, non ?

— Non.

Dommage.

Je réfléchis à une alternative en tapotant mes doigts contre mes joues.

— Et pourquoi pas ? T'es ma meuf maintenant après tout…

La bouche en cœur, je m'étends vers elle pour lui voler un baiser, mais elle me repousse avec son pied.

— Dis pas ça comme ça, soupire-t-elle. Écoute… J'sais pas, moi. Il le verra par lui-même. T'es mon copain, bon, bah, voilà. J'ai pas à me justifier.

Je relâche la tête en arrière.

— « Ton copain ». Bon sang, je m'en lasse pas. Redis-le, sois mignonne.

À quatre pattes, je la rejoins et fais glisser ma tête le long de son corps pour atteindre son cou. Toujours aussi excessif, j'improvise un ronronnement qui la fait glousser. Elle prend mon visage en coupe, supérieure à moi grâce à sa posture, puis me soutient par le menton.

— Tu deviens encore plus cucul que Gab, tu le sais, ça ?

— M'en tape, murmuré-je contre sa bouche. Mange-moi.

Aussitôt, mes dents capturent ses lèvres.

— On va pas se donner en spectacle sur ce parking. Ça commence à faire. La plage, la piscine, la boutique de savons, énumère-t-elle sans pour autant briser notre proximité. Tu vas finir par te lasser.

— Grrr… Me rappelle pas la boutique de savons…

— T'es impayable.

— Ah, j'te l'accorde, les tours sont toujours gratuits.

Elle éclate de rire et m'embrasse le front. Un coup de klaxon nous oblige à nous éloigner l'un de l'autre. En voyant la tronche ahurie d'Oscar derrière le volant de ma voiture, j'avoue que mes ardeurs sont vite redescendues. Je me dépêche de réunir nos affaires et les range dans le coffre.

— Salut, mon Scar, lancé-je en m'installant côté passager. Allez, fonce. Faut impérativement que je prenne une douche froide.

La bouche grande ouverte, il nous étudie chacun à notre tour.

— Tu nous fais un AVC ?

— Je rêve ou vous alliez vous bécoter sur le parking ? s'offusque-t-il.

— On allait se bécoter sur le parking.

— Nan, mais nan, râle Alba. Bon, tu démarres ou on se touche ?

Je lève le doigt pour apporter une réponse à cette suggestion, mais elle me fait signe de la boucler.

Oscar baisse le frein à main sans cesser de nous dévisager. Honnêtement, je trépigne à l'idée de lui balancer l'information. Alba semble avoir compris que je suis à deux doigts de mettre les pieds dans le plat puisqu'elle n'arrête pas de me menacer par le biais du rétroviseur intérieur. Je veille à ce que mon colocataire réussisse sa manœuvre avec ma précieuse voiture et m'affale dans le fond du siège.

— Alors, la Sicile, c'était comment ? s'enquiert Oscar.

— Le paradis ! T'aurais dû voir ça. L'eau est transparente, la bouffe est phénoménale et les gens sont géniaux. Faudrait qu'on se fasse un séjour tous ensemble, pas vrai, mon amour ?

Malicieux, je pivote vers Alba qui ne perd pas une seconde pour me lancer sa sandalette sur le bras.

— « Mon amour » ? Il a dit « mon amour » ? s'écrie Oscar. OK, les loups. Va falloir m'en dire plus, j'ai faim de scoops, moi !

— Écoute-moi bien, commencé-je en empoignant son épaule. Tu vois la bombe qui est installée sur la banquette arrière ?

L'intéressée cache son désespoir dans ses mains.

— Seigneur…

— Figure-toi qu'elle est en couple avec le type chanceux à ta droite. Elle est pas belle, la vie ? Une déclaration sur la plage face au coucher de soleil, mon pote ! Je t'épargne la suite de l'histoire parce que je suis encore tout chamboulé, mais sache qu'on a fait trembler les poissons de la mer Tyrrhénienne.

— *No fucking way!* Elle a enfin cédé ! Attends, c'est pas une blague, hein ?

— J'ai l'air de plaisanter ? rétorqué-je, l'index pointé vers mon visage on ne peut plus sérieux.

Agrippé au volant, Oscar lâche un hurlement qui ressemble à s'y méprendre à celui que j'ai poussé quand j'ai su qu'Alba partageait les mêmes sentiments que moi. Aussi hilare que lui, je frappe dans la main qu'il me tend.

— Calmez-vous, les *macho men*. J'ai cédé de rien du tout. J'ai juste arrêté d'être dans le déni.

Oscar chante un hymne religieux, alors qu'Alba s'immisce entre les deux sièges de devant, les coudes disposés sur les appuie-têtes.

— Par contre, ta ceinture, bébé.

— Mais pitié, arrête avec tes surnoms horribles, c'est trop ! râle-t-elle.

— J'adore faire ça, mec, chuchoté-je à l'égard d'Oscar qui rit tant que j'ai bien peur qu'il nous foute dans le fossé. Elle part au quart de tour. On a des petites querelles de couple, c'est le feu.

J'extériorise toute mon excitation en frappant mes mains contre le tableau de bord.

— Et Gab, il en dit quoi ?

Alba soulève les épaules.

— Quoi ? Il faut que je lui envoie un faire-part ?

— Ça ou une *sextape*, propose Oscar.

Rien que d'imaginer Gabriel face à une vidéo qui mettrait en scène les ébats que je partage avec sa sœur, je peux déjà ressentir le poing qu'il me lancerait dans les côtes.

— C'est fou, quand même. Dans notre bande, on est tous en couple les uns avec les autres ! continue mon colocataire. Je trouve ça trop touchant, mine de rien. D'abord Gab et Romy, ensuite David et moi et maintenant vous deux.

— Oh, wow, arrête, tu vas me faire chialer, raillé-je. On dirait une sitcom merdique. Entre le duo de zicos qui se croient dans un *remake* de *Grease*, le couple de mecs bobos qui veulent aller surfer de la *wave* et nous…

— Et vous êtes quoi, vous ?

J'échange un regard complice avec Alba qui s'est rapprochée de mon siège pour passer son bras autour de mes épaules.

— On relève le niveau.

— Va chier.

Susceptible, Oscar secoue la tête quand nous entreprenons de nous embrasser pour le provoquer un peu.

— Tu t'foutais de Gab, mais t'es pire que lui. M'enfin, moi ça me va, hein. Je signe pour être spectateur de ça, y a aucun problème.

— C'est exactement ce que je lui disais avant que t'arrives, ajoute Alba.

— Je suis le mec le plus niais de France et j'men carre royal. Bénies soient les papouilles, les surnoms débiles et les grosses déclarations sur du Whitney Houston.

Sans détacher son attention de la route, Oscar secoue son index en direction de celle qui, grâce à je ne sais quel enchantement, a décidé de partager ma vie… Avec les lubies bizarres que ça implique.

— T'as décroché le gros lot, ma vieille.

— Ouais. Je crois que je vais le garder.

— Égoïste, accuse-t-il.

Paré d'un sourire qui doit me donner des airs d'imbécile heureux, je papillonne des cils.

La conduite d'Oscar a beau être encore plus dangereuse que la mienne – *qui l'eut cru ?* –, il parvient malgré tout à nous ramener à bon port. Calfort m'a manqué. En parfait gentleman, je me charge de monter les bagages jusqu'à notre appartement, non sans avoir fait un rapide détour chez Solange pour fanfaronner. Elle n'a pas hésité à me complimenter sur mon bronzage qui, d'après elle, fait ressortir mes yeux clairs. Aussi, nous nous sommes un peu charriés, signe qu'elle se porte mieux qu'avant mon départ.

Debout devant mon lit, Alba s'acharne à mettre de l'ordre entre ses vêtements sales et propres, s'aidant de son buste pour le pliage. Je ferme la porte, progresse jusqu'à elle et bouscule les trousses de toilette qui jonchent le lit pour m'y faire une place.

— Alors, c'est quoi le programme ? Une douche embuée, un petit massage qui dégénère ? On ouvre nos chakras ? Tu préfères quoi ?

Insensible à mes provocations, elle poursuit son rangement.

— Tu devais pas passer au lycée pour discuter de ton prochain contrat ?

Je me mets aussitôt sur mes pieds. Cette information était presque sortie de ma tête. Il faut dire qu'avec les derniers évènements, j'avais autre chose à penser.

— Hm, pas faux, mais je peux repousser un peu.

Je colle mon torse contre son dos, enfouis mon nez dans le creux de son cou et empoigne ses hanches.

— Va signer ton contrat, Léon.

Cette femme aura ma peau. Déçu, je fais cascader ma tête le long de son corps jusqu'à atterrir sur le parquet.

— Allez, va, m'encourage-t-elle. La frustration, ça fait grandir.

— Ouais, « grandir », c'est le mot.

— Par contre…

Les yeux gorgés de désir et d'une certaine forme de provocation, Alba m'oblige à me relever et m'assoir sur le bord du lit.

— Écoute-moi bien, Marchal.

— Oui, m'dame.

Elle cale son genou entre mes cuisses et plaque sa main contre ma gorge pour me faire basculer en arrière. Je me réceptionne sur mes coudes, alléché par son attitude.

— Tu vas aller signer ton contrat, revenir vite, parce que je te connais assez pour savoir que tu vas cavaler pour rentrer, et là tu auras le droit à la douche embuée *et* au massage qui dégénère.

Je déglutis difficilement contre sa paume.

— Marché conclu.

À mon tour, j'attrape son cou pour avaler la distance qui sépare son sourire équivoque du mien. Dans un gémissement mutuel, nous nous renversons sur le matelas, les lèvres scellées, avant qu'Alba retrouve un peu de son courage pour m'ordonner de disparaître d'ici au risque de craquer.

Aujourd'hui, le soleil ne m'a jamais paru aussi resplendissant. Alba y est pour quelque chose, c'est certain. À vrai dire, je suis si heureux que j'arrive à trouver de la beauté dans tout et n'importe quoi. Même les gosses qui s'égosillaient au parc ont réussi à me décrocher un sourire attendri, moi qui ne supporte que très peu les hurlements des chiards. Un cyclone pourrait s'abattre sur moi que je n'y verrais pas d'inconvénient particulier. Mon contrat de surveillant est signé, les dés sont jetés quant à mes partiels et ma relation avec Alba est à son zénith. Rien ni personne n'anéantira l'immense sensation de plénitude qui me gonfle le cœur.

En chemin pour rentrer, je décide malgré tout de faire un petit détour par le *Disk & Drink*. Par curiosité, j'ai bien envie de voir qui est le tocard qui remplace Gabriel à son poste, maintenant qu'il n'est plus là. Ce n'est pas l'idée du siècle, puisque ça risque de me filer le bourdon, mais la tentation est trop forte.

Je rejoins la terrasse du bar qui, comme d'habitude, est très fréquentée. L'épaule contre la vitrine, je regarde l'intérieur de l'établissement et laisse mes yeux recréer des souvenirs. Gabriel derrière le comptoir qui paye sa tournée de bières, Romy qui le dévore des yeux de loin, Oscar et Alba qui débattent sur des cocktails inconnus.

Et moi…

Moi qui embête tout ce beau monde, parce que c'est le moyen que j'ai trouvé pour leur dire sans un mot que je les aime.

Les éclats de rire retentissent encore et je payerais cher pour revivre ne serait-ce qu'un fragment de ces doux moments.

— Léon, c'est toi ?

Je sourcille pour retrouver mes esprits et affronte la voix qui m'a dérangé.

— Ah, Thomas. Ça va ?

Voilà pourquoi je n'aurais pas dû venir ici. L'ex-copain d'Alba a toujours aimé traîner au *Disk & Drink* le vendredi soir. Mais, comme je n'ai rien contre lui, j'accepte de lui rendre son sourire.

— Nickel ! Bon, alors, quoi de neuf ?

Le temps de réfléchir, je hausse longuement les épaules. J'avoue que je me serais bien épargné ce genre de retrouvailles. Thomas n'a jamais représenté quoi que ce soit de positif pour Alba. Ce n'est pas un mauvais gars, mais ses fréquentations et ses goûts prononcés pour les drogues diverses et variées ont déjà bâti sa réputation.

— Oh, rien de…

Je m'interromps au moment où sa bande de copains, installée derrière lui, le sollicite. L'un d'eux se lève pour nous rejoindre et mon sourire de façade disparaît dans l'instant.

— Putain de merde, Léon Marchal ! Ça fait des lustres. Alors, qu'est-ce que tu deviens ?

Thomas lui tend le joint qu'il avait commencé à rouler devant moi. Si Gabriel travaillait encore ici, il les aurait certainement tirés par la peau du cul pour qu'ils aillent fumer leur merde ailleurs.

Sylvain, lui, a jugé opportun de passer son bras de connard autour de mes épaules et de me donner quelques coups de poing dans les côtes. Son rire me donne envie de lui faire bouffer le trottoir.

— T'étais pas censé être en Argentine ?

— Si, si ! Je passe juste une semaine ici avant d'y retourner. Mec, c'est incroyable là-bas. C'est tellement pourri Calfort à côté. Je comprends pas que vous soyez tous encore ici.

Thomas lui glisse une insulte et retourne auprès de ses amis.

Me voilà donc à peu près seul avec le bourreau d'Alba. Un panel de possibilités s'offre à moi. Lui exploser la gueule contre la baie vitrée ? Lui éclater le nez contre mon genou ? Mon cœur balance. Il est foutu comme Gabriel, la carrure de rugbyman en plus. Pourtant, j'ai assez de fougue dans mes poings pour le faire rapetisser. Ce fond de benne continue de faire la conversation, mais je n'écoute pas un traître mot de ce qu'il dit.

— Eh, tiens, si ça t'intéresse on s'fait une revanche au *Lovely Club* ce soir, propose-t-il. Bon, c'est clairement la dernière fois de ma vie que je foutrai les pieds dans cette boîte et cette ville de campagnards, mais je compte bien fêter ça. Viens avec nous !

Ma mâchoire se crispe. Le plus possible, j'essaye de combattre mon impulsivité. Je ne peux pas tout gâcher. Alba m'en voudrait à vie. Durant notre escapade sicilienne, nous avons eu l'occasion de revenir sur cet évènement. Elle m'a confié qu'elle était en paix avec son passé, mais qu'elle devait encore travailler sur elle-même. Un jour, quand son introspection aura totalement porté ses fruits, elle prendra la décision ou non de régler cet impayé. Ce choix lui appartient.

— Je t'avoue que je préfère me faire castrer avec des ciseaux rouillés plutôt que de traîner avec des pauvres types comme vous.

Sylvain éclate de rire.

— T'es con. Nan, mais sérieux. On y sera vers minuit, pas avant.

— T'écoutes pas quand on te parle, alors ?

— Hein ?

Son innocence m'oblige à me mordre la lèvre pour ne pas exploser.

— Tends l'oreille, je vais être concis.

Il s'exécute, amusé, et je me rapproche de lui pour lui chuchoter :

— T'es encore plus dégueulasse qu'un fond de capote. Je me languis que tu te manges un bon gros karma et, crois-moi, je serai en première loge.

Consterné, Sylvain fait un pas en arrière et écarquille ses yeux verts.

— Il t'arrive quoi ? C'est par rapport à toutes les conneries qu'on s'est balancées au lycée ? Mec, c'est de l'histoire ancienne, ça !

Je l'oblige à se coller à moi, en dépit des coups d'œil alarmés de ses potes.

— Tout se paye dans la vie. En attendant, toi et ton indécence allez pourrir au fin fond de la Patagonie. Si j'ai le malheur de te revoir ici, je te monte en l'air.

— Je comprends pas. Tu veux qu'on se batte ? Pourquoi ?

— Que si je te revois à Calfort. Tu m'écoutes ou pas ? J'ai pas ta morpho, mais t'inquiète que je vais tellement t'amocher que tu vas être obligé de lire du braille pour le restant de ta vie.

Il est visiblement à mille lieues d'imaginer ce que je sous-entends. Tant mieux. C'est entre lui et sa conscience désormais. Nul doute qu'il passera les prochains jours à se demander ce qu'il a fait pour mériter mes menaces.

Je claque ma main sur son épaule et me tourne vers ses amis.

— Bon, beh, les gars, ce fut un plaisir, je vous souhaite une bonne soirée ! Ah… Attends, Sylvain, bouge pas.

J'extrais un briquet de ma poche et allume le joint éteint qu'il tient entre ses lèvres.

— Ce serait con de pas flinguer les trois neurones qui te restent. Allez, salut la compagnie ! Amusez-vous bien.

Durant ma progression pour vite me tirer de la terrasse, j'entends la bande de Thomas interroger Sylvain quant à nos messes basses. Le concerné s'est contenté de s'indigner en disant que j'avais pété un plomb. S'il savait à quel point il n'a encore rien vu.

Sans pouvoir poser des mots sur cette intuition, je sais que plus jamais je n'aurai affaire à lui.

À peine ai-je foulé le sol de l'entrée qu'Alba me saute au cou, manifestement hâtée de mettre ses promesses à exécution. Les lèvres aimantées aux siennes, j'avance tant bien que mal dans le couloir pour rejoindre la cuisine.

— J'ai pris ma douche sans toi, m'informe-t-elle, tandis qu'elle s'assied sur l'îlot central en minaudant. Si ça te dit, on peut aller se balader un peu, aller au ciné, dans un bar, au parc, peu importe… Et revenir ici pour faire quelques petites folies.

Je place mon corps dans l'espace qui règne entre ses cuisses et la laisse triturer les cordons de mon sweat.

— Hm. Moi, je trouve qu'on est bien ici. J'ai bien envie de rendre visite à ma sorcière préférée pour un tirage de cartes, j'ai besoin d'éclaircir mon avenir.

Son visage s'illumine illico.

— Pour de vrai ? Un tirage complet ?

Je confirme en frottant le bout de mon nez contre le sien.

— Ça risque pas de t'embêter ? Quand je suis lancée, ça peut durer une bonne demi-heure avec mes interprétations.

— Et moi je peux t'écouter bavasser sur les messages que l'univers a soi-disant décidé de me livrer pendant des plombes.

Elle me plaque un long baiser reconnaissant sur les lèvres et rejoint la terre ferme dans un saut.

— Super ! Installe-toi à la table, je vais chercher mes oracles et mes tarots. Ah, et, évidemment, il faudra me payer la séance. Je te laisse décider du tarif, fais preuve d'inventivité.

Béat, et quelque peu hypnotisé par son aura de plus en plus solaire, je l'observe trottiner jusque dans ma chambre en souriant.

Peu importe le prix à payer. Pour la voir aussi heureuse, je suis prêt à aligner tout ce que j'ai, perdre tout mon temps, prétexter n'importe quoi pour lui éviter de se confronter à son passé qui rode en ce moment quelques rues plus bas. Demain, Sylvain rebroussera chemin et s'envolera définitivement de mes craintes. Après quoi, je savourerai pleinement mon idylle dans chaque recoin de Calfort. Personne dans cette ville n'ignorera que Léon Marchal est l'homme le plus amoureux de la terre.

Chapitre 33
Le bonheur, ici et maintenant

Le vrai bonheur est dans le calme
de l'esprit et du cœur.
Charles Nodier

ALBA ☾

Le printemps souffle un vent tiède sur Calfort. Avec Oscar, nous avons décidé de profiter du temps ensoleillé pour flâner en ville. Depuis que les crises ne font plus partie de mon quotidien, je suis parvenue à reprendre ma vie en main. Je peux de nouveau me rendre dans des lieux publics, sortir de chez moi sans appréhender et me projeter sereinement. Même s'il m'arrive encore d'angoisser, je ne me laisse plus terrasser par mes pensées négatives. J'ai compris qu'elles ne signifiaient rien, que les idées noires et les ruminations s'essoufflaient dès lors que je ne m'y attardais pas.

Maintenant parée de bons outils, j'ai décidé d'embellir mon jardin spirituel et d'éradiquer les ronces qui l'enlaidissaient. Moins on accorde d'importance à la noirceur et plus la lumière jaillit. Timidement d'abord, mais elle subsiste quelque part, en chacun de nous. Alors laissons entrer le soleil.

Après avoir écumé les boutiques, nous optons pour une promenade tranquille aux abords de la rivière. Le bras noué à celui d'Oscar, je marche et savoure le parfum des fleurs, la chaleur qui me lèche la peau, la sensation de vie qui me rend souriante.

Comme prévu dans son itinéraire, David nous rejoint, en danseuse sur son vélo, le vent faisant voleter ses cheveux dorés. Il progresse à nos côtés sans nous devancer.

— Oublie pas. Demain, midi et demi. Je t'attendrai sur le parking, dit-il à Oscar.

— Je sais ! Je manquerais ça pour rien au monde, ne t'en fais pas.

— Super. Bon, j'y retourne, *guys*.

— Déjà ?

David fait taire la moue boudeuse de son petit ami d'un sourire radieux et pose ses pieds au sol. Aussitôt, Oscar s'agrippe au guidon pour se pencher vers lui. Ils échangent à voix basse et s'embrassent longuement. Attendrie, je les regarde se cajoler, avant que David ne coupe court à leur baiser, presque essoufflé.

— Il faut vraiment que j'y aille, glousse-t-il. À ce soir, Alba !

— Salut, David !

Il enfourche son vélo et s'échappe. Je m'apprête à reprendre ma marche, mais l'immobilité d'Oscar me fait arquer un sourcil.

— Il t'a statufié ou quoi ?

— Ce mec, rêvasse-t-il. Bon sang, ce mec…

Il termine sa phrase par un soupir passionné.

— Je comprends, assuré-je en enroulant mon bras autour de ses épaules pour le contraindre à me suivre.

— N'est-il pas fascinant ?

— Il l'est !

— Et beau. T'as vu comme il est beau ? s'émerveille-t-il en tirant sur ma robe. Ce sourire… Je peux mourir pour ce sourire.

Je ris doucement devant son air comblé.

— Vous vous êtes bien trouvés. D'ailleurs, de quoi il parlait ? Qu'est-ce que vous avez prévu demain ?

Les lèvres d'Oscar se tordent d'embarras. Focalisé sur une brindille qu'il vient de ramasser, il hausse les épaules. Son silence m'oblige à m'arrêter.

— Quoi ? Qu'est-ce qu'il se passe ?

Comme s'il avait appréhendé cette situation, il me fait face, fébrile.

— Écoute, commence-t-il, j'ai pris une décision. Je vais quitter Calfort. L'année prochaine, je ferai mon master à Bordeaux, je veux me rapprocher de l'université. Et comme David envisage de terminer sa licence là-bas…

— Vous allez emménager ensemble ?

Il grimace.

— Mais enfin, Oscar, c'est génial !

— Sérieux ?

— Comment ça « sérieux » ? m'offusqué-je en riant. Bien sûr ! Pourquoi ça te préoccupe autant ?

La tête lâchée en arrière, il reprend son souffle.

— Ça me rassure que tu me dises ça. Moi aussi je trouve ça génial, mais j'avais peur de votre réaction. Gab est parti et, maintenant, je m'apprête à le faire. Ça fait beaucoup.

— C'est la suite logique. En prenant cette coloc, vous saviez que c'était temporaire.

Oscar s'éloigne de quelques pas pour s'accouder au parapet qui borde le pont que nous traversons. J'en fais autant et me penche vers lui pour intercepter son regard. Il est pensif, manifestement déjà nostalgique à l'idée de quitter cette ville. Ses yeux se focalisent sur les vagues régulières de la rivière. Il reste silencieux une poignée de secondes et reprend :

— Romy dirait la même chose que moi ; en quittant la Bretagne et la routine friquée de mes parents, je n'aurais jamais imaginé vivre tout ça.

Je fais glisser ma tête contre son bras.

— Calfort a été mon refuge, poursuit-il. J'ai déjà mal au cœur à l'idée de partir, de vous quitter et de ne plus vivre dans notre appart.

— Je sais. Je ressens la même chose que toi, mais de plus beaux moments t'attendent, Oscar. Tu vas vivre avec David. Tu vas écrire une autre histoire avec lui. Vous comptez emménager quand ?

— Le plus tôt sera le mieux. J'ai hâte quand même. On a des visites demain.

— Tu vois, soufflé-je dans un sourire. Pour conquérir des choses nouvelles, il faut pouvoir en laisser d'autres derrière soi.

Il attrape ma main et la serre dans les siennes. Comme lui, j'ai une boule au ventre à l'idée de le voir partir. Un à un, les membres de notre bande s'éclipsent pour accomplir leur mission de vie. Et si jusqu'à aujourd'hui j'attendais mon tour, je crois que je n'ai plus qu'à forcer un peu le destin, moi aussi.

— Ça me fait plaisir de te voir comme ça, Baba, confie-t-il en me caressant la joue du revers de l'index.

Je ris d'entendre ce surnom inventé par sa jumelle. Il y a bien longtemps que plus personne ne m'avait appelée comme ça.

— Je te jure, insiste-t-il devant ma perplexité. On ne se baladait jamais ensemble avant, quand tu étais angoissée. Regarde-toi, aujourd'hui. Et regarde-moi, surtout. C'est moi qui panique et c'est toi qui me rassures.

— J'ai les bons outils maintenant.

— Je suis fier de toi, affirme-t-il, la voix tremblante d'émotion.

— Tu veux qu'on chiale tous les deux ? Bon sang, Scar, me lamenté-je en essuyant mes yeux humides.

Hilare, il m'entraîne avec lui et me chatouille les côtes.

— Je sais pas ce que j'ai en ce moment, rit-il en ravalant ses larmes. Je deviens encore plus sensible que ton frère et ton mec, c'est grave. Ça m'a pas réussi de côtoyer ces deux-là.

Nous poursuivons notre promenade dans une ambiance sereine, bien qu'un peu mélancolique.

Je ne m'en étais pas vraiment aperçue, mais mes amis sont également passés par de longues périodes de doutes. Eux aussi, ils ont évolué durant ces derniers mois. Nous avons tous reculé pour mieux sauter. Calfort a veillé à ce que tout se déroule sans impair. Cette ville nous a protégés, abrités, réunis. Maintenant que nos objectifs sont accomplis, il ne nous reste plus qu'à nous envoler. Chacun de notre côté, mais la tête remplie de souvenirs et le cœur débordant de gratitude.

Lorsque nous passons le portail de l'immeuble, Léon et Solange nous accueillent. Pour l'occasion, ils se sont installés dans la petite cour, juste devant le logement de notre concierge, et ont sorti le salon de jardin de cette dernière.

— C'est à c't'heure-là que vous arrivez ? On a commencé sans vous ! s'indigne Léon en brandissant un verre en plastique.

— Asseyez-vous, les loulous ! nous presse Solange. Une sangria ? Un p'tit coup de bulles ? J'ai du crémant ou du Champomy.

J'opte pour du sans alcool tandis qu'Oscar réclame du vin effervescent. Le temps que notre propriétaire remplisse les coupes, je me précipite vers la table en fer forgé. Arrivée auprès de Léon, je le contourne, m'abaisse vers la chaise sur laquelle il est assis et l'enlace.

— Joyeux anniversaire, chuchoté-je à son oreille.

— Merci ma *lupacchiotta bella come il sole.*

Je glousse contre son épaule.

Ma « petite louve belle comme le soleil » ? Allons donc. Il me les aura tous faits.

Au moins, ses cours d'italien lui servent à quelque chose.

— Ce surnom est affreux.

— Je sais, admet-il.

Les yeux pétillants de malice, il tire sur mon bras et m'oblige à m'asseoir sur ses genoux pour mieux m'embrasser.

— Les v'l'a qui remettent ça, constate Solange dans un soupir couplé d'un rire.

— C'est pas humain, ajoute Oscar. Et encore, te plains pas Soso, c'est pire à l'appart !

Sans détacher ses lèvres des miennes, Léon leur tend son majeur.

Nous reportons notre attention sur la table que Solange vient de garnir généreusement. Comme toujours avec elle, il y en a pour un régiment. Je pioche dans la coupelle de noix de cajou, dodelinée par les genoux que Léon agite en rythme avec la musique. Par habitude, je m'abstiens d'ailleurs de commenter la playlist ringarde que son enceinte portable diffuse à côté de nous.

— Bon, alors ! Vous m'avez prévu quoi comme cadeaux ? s'enjoue-t-il en enfilant un chapeau pointu en carton.

Je m'apprête à répondre, mais il plaque son index sur mes lèvres.

— Toi, me dis rien. Je sais que ça se consommera à l'abri des regards. Mais vous autres ? À quelle heure ?

La main sur ma hanche pour me stabiliser sur ses cuisses, il attrape son verre.

— Pas tout de suite, rétorque Oscar.

— Quoi ? Pourquoi ?

— Nom de non ! Il est impatient comme un marmot à Noël, c'lui-ci, lâche Solange. Tu peux bien attendre un peu. On a même pas trinqué, c'est quoi ces manières ?

— Ouais, bah, *tchin* ! s'écrie-t-il en joignant le geste à la parole. À la santé du colonel et du con qui paye.

Il avale son verre d'une traite.

Au bout d'une heure de bavardages, des coups sont portés contre le portail. Nous feignons la surprise, alors que nous savons très bien de quoi il retourne, à l'exception de Léon. Chargés de ballons de baudruche, de serpentins et de cadeaux, Gabriel, Romy et David font leur entrée.

— Surprise !

— C'est ça, mon cadeau ? fait mine de s'indigner Léon alors qu'un sourire s'est emparé de ses lèvres.

Plus excitée qu'une puce sous crack, Romy sautille sur place et Gabriel beugle un hymne d'anniversaire sur lequel David fait ses meilleurs pas de danse. Tout ce joyeux bazar m'avait tant manqué.

Avec un faux air ébahi, Léon se lève, ouvre grand les yeux et claque ses mains sur ses joues.

— Wow, incroyable, vous ici ! Je suis sympa, je fais semblant d'être surpris alors que Solange avait installé trois chaises et trois verres en plus.

— La ferme et viens faire un câlin, répond Gabriel, les bras écartés.

— Oui.

Sans se faire prier, Léon trottine jusqu'à son meilleur ami pour une accolade fraternelle. À tour de rôle, nous nous offrons une tendre étreinte et quelques mots doux. Les dernières pièces du puzzle sont enfin là. La journée est maintenant parfaite en tous points. Le temps de quelques jours, nous allons pouvoir reprendre nos anciennes habitudes.

Chacun sa place, chacun son rôle.

Pour plus de confort, je déplie le parasol sous les instructions de Solange. Les invités, bavards et enjoués par les retrouvailles, s'asseyent autour de la table et je retourne à ma place initiale.

— Voyez-vous ça, observe Gabriel quand je m'installe sur les genoux de mon petit ami.

Il hausse le menton et nous dévisage.

— Et t'as encore rien vu, minaude Léon dans un rire gras.

En réponse, il se reçoit une pistache sur le front.

— T'étais pas au courant ? me risqué-je. Ça fait un petit moment, déjà.

Gabriel échange un sourire entendu avec les autres.

— Un petit moment ? Ouais, c'est clair que ça fait quoi… ? Plus de quinze ans que ça dure votre affaire. Il était temps !

Je n'avais pas envisagé qu'il puisse réagir de manière aussi détachée. Intelligemment, donc. Le visage froncé par une grimace interloquée, Léon nous interroge tous du regard.

— Euh, Romy, qu'est-ce que t'as fait de mon pote ? Pourquoi il me frappe pas ?

— Pourquoi tu veux que je te frappe ? Tranquille. Ça me regarde pas et je suis très content.

— Très content ? s'offusque-t-il. Il faut que je te raconte des détails pour avoir le droit à une clé de bras ? C'est presque trop facile, là !

Tandis que Léon se tapote la joue pour inviter mon frère à lui mettre une gifle, Gabriel continue de grignoter, imperturbable.

— Je suis très serein.

— C'est vrai, acquiesce Romy en lui serrant la main. Il a pris beaucoup de recul et je l'ai raisonné.

Je lève les yeux au ciel, un peu amusée par le travail que Romy a effectué en coulisses. La pauvre a dû s'armer de patience pour faire redescendre son impulsivité. Ce qu'il peut être excessif, parfois.

— Ben voyons, ironise Léon. Tu resteras de marbre ? Même si je te dis qu'on a officialisé ça en Sicile ?

Gabriel soulève les épaules.

— C'est très mignon. Te fatigue pas, t'arriveras pas à m'énerver.

— On a rebaptisé ta chambre dans la baraque de vos grands-parents.

— T'es mort.

D'emblée, les pieds de chaise crissent sur le bitume. En hurlant des détails graveleux totalement exagérés, Léon galope dans la cour, poursuivi par mon frère. Nous faisons donc abstraction des garçons qui se battent contre l'abri de jardin et reprenons une discussion sérieuse.

— Sinon, Romy, ça se passe bien à Paris ? demandé-je.

— Oh, oui ! C'est vraiment super malgré notre tout petit appartement. On a hâte de faire notre rentrée à l'ENAM.

— Ah, Paris ! s'émerveille Solange. Je payerais cher pour retourner dans mon cabaret. Le nouveau patron l'a totalement rénové au goût du jour, ça doit être magnifique.

Elle s'interrompt dans son anecdote pour pivoter vers les chiffonniers.

— Eh, oh, les deux pelles à brin ! Faites-moi le plaisir de déguerpir de mon carré de pelouse si vous voulez pas que je vous botte les fesses avec mon râteau !

Allongé sur l'herbe, prisonnier par le genou que Gabriel a posé contre son thorax, Léon lève le pouce.

— Ceux-là, j'te jure… Bon, qu'est-ce que je disais ? Ah oui, Paris ! Si j'étais pas phobique des moyens de transport, je vous rendrais visite sans hésiter.

— La prochaine fois qu'on y va en voiture, tu n'auras qu'à te joindre à nous, proposé-je.

— Oh, non, ma vie parisienne est sûrement plus belle dans mes souvenirs, tu sais. Puis je suis trop occupée ici.

Après d'ultimes bousculades, Gabriel et Léon mettent fin à leur bagarre. Je lâche un soupir devant le piteux état de mon copain. Son jean est taché d'herbe aux genoux et son tee-shirt, à force d'être tiré, s'est agrandi. Mon frère, lui, s'en sort avec quelques pétales de fleurs dans les cheveux.

Les garçons se rasseyent, un rictus commun au coin des lèvres qui annonce une revanche prochaine. Pour éviter que ça ne tourne au drame, j'invite silencieusement Léon à cesser ses provocations. Je ne compte plus le nombre de fois où leurs querelles innocentes ont dégénéré. Gabriel ne calcule pas sa force, Léon ne mesure pas que ses pitreries peuvent être insupportables. Autant dire qu'ils sont pires que des enfants.

Les éclats de rire et les bavardages s'enchaînent. Romy et Gabriel nous dépeignent leur quotidien parisien, David et Oscar évoquent leur projet d'emménagement et Léon ponctue les anecdotes par ses vannes habituelles. Rien n'a changé. Je dirais même que l'ambiance est encore plus joviale qu'à l'époque où nous étions tous réunis. Nous sommes heureux de nous retrouver, conscients que ce temps ensemble est précieux. Je ne devrais pas, mais je redoute déjà le moment où ça prendra fin.

— À quoi on trinque ? se réjouit Oscar en faisant sauter le bouchon de la bouteille de champagne.

Il remplit les verres à ras bord.

— À ton emménagement avec David ? propose Romy. À l'anniversaire de notre clown préféré !

— À chacun de nos projets qui aboutiront ? enchaîne Gabriel.

— À tout ça, ajoute David. Et à nos prochaines réunions.

Léon m'adresse un regard complice.

— Nan, j'ai mieux.

Il se met debout et soulève sa flûte en plastique.

— À l'instant présent de nos retrouvailles. Au bonheur d'être tous ensemble. Ici et maintenant.

Léon m'attrape la main et je me joins à lui.

— Ici et maintenant.

— *Qui e ora*, souffle Gabriel, ému par la référence de papa.

À l'unisson, nous entrechoquons nos verres et scandons ces quelques mots. Je profite que mes amis se souhaitent le meilleur pour me blottir contre Léon.

Parce que je lui dois une partie de ce bonheur que je prends le temps de savourer. Parce que le soleil qui m'anime lui appartient un peu. Il a accepté de couper le sien en deux pour me confier l'autre moitié. Reconnaissante, je dépose ma main sur sa joue et lui souffle un baiser qu'il s'empresse de poursuivre.

— Je t'aime, chuchote-t-il contre ma bouche.

— Moi aussi. Tellement.

Un délicieux sourire épouse ses lèvres. Gentiment raillés par nos amis, nous brisons notre proximité et nous joignons à eux. Pourtant, nos yeux restent aimantés. Nous nous sommes compris. J'ai décelé dans son regard le reflet des projets que j'envisage pour nous. Dans son baiser, j'ai goûté à des milliers de déclarations et de promesses sincères. Sans le moindre doute, j'ai senti que nos cœurs vibraient sur la même corde.

En choisissant de trinquer à notre mantra, il a officialisé ma guérison. Il a donné du sens à ces mois d'introspection, notre évolution conjointe, notre amour ensoleillé. Cette philosophie nous suivra longtemps, je le sais.

Léon a raison. Papa aussi. Hier est mort. Demain n'existe pas encore. À moi de chérir l'instant présent pour me façonner de merveilleux souvenirs.

Et si le bonheur consiste en peu de choses, alors je l'ai déjà conquis. Ici et maintenant, je suis heureuse. Je respire. J'aime. Je suis aimée.

Enfin, je vis.

Épilogue

Un monde heureux suscite un art ancré
dans l'ici et maintenant.

Paul Klee

5 ans plus tard

En tailleur sur le sable, face au soleil qui décline, Alba médite. Comme elle a coutume de le faire, elle prend soin de manifester sa gratitude envers l'univers. Elle accueille ses émotions dans l'instant présent. Un sourire au coin des lèvres, elle ferme les paupières et s'attarde sur sa respiration. Les vagues de la mer Tyrrhénienne bercent le flux serein de ses pensées. Concentrée, elle visualise son ancrage et les énergies pures qui circulent en elle.

Au bout d'une poignée de minutes, des cris la tirent de son voyage spirituel.

Amusée, elle secoue la main en direction de Romy, perchée sur les épaules de Gabriel. Elle regarde le couple nager, rire et profiter de la tiédeur de cette soirée d'été. Pour enraciner ce tableau dans sa mémoire, elle focalise son attention sur le moindre éclat de lumière, la moindre touche de joie. Ses frissons se réveillent, son sourire s'élargit.

Alors elle se fait la réflexion qu'à son retour en France un cours en pleine nature ravirait sûrement ses élèves de l'école d'art. La quiétude d'une forêt ou la houle d'une mer agitée pourraient les inspirer, guider leur créativité. Les yeux dans le vague, elle s'imagine déjà les peintures de chacun et le calme de sa leçon.

À quelques mètres, Léon immortalise la complicité de David et Oscar qui se sont prêtés au jeu d'une séance photo. « Il nous faut de beaux clichés pour les faire-part du mariage ! », ont-ils exigé. Pourtant loin d'être un professionnel en la matière, Léon a accepté sans hésiter. Embellis par le panorama de la plage de San Vito lo Capo, les garçons se mettent en scène. Tantôt hilares tantôt blottis l'un contre l'autre, ils manifestent leur amour, encouragés par les directives de Léon.

Appareil photo en main, ils étudient ensuite le travail de leur ami. Le soleil couchant a joliment teinté les portraits d'un voile doré. Satisfait, Léon détache ses yeux des futurs mariés et son regard s'arrime aussitôt vers Alba. Toujours assise sur le sable, elle semble se délecter de la brise qui souffle dans sa longue robe transparente. Lentement, comme soucieux de ne pas déranger la paix qui l'habite, il la rejoint.

À chacun de ses pas, il sent son cœur fondre un peu plus. Un sourire comblé fait tanguer ses lèvres. Le temps s'étire, alangui par la sensation d'amour absolu qui le rend aérien. Sans rien dire, il s'assied derrière Alba. Elle ne perd alors pas une seconde pour se relâcher en arrière. Sécurisée dans ses bras, elle a le sentiment d'être à sa place. Aucun mot prononcé. Le contact de leur peau suffit à ce que leurs âmes se retrouvent dans l'éclipse.

Attachés à l'instant présent, ils se surprennent pourtant à poser de doux regards sur le passé. Car autour d'eux, les bribes de leurs souvenirs chancellent. Encore palpables, toujours vivants.

En chœur, ils relèvent la tête vers le spectacle qui les surplombe. Dans ce ciel rosé, le soleil s'apprête à céder sa place. Non loin, la lune veille, discrète, annonciatrice d'une nuit tranquille. *Elle dispersera avec elle ses complices étoilées pour la touche d'espoir*, pense Léon en songeant aux interprétations qu'Alba lui a tant murmurées. Même après toutes ces années, ils chérissent ce tableau céleste, les métaphores des astres, les longues philosophies qu'ils entretiennent sans lassitude.

Léon resserre son étreinte autour d'Alba. Ému, il fait glisser ses mains sur son ventre rond, tendu par la vie qui éclot en elle. Le fruit de leur union. Une petite fille qu'ils bénissent déjà de tout leur amour.

Et puisque le destin fera d'elle une âme lunaire ou solaire, elle est, ici et maintenant, leur plus belle étoile.

Remerciements

Voilà, nous y sommes. Je ne vous cache pas que dire au revoir à ces personnages qui m'ont suivie sur deux romans a été un véritable crève-cœur. Mais quoi de plus merveilleux que de savoir qu'ils voyageront désormais dans les bibliothèques ? Je vous les confie. Cette bande d'amis compte désormais un nouveau membre : vous, lecteur·rice.

Tout cela aurait été impossible sans ma merveilleuse maison d'édition qui, une nouvelle fois, m'a fait confiance. Merci infiniment à toute l'équipe de Nisha et caetera. Charlotte, Coralie, Tiphaine. Un merci tout particulier à Marine, ma super éditrice, qui m'a suivie avec beaucoup de bienveillance sur ce projet. C'est toujours un bonheur de travailler à vos côtés.

Merci mille fois à toi, Hélène. Pour cette superbe bêta-lecture, l'amour que tu portes à mes personnages et ton soutien quotidien. Si je peux tenir ce livre entre mes mains, c'est bien grâce à toi.

Merci à toute la meute : Andy, Mandi, Ophé. Mes petits électrons libres. Quel bonheur d'avoir pu vous trouver dans mon ciel.

Merci à toute ma famille et mes amis. À toi, Clément, qui a su être mon soleil. À toi, Pernelle, ma douce étoile, regarde comme tu brilles aujourd'hui. À toi, maman. À Cédric, Suzy, Adèle, mes plus belles lumières.

Au-delà de dire au revoir à mes personnages, je tiens aussi à les remercier. Cette bande d'amis m'a tant apporté. Sans véritablement m'en rendre compte, j'ai confié à chacun d'entre eux un élément de ma personnalité pour bâtir l'entièreté de la leur.

Alors merci à Gabriel, à qui j'ai confié ma mélomanie et ma nostalgie. Pour avoir toujours vibré pour sa passion et n'avoir jamais cessé de croire en ses rêves.

Merci à Romy, avec qui je partage une forte sensibilité. Pour ses émotions assumées et son courage.

Merci à Oscar, à qui j'ai donné ma force tranquille. Pour s'être toujours montré objectif et m'avoir enseigné l'art de la communication et de la tolérance.

Merci à Léon, à qui j'ai confié mon optimisme (et mon humour beauf...). Pour sa joie de vivre qui dédramatise tous les maux, son soleil contagieux et sa façon de rationaliser.

Merci à Alba, à qui j'ai confié une part de mon anxiété. Pour s'être aussi bien relevée. Merci d'avoir porté avec fierté tous ces messages forts.

Et, bien sûr, merci mille fois à vous, mes lecteurs et ceux qui me suivent depuis Wattpad. Si vous saviez comme vos commentaires m'ont réchauffé le cœur et souvent tiré quelques larmes. Vous avez encore plus donné vie à mes personnages en vous attachant autant à eux. J'espère être parvenue à vous faire rire, à apaiser les plus anxieux·euses d'entre vous, à nommer les maux de certain·e·s avec respect et bienveillance. Si vous avez passé de bons moments avec nous, si une scène a su vous toucher ou vous faire sourire, alors j'ai tout gagné.

Tout ça me manque déjà.

Je ne vous oublierai pas. Mes personnages non plus. Merci pour eux. Merci pour tout.

Avec tout mon amour et ma bienveillance,

Marion

Imprimé en France par CPI Firmin-Didot
en janvier 2024
N° d'impression : 178438
ISBN : 978-2-38015-881-6
Dépôt légal : février 2024